KB268178

張赫宙의
일본어
작품과 민족

張赫宙의 일본어 작품과 민족

지은이 김학동
인쇄일 초판1쇄 2008년 10월 01일
발행일 초판1쇄 2008년 10월 03일
펴낸이 정구형
　편집 박지연 한미애
디자인 김숙희 노재영
마케팅 정찬용 한창남
　관리 이은미 박종일
펴낸곳 국학자료원
　　등록일 2006년 11월 02일 제324 - 2006 - 0041호
　　서울시 강동구 성내동 447 - 11 현영빌딩 2층
　　Tel 442 - 4623 Fax 442 - 4625
　　www.kookhak.co.kr
　　kookhak2001@hanmail.net

　ISBN 978 - 89 - 6137 - 404 - 0 *93800
　가격 19,000원
* 저자와의 협의하에 인지는 생략합니다.

張赫宙의
일본어
작품과 민족

김학동 지음

국학자료원

| 책머리에 |

'민족'이라는 개념을 이해하는 데 있어 '같은 혈통을 가진 인간집단'이라는 경직된 정의에 구애되어 그 존재가치의 비현실성을 주장하는 경우가 많이 있다. 특히 글로벌 시대를 지향하는 작금의 상황을 예로 들며 다문화시대에 역행하는 이데올로기 정도로 치부하는 경우도 있다.

그러나 다양한 형태의 국제적 교류가 활발한 현 상황에서도 '민족'이라는 집단은 여전히 언어·문화·종교의 가장 자연스런 발현의 장이자 실질적인 공동체로서 존재하고 있다. 따라서 '민족'이라는 개념은 '같은 혈통을 가진 인간집단'이라기보다는 '동질의식을 지닌 인간집단'으로 정의하는 편이 보다 보편타당한 것으로 생각된다.

구성원간의 밀도 있는 생활로 언어와 문화, 그리고 혈통적인 통일성이 자연스럽게 유지·보전되지만, 같은 혈통을 민족구성원의 필수요건으로 단정하기에는 무리가 있다. 역사의 흐름과 함께 다양한 형태의 민족적 교류가 발생하여 혈통과 문화적 정서는 변화를 거듭하더라도 그 구성원의 '동질의식'은 면면히 유지되기 마련이다. 그러므로 '민족'이란 구성원의 개성과 자존의식이 통합적으로 발현되는 '집단적 인격체'라 정의할 수 있을 것이다.

그런데 식민지 말기에는 이와 같은 민족의 의미를 진지하게 되새기지 못한 채 일제의 황국신민화 정책에 협력한 많은 문인들이 있었으며, 1930년대 초부터 일본문단에서 활동을 시작한 張赫宙도 그와 같은 작가의 한 사람이었다.

문학을 통한 황국신민화에의 영합은 정치적인 친일행위 못지않게 중대한 사안임을 간과하기 어렵다. 인간에 대한 진지한 탐구를 통해 진실 된 삶의 형태를 제시해야 될 작가들이 오히려 독자들을 왜곡된 삶으로 이끌었다는 것은 결코 용납하기 어려운 행위라 할 것이다.

그렇지만 강압적인 식민치하에서 작가로서의 삶을 꾸려가야 했던 그들의 현실적인 어려움을 외면하기도 쉽지 않다. 작가로서의 본령을 벗어나 현실적인 삶의 방편으

로 집필했다 하더라도 한 시대를 살았던 인간으로서의 여러 면모를 담아내기 마련이
므로 적절한 비판과 함께 이를 수용해 간다면 훌륭한 반면교사로서의 가치를 지닌다
하겠다.

　본서에는 장혁주의 일본어 작품 중에서 일본으로 귀화한 1952년 이전의 소설을 주
로 다룬 논문 13편과 귀화 이후에 간행된 단행본을 중심으로 한 평론 1편을 수록하였
다. 장혁주의 작가적 활동은 1930년대 초기의 민족적인 단편으로 출발하여 인간의
내면탐구에 관심을 보이다가 30년대 후반부터는 친일적인 작품 집필로 경도되어 갔
다. 그리고 일제가 패전을 맞은 뒤에는 폐허가 된 일본에서 휴머니즘적 작품을 몇 편
출간하였다. 본서는 이와 같은 흐름에 따라 연구한 논문을 순서대로 수록하였다.

　그런데 본서에 수록된 논문들은 장편의 분석에 중점을 두고 있는 관계로 분석대상
에 포함시키지 못한 단편들도 있음을 밝혀두고자 한다. 그리고 각각의 논문을 한 권
의 책으로 엮다 보니 내용이 서로 중첩되는 경우도 있으나 논지의 유지를 위해 크게
수정하지 않았음을 밝히고자 한다.

　그리고 해방 이후의 장혁주 문학에 대한 연구는 현재 진행 중이며 결과가 정리되
는 대로 출간하고자 한다. 이후에는 장혁주의 한글 작품에 대한 연구도 병행하여 통
합적인 연구서의 간행을 마지막 목표로 삼고 있다.

　하지만 이와 같은 필자의 연구목표에도 불구하고 본서의 발간을 결심하기까지 적
잖은 고민을 하였다. 장혁주 문학에 대한 연구경력이 일천할 뿐만 아니라 보잘 것 없
는 논문을 책으로 엮어낸다는 것에 대한 부담감 때문이었다. 그러나 이 책에 대한 여
러 선학들의 비판과 충고를 통해 필자의 연구방향을 재검토하고 연구자로서의 마음
자세를 가다듬을 수 있을 것이라는 생각으로 출간을 결심하게 되었다.

　그리고 아직 미흡한 저작이지만 대학원 시절 은사님들의 세심한 지도와 격려 덕분
에 이루어진 성과임을 밝혀두고 싶다. 은사님들의 격려와 기대에 부응하기 위해서는

보다 성숙된 결과물로 보답을 드려야 했지만, 앞으로 더욱 연구에 매진하겠다는 각오로 송구스러움을 달래고자 한다.

한편 필자의 석·박사학위 논문을 면밀히 검토하시고 자주 격려의 서신을 주신 임전혜 선생님과 늘 친근한 조언을 아끼지 않으신 김환기 교수님, 그리고 학부시절의 은사이신 다나카 교수님과 많은 정보와 자료를 제공해 주신 야마키 선생님께도 감사의 말씀을 드리고 싶다. 아울러 출판에 힘써주신 국학자료원의 박지연 팀장님과 관계자 여러분께도 심심한 사의를 표한다.

2008. 9.
김 학 동

　일제의 식민지배는 한민족의 정체성에 커다란 혼란을 야기하였고, 민족적 자존심에도 큰 상처를 안겨주었다. 그런데 이와 같은 과거의 치욕스런 역사를 감추고 싶다는 한국민의 의식은 오히려 민족적 정체성의 회복과 통일을 어렵게 만드는 요인으로 작용하였다.

　친일문학에 대한 연구의 필요성은 이와 같은 관점에서 출발한다. 일제의 황민화정책에 협력했던 문인들의 행적과 작품을 되돌아보고 그들의 과오를 반면교사의 교훈으로 삼는다면 오히려 민족의 화합과 단결에 긍정적인 효과를 기대할 수 있을 것이다. 다만 이러한 작가들의 문학을 연구하는 데 있어 친일행적의 규명에만 집착할 것이 아니라, 당시의 상황과 작가적 입장을 연계시키는 연구를 병행하여 친일로 경도되어간 인간적인 상황에도 주의를 기울여야 할 것이다.

　내가 이 책의 저자인 김학동 선생과 인연을 맺은 것은 김 선생이 사십이 다된 나이로 석사과정에 입학하면서부터이다. 석·박사 과정에서는 줄곧 재일한국인문학의 연구에 매진하여 「『태백산맥』 연구 - 김사량·김달수·조정래를 중심으로-」로 석사학위를, 「민족문학으로서의 재일조선인문학 - 김사량·김달수·김석범을 중심으로-」로 박사학위를 받았다. 학부의 졸업논문도 「김달수 문학연구」이고 보면 상당히 오랜 시간을 이 분야의 연구에 전념해왔다고 할 수 있다.

　대학원 시절부터 탁월한 문학연구가로서의 자질을 보인 김학동 선생은 여러 학회에서 꾸준히 연구내용을 발표해 왔다. 재일 연구자이신 임전혜 선생님께서는 김 선생의 논문에 대해 "일본제국주의의 식민지 정책에 대한 날카로운 분석과 고발, 역사와 민족에 대한 책임의식, 시대가 요청하는 문제에 민첩하게 대응하는 사명의식 등이 관철되어 있다"며 높게 평가해주셨다. 이는 김 선생의 논리적이고 실증적인 학문적 능력을 평가한 것으로서 다른 연구자들도 인정하고 있는 내용이다.

　이러한 김학동 선생이 이번에 친일문학가로서 그다지 언급되지 않은 장혁주 문학에 대한 연구논문을 책으로 엮어낸다고 하니, 그동안의 연구를 지켜본 지도교수로서 매우 기쁘게 생각한다.

지칠 줄 모르는 김학동 선생의 연구자로서의 의욕과 자세는 나를 포함한 많은 연구자들에게 모범이 되고 있다. 이러한 열의와 진지한 연구태도는 앞으로 재일한국인 문학 연구영역의 발전에 크게 공헌할 것으로 확신하는 바이다.

이번에 출간하는 『張赫宙의 일본어 작품과 민족』은 김학동 선생의 연구저서로는 처녀작이어서 부족한 점이 많을 것으로 사료된다. 김 선생의 학문적 발전을 위해서라도 독자여러분의 기탄없는 조언과 사랑의 채찍을 부탁드린다.

그 동안 김학동 선생의 학업에 많은 도움을 주신 교수님들께 감사의 말씀을 드리며 앞으로도 변함없는 지도편달 있으시기 바란다.

아울러 김학동 선생의 활약과 무궁한 학문적 발전을 기원하는 바이다.

2008. 9.
장 남 호

Ⅰ. 張赫宙의 작가적
　　생애와 일본어 작품

　　보통 장혁주(張赫宙)라는 필명으로 불리는 작가의 본명은 장은중(張恩重)[1]이고, 일제말기의 창씨명은 노구치 미노루(野口稔)였는데, 1952년 일본인으로 귀화하면서 이를 일본명으로 등록하였다. 張赫宙라는 필명도 귀화한 뒤에는 노구치 가쿠추(野口赫宙)로 바꾸었다. 즉 張赫宙와 野口赫宙라는 필명 사이에는 조선(한국)인과 일본인이라는 민족과 국가를 넘어서는 신분상의 차이가 있는 것이다. 이와 같은 신분상의 차이가 작가의 내면에 작용하는 민족적 귀속의식에 많은 영향을 미치고 또 그의 문학에 반영되었다고 할 때, 작가의 문학을 논하는데 있어 귀화시점을 기준으로 張赫宙 문학과 野口赫宙 문학으로 나누어 고찰하는 것은 하나의 효과적인 방법이 될 수 있을 것으로 생각된다.[2]

　　이러한 판단에 따라 본서에는 먼저 귀화 이전의 張赫宙 문학의 연구와 분석에 초점을 맞춘 논문들을 주로 수록하였는데, 野口赫宙 문학에 대해서는 현재 진행 중인 연구가 끝나는 대로 다시 정리하여 출간하고자 한다.

　　본장은 張赫宙와 野口赫宙 문학의 전체상을 확인해볼 수 있도록 그 개략의 정리를 목적으로 하였으나, 張赫宙 문학에 대해서는 본서에서 비교적 상세히 다루고 있으므로 野口赫宙의 문학에 보다 많은 지면을 할애하고자 한다.

1　1905-1997.

2　일본인으로 귀화한 이후의 일부 작품에서 '張赫宙'라는 필명이 보이고 있으나 곧 '野口赫宙'로 통일된다.

1. 귀화 이전의 張赫宙 문학

본서에 수록된 논문은 1954년에 간행된 『無窮花』를 제외하면 거의 모두 일본인으로 귀화하기 이전의 작가적 삶과 작품을 연구 대상으로 삼고 있다. 따라서 張赫宙 문학에 관한 구체적인 내용은 대부분 언급되고 있으므로 전반적인 내용을 간략히 정리하는 정도로 만족하고자 한다.

張赫宙 문학은 한마디로 식민지 청년으로서 겪어야했던 민족적 정체성의 혼돈과 기생출신 첩의 자식으로 태어났다는 生來的 조건 및 早婚으로 다섯이나 되는 자식을 둠으로써 발생한 자유연애에 대한 욕망과 갈등에 의해 그 내용과 성격이 결정되었다고 할 수 있다.

그러므로 張赫宙 문학은 1) 일제의 식민지배에 대한 저항에서 협력으로 변전되는 과정을 뚜렷이 나타내고 있고, 2) 어린 시절부터 기생출신 첩의 자식이라는 사회적 멸시에 대한 반발로 유교적 양반사회에 대한 비판을 시도한 작품이 많으며, 3) 생모에 대한 애증과 조혼한 부인에 대한 환멸 섞인 연민을 담은 자전적 작품을 많이 남겼다는 특징을 지닌다. 그리고 패전 직후의 일본 민중을 휴머니즘적 시각에서 그려냄으로써 張赫宙 문학의 또 다른 일면을 엿볼 수 있게 한다.

한편 필자는 논문「張赫宙의 민족적 작품과 친일적 작품의 비교 고찰」을 통해서 해방 이전의 張赫宙의 작품활동과 관련하여 '초기의 민족적 집필기', '과도기적 글쓰기', '국책 영합적 집필기'와 같이 나누어 고찰한 바 있다. 본장에서는 일제의 패전 이후 일본인으로 귀화하는 1952년까지를 '휴머니즘적 집필기'로 정의하고, 이를 포함한 張赫宙 문학의 전체상을 간략히 정리하고자 한다.

'초기의 민족적 집필기'의 작품은 1930년부터 1933년 사이에 발표된「白楊木」(1930),「餓鬼道」(1932),「하쿠타 농장(迫田農場)」(1932),「쫓기는 사람들(追われる人々)」(1932),「少年」(1933),「산신령(山靈)」(1933),「奮起하는 者(奮い起つ者)」(1933) 등의 단편을 들 수 있는데, 프롤레타리아 투쟁을 강조하면서 민족적 색채를 강하게 띠고 있다는 특징을 지닌다. 이 시기의 작품에서는 작가의 生來的 열등감이나 생모와 早婚한 부인에 대한 애증의 감정을 전혀 담아내지 않고 민족적 사명감에 바탕을 둔 글쓰기를 하고 있었음을 알 수 있다.

‘과도기적 글쓰기’에 해당되는 시기는 1934년 무렵부터 1938년까지라고 할 수 있는데, 민족적 저항을 다룬 작품의 집필에서 한 걸음 물러나 여러 인간군상에 대한 탐구를 시도한다. 이에 해당하는 작품으로는 「권이라는 남자(權といふ男)」(1933,12), 「아내(女房)」(1934), 「갈보(ガルボウ)」(1934), 「저속한 자(劣情漢)」(1934), 「장례식날 밤에 생긴 일(葬式の夜の出來事)」(1934), 「하루(一日)」(1935), 「深淵의 사람(深淵の人)」(1936), 「술에 못 취한 이야기(醉えなかった話)」(1937) 등을 들 수 있다. 이러한 작품들은 인간의 내면세계에 대한 탐구라는 명목 아래 조선의 유교적 질서에 대한 풍자와 비판을 담아내고 있는 경우가 많다. 또한 「仁王洞時代」(1935)와 같이 작가의 生來的 조건에 대한 회한을 담아낸 자전적 작품의 집필을 시도하기도 하고, 『春香傳』(1938)을 일본어 희곡으로 발표하는 등 한국의 고전에서 소재를 찾기도 한다.

‘국책 영합적 집필기’는 일제의 만주 침략을 정당화하고 내선일체를 토대로 한 조선인의 황민화를 독려하는 작품을 많이 썼던 시기로, 「조선의 지식인에게 호소함(朝鮮の知識人に訴ふ)」이라는 평론을 발표한 1939년부터 일제의 패전까지를 말한다. 이 시기의 작품으로는 임진왜란 당시의 왜장을 미화한 작품 『칠년의 폭풍(七年の嵐)』(1941)**3**, 『和戰 어느 쪽도 不辭하다(和戰何れも辭せず)』(1942), 『浮沈(浮き沈み)』(1943)이 있으며, 만주개척문학을 대표하는 작품으로는 『開墾』(1943), 『행복한 신민(幸福の民)』(1943) 등 다수가 있다. 그리고 조선청년을 황군에 자원입대시키기 위해 집필된 작품집으로 『이와모토 지원병(岩本志願兵)』(1944)이 있다.

이 시기에는 이상과 같은 국책 영합적 작품의 집필에 힘을 쏟는 한편으로, 자신의 生來的 열등의식과 早婚에 대한 갈등을 담아낸 자전적 작품도 많이 남기고 있다. 대표적인 것으로 『고독한 영혼(孤獨なる魂)』(1942)과 ‘인간의 굴레(人間の絆)’ 3부작인 『인간의 굴레(人間の絆)』(1941), 『아름다운 억제(美しき抑制)』(1941), 『푸른 북녘(綠の北國)』(1941)을 들 수 있다. 이와 같은 자전적 작품의 집필은 고국에 버리고 온 생모와 전처, 그리고 다섯 자녀에 대한 회한에서 비롯된 것으로 보인다. 즉 소설가 白信愛와의 연애사건으로 곤란에 처해 도쿄로 피신했던 작가가 일본인 여성과 동거

---

3 ‘七年の嵐’라는 제목은 원래 4부작을 염두에 두고 붙인 제목이고, 부제목으로 ‘제1부 悲壯의 戰野’를 병기하고 있다, 이 작품은 1939년에 발표한 『加藤清正』에 후편을 덧붙여 간행한 것이다.

하여 자식까지 두게 되면서 발생한 양심의 가책을 해소하기 위한 방편이었던 것으로
생각된다.

일제의 패전에 직면한 張赫宙는 극심한 생활고에 시달리면서도 자신은 글을 써서
이를 극복할 수밖에 없다는 생각으로 집필을 계속 한다. 이때는 패전 직후의 일본민
중이 겪고 있는 고난을 형상화기 위해 노력했던 일종의 '휴머니즘적 집필기'라 할 수
있는 시기로, 패전 직후부터 일본인으로 귀화하는 1952년 10월까지를 말한다. 작품
으로는 장편『고아들(孤兒たち)』(1946), 『젊은 여자(若い女)』(1948), 단편집『사람
의 선함과 악함(人の善さと惡さと)』(1947) 등이 있다. 그리고 한국의 고전『심청전』
과『흥부전』을 일본어 각색한 뒤 다른 한국의 전래동화와 함께 수록한 작품집『은
혜 갚은 제비(恩を返したツバメ)』(1949)를 출간하여 조국의 고전문학에 대한 관심을
보이기도 하였다. 또한 1950년에는 英親王의 半生을 다룬 전기적 소설『비원의 꽃
(秘苑の花)』을 출간하여 세간의 관심을 끌었다.

그러나 패전을 살아가는 일본민중을 묘사하는 과정에서 표출되는 일제에 대한 비
판의식은 자칫 새로운 시대의 도래에 영합하기 위한 또 다른 기회주의적인 행태로 인
식될 여지를 내포하고 있는 바, 英親王의 파란만장한 삶을 통해 자신의 친일을 희석
시키려 했다는 비판에서 자유롭지 못한 것과 맥락을 같이 한다 하겠다.

張赫宙는 조국에서 6·25전쟁이 발발하자 1951년 7월에 취재차 한국을 방문한 뒤
동족상잔의 비극을 담은 작품『아 조선(嗚呼朝鮮)』(1952.5)을 출간하였으나 같은
해 10월에 일본인으로 귀화한다. 그리고 다시 한국으로 건너가 취재한 내용을 바탕으
로『無窮花』(1954)를 집필하여 출간하였다. 이 두 작품은 무고한 양민의 희생을 초
래한 정치적 이데올로기의 대립을 비판적인 시각에서 그려낸 민족적인 작품이라 할
수 있다.

『無窮花』는 출간일자나 野口赫宙라는 필명을 생각한다면 귀화 이후의 작품으로
분류하는 것이 타당하겠으나,『아 조선』의 속편에 해당된다는 점을 고려하여 귀화
이전의 작품에 포함시켜 논했다.

2. 귀화 이후의 노구치 가쿠추(野口赫宙) 문학

일제의 패전 이후 과거의 친일적 글쓰기에 대한 비판에서 자유롭지 못했던 張赫宙는 조국에 돌아갈 엄두를 내지 못했을 뿐만 아니라, 자전적 단편 「脅迫」(1953)에서 묘사하고 있듯이 일본에서도 재일조선인 사회의 살해 협박에 시달리고 있었다. 그러므로 그의 일본인으로의 귀화는 필연적인 것이었다고 할 수 있겠는데, 1951년 9월의 샌프란시스코 강화조약으로 일본이 국제사회로 복귀한 후에 비로소 귀화가 실현되었다. 그의 귀화는 조국과 동포에 대한 반감에서 비롯된 것이 아니라, 과거의 행적에 대한 부담과 일본인 부인과의 사이에 여러 자녀를 둔 가정의 안정을 꾀하기 위한 방편으로 선택되었다고 보는 것이 타당할 것이다.

귀화한 이후의 野口赫宙라는 필명에 의한 문학 활동도 여러 장편과 단편, 그리고 평론에 이르기까지 비교적 활발히 이루어졌다. 그 중에서도 단편이나 평론보다는 장편소설과 평론적 연구서 등의 형태로 출간된 단행본이 많다는 특징을 보이고 있다.

본장에서는 野口赫宙의 단행본에 대한 검토를 통하여 귀화 이후의 작가적 행적을 살펴보고자 한다.

1) 그늘진 일본사회의 문학적 형상화

野口赫宙의 작가적 삶은 자전적 저서 『편력의 조서(遍歷の調書)』(1954)를 통해 자신의 과거, 특히 조선에 두고 온 생모와 전처에 대한 회한, 그리고 일본인 동거녀 게이코(桂子)와의 갈등을 고백하는 것으로 새로운 출발을 시도한다. 이 저서에는 경주에서의 유년시절 및 대구에 있는 친부와 적모(嫡母)의 집으로 들어가 중학과 고등보통학교를 마칠 때까지의 생활모습, 그리고 소설가 白信愛와의 연애사건을 일으켜 일본으로 도피하는 과정 등을 소상히 밝히고 있다. 물론 『편력의 조서』에는 전처와의 사이에 다섯이나 자식을 두고 있었음에도 이를 밝히지 않는 등 허구가 섞여 있음을 부정하기 어렵지만, 새로운 삶을 시작하기 위한 카타르시스로서의 과거 청산작업에 임한 작가의 각오를 짐작하고 남을 정도로 자신의 부정함을 노골적으로 드러낸 작품이라 하겠다.

이와 같이 자신의 가정환경과 生來的 조건에 대한 회한을 담은 자전적 작품 다음으로 출간된 것이『음지의 아이(ひかげの子)』(1956)였다. 그런데 이 장편 역시 불운한 生來的 조건을 타고난 소녀의 이야기를 다루고 있다. 이즈(伊豆)의 아름다운 온천지에서 게이샤(芸者)⁴라는 숙명을 살아가고 있는 주인공의 "순결을 지키려 애쓰고, 청순(淸純)을 사랑하고, 견디기 힘든 박해에 도전하는 가련하고도 애달픈 모습을 그려낸 소설"⁵이다. 소설의 배경과 등장인물의 설정이 가와바타 야스나리(川端康成)의『이즈의 무희(伊豆の踊り子)』를 연상시키고 있어서 이의 영향을 생각해볼 수 있지만, 불우한 生來的 조건을 살아가는 주인공을 다루고 있다는 점에서 작가 자신의 처지와 중첩되는 삶에 대한 연민과 동정의식을 그려내고자 한 것으로 보인다.

귀화인으로서 일본사회에 대한 적극적인 참여를 모색하고 있는 작품으로는『검은 지대(黑い地帶)』(1958),『암병동(ガン病棟)』(1959.5),『검은대낮(黑い眞晝)』(1959.11)과 같은 장편을 들 수 있으며, 선진산업사회로의 급속한 전환 과정에서 병들고 소외된 계층을 그려내는 데 힘을 쏟고 있다.

『검은 지대』는 열악한 시설의 국립결핵요양소에 수용된 환자들의 살아남기 위한 투쟁을 그려낸 소설이다. 이 작품에서는 결핵을 치료할 수 있는 신약이 개발되었음에도 가난하여 이의 혜택을 받지 못하는 환자들의 안타까움과, 결핵이라는 병력을 가진 사람들에 대한 사회의 냉대를 그려내고 있다. 작가는 「후기」를 통해 "환자의 대부분은 '검은 지대'에 방치"⁶되어 있다고 언급하면서, 사회가 '하얀 지대'를 지키기 위해 결핵의 병력을 가진 사람들을 철저히 소외시키고 있다는 비판을 한다. 따라서 이 작품은 '검은 지대'를 '하얀 지대'로 만들기 위한 작가적 노력의 일환으로 집필되었음을 알 수 있다.

『암 병동』은 제목에서 알 수 있듯이『검은 지대』와 같은 입장에서 집필된 소설로, 아직 제대로 된 치료법을 찾지 못한 채 암과 투쟁하는 환자와 의사, 그리고 간호사의 모습을 그려내고 있다.『검은 대낮』역시 나병환자 수용시설을 중심으로 펼치지는 애환을 추리소설의 형태로 담아낸 작품이지만, 그 배경이 음울한 환자 수용소라는 점에

---

4 술자리에서 일본의 전통 악기인 샤미센(三味線) 등을 사용하여 가무를 제공하는 직업의 여성.
5 野口赫宙(1956)『ひかげの子』新潮社. ; 책의 커버를 두른 띠에 적혀 있는 내용.
6 野口赫宙(1958)『黑い地帶』新潮社. p.334.

서 전체적으로 어두운 느낌을 준다.

이상과 같이 소외받는 다양한 환자들의 모습을 그려내기 위해서는 비교적 소상한 의학적 지식을 필요로 했을 터인데, 각 작품의 내용이 무리 없이 전개되고 있다는 점에서 집필에 임한 작가의 노력을 엿볼 수 있다 하겠다.

1962년에 출간한 『호상의 불사조(湖上の不死鳥)』는 본격적인 추리소설로, 『검은 대낮』이 전체적으로 어두운 분위기 때문에 독자들의 평이 그다지 좋지 못했던 점을 참고로 하여 작가 자신이 살고 있던 오쿠무사시(奧武藏)[7]의 명랑한 분위기를 배경으로 삼았다고 밝힌다.[8] 이 작품은 선거라는 정치적인 행위의 이면에 숨겨진 인간의 추악한 면모를 심도 있게 파헤치면서도, 코믹한 인물을 적소에 등장시키는 등 염세적인 분위기로 흘러가는 것을 막기 위해 많은 노력을 기울이고 있다.

2) 민족의 굴레를 벗어나기 위한 작가적 노력의 형상화

野口赫宙는 『검은 대낮』 『호상의 불사조』와 같은 추리소설의 집필에 전념하던 1961년에 역사소설인 『무사시 병영(武藏陣屋)』을 출간하였다. 이 소설은 일본으로 망명해온 고구려 후손들이 삶을 보전하기 위해 벌이는 정치적 싸움을 무협소설 풍으로 박진감 넘치게 그려낸 작품이다.

이 작품의 주인공은 반(反) 아시카가 다카우지(足利尊氏)[9]의 입장에서 남조(南朝) 쪽에 의탁하여 20년이라는 세월동안 싸워서는 패하고, 이겼다고 생각했다가도 다시 패하는 비극을 반복했습니다. 영지(領地)도 영민(領民)도 모두 잃은 뒤 아시카가에 항복하여 겨우 집안을 보전할 수 있었습니다. 죽음에 임해서는 자손대대 무슨 일이 있더라도 무사는 되지 말라고 유언했습니다. 이 마지막 구절은 소설에서는 그려내지 않았습니다. 소설의 여운을 남기기 위해서였습니다.[10]

---

7 작가는 일제말기의 공습으로 토교의 집이 불탄 이후 오쿠무사시(奧武藏)에 속하는 히타카초(日高町)에서 줄곧 살았다.

8 野口赫宙(1962) 『湖上の不死鳥』 東都書房, p.189.

9 1305-1358, 무로마치(室町) 막부 초대 將軍

인용한 작가의 「후기」는 소설의 전체적인 줄거리뿐만이 아니라, 일본에 망명한 고구려 후손에 대한 간략하지만 심도 있는 묘사를 통해 민족의 뿌리에 대한 깊은 애착을 느낄 수 있게 한다. 또한 전국동란(戰國動亂)시대[11]의 전투에만 익숙해져있던 독자들에게 귀화인의 무장투쟁이라는 새로운 역사인식을 갖게 만들어 일본민족의 형성과정에 대한 새로운 이해를 촉구한 신선한 작품이었다 하겠다. 특히 작가가 살고 있던 히타카초(日高町)는 그와 같은 고구려 후손들의 주된 정착지였던 관계로, 일본인으로 귀화한 野口赫宙 자신의 삶을 투영시킨 작품이라 해도 좋을 것이다. 즉 일본인으로 귀화하여 살고 있지만 이방인의식보다는 주인의식을 강조하고 있는 작품이라 하겠다.

일본인으로 귀화한 지 20년 이상 지난 1975년에 野口赫宙는 다시 한 번 식민치하의 삶을 되돌아본 자전적 작품 『폭풍의 시(嵐の詩)』를 출간하였는데, 귀화 직후인 1954년에 출간했던 『편력의 조서』의 감정적인 문체와는 달리 차분한 입장에서 해방 이전의 삶을 그려내고 있다. 그러나 『편력의 조서』에서와 같은 진솔한 면은 찾아보기 어렵고, 능숙한 필치로 자신의 행적을 미화시키고 있다는 인상을 준다. 비록 자서전이 아닌 자전적 작품이라는 한계는 있지만 이 두 작품은 해방 이전의 張赫宙의 삶을 비교적 충실히 담아내고 있는 바, 그의 작가적 행적을 검토 정리하는 데 있어 매우 귀중한 자료라 할 수 있다.

자전적 작품 『폭풍의 시』를 완성한 野口赫宙는 한·일 양 민족의 관련성에 대한 학문적 차원의 연구에 힘을 쏟아 『韓과 倭(韓と倭)』(1977), 그리고 『도자기와 검(陶と劍)』(1980)을 각각 출간하였다. 그런데 이 두 저작은 작가 스스로의 친일행위를 정당화 할 수 있는 학문적 토대의 마련을 위해 집필되었다는 점에서 근본적인 한계를 지니고 있다 하겠다. 그렇지만 張赫宙와 野口赫宙라는 작가적 인생의 결정체라 할 수 있는 저작이므로 비교적 소상히 언급하고자 한다.

『韓과 倭』는 「일본인이란 무엇인가(日本人とは何だろう)」 「신화 속의 진실(神話の中の眞實)」 「南鮮의 피를 잇는 천황(南鮮の血を継ぐ天皇)」 「왜국에서 일본으

---

10 野口赫宙(1961) 『武藏陣屋』 雪華社. p.302.

11 무로마치(室町)시대 말기인 15세기 후반부터 17세기 초의 도쿠가와 이에야스(德川家康)에 의한 전국 통일 때까지의 혼란기.

로(倭國から日本へ)」와 같이 4부로 구성되어 있다.

제1부인 「일본인이란 무엇인가」에서는 미국으로 건너가 90일간 체류하면서 인디언의 언어와 생활, 그리고 풍습에 대한 연구결과를 토대로 몽골로이드의 이동과 분포에 대한 작가의 생각을 피력한다. 이러한 연구의 동기는 "인디언과 고대 일본인이 몽골로이드라는 같은 뿌리에서 갈라진 민족임에 틀림없다"[12]는 작가의 생각을 입증하려는 데 있다. 또한 작가는 『魏志倭人傳』『三國遺事』『三國史記』『後漢書東夷列傳』등의 기록을 참고로 왜(倭)가 어떤 과정을 거쳐 일본에 정착하게 되었는가를 입증하고자 노력한다.

제2부인 「신화 속의 진실」에서는 『三國史記』『古事記』등의 고서에 등장하는 신화를 인용하여 신라의 왕과 일본 천황의 관계를 논하면서 이들의 밀접한 관계를 강조한다. 결론적으로 『古事記』에서 말하는 天孫民族은 동북아시아의 기마민족(예를 들면 夫余)에서 분파되어 남하하면서 신라에 指導權을 확보하고 駕洛國에 군림하다가 北九州로 이동한 뒤 점차 교토(京都)지역으로 확장해갔다는 주장[13]으로 매듭짓는다.

제3부 「南鮮의 피를 잇는 천황」에서는 『古事記』와 『日本書紀』에 등장하는 스진(崇神)천황에 대해 "崇神은 辰王의 후예이다. 辰王은 三韓의 왕으로서 조선남부를 관장하던 天孫民族이다"[14]라고 주장하며, 소위 '任那聯邦'의 당위성을 피력한다.[15] 노구치가 말하는 '任那聯邦'은 上古 일본의 주권자와 한반도 남부의 관계가 그만큼 밀접했다는 것을 말하고자 하는 것이지만, 그것을 완벽하게 입증할 만한 근거를 가지고 있는 것은 아니고 단지 그렇게 믿고 싶다[16]는 다소 모호한 태도를 취한다.

제4부 「왜국에서 일본으로」는 광개토대왕비문과 칠지도(七支刀)에 새겨진 문구에 대한 작가의 독자적인 해석을 곁들여 가며 고대의 한반도와 倭의 밀접한 관계를 입증하고자 노력한다. 그런데 형제국이나 다름없던 백제가 나당연합군의 공격으로

---

12 野口赫宙(1977)『韓と倭』講談社. p.25.

13 주(12)과 같은책, p.93.

14 주(12)과 같은책, p.114.

15 주(12)과 같은책, p.118.

16 주(12)과 같은책, p.135.

위기에 처하자 덴지(天智)천황은 이를 구원하기 위해 倭(大和)의 수군을 출동시켰으나 白村江(금강) 입구의 전투에서 패함으로써 백제는 멸망하고 한반도와 일본의 사이는 급속히 멀어지게 되었다는 것으로 결론을 내린다.

그리고 『韓과 倭』의 「맺음말(結び)」을 통해서도 이와 같은 견해를 반복한다.

> 倭는 고대 일본인의 源流의 하나임과 동시에, 古朝鮮人의 하나이기도 하였다. 한반도 남부와 일본열도는 수천 년 간 하나의 땅으로 존재했다. 그것이 덴지(天智)천황 이후에 각각 다른 땅으로 분리되어 가는 것이다. 열도는 덴지천황 이후 천 이백년, 한반도에서는 신라·고려·조선으로 이어져 갔다.[17]

野口赫宙의 집필의도가 잘 나타나 있는 문장이라 할 수 있는데, 그는 "적어도 통일신라가 끝날 때까지는 단일민족은 존재하지 않았다"[18]는 말과 함께, 고구려·백제·신라인은 "서로 敵國民이었고 不俱戴天의 원수지간"[19]이었음을 강조함으로써, 倭와 백제, 그리고 가야의 밀접한 관계를 부각시키는 데 힘을 쏟는다.

결과적으로 野口는 한국인들이 韓民族이라는 단일민족을 강조하며 임진왜란을 일으키거나 식민통치를 자행한 일본인을 전혀 다른 이질적인 민족으로 취급하는 것에 대한 반론을 시도하고 있음을 알 수 있다. 고대사회의 고구려·백제·신라 삼국이 서로의 패권을 위해 전쟁을 벌였듯이 倭도 그와 같은 구성원의 하나라는 것이다. 오히려 백제와 가야는 倭와 보다 밀접한 관계를 유지하고 있었던 만큼, 倭에 토대를 두고 발전해온 현재의 일본은 韓民族과 이질적인 집단이 아님을 입증하고자 노력한다. 즉 倭와 일제에 의한 한반도 침략을 민족의 회복이라는 차원에서 해석을 시도하고 있는 것이다.

그러나 野口 자신은 이와 같은 주장을 전문적인 지식에 기반을 둔 것이라기보다는 에세이 형태의 私見이라는 의미의 말을 「후기」에 덧붙이고 있으며, 倭에 관한 의견도 독단적인 것이라고 밝히고 있다.[20] 이러한 언급들은 자신의 저작에서 주장하고 있

---

17 주(12)과 같은책, p.234.
18 주(12)과 같은책, p.232.
19 주(12)과 같은책, p.233.

는 내용을 뒷받침할 수 있는 명확한 근거는 없으며, 작가적 추측을 에세이 형태로 나열하고 있다는 고백을 하고 있는 셈이다.

이와 같은 野口赫宙의 언설과 저작을 통해 엿볼 수 있는 것은 황국신민화에 동조하는 집필로 민족을 배반했던 과거의 행적과 일본으로 귀화한 행위로부터 여전히 자유롭지 못 한 작가의 모습이라 하겠다. 그러므로 이러한 과거의 행적들을 정당화할 수 있는 이론적 토대를 마련하기 위해 여러 고문서의 재해석을 시도한 뒤 이를『韓과 倭』로 완성시켰음을 미루어 짐작할 수 있다.

그리고 설사 野口赫宙의 주장에 일말의 타당성이 엿보인다 하더라도, 민족이라는 것은 시간의 흐름과 함께 서서히 새로운 모습으로 변이되어 가는 것인 만큼, 과거의 역사적인 관계를 빌미로 일방적이고 무력적인 흡수와 통합의 시도는 결코 정당화 될 수 없는 것이다.

『도자기와 검(陶と劍)』은 임진왜란을 倭에 의한 침략전쟁으로 보는 것이 아니라, 도자기라는 문물의 교류를 촉진시킨 文化史로서 파악하고자 한 저작이라 할 수 있다. 특히『韓과 倭』에서 강조했던 한·일 양 민족의 동질성을 회복하기 위해 일어난 전쟁이 임진왜란이라는 작가적 인식을 뒷받침하기 위해 집필되었다 하겠다.

> 著者는 조선의 대구에서 태어났다. 모친은 임진왜란(文祿·慶長の役) 때, 즉 흔히 말하는 '히데요시의 조선 출병(秀吉の朝鮮出兵)' 때 조선을 공격했던 일본군이 그 지역의 여성을 아내로 맞아 정착했다는 지방[21]의 출신이다.[22]

『도자기와 검』의 성격을 잘 나타내고 있는 내용으로, 임진왜란 당시 울산성에서 농성하던 많은 왜군들이 조선인으로 귀화했다는 역사적 사실을 거론하며, 울산태생인 작가의 모친 역시 이들의 피를 물려받았을 가능성이 크다는 점을 강조하고 있다. 바꿔 말하면 임진왜란에 의해 문화적인 교류뿐만이 아니라 한동안 단절되었던 민족

---

20 주(12)과 같은책, p.243.

21 유·소년 시절은 울산부근의 바닷가와 경주에서 지냈다.

22 野口赫宙(1977)『陶と劍』講談社. ; 책의 표지를 두르고 있는 띠지(帶紙)에 담겨 있는 내용의 일부이다.

적 교류도 활발히 이루어졌다는 작가적 견해를 간접적으로 피력하고 있는 것이다.

『도자기와 검』은 「序章」 및 제1장 「연회와 전쟁(宴と戰い)」, 제2장 「출병의 동기(出兵の動機)」, 제3장 「대동원(大動員)」, 제4장 「애처로운 왕의 피난길(哀し王の避難行)」, 제5장 「남해의 대 해전(南海の大海戰)」, 제6장 「화전의 두 방식(和戰兩樣)」, 제7장 「강화의 제 양상(講話のいろいろ)」, 제8장 「도공의 도래(陶工大渡來)」와 같이 구성되어 있다.[23]

「序章」에서는 한일 고대사에서 임진왜란에 이르기까지의 역사적 경위를 간략히 서술한 뒤, 다도를 즐기던 도요토미 히데요시(豊臣秀吉)가 조선의 도자기에 관심을 보이게 되는 과정을 그려낸다.

제1, 2, 3, 4, 6, 7장은 張赫宙가 임진왜란을 소재로 집필했던 『가토 기요마사(加藤淸正)』『비장의 전야(悲壯の戰野)』『화전 어느 쪽도 불사하다(和戰何れも辭せず)』『부침(浮き沈み)』의 토대를 이루는 줄거리를 간략히 정리해 놓았다는 인상을 떨치기 어렵다. 그러나 『도자기와 검』은 소설이 아니고 역사적 사건에 대한 평론적 성격의 연구서라 할 수 있으므로 이전의 소설에서 보이던 작품의 주인공 가토 기요마사와 고니시 유키나가(小西行長)에 대한 미화는 보이지 않는다. 각종의 사료를 참고로 전란의 전체상을 담담하게 전개하고 있을 뿐, 왜병에 의해 자행된 살육과 만행에 대한 언급은 역시 찾아보기 어렵다.

그런데 제5장의 「남해의 대 해전」에서는 이순신의 활약에 대해 구체적으로 언급하고 있으며, 제8장 「도공의 도래」를 통해서는 일본 도자기의 원류와 임진왜란 때 일본으로 건너온[24] 도공들의 역할을 상세히 소개하고 있다는 점에서 이 저작의 가치는 인정될 수 있다 하겠다.

그러나 野口는 임진왜란에 대해 "그것이 전쟁의 형태로 나타났다는 것은 불행이라 할 수밖에 없지만 피와 마음의 연결을 재현시켰다는 점에서 하나의 역사적인 운명을 느낀다"[25]고 말함으로써, 『韓과 倭』에서 주장하던 韓民族과 倭의 동질성에 대한 확

---

23 원 저작에는 '제1장', '제2장'과 같은 표기는 없으나, 편의상 필자의 임으로 붙인 것이다.

24 엄밀한 의미에서는 '끌려온'이라 해야 할 것이나, 작가의 집필 의도를 살리기 위해 '건너온'을 사용했다.

25 野口赫宙(1977)『陶と劍』講談社, p.229.

신을 『도자기와 검』을 통해 다시 확인하고자 했음을 알 수 있다.

이로써 野口赫宙는 말년에까지 친일협력이라는 과거의 행적과 일본으로 국적을 바꾼 행위와 관련된 부담에서 벗어나지 못한 채 끝임 없는 자기 합리화를 시도하였음을 알 수 있다. 자신의 주장에 대한 사실적 근거가 부족함을 인정하면서도 한·일 양 민족의 동질성을 부각시키려 노력하는 작가적 행위는 野口 스스로가 민족이라는 굴레에서 벗어나지 못하고 있음을 입증하는 것에 다름 아닌 것이다.

3) 인류의 존재에 대한 세계사적 관점의 형상화

野口赫宙의 민족에 대한 회한은 아메리카인디언 및 남미의 마야·잉카인들과 일본 고대인의 관계에 대한 관심으로 확대된다. 野口는 아메리카인디언에 대한 조사와 연구를 위해 미국에서 90일간 체류하다 돌아온 직후 마야·잉카인들의 유적을 답사하기 위해 다시 남미의 페루를 향해 홀로 날아갔다. 그리고는 마추피추 일대의 여행기록을 담은 『마야·잉카에서 조몬징을 찾는다(マヤ·インカに縄文人を追う)』를 1989년에 출간하였다.

이 저작은 마야·잉카인들 역시 아메리카인디언과 마찬가지로 베링해를 건너 이동해온 동북아 고대민족의 후손임을 입증하기 위한 기행문으로, 일본의 신석기 시대인인 조몬징과의 연관성을 강조하며 이의 확인을 위해 노력한다. 그러나 『韓과 倭』『도자기와 검』에서 입증하고자 노력했던 한·일 양 국민의 동질성에 관한 문제와는 상당히 괴리 있는 내용으로 전개된다. 이전의 두 작품이 지닌 논리적 모순과 근거자료의 결함을 보완하여 자신의 민족적 입장을 보다 분명히 밝히려 했다기보다는 오히려 이와 같은 심층적인 분석의 노력에서 벗어나 좀 더 확대된 세계문명사적 흐름에서 마야·잉카인들을 조명한 여행기록문에 지나지 않는다.

野口赫宙는 이에 머물지 않고 인도를 수차례 방문하여 불교 유적을 답사하거나, 1991년에는 86세라는 고령으로 중동지역을 방문하여 걸프전을 취재하기도 하였다. 이와 같은 작가적 행적으로 미루어 한·일 간의 민족적 관계를 규명하려던 그동안의 노력에 한계가 있었음을 짐작할 수 있으며, 세계각지에 분포된 인종들의 갈등양상과 문화교류에 대한 연구로 작가적 관심이 전환되고 있음을 엿볼 수 있다.

이는 작가 자신의 민족적 정체성에 대한 내면의 갈등을 초월하여 전 인류의 삶을 새롭게 조명하기 시작했다고 평가할 수 있으나, 한·일 양 민족이 안고 있는 현안 문제를 해결하려 한 것이 아니라 오히려 이를 희석시키는 결과를 빚고 있다는 비판에서 자유롭지 못하다.

野口赫宙는 1991년 무렵에 영어 장편소설 『Rajagriba(or Cry of Ganges) - A tale of Gautama Buddha 』와 『Forlorn Journey(or Kirisitan)』의 두 편을 인도의 뉴델리에서 출판하였다고 한다.[26] 이 소설은 "제목에서 헤아릴 수 있듯이, 민족의 역사적 뿌리라든가 세계적인 시각에서 본 종교의 위치 등, 보다 보편적인 것에 혁주의 관심이 쏠려 있다"[27]고 시라카와는 말했는데, 이전의 『마야·잉카에서 조몬징을 찾는다』와 같은 작품을 통해서도 한·일 양 민족의 관계성에 대한 탐구의 영역을 벗어나 점차 전 인류의 삶과 종교적인 것으로 확대되고 있음은 이미 확인한 바와 같다.

말년에까지 왕성한 창작활동에 힘을 쏟던 野口赫宙는 1997년 2월에 뇌혈전(腦血栓)으로 파란만장한 생을 마감했다.

이상과 같은 작가적 삶은 조선인 張赫宙와 일본인 野口赫宙라는 두 개의 필명이 상징하듯이 굴절된 시대와 불우한 가정환경을 극복하기 위해 치열한 싸움을 벌여온 과정의 기록이라 해도 좋을 것이다. 그러나 불우한 가정환경에 대한 회한의 표출과 현실적인 삶의 지속이라는 허울에 얽매인 채 한민족의 존재를 왜곡하는 집필을 계속해왔다는 근본적인 한계를 지니고 있다.

본고의 제2장 「野口赫宙의 문학」에서는 주로 단행본을 고찰의 대상으로 삼아 각 작품의 내용과 의의, 그리고 작가적 태도를 검토하였다. 그러므로 작가가 남긴 다수의 단편과 평론, 그리고 수필에 대한 고찰을 통해 보다 구체적이고 종합적인 野口赫宙의 문학을 조명할 필요가 있다 하겠는데, 이는 필자의 금후의 과제로 삼고자 한다.

---

26 시라카와 유타카(白川 豊)「張赫宙의 生涯와 文學」『서울대학교人文論叢』제47집, 2002.

27 같은 논문, p.72.

Ⅱ. 해방 이전
張赫宙 문학의 개관

張赫宙 문학의 정서적 배경
― 親日로 표출된 生來的 열등의식과 早婚의 갈등 ―

1. 머리말

일제 말기의 일본문단에서 활약한 조선인 작가 장혁주는 1932년에 식민지 조선의 참상을 다룬 「餓鬼道」가 일본의 문예잡지 『改造』에 입선하면서 주목을 받기 시작한 이후, 1997년 사망할 때까지 많은 작품을 발표하였다. 1945년 8월 해방 이전에 집필된 일본어 작품만 하더라도 장편 10여 편과 중단편 60여 편, 기타 콩트나 희곡, 기고문 등은 그 수를 헤아리기 어려울 정도이다.

그러나 이와 같은 왕성한 집필활동에도 불구하고 한일 양국의 관심을 받지 못하고 있었던 것이 사실이다. 이에 대하여 일부 연구자들은 임종국이 『親日文學論』에서 장혁주를 친일작가로 규정하자, 한국에서는 물론이고 일본에서조차 그의 문학을 기피하는 경향이 있었다며, 친일행적보다는 작품자체를 논해야 한다는 주장을 펴고 있다.

그런데 장혁주는 자신의 작가적 체험을 많은 작품으로 남기고 있으며, 친일작가라는 평가를 받게 되는 것은 이러한 개인적 체험이 친일협력으로 경도되어 간 것과 밀접한 관련이 있다 하겠다. 따라서 작가가 처해있던 환경과 그로 인한 심리변화에 주의를 기울이면, 어떤 과정을 거쳐 친일작가로 변전되어 가는지 쉽게 파악할 수 있다.

장혁주의 초기 작품에 엿보이던 민족적 저항은 生來的 열등의식과 早婚에 대한 거부감에서 비롯된 현실 탈출 욕구로 전환되다가, 일제의 강압체제에 직면하자 이에 쉽게 동조해간다. 그러므로 각각의 작품에 대한 단선적이고 개략적인 고찰만으로는 장혁주의 본질을 파악하기 어려우며, 작가적 행적에 대한 고찰을 병행함으로써 비로소 종합적인 평가가 가능하다 하겠다.

본고에서는 장혁주의 작가적 환경과 이를 담아낸 자전적 작품들을 비교 고찰하여, 그가 안고 있던 生來的 열등의식과 早婚에 대한 갈등이 내선일체와 황국신민화 예찬에 미치는 영향 및 그 과정을 규명하고자 한다.

2. 張赫宙 문학의 연구동향

해방 이전의 장혁주 문학에 관한 국내의 연구는 1966년에 출간된 임종국의『親日文學論』에 수록된「張赫宙論」이 최초[1]라 할 수 있는데, 이후의 장혁주 문학에 대한 인식을 결정짓는 데 많은 영향을 미쳤다. 일본에서도 任展慧와 하야시 고지(林 浩治) 등이 친일작가라는 입장에서 장혁주 문학을 논하였으며, 재일조선인 문학가들도 이에 동조하는 경향을 보였다.

그러나 1990년대 들어서면서부터는 친일작가라는 틀에서 벗어난 접근의 필요성을 강조하는 연구자들이 등장하기 시작하였다. 그 대표적인 연구자는 학위논문「張赫宙 硏究」(1989)로 주목을 받아온 시라카와 유타카(白川 豊)라 하겠는데, 그는 장혁주 문학을 평하여 "(장)혁주에게 사회정의라든가 가족관계라든가 '내선일체'의 주장과 같은 것은 개인적으로 느끼는 것으로서, 논리나 분석의 대상은 아니었다"는 말과 함께, "그것은 항상 어떤 대상에 대한 애증이 얽힌 감정의 발로여서, 거의 생리적인 것이기도 했다"[2]고 단정한다. 그러면서 장혁주의 문학은 "애증의 기록"[3]이라는 상

---

1 장혁주 문학에 대한 한국에서의 연구는 全光鏞의「張赫宙의 祖國과 文學」(『知性』통권2, 乙酉文化社 1958, 가을)이 최초라 할 수 있으나, 해방 이후의 작품인「다른 풍속의 남편(異俗の夫)」(1958)의 고찰에만 머무르고 있다.

2 白川 豊(2002)「張赫宙의 生涯와 文學」『장혁주소설전집』태학사, p.297.

3 이 용어는 장혁주의 창작집『애증의 기록(愛憎の記錄)』(河出書房, 1940)을 참고한 것으로 생각된다.

징적인 말로 정의를 내린다. 이는 장혁주의 문학이 자신의 삶에 대한 개인적인 감정의 표출에 의해 성립되고 있다는 인식을 바탕에 둔 평가라 하겠으며, 작가의 인생역정과 발표된 작품을 비교해 볼 때 매우 적절한 언급으로 생각된다.

그러나 시라카와는 이와 같은 인식과는 별도로 "자유롭게 말을 못한 시대를 살면서 더군다나 동경문단에서 좀 알려진 한국인 작가의 입장이란 참으로 난처한 것이었으리라는 상상력 없이, 후일 사람들이 비판만 일삼는 일은 삼가야 할 것이다"[4]와 같이 친일작가로서 비판받고 있는 장혁주 문학에 대해 옹호론적 입장에 서기도 한다. 또한 南富鎭도 "주로 친일문학과 국책문학에의 관여, 혹은 그 반대의 저항문학과의 비교라는 측면에 있어서 강조되어 온 경향이 있다"면서, 이는 그동안의 식민지문학 연구가 임종국의 『親日文學論』에 크게 영향을 받은 때문이라는 견해를 피력하고, "근대 조선문학이 갖는 본질적인 면을 시야에 둔 고찰"[5]의 필요성을 역설한다.

그런데 이들은 장혁주의 문학 중에 친일로 분류할 수 있는 것은 많지 않는다는 주장[6]을 펴기도 하고, 친일적 내용을 담고 있는 작품들에 대한 옹호론적 평가를 내리기도 한다. 이와 같은 자세는 친일적 작품의 분량만으로 친일 여부를 판단하려한다는 비판에서 자유롭지 못할 뿐만 아니라, 무리한 장혁주 옹호론을 시도하고 있다는 지적을 받아 마땅하다 하겠다.

이러한 연구자들이 안고 있는 논리적 모순은 그들이 제시하고 있는 근거자료를 분석해보면 쉽게 확인된다. 시라카와는 장혁주의 대표적 친일작품집 『이와모토 지원병(岩本志願兵)』(1944,1)과 비슷한 시기에 집필된 작품 『화전 어느 쪽도 불사하다(和戰何れも辭せず)』(1942,3)와 『開墾』(1943,4)을 복간하였는데, "(친일로 보기 어려운) 중립적 시점이 주목받는" 작품이며, "'친일'행위의 정도만으로 문학작품과 작가의 존재 전체를 완전 부정하거나 긍정하는 것은 너무 극단적이라는 것"[7]을 확인시켜주기 위한 목적이 있었다고 언급한다.

---

4 주(2) 「張赫宙의 生涯와 文學」 『장혁주소설전집(張赫宙小說全集)』, p.295.

5 南富鎭(2001) 『近代文學の〈朝鮮〉体驗』 勉誠出版, p.245.

6 南富鎭 「解說—日本語への欲望と近代への方向」, 南富鎭·白川豊編(2003) 『張赫宙日本語作品選』 勉誠出版, p.326.

7 白川 豊(2000) 「張赫宙·作 「開墾」 について(解說)」 『開墾—日本植民地文學精選集(朝鮮編) 3』 ゆまに書房, 解說 2.

그러나 『開墾』은 일제의 만주침략으로 조선의 이주 농민이 새로운 삶을 찾게 되었다는 내용을 담고 있으며8, 『화전 어느 쪽도 불사하다』는 임진왜란 당시 왜군의 선봉장이던 고니시 유키나가(小西行長)를 미화하여 침략의 정당성을 제고하기 위한 작품이라 할 수 있다. 따라서 중립적인 시각에서 집필되었다는 시라카와의 주장은 납득하기 어렵다. 또한 남부진은 『이와모토 지원병』과 김사량의 『바다의 노래』(每日新報, 1943,12~1944,9)를 비교하여 "(장혁주 작품이 오히려) 국책에 대한 영합의 정도가 적다"9 며, 일제에 대한 저항적인 자세를 보였다는 평가를 받고 있는 김사량 역시 본질적으로 장혁주의 문학행보와 큰 차이가 없다는 주장을 한다.

그러나 장혁주의 『이와모토 지원병』과 김사량의 『바다의 노래』는 동일선상에서 논할 수 있는 작품이 아니다. 『이와모토 지원병』은 작가의 말처럼 "징병제 실시는 조선의 황민화를 인정받은 날"10을 기념하기 위해 집필된 작품집으로, 다섯 편의 황국신민화를 열망하는 내용의 단편을 싣고 있다. 한편, 한글로 집필된 『바다의 노래』는 주인공 신별장(申別將)의 손자 귀동(貴童)이 '해군특별지원령'의 공포와 함께 입대한다는 내용을 담고 있어서 「향수(鄕愁)」「해군행(海軍行)」 등과 함께 정책문학에 가담한 흔적이 엿보이는 작품으로 평가받고 있지만, 격동하는 조선근대사의 한가운데서 몸부림치는 작가의 분신을 그려내려는데 치중하고 있을 뿐, 장혁주의 많은 작품에서 부르짖고 있는 황국신민화의 찬양과는 거리가 멀다 하겠다. 이 작품에 대해 추석민은 『김사량 문학의 연구』에서 "일제에 의해 궁지에 몰린 문학자의 고뇌와 괴로움, 그리고 살기위해 어쩔 수 없이 정책문학에 가담하면서도 혼까지는 팔지 않으려는 고투의 흔적이 엿보이는 작품"11으로 평가했다.

시라카와의 장혁주 문학에 대한 이와 같은 무리한 접근은 민족의 말살이라는 당면문제에 대해서 거시적인 논리나 분석을 동반한 작가로서의 사명의식에 초점을 맞추기 보다는 개인적인 체험과 생각을 작품화한 그 자체에 비중을 두고 평가한 결과로

---

8 필자의 졸고(2007,8) 「장혁주의 『開墾』과 萬寶山事件」 『人文學硏究』 충남대학교 인문과학연구소, 제34권 제2호.

9 주(5) 『近代文學の〈朝鮮〉體驗』, p.278.

10 張赫宙(1944) 「序に代えて」 『岩本志願兵』興亞文化出版株式會社 1, p.2.

11 秋錫敏(2001) 『金史良文學の硏究』제이앤씨, p.370.

생각된다. 南富鎭의 경우는 장혁주가 근대화에 대한 열망으로 일본어 글쓰기를 동경하는 바람에 언어가 가진 사상성을 탈피하지 못하여 일제의 국책적 성격을 띠게 되었을 뿐[12]이며, 태생적 열등감 역시 조선의 봉건적인 색채를 부정하게 만드는 요인으로 작용하여 조선의 현실을 리얼하게 묘사하는데 크게 작용했다[13]는 주장을 한다. 남부진의 견해도 장혁주 문학을 연구하는데 있어서 하나의 방법론으로 고려될 필요가 있겠지만, 그렇다고 친일작가라는 평가에 본질적인 변화를 가져오기는 어려울 것으로 보인다. 生來的 열등의식으로 민족을 부정하고, 근대화에 대한 열망으로 일본어에 몰입해 간 정황에 수긍이 간다하더라도, 자신의 이익을 쫓아 스스로의 작가적 양심을 속이고 민족을 배반하면서까지 정책적 문학에 추종해 간 것을 용인하기는 어려운 일이라 하겠다.

3. 生來的 열등의식과 황민화 예찬

장혁주는 스스로의 작가적 체험을 작품화하는 경향이 강했으며, 해방 이전의 자신의 행적을 담은 자전적 작품[14]도 여러 편을 남기고 있다.

본장에서는 生來的 열등의식 속에서 유소년 시절을 보낸 작가의 황국신민화에 대한 열망의 형성 과정을 그의 자전적 작품 및 작가연보 등을 통해 고찰하고자 한다. 또한 작가적 체험을 작품에서는 어떻게 묘사하고 있는지에 관해서도 검토하고자 한다.

자전적 작품이라 하더라도 모두가 사실에 바탕을 두고 집필된 것으로 보기는 어렵지만, 『편력의 조서(遍歷の調書)』에 묘사된 내용들은 작가의 내면에 잠재해 있던 자화상일 뿐만 아니라, 가족과 주변 환경에 대한 작가적 인식의 표현에 다름 아니라는

---

12 주(5) 『近代文學の〈朝鮮〉体驗』, pp.271-273.

13 주(5) 『近代文學の〈朝鮮〉体驗』, p.279.

14 장혁주의 자전적 작품으로는 『인간의 굴레(人間の絆)』3부작(1941), 『고독한 영혼(孤獨なる魂)』(1942, 三崎書房), 『나의 풍토기(我が風土記)』(赤塚書房, 1942), 「협박(脅迫)」(1953), 「戸籍謄本」, 『편력의 조서(遍歷の調書)』(新潮社, 1954), 「다른 풍속의 남편(異俗の夫)」(新潮, 1958), 『폭풍의 시(嵐の詩)』(講談社, 1975) 등이 있다. 본고에서는 해방 이후 일본인으로 귀화한 직후 집필한 『편력의 조서』가 유소년 시절 및 식민지 말기의 상황과 작가의 심정을 비교적 사실에 가깝게 묘사하고 있다는 판단에 따라 주된 참고문헌으로 삼았다.

판단에 입각하여 논을 전개하고자 한다.

1) 불우한 가정환경과 황국신민화에 대한 열망

장혁주의 生來的 열등의식은 기생출신인 생모의 성적인 문란과 부친에 의한 천대, 그리고 부婚에 대한 부담감에 의해 형성되었다고 할 수 있다.

작가의 생모는 울산의 포구였던 장생포(長生浦) 부근 어촌 출신으로 16세에 출가했으나 어부였던 남편을 싫어하여 도망쳐 나왔으며,[15] 이때부터 기생으로서의 삶은 시작되었다. 작가의 생모가 서른 즈음에는 구 한국군 사단장의 첩으로 있었는데, 부하인 모 대위와 관계를 맺어 태어난 것이 작가였다. 사단장에게 알려지는 것을 두려워한 생모는 남해안의 한적한 어촌에서 작가를 낳은 뒤에도 늘 전전긍긍하며 지냈다.

사단장이 사망했다는 소식을 접한 생모는 경주로 들어와 여관과 요릿집을 내어 돈을 벌었다. 집안은 주방의 요리인과 머슴 및 하녀, 그리고 생모가 데리고 있던 기생들로 매일 같이 북새통을 이루는 바람에 어린 작가가 마땅히 있을 곳도 없었다. 잠에서 깨었다가 잘못알고 들어간 방에 알몸으로 다른 남자를 껴안은 채 잠들어 있는 생모의 모습을 보는 일도 종종 있었다. 생모의 이런 모습은 어린 작가의 뇌리를 떠나지 않았으며 남녀 간의 성애(性愛)를 혐오하는 습성이 자리 잡게 된다.

작가는 14세 되던 해에 대구에 있는 친부(親父)의 집으로 들어가 중학교를 다녔으며, 적모(嫡母)의 영향으로 성당에 나가 세례까지 받는 등 비교적 착실한 소년기를 보내게 된다. 그러나 친부는 기생인 생모와의 사이에 태어난 작가를 천대시하고 있었던 관계로 이따금 "아무리 가르쳐도 너는 싹수가 노랗다. 태생이 비천한 것은 교육으로는 안 되는군, 괘씸한 놈 같으니"(94)[16]와 같이 노골적인 태도를 보이기도 하였다.

작가가 경주의 생모를 찾았다가 그녀의 강요에 못 이겨 4살 연상의 여인과 혼인을 한 것은 17세가 되던 해의 일이며, 이후 2남 3녀를 두게 된다. 학생신분인 그에게 조혼은 상당한 심적 부담감을 주었으나 이후에도 대구고보에 진학하여 학업에 전념하

---

15 野口赫宙(1975)『嵐の詩』講談社, p.10.

16 본고에서는 작가의 자전적 작품 중에 〈野口赫宙(1954)『遍歷の調書』, 新潮社〉의 내용을 비교적 많이 인용하였다. 이하에서는 이 작품에 한정해서 각주를 달지 않고 ( ) 안에 인용 쪽수를 표기하고자 한다.

는 등 나름대로 성실한 생활을 견지하려 노력하였다.

그러나 이와 같은 작가의 生來的 불운과 부친의 냉대, 그리고 早婚에 의한 열등의
식은 20세를 넘기면서부터 심각한 가치관의 혼란을 초래하여 스스로의 운명을 저주
하는 등 무절제한 삶에 빠져들게 된다. 그런 와중에도 민족적인 작품의 집필을 시도
하는 등 저항의식을 나타내기도 하였으나 일제의 강압체제에 직면하자 점차 그 의지
는 약화되어 갔으며, 조선의 모든 것을 부정하고 새로운 세상에서의 삶을 추구하겠다
는 욕구로 변질되고 만다. 마침내 작가는 『이와모토 지원병』으로 대표되는 황민화의
열망을 담은 작품의 집필에 매진하게 되는데, 이러한 작가적 태도의 변화는 당시의
시국상황과 밀접한 관계를 맺고 있었다 하더라도, 불우한 환경적 조건이야말로 이를
실천하게 만든 근본적인 원인으로 작용했다 하겠다.

2) 작품에 투영된 生來的 열등의식

작품 속에 투영된 식민지조선과 조선인들의 모습은 생모에 의해 형성된 애증의 감
정과 早婚한 아내로부터 느끼는 혐오감, 그리고 기생의 자식이라는 열등감을 부추기
는 양반사회에 대한 비판의식 등이 망라되어 묘사된다.

작가는 평생 독신으로 지낼 생각도 하였다(24)면서, 자신의 모친에 대해 "애초부터
생모는 기생이었다. 열여섯에 기생이 되었다고 하니까 그 몸은 남자로부터 남자로 방
랑하여 더럽혀져 있었다"(24)라며 증오의 감정을 드러낸다. 뿐만 아니라 "모친의 추
태가 늘 눈앞에 어른거려 헛구역질을 하였다. 그 구역질은 며칠이 지나도 가라앉지
않았다"(25)는 말로 생모에 대한 작가의 인식이 어떠하였는가를 고백하고 있다.

작가가 친부와 적모에 의해 대구로 거주지를 옮겨 생활을 하면서도 기생인 생모의
추한 모습이 뇌리에서 떠나질 않았으며, "나는 호적상으로는 안(安)씨 집안의 후계자
이고 명문의 자제이다. 그런데도 나의 피는 태어나기 전부터 신이 가장 꺼려하는 죄
로 더럽혀져 있는 것이다"(86)는 열등의식에 사로잡혀 있었다. 작가는 대구고등보통
학교 재학 시절 자신이 조선에 세 개밖에 없는 학교를 다니고 있다는 자부심을 안고
생모를 찾아 경주로 내려간 적이 있었다. 손님들을 대하고 있던 모친은 달려 나와 반
갑게 맞아주었으나, 술상을 앞에 둔 손님들은 신기한 듯 작가를 쳐다본다.

그 눈에는 호기심이 있었고, 거만함이 있었다. 나의 학생복에 대한 존경은 조금도 찾
아 볼 수 없었다. 그들에게는 내가 여전히 기생의 자식으로밖에는 보이지 않는 것이었
다. 나는 혐오를 느꼈다.(103)

기생의 자식이라는 편향된 시선은 작가의 노력과는 상관없이 이미 生來的 조건으
로 결정되어 있었던 바, 자신이 속한 굴레를 벗어나지 않는 한 이의 해소는 불가능한
것으로 인식했다한들 작가를 탓할 수는 없는 일이다.

작가의 심중을 반영하듯 부모와 자식 간의 따뜻한 관계를 묘사한 작품은 찾아보기
어렵지만 기생을 소재로 삼은 작품은 의외로 많다. 그 대표적인 작품으로 「갈보(ガル
ボウ)」(1934,3), 「아내(女房)」(1934,1), 「장례식 날 저녁에 생긴 일(葬式の夜の出來
事)」(1934,8) 등이 있으며, 기생이 있는 요릿집을 배경으로 한 작품으로는 「술에 못
취한 이야기(醉えなかった話)」(1937,1), 「권이라는 남자(權といふ男)」(1933,12), 「분
위기(雰圍氣)」(1938,6) 등을 들 수 있다.

이와 같은 작품의 특징은 양반들의 치정에 얽힌 싸움을 다룬다든가, 추악한 인간
의 내면세계를 그려내기 위한 도구로써 기생을 등장시키고 있다는 점이다. 이러한 작
품들은 대부분 상당한 현실감을 주는 수작이라 할 수 있는데, 기생을 업으로 삼고 있
는 생모의 요릿집에 드나드는 다양한 인간 군상에 대한 관찰을 통해 축적된 체험이
바탕을 이룬 것으로 보인다. 그러나 생모에 대한 애증의 감정과 양반사회에 대한 비
판의식이 강하게 작용하는 바람에, 조선사회의 그늘진 면만을 부각시킬 수밖에 없었
던 것은 일련의 작품들이 지닌 한계라 하겠다.

이상의 고찰을 통해 알 수 있듯이 생모와 관련된 작가의 내면세계는 자신의 현재
위치를 규정하고 있는 모든 것으로부터 탈피하고 싶다는 욕망을 갖게 하기에 충분했
던 것으로 보이며, 이를 실천하기 위해서는 생모의 그늘에서 벗어난 새로운 환경의
구축이 필요했던 것으로 생각된다. 이러한 작가의 심정은 일제에 의한 내선일체 정책
에 쉽게 동화될 수 있는 토대로 작용하였으며, 결국은 황국신민화의 합리화를 위한
조선사회의 부정론으로 발전되었고, 마침내 일제말기의 국책적 작품들에 적극 반영
되기에 이른 것으로 보인다.

4. 무婚의 갈등과 일본 도피

장혁주는 앞 장에서 고찰한 바와 같이 생모에 대한 애증의 감정과 친부 및 주변의 차별적인 시선에 의해 조선사회의 부정적인 측면을 강조하는 작품을 집필했다고 볼 수 있다. 그런데 작가가 일본으로 건너가 완전히 정착하게 된 배경에는 생모의 강요에 의해 무婚한 조선의 아내를 멀리하기 위한 방편이었다고 보는 것이 타당하다.

작가의 적모(嫡母)가 사망하자 경주에 있던 생모는 며느리인 貴香(작가의 처, 본명 金貴行)을 데리고 대구로 들어와 친부의 정실로 혼인 신고를 하여 같이 지내게 된다. 마침 대구고보를 좋지 않은 성적으로 졸업하게 된 작가는 상급학교에 진학하는 대신 퇴학당한 친구들과 어울려 다녔는데, 그들은 아나키스트나 다다이스트, 또는 살친당(殺親黨) 및 무婚철폐 등을 외치며 마치 민족해방운동가라도 되는 양 술집을 전전했다. 작가는 당시를 회상하여 "그중에 8할이 조혼자로서, 구식이고 연상인 아내와 이혼하기 위해서 양친과 투쟁"(147)하였다고 말하고, 작가 자신이 이러한 무리들과 어울린 것도 "민족의 본능은 반절 이하였고, 실은 생모와 貴香에 대한 불만이 당시의 행동의 주체였다"(147)는 심정을 토로함으로써, 작가의 방황이 생모와 연상의 부인에 있었음을 밝히고 있다.

일본어 작품에서 작가의 아내인 貴香에 대해 언급하고 있는 것은 『인간의 굴레』나 『편력의 조서』와 같은 자전적 소설이다. 이 중에 『편력의 조서』는 1952년 10월 일본으로 귀화신청을 한 직후에 집필하였는데, 한마디로 작가가 일본인 아내인 노구치 게이코(野口桂子)17와 맺어진 과정을 합리화하여 그 필연성을 강조하고자 한 저서라 할 수 있다. 1975년에 출간한 『폭풍의 시』가 자신의 일생을 아름답게 포장하려 했던 것과는 다르게, 기생인 생모와 강제로 결혼한 貴香으로 인해 겪어온 고통을 회상하며, 이러한 고통에서 자신을 구해준 게이코 부인에게 고마움을 표시하기 위한 작품이라 할 수 있다. 작품에서 작가는 貴香과 이혼하겠다며 생모에게 말한다.

어머니, 제가 그렇게 걱정이시라면 제발 제 말 좀 들어주세요. 제가 이렇게 타락한 것은 원인이 있습니다. 아내 때문입니다. 저는 싫습니다. 아무런 애정도 생기지 않아

---

17 본명은 노구치 하나코(野口はな子)

요. 조혼은 정말이지 싫습니다. 제발 저 사람과 이혼하게 해주세요.(148)

그러나 생모는 작가의 요구를 일축하고 들어주려 하지 않는다. 그렇다고 해서 작가는 貴香을 집안에서 무조건 몰아낼 만큼의 냉혈한도 못되었다. 실제로 貴香에게 이혼을 요구하기도 하였으나, 이혼은 해도 좋으나 갈 곳이 없으니 제발 이 집에 남아 있게만 해달라고 애원을 하는 바람에 더 이상 심하게 대하지 못한다.(153)

장혁주는 1936년에 일본으로 건너와 게이코를 만나면서 일본인이 되기로 마음을 굳힌 것으로 보이나, 문학적으로는 이미 1934년에 "인간의 사회생활의 깊숙한 곳에 감춰진 것을 그려내고 싶다"[18]라든가, "내가 이전에 우리민족의 상황을 예술화하여 영원히 널리 세계에 알리려던 열의가 언제 이것과 바뀔지 나도 모른다"[19]고 언급하며, 초기의 순수한 민족적 열의가 사라져 가고 있음을 고백한 바 있다. 이를 계기로 식민지 조선의 실상을 알리려는 작품은 더 이상 집필되지 않았고 기생이나 타락한 양반 등을 소재로 삼은 작품이 많이 발표되었다. 이러한 작가적 자세의 변화에 비판이 일자 장혁주는 반박한다.

어떠한 박해나 구속이 닥쳐오더라도 프로레타리아 작품만을 쓰면서, 조선의 피압박민족으로서의 기개를 잃지 않는(귀형들이 바라는 바와 같이) 인간이 아닌 것은 불행 (?)히도 사실입니다. 나는 「권이라는 남자」이래로 완전히 작풍을 바꾸었고, 지금까지의 시점도 돌아보지 않게 되었으니까. [20]

이 무렵의 장혁주에 대해서 南富鎭은 "1936년 여름, 「文壇페스트菌」[21] 사건에 의한 조선문단에서의 고립과, 여류작가 백신애(白信愛)와의 연애사건으로 어쩔 수 없이 창작의 거점을 동경으로 옮긴다"[22]고 언급하여, 작가가 조선을 떠나 일본에 정

---

18 張赫宙「我が抱負」, 주(6)『張赫宙日本語作品選』, p.294. 初出 ;『文芸』, 1934, 4.
19 주(18)과 같은 논문「我が抱負」, 295쪽.
20 張赫宙「私に待望する人々へ」, 주(6)『張赫宙日本語作品選』, 297쪽. 初出 ;『行動』, 1935, 2.
21 張赫宙(1935,10)「文壇페스트菌」, 三千里(7-9). ; 자신이 일본어로 쓴 작품들을 평가절하 하는 당시의 조선문단에 대한 불만을 토로한 글.
22 南富鎭(2006)『文學の植民地主義』世界思想社, p.57.

착할 수밖에 없었던 결정적인 계기는 소설가 백신애와의 간통사건이었음을 밝힌다. 이 사건은 『편력의 조서』에도 그 과정이 상세히 묘사되어 있는데, 백신애의 남편이 작가를 간통죄로 고소하지 않는 대신에 상해나 홍콩으로 떠나라는 조건을 제시해옴에 따라, 일본의 나가사키를 거쳐 상해로 간다고 하고는 도쿄에 정착했던 것이다.(195)

우여곡절 끝에 동경에 정착하게 된 작가는 하숙집에서 글을 쓰고 있었으나, 별로 진척도 없고 음식도 잘 맞지 않아 실의에 빠져 있었다. 그런데 하숙집 주인의 친척으로 소학교 교사23인 게이코를 만나면서부터 그의 인생에 전환점이 찾아오게 된다. 게이코는 작가가 잡지에 투고한 시의 충실한 독자이자 상담자였으며, 작가의 불우한 生來的 조건과 조선 부인인 貴香에게 이혼을 요구하여 당사자가 납득을 했음에도 생모의 반대로 이루지 못했다는 등의 고백(50)을 듣고 난 후, 작가와의 동거를 결심하고 신사에 가서 자신들만의 결혼을 올리자고 말한다. 이에 작가는 "29년 생애의 불행이 이 순간에 사라져버렸다"(51)라든가, "자신의 작품의 고향을 이 땅에서 찾고자 했던 것이 옳았다"(32)며 흥분을 감추지 못한다. 생모는 작가에게 서둘러 돌아오라는 편지를 자주 보내왔으나, 그 때마다 "나는 생모와 그 며느리인 貴香에게서 벗어나기 위해 왔다. 생모의 말대로 한다면 다시 그 사음(邪淫)의 지옥으로 전락할 것이다"(34)라며 응하지 않는다.

1936년 무렵의 장혁주는 이미 조선문단에서 환영받지 못하는 처지가 되었을 뿐만 아니라, 生來的 열등의식에서 비롯된 조선의 유교사회에 대한 경멸과 早婚한 조선인 아내로부터 탈피하고 싶다는 열망이 크게 작용하고 있었다. 이때 게이코 부인이 천사처럼 나타남으로써 일본에의 정착을 결심하게 되었고, 때마침 일제의 중국 침략이 본격화 되면서 내선일체에 의한 황국신민화가 적극 추진되기 시작하였는데, 조선의 모든 것에서 탈피하고 싶었던 장혁주에게는 일제의 황민화정책에 협조를 망설일 하등의 이유가 없었다 하겠다.

23　주(16)『遍歷の調書』, p.41;『嵐の詩』에서는 요릿집의 허드렛일을 하는 여성으로 묘사하고 있어서 어느 쪽이 사실인지 알 수 없지만, 게이코가 장혁주와의 동거 이후 아이가 태어났는데도 아직 미성년이라서 그녀의 호적에 올릴 수 없었다는 등의 생활환경으로 보아 소학교 교사는 아니었던 것으로 생각된다.

5. 뒤틀린 자아의 합리화를 위한 노력

일본인으로 귀화한 직후에 집필한 자전적 작품 「협박(脅迫)」(1953)과 『편력의 조서』(1954)에는 아직 마음의 정리가 안 된 탓인지, 자신의 행위에 대한 변명을 위한 작품들임에도 불구하고, 오히려 작가의 속내를 적나라하게 드러내고 있다는 특징을 지닌다. 그렇지만 냉정한 자세로 철저한 자기변명으로 일관한 『폭풍의 시』보다는 인간적인 면이 엿보인다는 점에서 평가할만하다. 어쩌면 자신의 과거를 비판하는 자전적 작품을 집필함으로써 한 차원 높은 수준의 작가로서의 위상을 제고하여 관심을 유도하려는 의도가 있었는지도 모르지만, 뒤틀린 작가의 내면세계를 고찰하는데 있어 더 없이 좋은 텍스트라 하겠다.

작품에서 작가는 생모로부터 貴香이 위독하니 빨리 돌아오라는 애원 섞인 편지가 온 뒤 얼마 지나지 않아 그녀가 죽었다는 통지를 받는다.

> 장례식을 치러준 고영(친구이름-필자)이 비아냥거리는 말을 써 보냈다. - 너 같이 잔혹한 인간이 있다는 것에 놀랐다. 나는 자신을 응시하는 것이 두려워졌다. 고영이 지적한 의미의 잔혹한 인간인 것만이 아니었다. 귀향이 죽었다는 것에 안도하고 오랫동안 끊어내지 못했던 인연이 풀린 것에 기뻐했던 것이다. 그 마음은 추악한 것에 틀림없었지만, 나는 그 추악함을 떨칠 수가 없다. 이렇게 잔인한 마음의 소유자라는 것이 두려웠다.(227)

자선적 소설에 이와 같은 양심고백을 담아 극적인 효과를 올릴 요량이었는지는 모르지만, 여전히 복잡하게 얽힌 왜곡된 인간상을 더욱 부각시킬 뿐이다. 이 외에도 도쿄 공습으로 많은 사람이 죽어가고 있는 상황 속에서 문득 貴香을 떠올리며 마음의 통증을 느낀 작가는 "몇 천이라는 사람이 죽어가고 있잖아. 당신 한 사람 쯤이야"라는 생각을 하다가 "자신의 마음의 추악함을 깨닫고 머리를 흔들었다"(235)는 고백도 담고 있다.

공습에 대비한 참호를 파고 있을 때 이번에는 생모가 위독하다는 연락이 왔다. 그러나 작가는 노력도 해보지 않고 관부(關釜)연락선[24]을 민간인이 타기 어려울 것이라

는 생각으로 돌아가지 않는다. 이후 얼마 지나지 않아 생모의 사망을 알리는 통지가
왔다. 그는 본능적인 슬픔으로 주변의 신사(神社)를 찾아가 울었다. 그때 만삭이 된
게이코가 저쪽에서 그를 찾아 올라오는 것을 보고 생각한다.

<blockquote>
"어머니 저걸 보세요. 저는 도저히 갈 수가 없었어요."

그때 경보가 울렸다. 나는 또 생모의 영혼에게 말했다. - 자 보세요. 오늘도 또 몇 천
이라는 사람이 죽임을 당하고 있어요.(238)
</blockquote>

부모를 비롯한 조선의 모든 것은 더 이상 작가에게 특별한 존재로 인식되지 않고
있음을 알 수 있는데, 일본인이 되어 일본에 정착하고 싶었던 작가에게는 그만큼 거
추장스러운 존재였던 까닭이다. 뒤틀린 자아는 간혹 엿보이는 양심의 가책을 매정하
게 몰아내며 자신의 이기주의적 행태를 합리화하기에 급급하다.

그런데 작가는 또 「협박(脅迫)」(『新潮』, 1953)을 통해 자신의 친일협력에 대한 변
명을 늘어놓는 과정에서 "일본의 유아 언어를 공부하려고 남의 집에 불쑥 뛰어들 수
는 없었기 때문에 일본어를 할 줄 아는 내 자식을 낳기로 결심하고 지금의 처와 결혼
을 했다"[25]고 한 뒤, "처가 들으면 화내겠지만 이것은 진실"이라는 말까지 덧붙인다.
게이코와 동거를 시작한 것은 자신의 완벽한 일본어를 위해서였다며 작가로서의 의
식을 강조한 것이겠지만, 조선의 모든 것을 버릴 때와 마찬가지로 목적을 위해 수단
을 가리지 않는 이기주의적인 인간의 전형을 드러내고 있다 하겠다.

『편력의 조서』에는 작가의 여성편력이 일본에서도 계속되었던 것으로 묘사된다.
그 이유는 게이코가 자신의 모든 것을 이해해주고 있는 것으로 착각하고 있었다며
"자신이 게이코와 함께 된 것은 잘못이었다"(218)는 생각에서 비롯된다. 그리고 얼마
지나지 않아 23세나 연하인 유키에(雪枝)라는 여성과 동거하여 낙태까지 시킨다. 그
런데 작가는 "내 피에는 악마가 숨어 있는 거야"(292)라는 독백을 하기도 하고, "나는
나이를 먹어감에 따라 생모의 피가 활개를 친다"(293)는 생각을 하는 것으로 묘사하
여, 자신의 행위를 생모의 탓으로 돌리며 生來的 열등의식에서 벗어나지 못하는 모

---

24 부산과 일본의 시모노세키(下關)를 운항하던 선박.

25 野口赫宙(1953)「脅迫」『新潮』50권 3호. ; 布袋敏博編(2002)『장혁주소설전집』태학사, p.295.

습을 보인다. 작가는 대단원의 막에 이르러 "내가 범해온 많은 간음죄를 씻어낼 방법
이 있을까를 생각했다. 참회할 수도 없었다"(304)는 말로 작품을 맺고 있으나, 진실성
이 느껴지지 않는 언어의 유희에 지나지 않는다는 생각을 떨치기 어렵다.

이후 게이코의 노력으로 다시 집으로 돌아온 작가는 여름밤에 동네의 축제에 갔다
가 우연히 축사를 하게 된다. 작가의 마음을 돌리기 위해 게이코가 주최 측에 부탁한
것이다.

> 패전 직후의 일본은 너무 비참했고 무기력했다. 그러나 그 악몽은 점차 사라지고
> 자의식을 되찾기 시작한 것은 참으로 기쁘다. 언제 독립할 수 있을 지 지금으로서는
> 알 수 없지만, 자의식만은 되돌려놓아야 하지 않겠는가. 오늘의 이러한 모임은 그러한
> 현상의 하나이므로 기쁘다.(298)

조선의 민족혼을 일본에 팔아넘긴 작가가 미국으로부터 일본이 독립되기 위해서
는 먼저 일본의 정신을 되찾자는 말을 하고 있다. 작가는 위의 축사를 마친 뒤 열광하
는 사람들을 보며 "나에게 제1의 고향은 없는 것과 마찬가지였다. 나는 자신이 이 나
라의 국민이라는 것을 인식했다"(298)는 생각을 하는 것으로 그려내고 있는데, 자신
의 마음속에서 조선을 지우고 싶다는 심정을 토로함으로써 일본인의 동정을 사려했
던 것으로 보인다.

작가는 또 전쟁의 참상에 마음 아파하는 자신의 모습을 돌아보며 "나는 자신이 이
민족의 귀화인이라는 것을 잊어버리고 있었다. 일본은 자신의 나라이고, 그러한 일본
의 애달픈 모습에 슬퍼하고 있었다"(248)라는 말로 자신의 내면세계가 완전한 일본
인으로 변모했음을 묘사한다.

장혁주는 자전적 작품을 통해서 자신의 과거를 참회하거나 변명함으로써 솔직한
모습을 선호하는 일본인들의 관심을 끌고자 노력하고 있음을 알 수 있는데, 문제는
그러한 노력이 진실성 있는 것으로 느껴지지 않는 탓에 작가에 대한 신뢰가 더욱 낮
아진다는 점에 있다. 해방 이후 일본에서의 작품 활동이 거의 주목을 받지 못한 것은
자신의 과거 행적을 미화하거나 외면하려 했을 뿐 인간의 삶에 대한 진지한 추구를
담은 작품이 많지 않기 때문이라는 추측이 설득력을 갖는 이유도 이러한 점에서 찾을

수 있다.

작가 나이 70줄에 접어들어 출간한 자전적 작품 『폭풍의 시』는 『편력의 조서』에서와 같은 솔직함으로 자신의 본심을 드러내는 것은 신상에 이롭지 않다는 것을 고려한 것이지, 자신의 행적에 대한 미화에 여념이 없다. 이 작품에서 특히 눈에 띄는 것은 내선일체와 황국신민화의 당위성을 호소하여 일제에 적극 협력했다고 평가받는 『이와모토 지원병』에 대한 변명을 위해 노력하고 있다는 점이다. 작가가 서울 근교의 훈련소를 찾았을 때 황군(皇軍) 지원병이 "조선인이 군인이 되면 일본인에게 무시당하지 않고 지낼 수 있습니다"라고 말하기에, 이런 마음자세로 군인이 되어서는 안 된다는 생각으로 일본과 조선이 하나라는 이론을 도입한 작품을 집필하게 되었다며 당시를 회상한다.[26] 즉 작가가 황국신민화의 이상을 담은 작품을 집필한 것은 조선인이 보다 떳떳하고 자신감 있는 자세로 임해줄 것을 당부하기 위한 것이었음을 강조함으로써, 일제의 정책수행보다는 조선인의 입지강화를 위해 노력했다는 점을 부각시키고자 한다.

내선일체의 이론적 토대를 이루고 있는 일선동조론(日鮮同祖論)에 대한 작가의 변명은 『폭풍의 시』보다 2년 늦게 출간 된 『韓과 倭』(1977)에서 보다 구체적으로 시도된다. 이 저작에서 일관되게 주장하는 내용은 일본의 지배세력이 한반도를 거쳐 일본열도로 건너왔으며, 신라가 삼국을 통일하기 이전의 가야와 백제, 그리고 일본은 형제국처럼 협력하며 지냈다는 것이다. 그리고 일본 천황의 혈통이 한반도 세력과 깊은 관계가 있음을 증명하기 위해서 노력한다.[27]

작가가 이러한 주장을 입증하고자 노력하는 것은 『이와모토 지원병』을 필두로 하는 여러 작품에서 내선일체를 주장하며 황국신민화를 부르짖었던 과거의 경력을 합리화하고, 일본인으로 귀화한 자신의 행위가 민족에 대한 배반으로 인식되는 것을 이론적으로 차단하기 위한 것으로 생각된다.

그런데 『韓과 倭』에서 다루고 있는 내용은 결과적으로 韓이야말로 倭가 형님의 나라로 존중하고 섬겨야 할 대상이라는 것으로 귀결된다고 할 수 있다. 따라서 일제

---

26 주(15) 『嵐の詩』, pp.223-233.
27 野口赫宙(1977) 「南鮮の血を継ぐ天皇」 『韓と倭』 講談社

에 의한 강압적인 조선의 황국신민화는 지류인 倭가 본류인 韓의 언어와 문화를 강제로 구축하여 倭의 세계로 만들려던 패륜적 행위였다는 것을 『韓과 倭』가 역으로 입증하고 있는 셈이라 하겠다.

6. 맺음말

본고에서는 장혁주의 문학을 친일로 이끌어 간 개인적인 환경과 이를 담아낸 작품들을 비교 고찰하여, 그가 안고 있던 生來的 열등의식과 旱婚에 대한 반발이 어떤 과정을 거쳐 내선일체의 합리화와 황국신민화의 예찬으로 표출되었는지를 규명하고자 하였다.

장혁주 문학의 특징은 작가적 체험을 형상화한 자전적 작품을 많이 남기고 있다는 점이다. 그런데 그 작가적 체험이라는 것이 조선사회와의 인연을 끊고 일본인이 되려는 열망으로 점철되어 있었다는 점에서 장혁주 문학의 한계는 이미 예견되어 있었다 하겠다. 장혁주의 뒤틀린 자아는 유교적 조선사회가 안고 있던 구조적 모순에 그 원인이 있다는 점에서, 그의 문학이 한민족의 존속에 부담으로 작용했던 것은 사필귀정이라 생각할 수도 있으므로, 조선적인 것을 경멸하여 일본인이 되고자 했던 배경에 대해 주의를 기울일 필요가 있다. 그러나 한민족 전체를 황국신민화로 내몰려 했던 행위는 작가로서의 양심의 문제일 뿐만 아니라 그 책임에서도 자유로울 수 없다.

장혁주의 불운하고 지난한 작가적 행보는 세간의 동정을 받을 수도 있고, 사회와 민족에 대한 작가적 사명을 떠나 개인적 이기주의를 형상화한 문학도 나름대로 인정될 수 있을 것이다. 그러나 궁극적인 문학의 존재가치라는 관점에서 본다면 이는 결국 지양되어야 할 본보기로서의 작가의 모습이며 문학이라는 평가로 귀착되고 만다. 따라서 장혁주 문학에 대한 새로운 평가의 시도는 나름대로 의미가 있겠으나, 그의 문학이 지닌 본질적인 문제점을 파악하기 위해서는 친일적인 작가를 탄생시킬 수밖에 없었던 生來的 환경과 시대상황에 대한 충분한 검토가 선행되어야 할 것이다.

민족적 작품과 친일적 작품의 비교
— 해방 이전의 일본어 작품을 중심으로 —

1. 머리말

해방 이전의 장혁주의 작가적 여정은 1932년에 『改造』에 투고한 「餓鬼道」가 입선하면서부터 본격적으로 시작되는데, 이 작품은 식민지배구조의 모순으로 인한 조선농민들의 고단한 삶과 이를 극복하기 위한 프롤레타리아의 단결과 투쟁을 호소하기 위한 것이었다. 이후 1933년까지 발표된 많은 작품들이 이와 유사한 민족적인 색채를 띠고 일제에 저항하려는 의식을 담고 있으며, 대표적인 작품으로 「산신령(山靈)」을 들 수 있다.

그런데 1934년 무렵부터는 일제의 감시와 통제를 의식하여 종래의 민족적이고 프로적인 작품과는 거리를 둔 채, 개인의 내면세계 깊숙한 곳을 탐구하는 작품의 집필에 힘을 쏟는다. 이 시기의 작품들은 「장례식 날 밤에 생긴 일(葬式の夜の出來事)」을 통해 확인되는 것처럼 조선의 유교적 지배체제에 안주하려는 양반들의 위선적인 폐쇄성에 대한 풍자와, 「술에 못 취한 이야기(醉えなかった話)」와 같이 소시민으로서의 개인적인 생활을 깊이 다룬 것이 많다. 그리고 조선민족에 대한 애증의 감정을 넘어 증오와 멸시로 변전되어 가려는 경향이 엿보인다는 특징을 지닌다.

이와 같이 점차 작가적 태도를 변화시켜가던 장혁주는 1939년에 발표한 「조선의 지식인에게 호소함(朝鮮の知識人に訴ふ)」에서 내선일체를 찬양하는 적극적인 언급을 함으로써 친일적 자세를 보이기 시작한다. 이후에는 임진왜란의 왜장을 그려내어 조선침략의 정당성을 제고한 『加藤淸正』와 같은 작품과, 만주사변을 합리화하기 위해 집필된 『開墾』과 같이 만주개척의 역사를 다룬 작품, 그리고 『이와모토 지원병(岩本志願兵)』으로 대표되는 황국신민화의 촉진을 위한 작품의 집필에 힘을 쏟게 된다.

본고에서는 장혁주의 해방 이전의 작품에 대하여 '초기의 민족적 집필기', '과도기적 글쓰기', '국책영합적 집필기'로 구분하여 각 시기별 작품의 특징과 작가적 자세에 대한 고찰을 시도하고자 한다. 이러한 연구의 동기는 어느 편중된 시기의 작품만으로

'친일'인지 아닌지를 판단하는 것은 문제가 있다는 인식에 토대를 두고 있으며, 해방 이전의 작가적 행적 전체를 고찰의 대상으로 삼아 어떤 과정을 거쳐 친일로 변전해갔는가를 조명하는데 목적이 있다 하겠다.

2. 초기의 민족주의적 작품

장혁주의 민족주의적이고 프롤레타리아적 경향을 짙게 풍기고 있는 작품은 1930년부터 1933년의 몇 년 사이에 출간된 작품에 한정되어 있다고 할 수 있다. 그의 데뷔작인 「白楊木」이 1930년 10월에 발표된 것을 시작으로, 1932년의 「餓鬼道」「하쿠타농장(迫田農場)」「쫓기는 사람들(追われる人々)」, 1933년의 「少年」「산신령(山靈)」[1]「奮起하는 者(奮い起つ者)」 등이 민족적 색채를 토대로 프로적 투쟁을 강조하는 대표적인 작품이다.

장혁주의 이와 같은 작가적 자세는 1933년 1월의 『文藝首都』에 발표한 「나의 문학(僕の文學)」에 잘 나타나 있다. 이 글에서 작가는 일본의 언론이 조선의 모습이라며 자주 싣고 있는 사진 중에 "내려놓은 지게에 기대어 낮잠을 자고 있는 일용노동자"[2]의 모습이 많다는 비판과 함께, 마치 "일하기 싫어서 나무 밑에서 낮잠이나 즐기고 있는 것처럼 보이게 한다"며 일본인들의 조선에 대한 인식에 강한 불만을 토로한다. 그러면서 조선인들은 "일하고 싶어도 일이 없고, 빈혈 때문에 일자리를 찾아 나설 기력도 없어 마지못해 쉬고 있는 것"[3]에 불과하다는 말로 식민지 조선사회의 구조적 모순을 우회적으로 비판한 뒤, 이에 대한 작가로서의 각오를 밝힌다.

나는 이들 민중의 비참한 생활을 널리 세계에 알리고 싶다. 호소하련다. 나의 문학은
이로써 존재하고, 그 진가가 발휘되기를 원한다. [4]

---

1 「少年」과 「山靈」이 발표된 시기는 정확하지 않으나, 1934년 6월에 간행된 『권이라는 남자(權という男)』에 수록하고 있어서, 1933년 무렵에 집필된 것으로 생각된다.

2 張赫宙「僕の文學」(『文芸首都』 1933) ; 南富鎭, 白川 豊『張赫宙日本語作品選』(勉誠出版 2003) p.288

3 上掲書 p.289

이와 같은 에세이를 발표한 시기의 작가는 그의 작품을 통해서도 알 수 있듯이, 사회의 저변에서 고달픈 생활을 면치 못하던 조선의 민중들에 대한 강한 동포애를 보이고 있으며, 일본인들에 의한 민족적 차별에 울분을 토로하기도 한다. 그러면서 자신의 문학적 가치를 조선민족이 처해있는 불행을 전 세계에 알리는 것에서 찾겠다는 포부를 밝힌다.

작가의 민족적 울분은 조선의 소작농민이 처해있던 열악한 생활조건을 폭로한 「白楊木」(『太地に立つ』 1930.10)을 집필하는 것으로 시작된다. 이 작품은 나이를 먹었다는 이유로 점차 소작지를 빼앗겨가는 한 노인의 비애를 그리고 있는데, 콩트와 같이 매우 짧은 내용 속에 지주에 착취당하는 소작농이라는 이분법적 구조를 통해서 사회적 모순을 효과적으로 형상화하고 있다.

「餓鬼道」(1932.4)는 문예잡지 『改造』에 투고하여 입선한 작품으로, 장혁주의 존재를 일본문단에 알리는 계기가 되었다. 이 작품은 저수지 공사에 동원된 소작농민의 고단한 삶을 그려내는 한편으로, 착취로부터 벗어나기 위한 단결의 중요성을 강조하여 프로적 투쟁을 고무시키려는 목적을 지니고 있다. 작중 인물의 한사람인 尹은 인부로 동원된 소작농민들에 대한 부당한 임금착취와 가혹한 폭력을 행사하는 공사감독과 십장들에 저항하려다 바위투성이의 벼랑 아래로 내동댕이쳐진 청년으로 등장한다. 이후 그는 점차 소작농민들의 단합된 투쟁의 필요성을 깨닫게 되어 주변의 의식 있는 사람들과 힘을 합하여 공사감독에 대항해 가는 주체로서 활약한다.

> (尹은) 농민들이 받아야할 임금의 대부분을 감독이 ××하고 있다는 것과 노동시간이 길다는 것, ××하고 있다는 것 등을 알기 쉽게 말했다. 농민들이 벌레처럼 잠자코 있으니까 이런 일이 일어난다며, 엊그제 있었던 사건을 예로 들면서 농민들이 일치단결하면 반드시 임금도 더 받을 수 있고, ××당하지 않아도 된다고 말했다.[5]

인용문을 통해서도 확인 되듯이 「餓鬼道」는 검열로 인해 문장의 여러 곳이 복자로 처리되어 있어 내용을 확인하기 어려운 경우도 있다. 이는 당시의 일제 당국이 용인하

---

4 張赫宙「僕の文學」(『文芸首都』 1933) ; 南富鎭, 白川 豊 前揭書 p.290
5 張赫宙「餓鬼道」『權といふ男』, 改造社, 1934. pp.322, 323

기 어려운 내용을 작품에 담고 있었다는 것을 보여주는 실례로서, 「餓鬼道」의 현실에 대한 투쟁적 자세를 단적으로 증명하는 것이라 하겠다.

「하쿠타농장(迫田農場)」(『文學クォタリイ』1932.6)은 러일전쟁 직후 이토 히로부미(伊藤博文)에 의한 통감정치의 실시와 함께 조선에 들어온 일본인 지주 아라이(新井)에 대한 호의적인 묘사로 출발한다. 황무지를 헐값에 사들인 아라이는 조선의 유랑농민들에게 거의 무상으로 토지를 제공하여 농사를 짓고 살게 한다. 그리고 그 뒤를 이어 누마다(沼田)가 지주가 되었을 때까지만 해도 농민들은 풍족한 생활을 할 수 있었다. 그러나 하쿠타(迫田)로 지주가 바뀐 이후에는 소작농민에 대한 가혹한 착취가 시작되었고, 이에 반발한 농민들이 가을 수확을 거부하는 등, 농토는 다시 황무지처럼 변해가기 시작한다는 내용으로 막을 내린다. 이 작품 역시 「餓鬼道」와 마찬가지로 작품 전반에 걸쳐 민족적인 색채를 강하게 풍기며 지주와 소작농민의 대립관계 속에서 약자인 농민들의 투쟁을 위한 단합의 과정을 그려내고 있다.

「쫓기는 사람들」(『改造』1932.10)은 제목을 통해서도 알 수 있듯이, 턱없이 불리한 계약조건으로 인해 소작료를 감당하지 못하게 되자 정든 고향을 버리고 북간도로 쫓겨 가는 조선농민의 빈자리를 내지(일본)에서 들어온 일본 농민들이 차지해 간다는 내용을 담고 있다. 이 작품은 프롤레타리아적 저항을 촉구하기 위해 농민들의 단결을 호소하던 「餓鬼道」나 「하쿠타농장」과는 달리, 일제치하의 사회구조적 모순으로 고향을 등질 수밖에 없는 조선민중의 지난한 운명을 민족주의적인 시각에서 그려내고 있다는 특징을 지닌다.

이상으로 고찰해본 작품들은 모두 생계를 이어나가기조차 힘든 처지로 전락한 소작농민들의 삶을 조명하여 일제의 식민정책에 비판을 가하고 있는데 비하여, 「奮起하는 者」(『文藝首都』1933.9)는 보통학교 교사를 주인공으로 설정하여 학교교육에 있어서의 민족혼의 말살과 차별을 주제로 삼고 있다는 점에서 구별되는 작품이라 하겠다. 작가 자신 보통학교의 훈도였던 경험을 토대로 집필한 것으로 보이는 이 작품은 스스로의 삶을 보전하기 위해 교육현장에서 일어나는 민족적 차별을 못 본 체하고 지내야 하는 金哲이라는 인물의 처참한 심경을 그려내고 있다.

金哲은 조선의 아이들에게 왜곡된 역사와 일본어를 가르쳐 일본인으로 만들어 가기 위한 교육을 해야 한다는 자괴감으로 괴로워한다. 마침내 金哲은 가족을 부양해야 한다는 개인적인 의무감에 약해지는 자신을 채찍질하여 학생들의 조직적인 저항운동에 가담하게 되지만, 이 사실이 알려지자 그는 학생들의 슬픈 전송을 받으며 학교에서 쫓겨나게 된다는 내용으로 막을 내린다.

생활의 어려움 속에서도 자신의 양심과 민족을 기만할 수 없어 투쟁을 전개해가는 주인공을 설정한 작가의 의지가 돋보이는 작품이라 하겠다. 그런데 내용이 과격하다는 이유로 이 작품을 실었던 잡지는 발매금지 처분에 처해졌다[6]고 하는데, 그만큼 민족의 주체적인 의식을 담아낸 작품이라는 반증이라 할 수 있을 것이다.

그런데 이 무렵에 발표된 다른 작품들보다도 한층 짙은 민족의식이 반영된 걸작은 「산신령」(『權といふ男』1933)이라 할 수 있다. 일제의 식민지배 구조의 모순으로 인해 삶의 터전을 잃고 방황하던 일가가 살아남기 위해 화전민으로서의 생활을 시작하였으나, 지주의 착취라는 굴레에서 끝내 벗어나지 못한 채 가족들은 하나 둘 죽음을 맞이하게 되고 주인공인 吉仙마저도 노예 신세로 전락하고 만다는 내용을 담고 있다. 조선민중이 처한 민족적인 위기를 비유적인 표현기법을 통해서 극명하게 표출시킨 작품이라 하겠다. 작품은 조선민중이 겪게 된 민족적 위기의 발단에 대한 언급으로 시작된다.

> (吉仙의 부친 박춘호는) 반도의 사회제도에 큰 변혁이 일어나서 점차 자본주의 사회로 진행되고 있다는 것과, 그때까지는 물물교환으로 자급자족의 생활을 해온 그들이, 지금까지와 같은 태평스럽거나 퇴영적인 생활수단으로는 점차 궁핍해질 것이라는 것 등도 물론 알 리가 없었다. 烏川에서도 김 아무개를 비롯한 몇 명의 지주들은 점점 윤택해지는 반면, 거의 모든 농민들은 자작농에서 소작으로, 그리고 빈농으로 전락했다. 게다가 외래인인 ××××지주, 교활한 중국인 상인에게로 재화가 집중되었다.[7]

이처럼 변화하는 사회에 적응하지 못한 吉仙의 가족은 마침내 화전민으로서의 삶을 선택할 수밖에 없는 궁지로 내몰리게 된다. 작가는 吉仙 가족의 고난이 부친의 무

---

6 南富鎭「作品註」, 南富鎭, 白川 豊 前揭書 p.317
7 張赫宙「山靈」『權といふ男』, 改造社, 1934. p.220

지에서 비롯된 것이라는 설정을 하면서도 그러한 사회체제를 만든 일제의 식민지배를 우회적으로 비판하고 있으며, 일본인들의 조선농지 잠식에 의해 조선농민이 쫓겨나고 있음을 폭로하고 있다.

「산신령」은 이상과 같이 일제의 지배체제에 대한 비판을 담고 있을 뿐만 아니라, 吉仙의 가족들이 화전민이라는 척박한 환경 속에서 겪게 되는 고통을 사실적인 묘사로 그려내고 있어서 문학작품으로서의 가치도 매우 높다. 吉仙에게는 어린 남동생 둘이 있었는데, 그 중 큰 아이는 제대로 먹지 못해 굶어 죽었으며, 나머지 아이도 여름밤의 더위를 피해 마당에서 거적을 깔고 잠을 자는 중에 늑대가 물고 가버린다. 그러나 吉仙 가족은 "자식을 잃은 슬픔도 양식의 부족으로 인한 괴로움을 이기지 못했다"[8]는 표현에서 알 수 있듯이, 또 다시 극도의 식량 부족에 허덕인다.

이런 와중에서도 吉仙은 같은 화전민으로 어려운 일이 있을 때마다 도움을 주던 粉玉의 오빠를 마음속에 그린다. 그런데 이때 烏川에 살고 있는 지주 金丙守가 올라와 빌려간 곡식을 갚으라며 으름장을 놓다가 吉仙을 보더니 "딸을 내게 주면, 영감과 할멈이 먹고 살만큼은 내가 어떻게 해주겠다"[9]는 말을 한다. 吉仙의 모친이 한사코 반대하는 바람에 무산되었지만, 그 어머니마저 이내 세상을 떠나고 만다. 이후에 부친 역시 점차 기력이 쇠약해져가자, 吉仙은 마음속에 粉玉의 오빠를 담고 있으면서도 金丙守의 첩으로 들어가게 된다. 그러나 金丙守는 吉仙을 집안에 감금하여 노예처럼 혹사시킬 뿐 그녀의 부친에게는 신경도 쓰지 않는 바람에 정신과 육체가 쇠할 대로 쇠한 부친은 눈 속에 갇혀 죽고 만다. 간신히 집에서 도망쳐 나온 吉仙이 金丙守에게 다시 끌려 돌아갈 때까지 부친의 묘소에서 목 놓아 우는 장면으로 작품은 막을 내린다.

이상과 같은 내용으로 전개되는 「산신령」은 吉仙의 가족에게 닥친 불행을 통해 식민치하의 조선민중의 고난을 상징적으로 그려낸 뛰어난 작품이라 하겠다. 일제치하의 일본인과 조선인 지주들의 횡포와 착취를 견디지 못하여 화전민으로 전락한 일가의 비참한 말로는 조선의 민족혼이 점차 그 명맥을 다해간다는 작가의 위기의식을 대변하고 있다고 할 수 있으며, 작가의 작품 중에 가장 민족적인 입장에서 집필되었

---

8 上揭書 p.230
9 上揭書 p.243

다고 해도 좋을 것이다.

그리고 이 시기 작품들의 특징 중의 하나는 일본어글쓰기 속에 당시의 한국어를 담아내기 위한 노력을 기울이고 있다는 점이다. 예를 들면, '弁当代'라는 단어 위에 'チョムシムカブ(점심값)'[10]이라는 한국어 발음을 가타카나로 덧붙이고 있는데, 이렇게 표기한 단어들은 '溫突-オンドル(온돌)', '酒幕-ツマク(주막)', '擔具-チゲ(지게)' 등과 같이 대부분의 조선적인 색채를 짙게 풍기는 용어들이다. 단어뿐만 아니라 "こらッ。もつと早く歩け。(イザシキ, ソッキコロラ-이자식이, 속히 걸어라)"와 같이 문장의 한국어 발음 역시 가타카나로 덧붙이고 있는 경우도 많다. 이와 같은 표기를 고집한 작가를 통해 엿볼 수 있는 것은 조선민중의 고통을 전 세계에 알리겠다던 의지의 실천이라 할 수 있을 것이며, 비록 일본어글쓰기를 하고 있지만 작품 속에 조선의 정서를 담아내고 싶다는 민족의식이 작용한 결과라 하겠다.

3. 인간군상에 대한 탐구를 시도한 과도기적 글쓰기

장혁주의 민족적이면서 프롤레타리아의 저항의식을 담아내려던 노력은 1933년 5월에 발표한 「형의 다리를 자른 남자(兄の足を截る男)」를 계기로 변화를 보이기 시작한다. 「형의 다리를 자른 남자」는 도벽을 막기 위해 형의 다리를 자르는 동생의 형제애를 조선 농촌의 소박한 정서와 함께 그려낸 작품이다. 즉 지금까지의 식민지배하의 조선민중이 겪고 있는 불행을 민족적이고 투쟁적인 시각에서 묘사하던 자세에서 다양한 계층의 사람들이 살아가는 모습을 담담히 관조하여 그려내는 자세로 전환되고 있음을 알 수 있다. 그러나 1933년 9월에도 민족적 투쟁을 호소한 「奮起하는 者」를 발표하고 있으므로 「형의 다리를 자른 남자」에서부터 작가적 태도를 완전히 바꾸었다고 하기는 어렵지만, 이후에 발표되는 작품들은 거의 대부분 이전의 민족적 투쟁의식과는 거리를 두고 조선의 유교사회를 풍자하거나 소시민적 생활상을 다루게 된다.

이러한 작가적 태도의 변화는 1934년 4월에 발표한 에세이 「나의 포부(我が抱負)」

---

10 '점심값'이라는 한글 표기는 필자에 의함. 이하 같음.

에 잘 나타나 있다.

> 나는 한 걸음 더 앞으로 나아간다. 그것은 인간의 사회생활 깊숙한 곳에 감춰진 것을
> 규명해보고 싶다는 것이다. [11]

> (전략) 내가 이전에 우리민족의 처지를 예술화하여 이를 영원히 세계에 알리겠다던 열
> 의가 언제 이것으로 대체될지는 나도 모른다. [12]

이와 같이 작가 스스로가 자신의 집필태도에 변화가 있음을 강조한 시점을 전후해 발표된 작품들은 이를 충실히 반영하듯 인간의 개인적인 생활에 대한 탐구에 초점을 맞추고 있다. 작품으로는 「권이라는 남자(權といふ男)」(『改造』1933.12), 「아내(女房)」(『文藝首都』 1934.1), 「갈보(ガルボウ)」(『文藝』1934.3), 「저속한 자(劣情漢)」(『行動』1934.6), 「장례식날 밤에 생긴 일(葬式の夜の出來事)」(『文藝』1934.8), 「하루(一日)」(『改造』 1935.1), 「深淵의 사람(深淵の人)」(『文學案內』1936.9), 「술에 못 취한 이야기(醉えなかった話)」(『文學界』1937.1) 등을 들 수 있다.

「권이라는 남자」는 金東一이라는 촉탁교원의 경솔한 언행이 결국은 자신에게 화를 초래하여 학교에서 쫓겨나고 만다는 내용을 담고 있는데, 金의 상대역이며 교활한 인간상의 전형인 權大衡을 주인공으로 그려낸다. 매우 풍자적이고 유머감각이 뛰어난 작품이라 할 수 있으며, 「형의 다리를 자르는 남자」보다 한 단계 발전된 문학세계를 보여준다. 「아내」는 소작인의 한 사람이 겪는 남녀 간의 문제를 몰락해가는 소지주의 시점에서 그려내고 있는데, 이성적인 생각만으로는 이해하기 어려운 남녀 관계를 섬세하게 묘사하고 있는 작품이다.

「갈보」는 시골 면장인 金億萬과 신분이 확실치 않으나 어떤 공직에 근무하고 재산도 있는 鄭 아무개[13]가 春姬라는 읍내의 젊은 매춘부를 상대로 대립하다 주먹다짐

---

11 張赫宙「我が抱負」(『文芸』1934) ; 南富鎭, 白川 豊 前揭書 p.294
12 上揭書 p.295
13 張赫宙「ガルボウ」(『文芸』1934, 3월호) p.14 ; 작가는 鄭의 신분을 밝히고 있으나 (この面の
    ×××××所の所屬××の鄭××の姿であった)와 같이 복자로 처리되어 발표된 관계로 그 내용을 알
    수 없다.

을 하였는데, 보다 교활한 金億萬이 죽게 된다는 내용의 작품이다. 전체적으로 짜임새 있는 구성이 돋보이며, '나'라는 관찰자적인 시점에서의 묘사는 사건의 객관적인 전개에 효과적으로 작용한다. 그런데 이 작품에서 주목되는 것은 그동안 보이지 않던 조선민족의 결점에 대한 비판이 제기되고 있다는 점이라 하겠다.

> 우리 민족은 자칫 안일에 빠지기 쉬우며 조금 성공이라도 할 것 같으면 태만하기 일쑤다. 작은 일에 안주하려는 결점을 가지고 있다는 것이 나의 지론이다. [14]

「갈보」의 주인공으로 등장하는 金億萬은 이러한 인물의 전형으로 묘사되고 있는데, 결국은 그의 죽음으로 작품이 끝나고 있다는 점에서 민족적인 결점을 해소하고 싶다는 작가의 욕망을 드러내고 있다고 볼 수도 있을 것이다. 즉 「갈보」는 조선민중이 내포하고 있는 불합리한 생활태도에 대한 애증 섞인 감정을 풍자적으로 묘사한 작품이라 하겠다.

「저속한 자」는 상업학교를 졸업한 뒤 은행에 근무하는 회사원의 왜곡된 경제관념을 다룬 작품이다. 경제적인 손실을 우려하여 학교 교원인 아내의 불륜을 못 본 체 살아가려는 소심한 인간을 그려내고 있다. 이와 같이 극히 개인적인 이기심에 의지해 살아가는 인간상은 가족의 생활을 지키기 위해 노력하는 회사원의 일상을 담아낸 「하루」와 맥락을 같이 한다. 그리고 「술에 못 취한 이야기」 역시 도청에 근무하는 공무원의 일상을 다룬 작품으로, 돈이 없어 마음 놓고 술 한 번 마시지 못할 뿐만 아니라, 모처럼 굴러들어온 뇌물에 놀라 반년 이상을 마음 편히 지내지 못하는 소시민의 모습을 그려내고 있다.

「장례식 날 밤에 생긴 일」은 「갈보」와 마찬가지로 조선사회의 지배층이 지닌 폐단을 풍자적인 필치로 그려낸 작품이다. 강원도 지사를 역임하고 현재는 중추원 참의로 있는 朴昌圭와 지역의 유지인 李長吉 노인이 銀仙이라는 기생을 둘러싸고 벌이는 치정문제를 다루고 있는데, 두 사람은 서로의 이해관계에 의한 친분을 오랫동안 맺어온 것으로 설정되어 있다.

---

14 上揭書 pp.12-13

　　그 두 사람이 풀이 무성한 들판에서 개처럼 서로 물고 싸웠다고 한다면 누가 쉽게
　믿을 수 있겠는가. 더구나 그날은 李長吉 노인의 모친 장례식을 치르던 밤으로, 상주
　인 李長吉 노인이 관 옆을 떠났다고 한다면, 그런 말도 안 되는 일이 있을 수 있냐며
　사람들은 웃어넘기겠지요. 15

　　인용한 내용을 통해 알 수 있듯이 같은 동포의 피와 땀으로 얼룩진 노력을 착취하
는 부패한 양반들의 위선적이고 추한 행태를 날카롭게 파헤치고 있다 하겠다.

　「深淵의 사람」은 많은 첩을 거느리고 헤아리기 어려울 만큼의 자식을 둔 충청도
갑부의 아들로 태어난 文守用의 애환을 그리고 있다. 그는 부친의 사랑을 받지 못하
고 자란 탓으로 부친에 대한 애증의 감정이 자리 잡게 되었으며, 이것이 그의 한평생
을 좌우하게 된다는 내용을 담고 있다. 文守用은 3·1 운동 때 만세사건과 관련되어 투
옥된 뒤로 拘禁性 정신병을 앓게 되었으며, 이후에는 부친의 살해 혐의로 투옥되었
다가 정신병원에서 오랜 시간을 보내게 된다. 이 작품은 정신 착란이라는 깊은 연못
에 빠져 헤어나지 못하는 文守用의 일대기를 그리고 있는데, 이처럼 연약한 영혼의
소유자인 그를 돕기 위해 나선 변호사 曺勳의 시점을 통해 전개 된다.

　그런데 문제는 신간회 등의 조직에 참가하여 조국의 독립운동에 관여해 온 曺勳
변호사가 점차 자신이 하는 일에 자신감과 흥미를 잃어간다는 데 있다. 이러한 등장
인물의 설정과 관련하여 任展慧는 "민족주의 운동과 절연하고 소시민적 생활로 바
꿔가겠다는 선언을 거리낌 없이 하고 있는 변호사의 모습은 장혁주 자신의 그것과 중
첩되고 있다"16며 장혁주의 작가적 태도와 결부지어 비판한다. 任展慧는 이 작품을
통해서 장혁주의 친일협력적 자세로의 전환이 엿보이고 있다는 견해를 피력하고 있
는 것이다.

　이상으로 고찰해 본 이 시기의 작품들은 식민지로 전락한 민족의 불행이나 열악한
생활환경에 허덕이는 소작민의 투쟁의식 고취와는 거리가 먼 작품들이 대부분이다.
이는 에세이 「나의 포부」에 밝힌 바 있는 개인생활의 탐구에 충실했던 결과라 할 수
있으며, 당시의 사회를 구성하고 있던 인간군상의 내면풍경이라는 점에서 맥락을 같

15　張赫宙「葬式の夜の出來事」(『文芸』1934, 8월호) p.282
16　任展慧『日本における朝鮮人の文學の歷史(1945年まで)』(法政大學出版局, 1994) p.207

이 한다 하겠다.

　그리고 초기의 민족적 작품들에서 엿보이던 일본어 속에 조선어를 살려내려던 노력은 거의 자취를 감추게 된다. 문장은 훨씬 매끄럽게 다듬어졌다고 할 수 있지만, 작품을 통해 표출되던 민족의식의 약화를 반증하듯 조선어에 대한 집착도 그만큼 희박해졌음을 짐작하게 한다.

4. 국책영합적 작품시기와『이와모토 지원병』

　장혁주는「나에게 기대하는 사람들에게(私に待望する人々へ)」라는 제목의 에세이를『行動』(1935.2)에 게재한 바 있는데, 작가로서의 심경이 매우 진솔하게 드러나 있다. 그는 "어떠한 박해나 구속이 닥쳐온다 해도 프롤레타리아 작품만을 쓰면서, 조선의 피압박 민족으로서의 기개를 가지고 있을 만한(귀형들이 바라는 바와 같은) 인간이 못되는 것은 불행(?)하게도 사실입니다"[17]라고 고백하면서, 자신에게 더 이상 과분한 주문은 말아달라는 말을 한다. 또한 자신이 그동안 당국으로부터 받아온 제재가 어떤 것이었는지 밝히기도 한다.

　　예를 들면, 나의「쫓기는 사람들」(改造)과「奮起하는 者」(文藝首都)가 발매 금지
　　를 당하고, 조선의 당국은 나의 자유를 빼앗으려 했던 것과, 「나의 문학」(文芸首都)을
　　발표해 준 아스다카 도쿠조(保高德藏) 형이 경시청으로 불려갔던 일과 같이(후략) **18**

　작가의 말처럼「나의 문학」에는 '조선의 식민지적 현실을 전 세계 알리기 위해 문학을 하겠다'는 의지를 피력하고 있으며, 「쫓기는 사람들」과「奮起하는 者」는 각각 식민지 사회구조의 모순 및 황민화 교육에 대한 저항을 담은 작품이라는 것은 앞에서 고찰한 바 있다. 그러나 인용문을 통해 알 수 있는 것처럼 장혁주 자신의 작품이 발매

17　張赫宙「私に待望する人々へ—德永直氏に送る手紙」(『行動』1935) ; 南富鎭, 白川 豊 前揭
　　書 p.294
18　上揭書 pp.298-299

금지를 당하고 잡지 발행자가 경찰에 연행되는 등 이미 사회적 분위기는 그러한 작품을 쓸 수 있는 상황이 아니었다. "지하로 숨어 든 많은 사람들을 존경해마지 않지만" 자신은 "스스로의 개성을 말살하고 싶지 않다"[19]는 말로써, 새로운 문학으로 전향할 것임을 천명한다. 이와 같은 입장 변화를 보인 장혁주는 민족의 고난과 프로적 저항을 다룬 작품 집필과는 거리를 둔 채 당국의 눈치를 보면서 인간의 내면세계를 그려내겠다는 생각을 굳히게 된다.

그러나 이후 중일전쟁의 발발로 일제의 강압체제가 더욱 확대되자 1939년 2월에 「조선의 지식인에게 호소함(朝鮮の知識人に訴ふ)」이라는 평론을 발표하면서 완전히 친일협력적 자세로 돌아선다.

> 우리들이 만일 완전히 내지화된다면 우리들은 자연히 침착하고 비뚤어지지 않은 심성의 민족이 되리라는 것은 앞장의 논법이라면 가능하게 된다. 이 내지화라고 하는 것은 작금의 미나미 조선총독의 내선일체 운동과 연결시켜 생각해야 한다. (중략) 군부정치가 시작되고부터는 일종의 양심이 싹트기 시작했다. 즉 이상정치가 시작된 것이다. [20]

「조선의 지식인에게 호소함」이라는 평론은 한마디로 일본에서 평가받고 있는 장혁주 자신을 홀대하는 조선인의 편협한 근성은 고쳐야하며, 이를 효과적으로 추진하기위해서는 군부정치에 의한 내선일체가 시행되어야 한다는 점을 강조한 글이라 할 수 있다. 이로써 자신의 우월의식을 만족시키고, 일제의 정책에 적극적으로 협력하는 모습을 보임으로써 사회적 입지를 굳히려는 의도를 담고 있다고 해야 할 것이다.

이처럼 일제의 내선일체 정책에 적극적인 협조 의지를 표명한 장혁주는 1939년 4월에 『가토 기요마사(加藤淸正)』를 발표하여 임진왜란을 소재로 다룬 역사소설의 집필을 시작한다. 이후 「7년의 폭풍(七年の嵐)」이라는 제목으로 제1부 가토 기요마사(加藤淸正), 제2부 고니시 유키나가(小西行長), 제3부 李舜臣, 제4부 명나라 사신 沈惟敬을 주인공으로 하는 4부작을 구상한다.[21] 그러나 실제로는 가토를 주인공으

---

19 上揭書 pp.298-299
20 張赫宙「朝鮮の知識人に訴ふ」(『文藝』 1939,2) p.238

로 한『칠년의 폭풍(七年の嵐)』(1941), 고니시를 그린『和戰 어느 쪽도 不辭하다(和戰何れも辭せず)』(1942)와『浮沈(浮き沈み)』(1943)만을 집필한 채 중단 되었다. 이와 같이 임진왜란을 소재로 왜장의 활약을 그려낸 일련의 작품에 대하여 하야시 고지(林 浩治)는 "토요토미 히데요시의 조선침략을 조선인인 장혁주가 무비판적으로 받아들여 군국일본에 충성심을 드러내고자 한 것"[22]이라는 평가를 내리고 있으며, 임전혜 역시 "자기민족의 억제자를 영웅으로 그려내는데 거리낌이 없는 작가-인간과 문학에 있어 이 이상의 수치스러운 타락이 있을 수 있겠는가"[23]라며 장혁주의 작가적 태도를 비판한다.

장혁주의 친일협력적 작품의 집필은 그의 활발한 대외적 활동과도 밀접한 관련을 가지고 있다. 1939년 6월에 拓務省에서 파견하는 펜부대의 일원으로 만주에 건너가 시찰한 것을 시작으로 일제의 패전 때까지 네 차례나 방문하였으며, 1940년 1월에는 每日新聞社 동경지국이 주최한 東京在住半島名士 좌담회에 참석하여 내선일체의 시행과 관련된 문제를 논의하였다. 그리고 1942년 9월에는 반도의 급속한 황도화의 촉진 등을 목적으로 동경에서 창립된 신반도문화연구소에도 참여하였다. 또한 1943년 8월에는 鑛山문학좌담회를 개최하였으며, 1944년 초에는 조선의 황민화를 촉진하기 위한 전문 고문단인 皇道조선연구위원회 회원으로 여러 탄광을 방문하였다. 이 시기에 집필된 장혁주의 작품들은 그가 보인 행동과 마찬가지로 내선일체와 일제의 만주지배를 합리화하려는 내용으로 일관되어 있다하겠다.

만주개척문학을 대표하는 작품으로는『광야의 처녀(曠野の乙女)』(南方書院, 1941.5)를 비롯하여,『開墾』(中央公論社, 1943.4),『행복한 신민(幸福の民)』(南方書院, 1943.4) 등이 있는데, 이러한 작품의 집필 동기는『開墾』의 후기에 잘 나타나 있다.

이들 개척민과 일반 독자들에게(만주국민, 중화민국의 사람들도 물론) 만주건국의 높은 이상을 파악하는 방편으로서도 이 소설에 묘사된 사실을 알아둘 필요가 있지 않을까. (중략) 만보산 부락과 그 외의 개척지 시찰에 있어서 많은 편의를 제공해주신

---

21 張赫宙「後記」『和戰何れも辭せず』(大觀堂 1942) pp.455, 456
22 林 浩治「張赫宙論」『在日朝鮮人日本語文學論』(新幹社 1991) p.232
23 任展慧 前揭書 p.210

조선총독부 척무과 및 신경의 일본대사관 조선과, 척식위원회의 여러분께 감사드리
며, 이 소설이 개척 사업에 다소나마 유용하게 사용된다면 다행이겠다. **24**

만주국 건설의 이상을 독자들에게 알리려는 목적으로 일제 당국의 적극적인 정책
적 뒷받침에 의해 집필되었음을 분명히 밝히고 있어, 당시의 친일적 작품 활동이 어
떠한 것이었는지 엿볼 수 있게 한다.

식민지 조선에서도 징병제를 실시한다고 공포한 것은 1943년 3월 1일이고, 같은
해 7월 28일에는 해군특별지원병령을 공포했다. 조선의 청년을 전쟁에 동원하기 위
한 법률의 시행을 공포한 것인데, 장혁주는 이러한 일제의 움직임에도 협력을 아끼지
않았으며, 그 대표적인 결과물이 1944년 1월에 노구치 미노루(野口稔)라는 이름으로
출간한 단편집 『이와모토 지원병(岩本志願兵)』이다. 이 작품집에는 「이와모토 지원
병」(『每日新聞(東京)』 連載, 1943.8.24~9.9), 「새로운 출발(新しい出發)」(『國民
總力』 1943.6,15~9.15(전7회)), 「夢」(『北海道帝大新聞』 1943.2.23), 「어느 篤農
家의 술회(ある篤農家の述懷)」(『綠旗』1943.1), 「出發」(1943.8.6. JOAK방송)이 수
록되어 있는데, 「어느 篤農家의 술회」만이 지난날의 죄를 뉘우치고 농사에 전념한다
는 내용이고, 나머지는 모두 지원병제 실시에 따른 조선청년들의 적극적인 지원을 유
도하기 위해 집필되었다.

그런데 『이와모토 지원병』의 서문에 해당하는 「序를 대신하여(序に代えて)」는
장혁주의 적극적인 친일협력의 자세를 극명하게 드러내고 있는 글로서, 수록된 작품
들을 읽지 않아도 그 내용을 알 수 있을 만큼 자신의 황국신민화에 대한 열망을 담고
있다. "조선에 징병제가 실시된 것은 형용할 수 없을 만큼 커다란 감격이었다"로 시
작되는 서문은 수록된 작품들에 대한 간단한 소개를 덧붙인다.

> 본서에 수록한 소설 중 한 편을 제외하고는 그 감격의 와중에서 집필된 작품들이
> 다. 「이와모토 지원병」은 지원병 훈련소에 입소한 나의 체험에서 탄생한 작품이고,
> 「새로운 출발」은 징병제 실시의 감격에 젖어 있는 재내지반도청년의 모습을 그린 것
> 이다. 그리고 방송극 「출발」은 금년 8월 1일부터 일주일간 조선에서 징병제 실시를

---

24 張赫宙「後記」『開墾』(中央公論社 1943) pp.346, 347

기념하는 대일본방송협회의 기념방송 중의 하나로서 위탁받아 쓴 것인데, 이것이 방송되자 전국 각지에서 주로 내지인의 감사장을 많이 받았다. 「어느 篤農家의 술회」와 「꿈」 두 편도 본서의 주제와 꼭 들어맞는 것이다. [25]

인용문은 『이와모토 지원병』에 수록된 작품에 대한 핵심적인 내용을 언급하고 있어서 달리 설명을 덧붙일 필요를 느끼지 못한다. 작가는 또 "완전한 일본인이란 즉, 진정한 황국신민을 말하는 것"[26]이라 한 뒤, 나는 서서히 황민화의 길을 향해 걸어왔으나 만주사변을 통해 자각된 국가애는 대동아 전쟁을 맞이하여 애국완수의 기회를 학수고대하고 있었다[27]는 식으로 자신의 심정을 토로한다. 뿐만 아니라, "징병제 실시는 조선의 황민화를 인정받은 날"[28]이라든가, "이러한 聖恩에 보답하기 위해 우리들은 한층 鍊成에 힘쓸 것을 맹세하는 바이다"[29]와 같이 온갖 찬사를 동원하여 감격의 마음을 표출시킨다. 이는 장혁주가 얼마나 친일협력에 적극적인 자세로 임했는가를 단적으로 보여주는 예라 하겠다.

「이와모토 지원병」은 작가 자신이 1938년 4월에 서울 근교의 지원병 훈련소에 3일간 특별 입소했던 경험을 토대로 하고 있는데, 일본 거주 조선인 청년인 이와모토(岩本)가 사이타마현(埼玉縣)에 있는 고마진자(高麗神社)[30]에 참배한 것을 계기로 내선일체가 허구가 아님을 깨달아 우수한 병사로 거듭난다는 내용을 담고 있다.

깊이 고개를 숙이고 이와모토가 더욱 뛰어난 병사가 되어주기를 기원했다. 그리고 또한 조선의 모든 동포가 하루빨리 황민화를 완성할 수 있기를 기원하는 것이었다. [31]

이 작품은 서문에서 밝히고 있는 바와 같이 징병제 실시에 의해 조선인의 황민화

---

25 張赫宙「序に代えて」『岩本志願兵』(興亞文化出版株式會社 1944) pp.1, 2
26 上揭書 p.3
27 上揭書 p.3, 4
28 上揭書 p.7
29 上揭書 p.9
30 나당연합군에 패한 고구려의 유민 삼천여명이 건너와 정착하여 자신들의 왕 약광(若光)을 모신 사당.
31 張赫宙『岩本志願兵』(興亞文化出版株式會社 1944) p.58

를 인정받은 날을 기념하기 위해 집필된 것으로, 마지막 장면 역시 조선의 완전한 황민화를 진심으로 기원한다는 내용으로 맺고 있다.

이상과 같은 장혁주의 식민지 말기의 작가적 행적에 대하여 任展慧는 "시류에 교묘히 편승하여 일본문단에서의 입신출세를 지속하려던 장혁주는 마침내 일본제국주의 침략전쟁 수행에 직접 개입할 정도로 타락했다"[32]는 냉정한 평가를 내리고 있다. 이러한 견해는 인간의 삶에 관한 진실을 추구해가야 할 작가적 자세를 문제 삼고 있는 것으로서, 일제말기의 작가적 행적은 이와 같은 혹독한 평가를 받아 마땅하다 하겠다.

5. 맺음말

본고에서는 해방 이전의 장혁주의 작품활동과 관련하여 '초기의 민족적 집필기', '과도기적 글쓰기', '국책영합적 집필기'와 같이 크게 세 시기로 나누어 고찰을 시도하였다. 그 결과 초기의 민족적이고 프롤레타리아적 저항의식을 담고 있던 작품세계가 점차 국책영합적인 내용으로 변절되어 갔음을 확인해 볼 수 있었다. 이는 일제 당국의 검열의 칼날을 벗어날 수 없는 상황에서 글쓰기를 지속하려던 작가에게는 어쩌면 필연적인 결과였다 하겠다. 그런데 작가 자신 그러한 상황을 누구보다 잘 인식하고 있었을 것임에도 불구하고 집필을 계속했으며, 그 결과는 당연히 친일적인 작품으로 완성될 수밖에 없었던 것이다.

장혁주는 집필을 중단하고 지하로 숨어 든 작가들을 존경한다고 했다. 그러나 그 자신은 결코 집필을 중단하지 않았는데, 이는 글쓰기를 통한 자신의 영달을 도모하겠다는 야심이 작용했다 할 것이며, 결국은 친일도 마다하지 않을 정도로 타락하게 되었던 것이다.

장혁주의 문학이 친일로 경도되어 갔다는 이유만으로 그의 문학을 외면할 수 는 없다. 그렇다고 일제말기의 친일적 글쓰기가 용납될 수 있는 것도 아니다. 친일은 민

---

32 任展慧 前揭書 p.212

족과 작가 자신의 양심을 저버렸다는 근본적인 문제점을 안고 있기 때문이다. 그러나 동족의 작가 중에 장혁주와 같은 사람이 실제로 존재했으며, 그가 집필초기에는 민족적 정서를 가득 담아내며 일제에 저항적 자세를 견지하다가 친일협력으로 돌아섰다는 점에서 후손들에게 시사하는 바가 적지 않다 하겠다.

장혁주가 친일작가라 해서 초기의 민족적인 작품까지 매도하려는 자세는 바람직하지 않다. 오히려 친일적인 작품까지도 외면하지 말고 민족적인 작품들과 함께 평가하여 반면교사로 삼는 것이 바람직한 일일 것이다. 그러나 초기의 민족적인 작품을 강조한 나머지 일제말기의 친일 행적이 미화되는 일이 있어서는 결코 안 될 것이다. 장혁주는 나약한 한 인간으로서 친일로 변전해간 불운한 문학가이며, 그가 남긴 작품들은 그런 면에서 가치를 지닌다 하겠다.

張赫宙 옹호론에 대한 비판적 고찰

1. 머리말

일제의 국책적 작품을 쓰기 시작한 장혁주는 단편집 『이와모토 지원병(岩本志願兵)』(1944)을 비롯한 많은 저작을 남겼는데, 이들 대부분은 일제의 만주침략과 내선일체에 의한 황국신민화의 당위성을 제고하기 위한 작품이라 할 수 있다. 이와 같은 작가적 행적에 대하여 국내에서는 林鐘國이 『親日文學論』(1966)을 통해 친일문학가로, 일본에서는 任展慧와 하야시 고지(林 浩治) 등이 시국에 영합하여 변절한 작가라는 평가를 하고 있다.

그런데 장혁주 문학 연구자 중의 일부는 친일문학이라는 고정관념에서 벗어난 접근을 시도한다는 명목 아래 새로운 평가를 내리려 한다. 그러나 이들의 동향은 장혁주 문학의 본질적인 문제점을 희석시키고, 그의 행적을 정당화하려는 듯한 인상을 풍기고 있다는 것이 필자의 견해이다.

본고에서는 새로운 시각이라는 미명 아래 장혁주의 친일적 행위를 감싸 안으려는 일부 연구자의 태도와 사사로운 동정의식에서 비롯된 옹호론적 평가가 지닌 모순 및 오류에 대해 비판적으로 고찰하고자 한다.

2. 張赫宙 옹호론의 실태와 문제점

장혁주의 국책적 작품들은 한국의 林鍾國, 일본의 任展慧, 하야시 고지(林 浩治) 등과 같은 연구자에 의해 초기의 민족적인 작품을 추구하던 자세에서 친일협력으로 변절한 작가로 평가 받았다.

그런데 장혁주의 해방 이전의 작품 활동에 대한 연구 논문 「張赫宙硏究」[1]로 주목을 받은 시라카와 유타카(白川 豊)를 비롯한 가와무라 미나토(川村 湊), 南富鎭, 金

---

1 동국대학교 박사학위 논문, 1989.

貞淑 같은 연구자들에 의해 장혁주 문학에 대한 옹호론적 발언이 눈에 띄게 증가하였다. 이들은 대부분 장혁주의 친일협력적 글쓰기를 인정한다면서도 '친일'이라는 고점관념을 벗어난 새로운 문학적 접근이 필요하다고 강조한다.

본장에서는 이들의 연구내용을 검토하여 장혁주 문학에 대한 옹호론의 실태와 그 문제점을 고찰하고자 한다.

1) 시라카와(白川)의 「張赫宙硏究」에 대한 비판적 고찰

시라카와 유타카의 「張赫宙硏究」는 해방 이전의 장혁주 문학 전반에 걸친 고찰을 목표로 한 논문이다. 한국어 및 일본어로 집필된 거의 모든 작품을 망라하여 개괄하고 있을 뿐만 아니라, 이의 목록과 연보 등을 부록으로 수록하고 있어서 작가의 문학적 행보를 쉽게 확인해 볼 수 있다. 그러나 일본어 작품의 분류기준에 객관성이 부족하고, 작가의 친일적 행적에 대해 명확한 정의를 내리지 못하고 있다는 점에서 본질적인 한계를 드러내고 있다 해야 할 것이다.

「張赫宙硏究」는 기존 연구자들의 견해에 의문을 제기하는 것으로 연구의 의의를 찾고자 하는데, 먼저 林鍾國이 『親日文學論』에서 논하고 있는 「張赫宙論」[2]을 비판적으로 다룬다. 자료의 발굴과 정리에 들인 노력은 인정하지만 '친일'에만 초점을 맞추다 보니 초기 작품에 대한 언급이 없고, 1937년부터 45년까지의 작품에 대해서도 미비한 점이 있다[3]며 문제를 제기 한다.

그러나 林鍾國의 「張赫宙論」은 『親日文學論』이라는 저서의 목적에 따라 친일에 관련된 문학에 초점을 맞추어 11쪽 정도로 간략히 정리한 내용이므로, 장혁주의 작품 전반에 대한 고찰을 기대한다는 것 자체가 무리이다. 그리고 『親日文學論』의 전반적인 내용으로 볼 때 장혁주의 민족적인 작품의 존재가 함께 거론되었다 해도 친일문학가로서의 위상이 바뀌었을 것으로는 생각하기 어렵다. 설사 친일적인 작품이 단 한편에 불과하다해도 얼마든지 친일작가로 분류될 수 있기 때문이다.

재일조선인 연구자 任展慧는 장혁주와 김사랑을 비교하여 '屈辱과 反抗'이라는

용어로 정의되는 연구4를 한 바 있는데, 시라카와는 이에 대해 "같은 한국인의 입장
에서 장혁주의 자세를 비판"하고 있다고 지적하고, 두 작가를 "一刀兩斷 구별하여
잘라 말할 수 있을까"5라는 의문을 제기한다. 그러나 시라카와 자신 역시 장혁주와
김사량을 대비시켜 논한 경우가 적지 않다.

　　장혁주와 김사량을 모두 알고 지내던 유아사 가쓰에(湯淺克衛)는 훗날 1942년 무
렵을 회상하여, "張赫宙도 필자도 세심한 주의를 해서 그리는 각도를 바꿔왔는데, 金
史良은 대담하게 맞서 아슬아슬한 曲藝로 위험을 헤어나곤 했었다"6고 말한 바 있다.
그런데 시라카와는 이를 「張赫宙研究」에 인용한 뒤, "오해를 무서워하지 않고 직언
을 했던 김사량과, 오해를 살까봐 필요 이상으로 변명한 장혁주"7라는 식의 비교고찰
을 시도하고 있다. 장혁주의 나약한 성격으로 인한 친일행위를 비판하는 한편, 김사량
의 굽히지 않는 저항정신을 높이 사고 있는 것이다. 이는 任展慧가 이미 언급한 '屈辱
과 反抗'이라는 말로 바꾸어 표현한들 크게 문제될 것이 없을 것으로 생각된다.

　　이 외에도 시라카와는, 金石範의 「在日朝鮮人 文學」8과 하야시 고지의 「張赫宙
論」9에서 장혁주를 일제의 앞잡이로 비난한 것에 대해, 任展慧의 견해를 답습하며
한국인으로서의 장혁주의 자세를 문제 삼고 있다는 비판을 한다.10

　　이상에서 고찰한 것처럼 「張赫宙研究」를 통한 기존 연구자들에 대한 시라카와의
비판은 재일조선인인 任展慧와 金石範, 그리고 일본인인 하야시조차 장혁주를 한국
인으로 생각하여 논한 것에 대한 불만에서 비롯되고 있다는 점이 주목된다. 이러한 시
라카와의 인식은 자신이 일본인의 입장에서 일본인으로 귀화한 장혁주를 동정과 우호
적인 시선으로 감싸 안으려는 무의식이 작용하고 있다는 것을 말해주고 있으며, 식민
지 말기의 장혁주 문학이 갖는 의미에 대한 인식의 결여를 표출시킨 것이라 하겠다.

4　任展慧(1965,11)「張赫宙論」 文學』, p.92.

5　주(3)과 같은 논문 p.6.

6　湯淺克衛(1953)「朝鮮を扱った日本の小說と日本に紹介された朝鮮文學」『花郞』,秋季号, p.12;
　　주(3)의 논문 p.113 재인용.

7　주(3)와 같은 논문 p.113.

8　金石範(1976)「在日朝鮮人 文學」『岩波講座 文學 8』, p.271.

9　林 浩治(1983)「張赫宙論」 刊三千里』36号, 秋.

10　주(3)과 같은 논문 p.7.

장혁주 문학의 특수성은 조선인으로서 일제의 내선일체 정책에 협력해간 작가적 배경과 정서가 문학으로 표출되고 있다는 점이라 할 수 있다. 그럼에도 시라카와는 당시의 작가를 조선인이 아닌 일본인이나 그 중간적인 존재로 취급함으로써 장혁주 문학이 안고 있는 근본적인 문제를 외면하고 있는 것이다.

2) 일본인 연구자에 의한 평가의 문제점

시라카와의 논리적 모순은 「張赫宙硏究」 뿐만이 아니라, 장혁주 문학에 대한 새로운 평가를 모색한다는 차원에서 2000년과 2001년에 각각 복간한 『開墾』과 『岩本志願兵』의 '후기'에서도 계속되고 있다. 그 중에는 "장혁주의 1945년 8월까지의 일본어 작품 70여 편 중에 시국 국책관련 작품은 본서에 수록된 작품을 포함해서 10편 정도라는 것을 마지막으로 부연하고 싶다"[11]는 언급도 보인다. 친일작가로 낙인찍힌 장혁주이지만 실은 그렇지 않다는 것을 강조하려는 의도를 엿볼 수 있는 문장이다.

기존의 연구자들에 의해 친일로 평가를 받은 작품이라 하더라도 문학적 가치는 인정받을 수 있는 것이며, 재평가의 시도 역시 바람직한 현상이라 할 수 있다. 그러나 전체 작품 중에 친일은 얼마 안 된다는 식의 접근을 시도하는 연구자의 자세에는 의문을 갖지 않을 수 없다.

그런데 시라카와의 장혁주 문학론에서 검토되어야 할 근본적인 문제는 작품에 대한 평가 기준이 보편성을 띠고 있는가 하는 점이다. 그는 도요토미 히데요시(豊臣秀吉)의 명에 의한 고니시 유키나가(小西行長)의 조선침략을 다룬 작품 『和戰 어느 쪽도 不辭하다』를 평하는데 있어 이미 친일로 경도된 작가의 말을 그대로 믿고 따르는 연구 자세를 취한다.

> 小西行長에게는 行長의 '誠'이 있고 淸正나 舜臣에게는 제각기 '誠'이 있으며 沈惟敬에게는 또 惟敬 나름의 '誠'이 있다고 생각한다. 그 '誠'을 쓰는 것이 이 장편의 안목이고, 戰役 자체는 둘째 문제이다.[12]

---

11 白川豊(2001)「張赫宙作「岩本志願兵」について(解說)『岩本志願兵ー日本植民地文學精選集(朝鮮編) 12』, ゆまに書房, p.6.

12 張赫宙(1943)「後記」『浮き沈み』, 河出書房, p.353.

인용문은 고니시를 주인공으로 그려낸 또 다른 작품『부침』의 작가「후기」의 일절인데, 시라카와는 이 말을 그대로 인용하며 매우 뛰어난 작품이라고 평가한다. 그러면서 이 작품은 親日·國策迎合的인 색채는 전혀 없다[13]는 주장을 편다.

한편 가와무라 미나토(川村 湊)도 시라카와의 이러한 주장과 매우 유사한 견해를 피력한다. 그는 "일본제국주의에 대한 장혁주의 최초의 충성은『가토 기요마사』"[14]라는 임전혜의 발언에 의구심을 제기하는 것으로 자신의 생각을 밝힌다.

> 그렇지만 그것은 가토 기요마사를 영웅으로 기리려했다기보다는, 당시의 조선이 왜 쉽사리 가토에게 '조선정벌'의 공훈을 세우게 했는가, 라는 의문을 해명하려 했던 것으로 생각된다. (중략) 즉, 장혁주의「가토 기요마사」는 일본군이 승리한 戰記가 아니고, 조선군이 패퇴한 戰記이며, 말하자면 왜 조선이 일본에 패했는가를 주제로 한 소설인 것이다.[15]

시라카와와 가와무라 두 연구자의 견해에는 공통점이 있다. 즉 임진왜란 때 조선에 출병(침략)한 일본의 장수나 이를 막아선 조선의 장수 모두 각각의 합당한 '誠'에 의해서 움직였는데, 일본의 침략을 막아내지 못한 조선이야 말로 책임이 있다는 것이다. 그리고 이러한 상황을 일제에 영합하지 않고 충실히 객관적인 입장에서 그려낸 장혁주는 훌륭한 작가라고 주장한다.

그러나 이러한 장혁주의 임진왜란을 소재로 삼은 작품들이야 말로 당시의 일제에 의한 조선의 식민지배를 정당화하기 위해 비유적으로 집필된 것이라는 정도는 쉽게 짐작할 수 있는 일이라 하겠다.

> 놈들(양반계급; 필자)의 악업에 대한 대가야. 문란했던 일상의 벌이지. 포악한 짓들의 보답인 게야. 우리를 개나 돼지 취급을 하며 멸시한 대가라고 (중략) 왜병에게 발각되기라도 하면 양손을 비벼대며 "살려주세요, 목숨만은 살려주세요"라며 가련하게

---

13 주(3)과 같은 논문, pp.24, 25.
14 任展慧(1994)『日本における朝鮮人の文學の歷史—1945年まで-』, 法政大學出版局, p.209.
15 川村 湊(1993)「金史良と張赫宙」『岩波講座　近代日本と植民地6—抵抗と屈從—』, 岩波書店, pp.227, 228.

『가토 기요마사』에서 가토가 거느린 왜병이 성내로 진격해 들어오자, 조선의 무당이 왜군 진영내로 들어와 병사들을 위해 굿판을 벌이며 하는 말이다. 장혁주의 임진왜란을 소재로 다룬 작품에서는 이처럼 양반이라는 자들의 독선과 만행으로 조선은 멸망할 수밖에 없는 나라였다는 것을 부각시키는데 치중하고 있다. 반면에 왜군의 침입으로 무고한 조선의 민중이 살해되고 고통 받는 현실에 대해서는 철저하게 외면하고 있다는 특징을 지닌다.

이와 같은 장혁주의 작품에 대한 편향된 시각은 일제의 만주개척을 다룬 소설『開墾』의 평가에서도 드러난다. 이 작품은 만주에 이주한 조선인의 지난한 삶과 일제의 만주국 경영에 대한 굴절된 이상이 교차되는 상황을 배경으로, 황민으로서의 조선인을 보호하기 위해 최선을 다하는 장춘일본총영사관 영사와 경찰의 모습을 그려내고 있다. 황국신민화에 대한 조선인의 거부감을 없애고 일제의 대동아 경영에 대한 이해와 협력을 구하려는 목적으로 집필된 國策的 작품인 까닭이다.[17] 그럼에도 시라카와 같은 연구자들은『開墾』이야말로 친일작가로 외면당해온 장혁주를 재평가하게 만드는 우수한 작품이라는 견해를 피력하고, 그의 작품이 소외되어 온 것은 친일작가라는 낙인이 찍힌 탓이라며 이에 대한 재고의 필요성을 강조한다.[18]

일본의 연구자들이『和戰 어느 쪽도 不辭하다』『가토 기요마사』『開墾』등의 친일적 작품을 높이 평가하는 것은 등장인물에 대한 잘못된 인식에서 비롯된 것이라 할 수 있다. 이들은『開墾』에 등장하는 장춘총영사관의 영사나 경찰, 임진왜란 때의 장수 고니시와 가토 등이 모두 각각의 '誠'을 가지고 최선을 다한 인물이라는 인식을 공유하고 있는 것으로 보인다. 그러나 이러한 인식은 작가의 탁월한 재능으로 형상화한 작품세계에 동화된 결과라는 것이 필자의 견해이다. 이처럼 현재의 연구자들마저 감화시킨 장혁주의 작품은 일제치하의 수많은 친일협력자들에게 정당성을 확보할 수

---

16 張赫宙(1939)『加藤淸正』, 改造社, p.26.

17 김학동(2007, 8)「張赫宙의『開墾』과 萬寶山사건」『인문학연구』, 충남대학교 인문과학연구소.

18 白川豊(2000)「張赫宙·作「開墾」について(解說)『開墾—日本植民地文學精選集(朝鮮編) 3』, ゆまに書房, 解說 p.5.

있는 정신적 토대를 제공했을 것으로 생각된다. 그러나 한편으로, 작가의 집필의도를 파악하지 못한 채 작품의 내용전개에 동화되어 버린 일본 연구자들의 문학적 평가를 객관적인 것으로 인정하기는 어렵다 하겠다.

3) 한국인에 의한 張赫宙 문학 연구와 정체성의 혼란

일본에서 활동하고 있는 한국인 연구자 南富鎭과 金貞淑 등의 장혁주 문학에 대한 연구는 시라카와와 같은 맥락에서 이루어지고 있는 것으로 생각된다. 이들은 민족적 정체성의 혼란이 작품으로 드러나고 있는 장혁주 문학의 특징을 객관적이고 냉정한 자세로 분석하기보다 작가의 개인적 입장에 동화되어 이를 추종하는 태도를 보이고 있다.

> 장혁주의 일본어소설은 일률적으로 시국에 영합한 것은 아니다. 또 그의 국책적인 언설에 있어서도 그것은 결코 다른 조선의 작가에 비해서 심한 것이 아니다. (중략) 그리고 더 나아가서는 늘 반복되는 '친일인가 반일인가'를 판별하는 것은 어디까지나 정치적인 문제이고, 어떻게 조선을 그렸는가라는 것이 문학적인 명제인 것이다.[19]

이상과 같은 南富鎭의 입장은 시라카와의 주장과 거의 흡사하여 재론 할 필요를 느끼지 못한다. 게다가 장혁주의 내선일체와 황국신민화의 정당성을 호소하는 여러 작품들은 이미 정치적 목적을 가지고 집필된 것이라 할 수 있는데, 이를 문학적으로만 고찰해야 한다는 것은 이치에도 맞지 않는다. 그리고 그는 작가가 태생적으로 불운하고 식민치하라는 불행한 시기를 살았던 만큼 작품을 논하는 데 있어 개인적인 책임을 묻는 것은 한계가 있다는 견해도 피력한다.[20] 그러나 이 역시 연구자로서 절제해야 할 감상적 정서가 작용하고 있다는 비판을 면하기 어렵다 하겠다.

南富鎭은 또 장혁주의 『이와모토 지원병』과 김사량의 『바다의 노래』(『每日新報』, 1943. 12~1944. 9)를 비교하여 장혁주 작품이 오히려 "국책에 대한 영합의 정도가

---

[19] 南富鎭(2003)「解說─日本語への欲望と近代への方向」(南富鎭·白川 豊編『張赫宙日本語作品選』, 勉誠出版, pp.326-328) 수록.

[20] 위의 책과 같음.

적다"**21**고 주장한다. 일제에 대한 저항적인 자세를 보였다는 평가를 받고 있는 김사량 역시 본질적으로 장혁주의 문학행보와 큰 차이가 없다는 것이다.

그러나 장혁주의 『이와모토 지원병』과 김사량의 『바다의 노래』는 동일선상에서 논할 수 있는 작품이 아니다. 『이와모토 지원병』은 작가의 말처럼 "징병제 실시는 조선의 황민화를 인정받은 날"**22**을 기념하기 위해 집필된 작품집으로, 다섯 편의 황국 신민화를 열망하는 내용의 단편을 싣고 있다는 것은 전술한 바와 같다. 그런데 한글로 집필된 『바다의 노래』는 주인공 신별장(申別將)의 손자 귀동(貴童)이 '해군특별 지원령'의 공포와 함께 입대한다는 내용을 담고 있어서 정책문학에 가담한 흔적이 엿보이는 작품으로 평가받을 수 있는 여지를 남기고 있는 것이 사실이다. 그러나 작품의 전체적인 흐름은 격동하는 조선근대사의 한가운데서 몸부림치는 김사량 자신의 분신을 그려내려는데 치중하고 있을 뿐, 장혁주의 많은 작품에서 부르짖고 있는 황국신민화의 찬양과는 거리가 멀다. 이 작품에 대해 추석민은 『김사량 문학의 연구(金史良文學の研究)』에서 "일제에 의해 궁지에 몰린 문학자의 고뇌와 괴로움, 그리고 살기 위해 어쩔 수 없이 정책문학에 가담하면서도 혼까지는 팔지 않으려는 고투의 흔적이 엿보이는 작품"**23**으로 평가했다.

그런데 지금까지 고찰한 바와 같은 南富鎭의 단편적인 언급과는 달리 임진왜란을 소재로 한 4부작 중의 제1부 『悲壯의 戰野(悲壯の戰野)』의 前篇에 해당하는 『가토 기요마사(加藤淸正)』에 대한 본격적인 연구를 시도한 金貞淑은 보다 적극적인 장혁주 옹호론을 펼친다.

　　이 작품이 단순히 '친일문학'이라고 할 수 없는 근거의 하나는, 장혁주의 출판계획 표를 보면 알 수 있기 때문이다. 둘째는, 이 작품의 내용은 결코 일본 측에 편향되어 있지 않음이 확실하기 때문이다.**24**

---

21 南富鎭(2001)『近代文學の〈朝鮮〉体驗』, 勉誠出版, p.278.

22 張赫宙(1944)「序に代えて」『岩本志願兵』, 興亞文化出版株式會社. pp.1, 2.

23 秋錫敏(2001)『金史良文學の研究』, 제이앤씨, p.370.

24 金貞淑(2006)「張赫宙連作小說「七年の嵐」論(その一)ー『加藤淸正』ー」『芸文攷』(通号11), p.6.

여기에서 말하는 '출판계획표'란 『悲壯의 戰野』의 「후기」의 내용을 가리키는데, '七年의 暴風'이라는 제목의 4부작으로 제1부는 가토 기요마사, 제2부는 고니시 유키나가, 제3부는 李舜臣, 제4부는 沈惟敬을 주인공으로 쓰겠다던 장혁주의 집필 계획을 의미한다. 이와 관련하여 金貞淑은 작품의 집필 계획에 이순신이 포함되어 있었으므로 '친일문학'으로 볼 수 없다는 말을 하고 있는 것으로 생각된다. 그러나 실제로 이순신을 주인공으로 한 작품은 집필되지도 않았고, 설사 집필되었다 한들 왜적에 대한 이순신의 심정을 제대로 표현해 낼 수 있었을 지 의문이 들지 않을 수 없다. 오히려 침략에 대한 합리화와 왜장들의 찬미를 위해 이순신을 이용했을 가능성이 훨씬 컸을 것으로 생각된다.

그리고 또 金貞淑은 『가토 기요마사』가 결코 일본 측에 편향되어 있지 않다는 견해도 피력하고 있는데, 기요마사가 실제로 어떤 인물인지 정확히 파악하지 못하고 있는 데서 비롯된 결과라고 생각한다. 여기에서 잠시 당시의 기요마사를 필두로 한 왜장들의 만행에 대한 일본 연구자의 언급을 살펴보고자 한다.

제2차 침략은 특히 잔학행위가 심했다. 첫째로, 조선인의 귀와 코를 베어내 모은 뒤 일본에 보냈다. 이것은 본래, 수급에 대신해서 戰功을 증명하여 은상을 요구하기 위한 것이었지만, 전투원에서 시작하여 남녀노소에까지 대상이 되어, 그 자체가 자기 목적화되어버렸다. 둘째로, 많은 조선인을 포로로서 일본에 연행했다. (중략) 이외에도 방화·대량살육 등 헤아릴 수 없지만, (후략)[25]

이러한 만행의 선봉에 서서 자신들의 공적을 부풀리기에 혈안이 되어 있었던 것이 기요마사와 유키나가였다. 그러므로 임진왜란을 공정한 입장에서 집필한다는 것은 이들의 만행에 대한 언급 없이는 불가능한 일이라 하겠다. 그런데도 오히려 이들을 미화하기에 여념이 없는 작가의 태도를 두고 일본 측에 편향되어 있지 않다는 견해를 피력하는 연구자의 주장은 납득하기 어려운 면이 있다.

장혁주는 또한 이들의 무자비한 만행을 합리화하기 위하여 그 책임을 히데요시에게로 돌리려는 술책을 쓰기도 한다. 그러나 기요마사를 비롯한 왜장들이 히데요시의

---

[25] 池 享(2003)「天下統一と朝鮮侵略」『天下統一と朝鮮侵略』, 吉川弘文館, p.87.

명을 앞 다투어 따랐던 것은 전공을 세워서 자신들의 입지를 더욱 굳히려는 데 있었다는 것을 부정할 수는 없는 일이다.

일본의 일부 연구자들이 장혁주의 친일적 작품들을 호의적으로 받아들이려는 것은 작가의 일본에 대한 동경과 예찬을 동정어린 시선으로 감싸 안으려는 태도에서 비롯된 것으로 생각된다. 즉 가해자의 여유로움이 느껴진다 하겠다. 그러나 한국인 연구자들이 이러한 작품을 긍정적인 시각으로 본다는 것은 역사인식의 부재와 민족적 정체성의 혼란에서 비롯된 것으로밖에 생각할 수 없다. 장혁주의 개별적인 작품의 고찰에 앞서 그의 전반적인 인생역정과 집필 배경 및 작품경향 등을 시야에 넣는 폭넓은 연구가 요구된다 하겠다.

장혁주 문학에 대한 옹호론적 입장을 견지하고 있는 연구자들의 한결같은 주장은 '친일'을 했다고 해서 작품 전체를 매도해서는 안 된다는 것으로 요약할 수 있다. 이는 지극히 당연한 주장처럼 보인다. 그러나 구로카와 소(黑川 創)는 '〈外地〉의 일본어문학선'이라는 부제가 붙은 『朝鮮』의 편집 책임자로서 장혁주, 김용제 등의 작품을 이곳에 수록하지 않은 이유를 책 말미의 「해설」에 밝히고 있다.

> 그것은 나중에 그들이 일본국가에 익찬적인 문학으로 전향한 것과 직접적으로는 관련이 없다. 그것보다 오히려 그들의 일련의 작품에 문학으로서 산만하다는 약점을 느끼지 않을 수 없었던 것이 여기에 수록하지 않은 이유이다. 무엇보다 그러한 문학으로서의 약점이 그들의 정치적인 변전과 결부되어 있다고 나 자신은 생각한다.[26]

구로카와는 장혁주 문학의 산만함이 친일로 변전되게 만들었다고 말하고 있는데, 이는 작품을 관류하는 진실성이 결여되어 있다는 것으로 이해할 수 있다. 이러한 관점은 매우 합리적인 것으로, 林鍾國, 任展慧, 하야시 고지와 같은 연구자들도 모두 같은 맥락의 연구를 지속해 온 것으로 생각된다.

장혁주 문학이 '친일'로 낙인찍히는 바람에 주목을 받지 못하고 있다고 생각하는 연구자들은 오히려 자신들이 '친일'이라는 용어에 너무 집착하여 그의 문학이 내포하고 있는 본질적인 문제점을 등한시하고 있는 것은 아닌지 되돌아보는 냉정한 자세

---

26 黑川 創編(1996)『朝鮮』, 新宿書房, p.330.

가 요구된다 하겠다.

3. 맺음말

본고에서는 장혁주의 문학이 그동안 친일문학이라는 평가의 굴레를 벗어나지 못하여 문학작품으로서의 가치를 무시당해왔으며, 친일문학의 정도도 그다지 심각하지 않다는 일부 연구자들의 주장에 대해 비판적인 고찰을 시도하였다.

장혁주의 초기 작품에는 「餓鬼道」와 같이 투쟁적인 입장에서 애정 어린 시선으로 조선민중의 참상을 그려내어 일제에 저항하려 했던 흔적을 발견할 수 있다. 그러나 식민지 말기의 그는 임전혜가 지적한 것처럼 "시류에 교묘히 편승하여 일본문단에서의 입신출세를 지속하려"했으며, "마침내 일본제국주의 침략전쟁 수행에 직접 개입할 정도로 타락"했던 것이다.

그런데 일부 연구자들로 하여금 장혁주 옹호론을 펼치도록 만든 것은 주로 초기의 민족적이고 인간적인 투쟁을 그려낸 작품군이라 할 것이다. 그러나 민족적인 작품으로 주목을 받기 시작한 이후 결정적인 시기에 친일협력으로 돌아선 이중적인 행위는 보다 엄중한 비판의 대상이 되어 마땅하다 하겠다. 장혁주 문학이 그의 질곡으로 가득한 인생역정을 토대로 형상화되었다는 점에서는 그 가치가 인정될 수 있다 하더라도, 스스로의 양심을 속이고 한민족 전체를 황국신민화로 내몰았던 작가적 행위까지 정당화될 수 있는 것은 아니다.

장혁주 문학의 연구에 있어서 그가 친일적인 작품만을 쓴 것도 아니고 친일의 정도도 심각하지 않으니 괜찮은 작가라는 식의 접근은 곤란하다. 그가 어떤 환경에서 친일로 돌아서게 되었으며, 일본인으로 귀화하게 만든 동기는 무엇인지, 그리고 이러한 행적을 남긴 작가에게 있어 '민족'이 지닌 의미는 무엇이었는지 등의 본질적인 문제에 대한 규명을 목표로 하지 않으면 안 될 것이다.

그리고 간혹 예술지상주의적 시각에서 장혁주의 친일작품에 접근하려는 연구자도 있는데, 과연 그의 작품이 정치와 종교 등을 초월한 예술적 가치를 추구하고 있는가에 대해서도 진지하게 생각해 볼 필요가 있다. 그의 작품들이 일제의 침략정책을 선

전하는 도구로 전락해갔다는 점을 돌이켜 보면 예술지상주의를 추구하려던 작가들
과는 큰 거리가 있음이 확인되기 때문이다.

Ⅲ. 민족의 전통문화와
   가족에 대한 애착

張赫宙의 일본어 희곡『春香傳』과 방송극『沈淸傳』론
— 親日작가의 의식 속에 내재된 민족혼의 형상화 —

1. 머리말

집필 초기의 장혁주는 「餓鬼道」(1932), 「쫓기는 사람들(追われる人々)」(1932), 「산신령(山靈)」(1934) 등과 같이 민족적 저항의식을 견지하고 있었으나, 일제의 중국침략이 본격화된 1930년대 후반부터는 「조선의 지식인에게 호소함(朝鮮の知識人に訴ふ)」(1939), 『가토 기요마사(加藤淸正)』(1939) 등으로 시작되는 친일협력적 글쓰기에 경도되어 간다.

그런데 친일적 글쓰기를 시작하기 직전인 1938년에 한국의 고전『春香傳』을 일본어 희곡으로 발표하였으며, 국책적 작품의 집필에 열을 올리던 1941년에는 『沈淸傳』을 라디오 드라마로 각색하여 방송한 후 출간하였다. 이와 같은 장혁주의 한국고전에 대한 관심과 일본어로 옮겨 쓰기 위한 노력은 시기적으로 볼 때 다양한 해석과 평가를 낳기에 충분하다.

그러나 장혁주의 일본어 희곡『春香傳』[1]과 방송극『沈淸傳』에 대한 연구는 아직

---

1 '장혁주의 일본어 희곡『春香傳』'을 이하에서는 '일본어 희곡『春香傳』'으로 표기하고자 한다. 일본어 희곡『春香傳』은 1938년 3월『新潮』에 처음 발표되었으나, 작가는 1개월 후에 "조선적인 풍치를 보다 짙게 그려내기 위해 전체적으로 개정·증보하여 완벽을 기했다"(「解題」)는 말을 담은 『春香傳』(『新潮社』1938.4)을 간행하였다. 본고에서는 1938년 4월에 개정·증보하여 간행된『春香傳』을 텍스트로 삼았다.

본격적으로 이루어지지 않고 있다.『春香傳』에 대해서는 시라카와 유타카(白川 豊)의 비교적 소상한 언급[2]이 있지만 주로 일본과 조선에서의 공연과 관련된 내용에 치중하고 있으며, 방송극『沈淸傳』에 대한 깊이 있는 연구는 시도된 바 없다.

　　본고에서는 이와 같은 정황을 고려하여 일본어 희곡『春香傳』과 방송극『沈淸傳』이 담아내고 있는 내용의 분석을 통하여 한국고전과의 계통적 관계를 규명하고, 각각의 작품이 지닌 특징에 대하여 논하고자 한다. 또한 일제의 강압적인 통제 속에서 이 두 작품의 집필을 시도한 작가의 민족의식에 대한 검토도 병행하고자 한다.

2. 장혁주의 일본어 희곡『春香傳』의 특징

　　한민족의 대표적인 고전『春香傳』은 문자로 기록된 소설이기 이전에 입에서 입으로 전해지는 '이야기'였으며, 그것이 처음으로 세상에 나온 것은 300년이 넘는다.[3] 또한 소설로서만이 아니라 판소리, 창극, 연극, 영화, 드라마, 오페라 등과 같이 다양한 양식으로 전환을 시도하며 변모해왔다. 장혁주의 일본어 희곡『春香傳』역시 당시의 작가가 처해있던 상황을 반영하듯 새로운 내용을 첨가하거나 형식의 변화를 모색한 흔적을 쉽게 찾아볼 수 있다.

1) 일본어 희곡『春香傳』의 집필배경

　　장혁주의『春香傳』집필은 일제의 강압적인 언론 및 출판에 대한 통제와 검열을 벗어나기 위한 방편으로 역사와 고전에서 문학적 소재를 찾고자 한 결과라 할 수 있다. 작가가 민족적이고 프롤레타리아적 경향을 짙게 풍기는 작품을 발표한 것은 집필 초기에 해당하는 1930년에서 1933년 사이의 몇 년에 불과하고,『春香傳』을 집필하는 1938년까지는 자신의 에세이「나의 포부」에서 밝힌 대로 개인의 생활 탐구에 충실하여 당시의 사회를 구성하고 있던 인간군상의 내면풍경을 그려내는 일에 전념하

2　시라카와 유타카(白川　豊)(1995)「張赫宙戲曲〈春香傳〉とその上演(1938)」『植民地期朝鮮の作家と日本』, 大學敎育出版

3　정하영(2006)『춘향전』, p.20, 신구문화사

였다.[4]

이와 같은 장혁주의 행적은 국내에서 활발한 희곡 창작에 힘을 기울이던 유치진 (柳致眞)과 매우 유사하다 할 수 있다. 유치진 역시 「소」가 문제가 되어 종로경찰서에 끌려가게 되는[5] 1930년대 중반까지는 스스로 민족작가임을 자처하며 식민지 농촌의 현실 고발에 전념하였으나 1940년대에 들어서면서 「흑룡강」(1941), 「북진대」(1942)와 같은 국책적 작품을 쓰게 된다.[6] 그런데 그 과도기에 새로운 소재를 모색하다가 찾아낸 것이 한국의 고전 『춘향전』을 희곡으로 완성하는 일이었다. 즉 민족운동의 차원에서 계몽적 연극 활동을 펼친 것이 일제 탄압의 빌미가 되었고 검열이라는 창작 외적 제약으로 인해 역사와 전통에서 소재를 구하게 되었던 것이다.[7]

유치진의 『춘향전』은 1936년 朝鮮日報에 연재되었고, 1938년에는 「演劇座」에 의해 府民館에서 성황리에 공연을 마쳤다. 이 무렵은 이미 장혁주도 일본어 희곡 『春香傳』의 집필에 전념하고 있을 때였는데, 당시의 정황으로 미루어 유치진의 활동에 많은 영향을 받은 것으로 생각된다. 그런데 장혁주가 일본어 희곡 『春香傳』의 집필에 착수하게 된 실제적인 동기는 "내지(內地)의 조선인을 위해서 조선의 좋은 예술을 보여주고 싶다"[8]는 당시 일본에서 신협극단(新協劇團)을 이끌고 있던 무라야마 도모요시(村山知義)[9]의 제안에 의한 것이었는데, 그는 1938년 조선을 방문했을 때 유치진의 안내로 그의 『춘향전』 공연을 관람하기도 하였다.

또한 조선공연을 위해 장혁주의 일본어 희곡을 무라야마가 각색하는 과정에서 유치진의 조언을 받았고, 공연에서 사용할 의상도 유치진이 깊게 관여하고 있던 극예술연구회가 사용하던 것을 빌렸다고 밝히고 있다.[10] 시라카와는 이상과 같은 장혁주와

---

4 김학동(2007,12)「張赫宙의 민족적 작품과 친일적 작품의 비교 고찰 - 해방 이전의 일본어 작품을 중심으로 -」『일본연구』제34호, 한국외국어대학교 일본연구소

5 柳致眞(1971)「柳致眞年譜」『柳致眞戲曲全集 下』, 成文閣. ; 1935년 연보에는 "東京學生藝術座에 의하여 東京築地小劇場에서 상영된 「소」가 문제가 되어 全演出者와 함께 鐘路警察署에 감금되다"라는 내용을 적고 있다.

6 윤금선(2004)『유치진 희곡 연구』, p.346, 연극과 인간

7 김승옥(1998)「유치진 희곡 연구」『한국연극연구』, p.175, 한국연극사학회

8 주(2)와 같은 책, p.194

9 村山知義 : 1901-1977, 극작가, 연출가.

10 주(2)와 같은 책, p.202

유치진의 관계를 두고 "협력자이면서 최대의 라이벌"[11]이었다고 말한다.

이상으로 알 수 있는 것은 장혁주와 유치진 두 작가 모두 일제의 감시와 탄압으로부터 자유로울 수 있는 창작의 소재를 찾고자 했으며, 유치진 쪽이 보다 먼저 한국의 고전과 역사적 사실을 소재로 집필을 시작하여 희곡『춘향전』을 탄생시켰고, 장혁주도 이에 뒤질세라『春香傳』의 일본어 창작에 임했다는 것이다.

2) 일본어 희곡『春香傳』의 계통적 고찰

일본어 희곡『春香傳』에 담아내고 있는 내용과 형식이 수많은 이본[12]으로 존재하고 있는 고전『춘향전』중에서 어떠한 계통을 계승하고 있는가에 대한 단언은 불가능하다. 이는 "원작의 줄거리와 분위기만을 필자의 머릿속에서 구상하고 있다가 마침내 시대와 인물의 기본줄거리만을 추출한 뒤 다른 내용은 필자의 감각에 의해 살을 붙여 근대문학적 요소도 많이 포함시켰다"[13]는 작가의 말을 통해서도 확인된다.

---

11 주(2)와 같은 책, p.208

12 『춘향전』의 이본에 관해서는 〈정하영(2006)『춘향전』, pp.22,23, 신구문화사〉에 정리된 내용 중에서 목판·필사본을 중심으로 소개하면 다음과 같다.
1. 국문본
   1) 목판(木板) 방각본(坊刻本)
   ① 경판(京板) : 춘향전(16장본, 17장본, 23장본, 30장본)
   ② 완판(完板) : 별춘향전(31장본), 춘향가(33장본), 열녀춘향수절가(84장본)
   ③ 안성판(安城板) : 춘향전(30장본)
   2) 필사본(筆寫本)
   ① 신재효본 춘향가 : 남창본(男唱本), 여창본(女唱本), 동창본(童唱本)
   ② 춘향전 : 이명선 소장본, 高大도서관 소장본, 방종현 소장본 등
   ③ 별춘향전 : 조윤제 소장본, 정병욱 소장본, 신학균 소장본, 김동욱 소장본
   ④ 남원고사(南原古詞) : 파리 동양어학교 소장본
   ⑤ 정절기(貞烈記) 8책
2. 한문본
   1) 필사본(筆寫本)
   ① 유진한(柳振漢) 춘향가, 한시, 1745(?)
   ② 목태림(睦台林) 춘향신설(春香新說), 소설, 1804(?)
   ③ 수산자(水山子) 광한루기(廣寒樓記), 희곡, 1874(?)
   ④ 윤달선(尹達善) 광한루악부(廣寒樓樂府), 한시, 1852(?)
   ⑤ 여규형(呂圭亨) 한문연본춘향전(漢文演本春香傳), 희곡, 1915

13 張赫宙(1941)「後記」『沈淸傳 春香傳』, p.195, 赤塚書房

작가는 '원작'**14**이라는 말을 사용하고 있지만 수많은『춘향전』이본 중에 어떤 것을 지칭하는 것인지 정확히는 알 수가 없다. 아마도 가능한 모든 자료를 섭렵했다는 뜻으로 해석하는 것이 자연스럽겠지만, 각종의 이본을 집대성한 것으로 평가받고 있는「열녀춘향수절가」**15**를 참고로 했을 가능성이 매우 높다. 이는 서민의 해학과 특권계급에 대한 야유와 풍자를 묘사한 각종의 이본이 모두 唱劇의 臺本風으로 구성되어 있어 이를 일본어로 옮길 경우 소설보다는 劇 쪽이 적당할 것으로 생각된다**16**는 작가의 말에서도 확인된다. 즉 소설형태의 경판(京板)본보다는 다양한 판소리 사설 등의 이본을 집대성한 완판(完板)본을 참고할 경우「열녀춘향수절가」만큼 충실한 이본이 없기 때문이다.

또한 작가는『춘향전』의 원작에 대한 설명**17** 중에『古本春香傳』『獄中花』등과 같이 일제의 조선침탈 직후부터 쏟아져 나온 국문 활자본**18**을 포함시켜 언급하고 있

---

14 張赫宙(1938)「원작에 대하여(原作について)」『春香傳』, p.126, 新潮社 ; 작가는 원작의 형태를 1.소설로서의『春香傳』2.창극으로서의『春香傳』3.歌詞로서의『春香傳』으로 분류하고, (1)과 같은 소설의 형태로 구성된 작품으로『山水廣寒樓』『古本春香傳』『烈女春香傳』『獄中花』등 수십 종이 있으며, (2)와 같은 창극『春香傳』이야말로 원작에 해당한다고 설명한다.

15 주(3)과 같은 책, p.31 ; 정하영은 이 책에서 "(「열녀춘향수절가」는) 문장체 소설인 경판계 이본과 판소리 사설의 장점을 조화롭게 접목시켜 두 계층의 독자를 하나로 통합시킨「춘향전」의 집대성이며 명실 공히「춘향전」을 대표하는 이본"이라 정의한다.

16 주(13)과 같은 책, p.195

17 주(14)와 같은 내용

18 〈정하영(2006)『춘향전』, p.23, 신구문화사〉에 정리 소개된 국문활자본
   ① 이해조(李海朝) 옥중화(獄中花)(1912, 보급서관)
   ② 최남선(崔南善) 고본(古本) 춘향전(1913, 신문관)
   ③ ?　　　　유전소설 춘향전(1914, 신문관)
   ④ ?　　　　증수(增修) 춘향전(1914, 영풍서관)
   ⑤ 박건회(朴建會) 특별무쌍(特別無雙) 춘향전(1915, 유일서관)
   ⑥ 김용제(金用濟) 윤리소설(倫理小說) 광한루(廣寒樓)(1917, 박문서관)
   ⑦ 고　한(高　漢) 증수(增修) 춘향전(1913, 東美書市)
   ⑧ 심송욱(沈松旭) 증상(增像) 연예옥중가인(演藝獄中佳人)(1914, 신구서림)
   ⑨ 강의영(姜義永) 만고열녀 춘향전(1925, 영창서관)
   ⑩ 현공렴(玄公廉) 언문 옥중절대가인(諺文獄中絶代佳人)(1925, 대창서림)
   ⑪ 이종정(李種禎) 만고열녀 옥중화(獄中花)(1925, 광동서국)
   ⑫ 고유상(高裕相) 기연소설(奇緣小說) 오작교(烏鵲橋)(1927, 회동서관)
   ⑬ 이광수(李光洙) 일설춘향전(一說春香傳)(1927, 한성도서주식회사)

으므로 일본어 희곡『春香傳』의 집필에 있어 중요한 참고자료로 삼았음을 알 수 있다. 그리고 앞에서 살펴 본 바와 같은 유치진과의 관계를 생각할 때 그의 희곡『춘향전』을 참고로 했을 가능성은 매우 높다 하겠다.

그런데 유치진은 한국의 고전『춘향전』을 희곡으로 각색하는데 있어 이광수의『一說春香傳』(1929)을 바탕으로 하면서도 종래와 같은 '춘향의 정절'에는 초점을 맞추지 않고, 당시의 부패한 권력과 싸우려는 춘향의 의지를 중심으로 했다[19]고 말함으로써 작품의 출처와 집필의도를 분명히 했다.

그러나 김승옥은 「유치진 희곡 연구」에서 유치진의『춘향전』이 이해조의『獄中花』와 이광수의『一說 春香傳』을 바탕으로 하였음을 확인하면서도 "검열 등 식민지 시대의 예술인이 겪어야 했던 시련을 소재의 전환으로 극복할 수 없는 노릇"[20]이었다며 그 한계를 지적하고 있다. 즉 열녀로서의 춘향에만 초점을 맞추는 바람에 "원전의 민중 지향적 의도가 희곡에서는 그 진가를 발휘하지 못하고 있다"[21]며 유치진의 어중간한 태도를 비판한다. 김승옥은 결론적으로 "이해조의 〈옥중화〉가 원전의 사회성을 큰 변개 없이 수용하여 시대적 의미를 살리고 있는 반면 이광수의 〈일설 춘향전〉이 이를 약화시킨 작품"[22]이라는 설성경의 말을 인용하며, 유치진은 일제의 검열을 의식한 나머지 〈옥중화〉가 아닌 〈일설 춘향전〉의 약화된 사회성을 답습하는 바람에 원작의 사회성을 약화시키게 되었다는 주장을 한다. 하지만 유치진의『춘향전』이 강한 사회성을 띠고 있다고 판단한 일제 당국에 의해 주시되고 있었던 점[23] 역시 작품을 평가하는 데 있어서 간과해서는 안 될 것으로 생각된다.

유치진과 같은 시대를 살았던 장혁주의 작가적 입장도 이와 크게 다르지 않았을 것이라는 것은 쉽게 짐작할 수 있는 일이다. 그 역시 1930년대에는 자신의 작품이 일제의 검열에 의해 게재가 취소되거나 복자로 처리 된 작품이 발표되었으며, 유치진의 희곡『춘향전』의 영향으로 일본어 희곡『春香傳』을 집필하였음은 이미 살펴 본 바

---

19 주(2)와 같은 책, p.194

20 주(7)과 같은 논문, p.172

21 주(7)과 같은 논문, p.172

22 설성경(1990)「유치진이 추구한 춘향전의 새 의미」, 이선영편『1930년대 민족문학의 인식』, pp.492-494, 한길사

23 유민영(1982)『한국현대희곡사』, p.291, 홍성사

있기 때문이다. 따라서 유치진이 희곡으로 각색하는 과정에서 토대로 삼은 이광수의『
一說 春香傳』을 검토하는 일은 장혁주의『春香傳』을 이해하기 위한 전제조건이라
할 수 있다.

이광수의『一說 春香傳』이 지니고 있는 이본적 성격과 특성에 대한 연구로는 최
재우의「이광수〈일설 춘향전〉특성 연구」를 들 수 있다.

> 『일설 춘향전』은 세 가지 토대 위에 창작된 이본이라고 결론지을 수 있다. 전체적
> 으로는 전반부인〈연분〉〈사랑〉〈이별〉, 그리고 중반부라고 할 수 있는〈수절〉까지는
> 『옥중화』를 주요 자료로 삼고, 후반부인〈어사〉〈출도〉부분은『고본 춘향전』(후반)
> 을 기본 텍스트로 이용했다 하겠다. (중략) 그 밖의 이본들이 참조되는 가운데 춘원의
> 근대적 기법이 덧씌워져 만들어진 텍스트라고 규정할 수 있을 것이다.[24]

『一說 春香傳』이 이해조의『獄中花』(1912)와 최남선의『古本春香傳』(1913)을
토대로 하면서 그 밖의 이본을 참고로 집필되었다면, 이광수 작품을 바탕으로 집필했
다고 밝힌 유치진의『춘향전』역시 이러한 계통적 흐름을 답습하고 있다고 할 수 있
으며, 집필의 동기에 있어서 유치진의 영향을 받은 장혁주의『春香傳』역시 이와 같
은 계통적 흐름과 무관하다고 할 수 없을 것이다.

그러나 이광수가 이본을 참고로 하면서 일정부분 자신만의 문학적 기법과 사상을
담아내고 있듯이, 유치진과 장혁주의 작품에도 각각의 독자적인 문학적 특성을 담아
내고 있다 하겠다. 유치진은 소설을 희곡으로 각색하였고, 장혁주는 일본어 희곡으로
번안을 시도하였다는 점에서 원본과의 괴리의 생성은 필연적인 것이라 할 수 있을 것
이다. 즉 문학의 형식이나 언어의 획기적인 전환이 이루어지는 상황에서는 각각의 특
성에 맞는 내용의 전개가 요구되기 때문이다.

그러므로 한국의 고전인『춘향전』을 일본어 희곡으로 각색하려던 장혁주는 "원작
에 있는 歌詞調나 漢詩調의 문장을 직역으로 번역해서는 도저히 원작의 재미를 옮
길 수 없고 내용도 너무 단순 소박해져서 문학적 가치도 떨어"[25]진다는 고민을 해결

---

24 최재우(2004)「이광수〈일설 춘향전〉특성 연구」『춘향전 연구의 과제와 방향』, p.443, 국학자료원
25 주(13)과 같은 책, p.195

하기 위해 일 년이란 기간을 소비하게 된다. 그리고 그는 마침내 "시대와 인물의 줄거리만을 발췌한 뒤 근대문학적인 요소"[26]를 가미시키는 방법으로 일본어 희곡『春香傳』을 완성시켰던 것이다.

그런데 일본어로 번안 또는 각색된『춘향전』은 장혁주의 작품 이외에도 여러 편이 존재하고 있다. 정대성은 해방 이전에 일본어로 소개된『춘향전』에 대하여 계통학적 연구를 시도[27]한 바 있는데, 그 대상을 10종[28]으로 좁힌 뒤 44개의 화소(話素)를 토대로 각 작품의 異同을 비교 고찰하여 체계화를 도모하였다. 그러나 44개의 화소를 비교 검토한다는 방대한 연구 노력에도 불구하고 그 결과를 효과적으로 집약하지 못하여 체계적인 계통성을 논하고 있다고 보기 어렵다. 연구의 대상에는 물론 장혁주의『春香傳』도 포함이 되어 있으나 "이광수의 근대소설「一說 春香傳」(1927) 및 유치진의 희곡「春香傳」(1936)을 참고했을 가능성이 있다"[29]는 짧고 애매한 결론을 내리고 있을 뿐이다.

장혁주의 일본어 희곡『春香傳』의 계통적 라인은 이상으로 고찰해본 바와 같이 고전으로서 전래되는 이본들의 어느 특정 내용만을 담고 있는 것이 아니라, 여러 원작을 토대로 하면서 한국의 전통적인 정서를 일본어로 표현하기에 적합한 형태와 내

---

26 주(13)과 같은 책, p.195

27 鄭大成(1999)「『春香傳』 일본어 번안 텍스트(1882~1945)의 계통학적 연구 -〈원전〉의 轉移양상과 多聲的 얽힘새 -」『日本學報』43집, 한국일본학회.

28 화소에 대한 비교연구는 A-F의 6종으로 국한하고 있다.
A. 桃水野史(譯),「鷄林情話　春香傳」,『大阪朝日新聞』, 1882. 6. 25~7. 23.
B. 高橋亨(抄譯),「春香傳」,『朝鮮の物語集　附俚諺』, 1910.
C. 島中雄三(譯述),「廣寒樓記」, 自由討究社『通俗朝鮮文庫』第4輯, 1921.
D. 麻生磯次,「春香傳 三幕四場」.『朝鮮』89, 1922. 8.
E. 張赫宙,「春香傳 -六幕十五場-」,『新潮』5-3, 1938. 3.
F. 村山知義,「シナリオ春香傳--朝鮮映畵株式會社のために」,『文學界』6-1, 1939. 1.
◎ 南宮楔,『萬古烈女 日鮮文 春香傳』, 漢城·唯一書館, 1917.
◎ 靑嵐(譯案),『國語對譯演訂春香歌』, 大山治永, 永昌書館, 1942.
◇ 村山知義,「春香傳物語1~8·8」,『京城日報夕刊』, 1938. 10. 7,9,11,13,14,16,20-22.
◇ 西龜元貞(脚色),「春香傳(シナリオ)」, 新朝鮮映畵硏究所(등사본), 연대미상.
(정대성은 본문에서 ◎는 번역테스트이고, ◇는 번안텍스트인데, 지면관계상 비교고찰의 대상에서 생략했음을 밝히고 있다)

29 주(27)과 같은 논문, p.217

용을 새로이 첨가하여 완성하였다는 것으로 결론지을 수 있다. 번안·각색의 과정에서 근대의 활자본 소설인 이광수의『一說 春香傳』과 유치진의 희곡『춘향전』의 영향을 받았다고 할 수도 있겠지만, 오히려 참고만 했다고 하는 편이 옳을 것이다. 어차피 이들 작품이 고전으로서의 여러『춘향전』을 현대적인 감각으로 패러디 또는 각색한 것이라고 할 때, 장혁주 역시 이들의 작품을 참고로 새로운 형태의 일본어 희곡을 완성했다고 보는 것이 타당하기 때문이다.

3) 일본어 희곡『春香傳』의 특징

장혁주의 일본어 희곡『春香傳』의 특징을 고찰하기 위해서는 희곡이라는 형식적인 면에서 동일한 유치진의『춘향전』과 비교고찰을 시도하는 것이 보다 효과적인 방법이라 할 수 있다. 두 작품은 고전으로서의 여러 이본을 참고로 전개되고 있으므로 줄거리의 핵심적인 내용에 있어서는 크게 다르지 않으나, 장혁주의 작품은 일본어로 번안·각색된 작품인 만큼 작가의 말처럼 언어의 벽을 넘어 한국의 풍속과 정서를 담아내기 위한 특별한 노력30을 기울이지 않으면 안 되었다는 점에서 두 작품의 차이점은 필연적인 것이라 하겠다.

그런데 유치진은 자신의 작품이 이광수의 영향을 많이 받았다고 밝히고 있는 만큼 『一說 春香傳』이 지닌 이본으로서의 특징을 먼저 살펴보고자 한다. 최재우가 「이광수〈일설춘향전〉의 특성연구」를 통해 비교 검토한 話素 목록31 중에 특징적인 내용을 정리하면 다음과 같다.

1) 광한루에서 춘향이 이도령의 초대를 거절하고 그냥 집으로 돌아감
2) 월매의 태몽 속에 '이화·도화'의 등장
3) 이부사가 이도령에게 초 두 자루를 내려주는 장면
4) 이도령이 광한루에서 귀가한 당일 춘향의 집을 방문
5) 월매의 약정서 요구

---

30 주(13)과 같은 책, p.195
31 주(24)와 같은 책, p.428-442 ; 최재우는 〈緣分〉〈사랑〉〈離別〉〈思想〉〈守節〉〈御史〉〈출도〉와 같이 7개의 단락으로 나누고, 전체를 44개의 구체적인 화소로 구분하여 논하고 있다.

6) 이부사의 시험에 대비한 책읽기

7) 이부사가 일 년 후 이조 참판으로 내직 발령을 받음

8) 이별에 앞서 이도령과 춘향이 서로의 머리를 얹어 줌

9) 이도령의 편지가 도착하는 장면과 춘향을 넘보는 자들의 행태

10) 이부사의 후임으로 김부사가 도임하여 일 년간 재임한 뒤 변학도가 도임

11) 옥중 춘향의 '황능묘 방문 꿈'과 이도령에게 편지를 발송하는 장면

12) 이도령이 알성시에 장원급제하여 전라어사 특채

13) 이도령의 과거 급제 발원을 위한 월매와 노승의 불공

14) 변학도의 생일에 어사가 앞문으로 들어가지 못하고 뒷문으로 들어감

15) 변부사의 봉고파직이라는 징계내용

16) 춘향과 월매만을 상경시킴

17) 가문이 번창했다는 후일담

* 이 중에서 6), 8), 9)는 춘원에 의해 새롭게 덧붙여진 화소

이상과 같은 이본으로서의 특징은 이광수에 의해 새롭게 덧붙여진 화소를 제외하면 고전으로서의 어느 이본에나 존재하는 내용들이지만,『一說 春香傳』에서 이러한 화소들을 새로운 작품세계에 복합적으로 융합시키고 있다는 점에서 이본으로서의 가치를 지닌다.

그런데 이와 같은『一說 春香傳』을 토대로 완성하였다는 유치진의 4막 8장의 희곡『춘향전』에서는 이상과 같은 話素 중에서 그대로 수용하고 있는 것은 1), 5), 15) 정도에 불과하고, 2), 7), 10)은 약간씩 내용을 변경하고 있으며, 나머지 항목은 채택되고 있지 않다. 이는『一說 春香傳』이 지닌 이본으로서의 특징이 줄거리를 근본적으로 변화시킬 수 있는 내용이 아니라 수사적인 것에 머물고 있음을 말해주고 있으며, 유치진이 고전의 근대적인 글쓰기라는 춘원의 문학정신을 답습하는 데만 힘을 기울였음을 뜻하는 것이라 하겠다.

장혁주의 일본어 희곡 역시『一說 春香傳』과는 기본적인 줄거리와 작품의 흐름에는 큰 차이가 없지만 이본으로서의 특징으로 열거한 17개 항목과 일치하는 것은 몇개에 불과하다. 그러므로 희곡이라는 같은 장르인 유치진의 작품과의 비교고찰을 통해 장혁주『春香傳』의 특성을 확인해보고자 한다.

먼저 구성에 있어서는 유치진의 희곡이 4막 8장인데 비하여 장혁주의 작품은 6막 12장으로 무대배경 및 줄거리 흐름에서 차이를 보이고 있는데, 장혁주의 작품이 좀 더 섬세하게 세분화된 전개를 보인다고 할 수 있다. 그러나 다른 이본들과는 달리 등장인물의 대사와 지문만으로 상황을 연출해야하는 희곡의 특징에서 비롯된 두 작품의 유사성은 무대구성이나 인물배치 등에서 매우 두드러진다.

내용면에서도 장혁주의 『春香傳』은 이도령과 춘향이 만나는 장면에 앞서 견우와 직녀, 그리고 오작교에 관한 내용 및 암행어사가 된 이도령과 역졸들의 대화 등을 첨가하였고, 변부사가 무고한 농민들의 재산을 탈취하기 위해 옥에 가두고 문초하는 장면은 매우 장황하게 묘사된다. 또한 춘향을 문초하다 지친 변부사가 "지금은 더 이상 너의 몸을 원하지 않는다. 그저 내 체면을 지키면서 너를 용서해주고 싶을 뿐이다"[32]는 말을 하며 '죄송합니다. 잘못했습니다'라는 말만 해달라고 요청하는 것으로 전개하고 있다. 이러한 내용들은 유치진의 희곡은 물론이요, 다른 이본들에서도 보이지 않는 장혁주 작품만의 독특한 설정이다.

그리고 춘향이 수절을 고집하며 옥에 갇힌 시점에 있어서도 두 작품은 서로 다른 전개를 보인다. 유치진의 작품에서는 이몽룡의 부친이 한양으로 전직한 2년 뒤에 변학도가 부임해 옴으로써 춘향이 옥에 갇혀 있는 기간도 몇 달에 불과하다. 이에 비해 장혁주의 작품에서는 이부사의 전직 후 바로 변부사가 부임함으로써 춘향은 3년이라는 긴 세월 동안 옥에 갇혀 지내며 거듭되는 문초와 매질을 당하게 되는데, 춘향이 그렇게 혹독한 상황 속에서 3년을 견디어 낸다는 것이 비현실적이라는 느낌을 갖게 한다.

또한 가까운 사이로 발전한 이후의 두 사람이 만나 "혼약 서약서의 요구에는 놀랐다"는 몽룡이나, "그러나 모친은 매우 기뻐했다"는 춘향의 말처럼, 작중의 인물이 지난 일을 회상하는 장면을 묘사하여 줄거리를 전개해가는 방식을 도입하고 있는 것도 장혁주 희곡의 큰 특징이라 할 수 있다.

그런데 한국의 고전을 일본어로 번안·각색하는 과정에서 발생하는 원작과의 괴리는 작가의 노력에도 불구하고 곳곳에 산재해 있음을 부정하기 어렵다. 특히 방자의 익살스런 전라도 말투를 일본어로 옮기는 것이 곤란했는지 어색한 분위기를 자아내

---

32 張赫宙(1938)『春香傳』, p.65, 新潮社

는 곳이 산재해 있다. 예를 들면, 작품의 첫머리에 몽룡이 광한루로 나와 방자에게 술상을 차리라는 말을 하자 방자가 대꾸하는 장면이 있는데, 유치진과 장혁주의 작품에서는 각각 다음과 같이 묘사하고 있다.

(유치진 희곡)[33]
몽룡 : 이놈아, 자, 입심은 고만 부리고 자리나 펴라. 여기서 좀 쉬어 가겠다.
방자 : 사령, 도령님 분부시다. 자리 깔고 술상 차려라. 아 참! 도련님, 술상 도 차리랍
　　　시오?

(장혁주 희곡)[34]
몽룡 : 흥 깨지는 소리는 그만하고 빨리 이곳에 술상이나 차려라. 한잔 기울이며 시
　　　라도 읊어야겠다.
방자 : (어이없다는 표정으로 몽룡의 뒷모습을 보며) 쳇! 늘 저모양이라니. (더 낮은
　　　소리로) 응석받이로 자란 탓에 어쩔 도리가 없어. 이곳에 술상을 차리라고? 아
　　　직 철없는 어린애 주제에……

　　유치진의 작품에 보이는 어린 상전에 대한 방자의 말투는 적절한 예의와 격식, 그리고 친근감을 느끼게 하는 묘미가 있다. 그런데 장혁주의 작품에서는 몽룡에 대한 방자의 인격적인 모독이 그의 말투에 짙게 배어 있음을 느낄 수 있다. 이는 조선시대의 신분제 사회에 대한 작가의 비판적 태도[35]가 바탕이 되었다고도 볼 수 있겠으나, 문맥에 어울리지 않는 어색한 내용의 말투로 이를 표현하려 했다고는 생각하기 어렵다. 방자의 익살에 묻어나는 한국 고전의 해학을 일본어로 표현하고자 노력한 흔적으로 받아들이는 것이 타당할 것으로 생각된다.

---

33 柳致眞(1936)「春香傳」,(1971)『柳致眞戲曲全集 上』, pp.312, 313, 成文閣

34 주(32)와 같은 책, p.8 (원문인용 ; 夢龍 : 興ざめのすることを言うのは止めて, 早くここへ酒肴などを運べ。一杯傾けて詩吟でもやるとしよう。　房子 : (へえーといつた顔で, 夢龍の後姿を見て)チェッ。いつもあれだ。(もつと低聲になりながら)我儘育ちつてものは, ほんとに手にあまる。ここへ酒肴を運べ, だと。へん, まだ年のゆかない子供のくせに……)

35 생모가 기생출신의 첩이었던 관계로 멸시와 차별을 받으며 자랐던 작가는 조선의 봉건적 신분제도에 많은 반감을 지니고 있었다.

3. 일본어 방송극 『沈淸傳』의 특징

장혁주의 일본어 방송극 『沈淸傳』[36]은 1940년 1월 17일에 AK(일본방송협회)[37]의 드라마로 방송된 것을 1942년 2월 『沈淸傳·春香傳』으로 출간하였다. 따라서 『沈淸傳』은 희곡이 아니라 방송극인 셈이다. 이에 대하여 장혁주는 "희곡으로 하면 좀 더 폭 넓은 묘사를 할 수 있었을 것으로 생각하지만, 용궁의 장면 등은 역시 라디오 드라마 형식으로 하는 것이 보다 효과적일 것"[38]으로 생각했다며, 후일에 다시 희곡으로도 만들어 보고 좋은 쪽을 선택하겠다는 말을 덧붙인다. 즉 비현실적인 세계가 많이 등장하는 『沈淸傳』은 오히려 머릿속으로 상상하며 듣는 방송극 쪽에 어울릴 수도 있다는 생각을 했던 것으로 보인다. 그러나 결국 작가는 『沈淸傳』을 희곡으로 바꿔 쓰지 않았기 때문에 어느 쪽이 더 잘 어울리는 지 확인할 길은 없다.

어찌 되었든 장혁주가 한국의 고전 『春香傳』에 관심을 가지고 일본어 희곡으로 번안·각색하여 보급하려 했던 의욕이 『沈淸傳』으로 이어졌다는 것은 그 만큼 이 작품에 대한 애착이 컸다는 것을 말해준다 하겠다.

> 춘향전에 비해 사회에 대한 묘사가 부족함에도 불구하고 당시 조선의 서민생활과 인생관 등이 여실이 묘사되고 있는 점과, 심학규의 후처 등의 인물에 배어있는 일종의 유머에 의해 역시 근대적 감각을 풍부하게 가진 문학작품이라 말할 수 있다.[39]

이와 같이 작가는 『沈淸傳』을 높게 평가하고 있으며, "가요로서나 창극으로서나 인구에 회자되던 점 등에서 『春香傳』과 거의 마찬가지로 조선고전의 쌍벽"[40]을 이루는 작품을 일본에 소개하고 싶다는 욕구에 의해 집필되었음을 알 수 있다.

---

36 '장혁주의 일본어 방송극 『沈淸傳』'을 이하에서는 '장혁주의 『沈淸傳』'으로 표시하고자 한다.
37 JOAK, NHK의 전신.
38 주(13)과 같은 책, p.197
39 주(13)과 같은 책, p.197
40 주(13)과 같은 책, p.196

1) 장혁주 『沈淸傳』의 계통적 분류

장혁주의 『沈淸傳』이 고전으로서의 많은 이본 중에 어느 것을 토대로 하고 있는
지 규명하고자 할 때 "「沈淸傳」도 「春香傳」과 마찬가지로 원작자가 不明하다. 오
늘날 유포되고 있는 것은 본래 전주판, 경성판으로 불리는 목판에 의거한 활자본"[41]
이라는 작가의 말에 주목할 필요가 있다. 즉 작가는 원전으로서의 목판본과 활자본을
모두 참고로 하였음을 짐작할 수 있는 대목이기 때문이다.

목판본은 서울에서 간행된 경판(京板), 안성 지방에서 간행된 안성판(安城板), 전
주 지방에서 간행된 완판(完板)이 있다. 경판에는 한남본, 대영A·B본, 송동본의 4종
이 있고, 안성판에는 안성본 1종이 있으며, 완판본에는 상·하 71장본 6종이 있다.[42]
이러한 이본들은 설화를 배경으로 하여 한남본이 먼저 성립되고, 이것이 판소리와 관
련을 맺으면서 송동본, 완판본으로 변화된 것[43]이라고 한다.

필사본은 1912년부터 1954년까지 간행되었는데, 목판본 중 어느 계열의 이본을
모본(母本)으로 간행하였는가에 따라 계통을 달리한다. 활자본 중에는 한남본 계열
과 송동본 계열의 이본도 있지만, 완판본 계열의 이본이 가장 많다.[44] 장혁주는 앞에
서 언급한 바와 같이 원전으로서의 목판본과 활자본에 대한 식견을 이미 갖추고 있었
으므로 이와 같은 여러 이본의 특성을 고려하여 『沈淸傳』의 일본어 글쓰기를 시도한

---

41 주(13)과 같은 책, p.196

42 최운식(1999)「「심청전」의 구조와 의미」, 최동현·유영대編『심청전 연구』, pp.78,79, 태학사 ; 최운
식의 논문에서는 "경판에는 한남서림(翰南書林)의 판권지(板權紙)가 붙어 있는 24장본(한남본),
대영박물관에 소장되어 있는 24장본(대영A본)과 26장본(대영B본), '송동신간(宋洞新刊)'이라는
간기(刊記)가 적혀 있는 20장본(송동본)의 4종이 있다"고 보다 구체적으로 언급하고 있다.

43 주(42)와 같은 책, p.91

44 주(42)와 같은 책, p.79 ; 최운식은 별도의 저서『沈淸傳 硏究』(集文堂, 1982)에서「沈淸傳의 異
本」이라는 제목으로 각 이본을 비교 고찰하고 있다. 활자본에 대해서는 11종의 이본을 소개하여
설명하고 있는데 그 종류만 열거하면 다음과 같다.
① 光東書局, 新舊書林本「江上蓮」(江上蓮)-李海朝, 1912. ② 新文舘本「심청젼」(新文舘本)-
崔昌善, 1913. ③ 光東書局·博文書館·漢城書館本「沈淸傳」(光東本)-洪淳模, 1915. ④ 博文
書館本「沈淸傳」(夢金島傳)-盧益亨, 1916. ⑤ 大昌書館本「贈像演訂 沈淸傳」(大昌本)-玄公
廉, 1920. ⑥ 滙東書館本「沈淸傳」(滙東本)-高裕相, 1925. ⑦ 太華書館本「萬古孝女 沈淸傳
」(太華本)-姜夏馨, 1928. ⑧ 時文堂書店·海東書館本「심청젼」(時文堂本)-趙種虎, 1928. ⑨
大成書林本「沈淸傳」(大成本)-姜殷馨, 1929. ⑩ 世昌書館本「古代小說 沈淸傳」(世昌本)-申
泰三, 1934. ⑪ 永和出版社「沈淸傳」(永和本)-姜槿馨, 1954.

것으로 보인다. 그리고 이는 자연히 완판본의 내용을 토대로 삼고 활자본을 참고하여 집필되었을 것으로 생각된다.

그런데 활자본의 특징이라면 이해조의 「江上蓮」을 통해 알 수 있듯이 신소설의 수법을 도입하여 완판본이 지니고 있는 지나친 설명성, 긴밀성이 적은 가요·잔사설, 부분의 강조에서 오는 전체적인 부조화 등이 제거된 점이라 할 수 있다.[45] 이러한 경향은 장혁주의 『沈淸傳』에서 그대로 이어받고 있을 뿐만 아니라, 한 시간짜리 짧은 방송극을 통해 청취자들이 한국의 고전을 쉽게 감상할 수 있도록 군더더기 없는 핵심적인 내용으로 구성되어 있다.

이상으로 살펴본 바와 같이 장혁주의 『沈淸傳』이 답습하고 있는 계통적 흐름을 단정하기는 어렵지만 개략적이나마 이를 확인해 볼 수 있는 자료로 주요 장면마다 연출되는 가사조의 노래를 들 수 있다. 장혁주의 『沈淸傳』에는,

1) 갓 태어난 심청이 젖을 달라며 보채자 이를 달래는 심봉사의 노래
2) 11살이 된 심청이 부친 대신 동냥을 다니며 자신의 처지를 한탄하는 노래
3) 공양미 삼백 석에 몸을 판 심청이 상인들을 따라 떠나기 전에 부르는 노래
4) 심청이 탄 배를 출항시키며 부르는 뱃사람의 노래
5) 인당수에 도착하여 여러 신에게 제사를 지내며 부르는 뱃사람의 노래
6) 용궁에서 만난 모친과 헤어지며 부르는 심청의 노래
7) 환생한 심청이 왕비가 된 뒤 심봉사를 그리며 부르는 노래

와 같이 7종의 가사조의 노래를 포함하고 있다. 그런데 이들 노래는 대부분 송동본과 완판본에서 확인되고 있으며, 「江上蓮」으로 대표되는 활자본에서 좀 더 선명하게 부각시킨 것들을 보완하는 차원에서 재차 수록하고 있음을 알 수 있다.

그러므로 장혁주의 『沈淸傳』은 고전으로서의 이본을 충실히 섭렵한 뒤 활자본을 참고하여 짧은 방송극에 맞게 재구성한 것이라 할 수 있다.

---

45 崔雲植(1982)「沈淸傳의 異本」『沈淸傳 硏究』, pp.67-71, 集文堂

2) 장혁주『沈淸傳』의 주제와 형식상의 특징

최동현은 「「심청전」의 주제에 관하여」라는 논문에서『심청전』의 주인공을 심청으로 볼 때는 자기희생적 측면을 중시하여 주제를 '효'라고 하는 견해가 주류를 이루지만, 심청을 주인공으로 보면서도 주제를 효로 보지 않고 심청의 자기실현 혹은 성장의 과정으로 보는 견해도 만만치 않다[46]고 하였다. 그리고 주인공을 심봉사로 보는 경우에는 심봉사의 개안에 초점을 맞추어 해석하려는 경향이 다수를 차지한다고 하였다. 그렇지만 최동현 자신은 "여성을 죽음으로까지 몰아넣는 봉건 윤리의 모순성에 대한 깨달음"[47]이『심청전』의 주제라고 주장한다.

『심청전』이 이와 같이 다양한 주제를 지닌 작품으로 평가되는 것은 세월과 함께 변화해 온 삶의 가치관과 유교적 질서체제에 대한 사회의 반응을 고스란히 담아내고 있는 작품이기 때문일 것이다.

장혁주가 일본어 방송극『沈淸傳』의 집필을 시도한 것은 "당시 조선 민중의 생활형태와 인생관 등이 여실히 묘사"[48]되고 있기 때문이라고 말한 바 있듯이, 그의 작품에서도 이상에서 살펴본 바와 같은 주제는 망라되어 나타나고 있다. 즉 독자의 흥미를 끌 수 있는 작품이라서가 아니라 조선을 대표할 수 있는 깊이 있는 문학작품으로 판단하여 일본에 이를 소개하고자 일본어로 완성했던 것이다.

그런데 장혁주의『沈淸傳』은 방송극이라는 특성상 당시에 존재하던 많은 이본들과는 그 형식을 크게 달리한다. 다만 채만식이 1936년에 발표한 희곡「심봉사」(7막 20장)가 형식적인 면에서 장혁주의 방송극과 유사하다 할 수 있지만, 내용면에서 많이 다르고, 구성에 있어서도 상당한 차이를 보인다. 즉 채만식의「심봉사」는 기존의 이본과는 달리 심청이 다시 회생하지 못하며, 심청으로 꾸민 궁녀에 의해 심봉사가 눈을 뜨게 되지만 자신이 속았음을 알고 스스로 눈을 찌른다는 획기적인 내용으로 전개된다. 이러한 전개에 대하여 장혜전은 "식민지 현실을 살아가는 작가의 자의식이 반영"[49]되어 극의 중심이 심봉사의 자책과 회한에 집중되어 있다고 말한다.

---

46 최동현(1999)「「심청전」의 주제에 관하여」, 최동현·유영대編『심청전 연구』, pp.393, 394, 태학사

47 주(46)과 같은 책, pp.415, 416

48 주(13)과 같은 책, p.196

49 장혜진(1995)「「심청전」을 변용한 현대희곡 연구」『한국 연극학』7집, p.177, 한국연극학회

장혁주의 『沈淸傳』은 내용면에서 고전으로서의 이본과 이해조의 「江上蓮」 등의 전통적인 흐름을 답습하고 있으며, 형식면에서도 연극이 아닌 방송극으로서의 많은 특성을 지니고 있다. 무대장치와 등장인물들의 동작에 대한 설명 및 지문이 생략된 대신, 청각적인 효과를 높이기 위한 각각의 상황에 맞는 효과음악에 깊은 주의를 기울이고 있으며, 극적인 상황에서 등장하는 매끄럽고 아름다운 노래들을 연출시키는 데 많은 노력을 기울이고 있다는 점이 커다란 특징이라 할 수 있다.

4. 『春香傳』과 『沈淸傳』의 일본어 글쓰기에 엿보이는 작가의 민족의식

장혁주의 『春香傳』은 1938년에 출간되었으며, 『沈淸傳』은 1940년 1월에 방송 되었으므로 1939년 말 경에 집필된 것으로 생각된다. 그런데 이 두 작품의 집필을 전후하여 작가는 평론 「조선의 지식인에게 호소함(朝鮮の知識人に訴ふ)」(1939)과 장 편 『가토 기요마사(加藤淸正)』(1939) 등의 친일협력적 글쓰기를 모색하고 있었으므 로, 거의 같은 시기에 민족적 색채가 짙은 『春香傳』과 『沈淸傳』을 집필한 작가의 이 중적인 태도가 주목된다.

이와 관련하여 시라카와는 작품이 지닌 의의보다는 『春香傳』의 조선공연과 관련 된 조선인 지식층의 비판[50]과 경성의 부민관에서 가졌던 좌담회[51]의 대화 내용에 무게 를 두고 장혁주의 태도를 평가한다. 그는 장혁주가 "이 좌담회에서 비판 받은 것을 내 심 상당히 불쾌하게 생각하고 있었던지 후일에 조선의 지식층 전체를 공격"[52]하게 되 었다는 견해를 밝히며 작가로서의 굴절된 심성을 문제 삼는다. 그리고 장혁주가 일본 인에게 '조선'을 알리는 가교로서의 사명감을 지니고 있었음을 인정하면서도, 『春香 傳』의 일본공연이 성공을 거둔 것은 때마침 일고 있던 '조선 붐'에 원인을 찾을 수 있 으며, "(작가와 극단의) 주관적인 사명감과 양심이 시국이라는 커다란 흐름에 휩쓸려

---

50 주(2)와 같은 책, pp.209,210 ; 柳致眞, 李永錫, 辛兌鉉, 訥史, 李源朝의 비판을 언급하고 있다.

51 주(2)와 같은 책, p.211 ; 경성에서의 공연을 종료한 직후인 10월 28일 부민관에서 〈춘향전비판좌 담회〉가 열렸는데, 유치진, 유진오 등 많은 사람이 참석하였다.

52 주(2)와 같은 책, p.212

가는 상황을 전형적으로 나타내고 있다"[53]는 말로 부정적인 평가를 내린다. 이와 같은 시라카와의 평가는 장혁주의 『春香傳』을 대상으로 한 것이 아니라 일본과 조선에서 있었던 공연 상황과 연관시켜 작가의 태도를 문제 삼고 있는 것에 지나지 않는다.

시라카와는 장혁주의 『沈淸傳』에 대해서도 「張赫宙 硏究」를 통해 "(『심청전』이) 방송된 1940년은 마침 일본국내에서 소위 '조선 붐'이 일어났을 때"[54]였으므로 한국을 대표하는 고전을 소개하려는 방송국의 기획에 따라 집필되었다는 식의 짧은 견해를 밝히고 있을 뿐이다.

한편 다나카 마스조(田中益三)는 장혁주의 『春香傳』에 대하여 "〈영광된 작품을 탄생시킨 민족동포의 가치, 작품 내부의 긍지 높은 민족의 모습〉을 제시하고, 민족동포의 우수성을 강조하려는 의도가 있었다"[55]며 높게 평가한다. 그리고 이와 같은 민족적 색채가 짙은 작품을 일본어로 집필한 이유에 대해서도 "불연소로 끝나버리기 쉬운 작품군에서 벗어나 결말에 있어서의 카타르시스를 추구하려는 욕구"[56]가 작용했다고 말하여, 작가적 본심을 드러내지 못하는 괴로움을 해소하기 위한 방편이었다는 견해를 밝힌다.

장혁주는 다나카가 언급하고 있듯이 자신이 친일로 경도되어 갈수록 작가적 양심에서 비롯된 죄책감을 해소하기 위한 방편으로 민족적 색채를 담은 작품의 집필에 매달렸다고 할 수 있는데, 이러한 집필 태도는 일생에 걸쳐 반복적으로 나타난다. 해방이후에는 친일파를 척결하려는 재일조선인들에 대한 불편한 심기를 표출하고 친일적 행적에 대한 변명을 담은 작품「脅迫」(1953)을 발표하는 한편, 한국전쟁이 발발하자 이를 소재로 『아, 조선(嗚呼朝鮮)』(1952)과 『無窮花』(1954)를 집필하여 작가 자신의 민족애를 담아내기도 하였다. 그리고 말년에는 다시 한(韓)과 왜(倭)의 밀접한 민족관계를 강조하여 자신의 친일적 행적을 옹호하려는 『한과 왜(韓と倭)』(1977) 및 『도자기와 검(陶と劍)』(1980)을 출간하는 등 민족에 대한 애증이 작품을 통해 반복

---

53 주(2)와 같은 책, p.215

54 시라카와 유타카(白川 豊)(1989)「張赫宙硏究」, p.38, 동국대학교 박사학위 논문

55 田中益三(2007,11,23)「日本語『春香伝』の特殊性―張赫宙という存在」『동아시아 문화의 원형과 전이』, p.32, 충남대학교 인문대학 인문과학연구소 ; 충남대학교 인문대학 인문과학연구소 주최로 개최된 「2007년도 국제학술대회」에서 발표한 내용.

56 주(55)와 같은 책, p.32

적으로 나타나고 있음을 알 수 있다.

그러므로 장혁주의 『春香傳』과 『沈淸傳』이 비록 작가의 친일적 글쓰기가 본격적으로 시작되는 시점을 전후하여 발표되었다하더라도, 이는 시국 영합적으로 변해가는 자신의 개인적인 이기심에 대한 반작용에서 비롯된 민족적 애착에 바탕을 두고 있었다 하겠다. 또한 작가 자신이 「後記」에서 밝히고 있는 바와 같이 이들 작품에는 "조선인의 마음이 살아 있으며", "조선인의 생활과 경제, 정신이 양면으로 구현"[57]되어 있는 민족적 색채가 짙은 작품이라는 생각에서 이를 일본어로 바꾸어 쓰고자 노력했던 것이다.

5. 맺음말

본고에서는 장혁주의 일본어 희곡 『春香傳』과 방송극 『沈淸傳』의 계통적 흐름에 대한 고찰을 시도하고, 각 작품의 분석을 통하여 한국의 고전을 일본어로 집필하기 위한 작가적 노력과 그 특징에 대해 검토하였으며, 이들 작품을 통해 엿보이는 작가의 민족의식을 확인해 보았다.

그 결과 장혁주의 『春香傳』과 『沈淸傳』은 한국의 고전으로서의 여러 이본을 토대로 하면서 근대 이래의 활자본을 참고하여 일본어 표현 형식에 알맞은 형태로 완성시킨 작품임이 확인 되었다. 『春香傳』의 경우는 한국적인 해학을 살리겠다는 의욕이 앞선 나머지 다소 과장되고 어색한 표현도 보이고 있지만 민족적인 정취를 전달하는 데는 손색이 없는 작품이라 할 수 있다.

『沈淸傳』 역시 한국의 전통적인 효행사상과 심청의 어머니를 그리는 마음을 부각시키려는 목적으로 중요한 대목을 아름다운 가사의 노래로 처리하거나 청취자의 상상력을 자극하기 위한 음향효과에도 주의를 기울이고 있음을 알 수 있었다. 즉 한국인이 지닌 독특한 인간미를 방송극이라는 특성에 맞추어 일본인들에게 효과적으로 전달하기 위한 노력이 돋보이는 작품이라 하겠다.

---

57 주(32)와 같은 책, p.128

　　그런데 장혁주가 민족적 색채를 짙게 풍기는 한국의 고전『春香傳』과『沈淸傳』을 일본어로 완성한 무렵은 그가 친일적 글쓰기로 경도되어 가던 시기와 중첩되고 있어서 작가의 이중적인 태도가 주목된다. 그러나 이는 한국의 고전을 일본어로 집필함으로써 일제 당국의 검열을 피하면서도 민족에 대한 작가적 양심의 가책을 해소할 수 있다는 판단에 의한 것으로 생각할 수 있다.

　　그러므로 장혁주의『春香傳』과『沈淸傳』이 비록 작가의 친일적 글쓰기가 본격적으로 시작되는 시점에 발표되어 그 순수성을 의심받을 지언 정, 시국 영합적으로 경도되어 가는 자신의 개인적인 이기심에 대한 반작용에서 비롯된 민족적 애착이 원동력이 되어 있다고 할 때, 작품에는 보다 절실한 민족의식이 반영되기 마련인 것이다.

　　결과적으로 장혁주는 민족에 대한 애착을 애써 떨쳐내며 친일적 글쓰기로 경도되어간 불운의 작가였음이 재차 확인되고 있다 하겠다.

『인간의 굴레(人間の絆)』 3부작
― 작가적 체험의 형상화를 통한 자기 합리화의 시도 ―

1. 머리말

해방 이전의 장혁주는 『仁王洞時代』(1935), 『고독한 영혼(孤獨なる魂)』(1942), 『인간의 굴레(人間の絆)』(1941,2)와 같이 자신의 半生을 소재로 삼은 자전적 소설도 많이 남겼다. 이 중에서도 『인간의 굴레』는 『아름다운 억제(美しき抑制)』(1941,6), 『푸른 북녘 (綠の北國)』(1941,11)으로 이어지는 3부작으로 완성되었는데, 제목은 물론이거니와 집필의 동기에서도 서머싯 몸(William Somerset Maugham)의 『인간의 굴레에서(Of Human Bondage)』(1915)와 매우 유사하다.

본고에서는 장혁주의 『인간의 굴레』에 미쳤을 서머싯 몸의 영향을 검토하고, 자신의 고뇌를 형상화하기 위한 작가적 노력에 대한 고찰을 통하여 작품에 반영된 자기 합리화의 실제를 확인해보고자 한다.

2. 『인간의 굴레(人間の絆)』의 집필 동기

1) 가족의 불행에 대한 죄의식으로부터의 탈피

장혁주의 자전적 작품은 해방 이전뿐만 아니라 그 이후에도 「脅迫」(1953), 「戸籍謄本」(1954), 『편력의 조서(遍歷の調書)』(1954), 「다른 풍속의 남편(異俗の夫)」(1958), 『폭풍의 시(嵐の詩)』(1975) 등과 같이 비교적 많이 집필되었다. 등장인물의 이름과 구성은 약간씩 달리하고 있지만 일관되게 생모와 무정(無情)한 조선의 아내에 대한 애증의 감정을 표출시키는데 역점을 두고 있다.

이와 같은 애증의 감정은 결국 작가로 하여금 소설가 백신애(白信愛)와의 간통사건[1]을 일으키게 만들었으며 구속을 면하기 위해 일본으로 도피할 수밖에 없는 결과를

---

1 1936년 무렵.

초래한다.[2] 그런데 그곳에서 정착을 결심하고 돌아오지 않자 그의 생모는 서둘러 돌아오라는 편지를 자주 보내왔다. 그때마다 "나는 생모와 며느리인 貴香[3]에게서 벗어나기 위해 왔다. 생모의 말대로 한다면 다시 그 사음(邪淫)의 지옥으로 전락할 것이다"[4]라며 돌아가지 않았다. 이와 같은 작가의 고백을 통해서 백신애와의 간통사건 역시 생모와 아내 貴行에 대한 반발에서 비롯되었으며, 그 정도가 얼마나 심각한 것이었는지 미루어 짐작할 수 있다.

생모에 대한 증오심은 그녀가 기생출신인 첩의 신분으로 작가 자신을 낳았다는 生來的 조건이 크게 작용하고 있지만, 장성한 이후에도 이러한 감정에 변화를 보이지 못했던 것은 생모의 선천적인 성격적 결함에 기인된 것으로 생각된다.

나는 본능적으로 여성의 히스테릭한 목소리엔 공포를 느낀다. 그것은 나의 生母와 연유되는 일이다. 나도 열네 살 때까지 아버지를 모르고 자라났다. 부친이 없는 나에게는 모친만이 전부요 생명의 끈이었다. 그러한 모친의 히스테리는 빈번했고 성홍열(猩紅熱)과 같이 격렬하게 나를 습격하곤 했다. 신경질적인 날카로운 어조 한마디에 나는 소스라쳐 벌벌 떨었고, 겁에 질려 숨을 죽일 수밖에 없었다. 나는 종종 마당으로 내던져져 정신을 잃고 며칠씩 혼수상태에 빠지기도 했다.[5]

장혁주의 모든 자전적 작품에 등장하는 생모의 모습은 대가 세고 자존심이 강하며 과장이 심한 성격의 소유자로서, 집안에서는 남편과 며느리를 시종일관 들볶고 손자들까지도 학대하는 인물로 그려지고 있다. 작가의 분신인 작품의 주인공은 생모 밑에서 신음하는 가족들을 애처롭게 응시하며 괴로운 일상을 보낸다는 설정을 하는 경우가 많다.

조선인 아내 貴行에 대한 감정은 증오라기보다 멸시에 가까웠던 것으로 보인다.

"사랑할 수가 없어, 절대로 사랑할 수가 없어. 당신과 나는 나이 차이가 너무 많이 난

---

2 野口赫宙,『遍歷の調書』, 新潮社, 1954, p.195.
3 장혁주의 조선 부인의 이름. 본명은 貴行.
4 주(2)와 같은 책, p.34.
5 張赫宙著·李吉雄譯,「다른 風俗의 男便」『世界文學 속의 韓國 8』,正韓出版社, 1975, p.29.

다구. 나는 지금 18세 정도의 여자가 딱 좋단 말이야. 게다가 당신 같은 여자는 정말 질색이야."**6**

생모의 강요로 4살 연상의 여인과 17세에 결혼한 여러 자전적 작품의 주인공들은 그의 아내에게 이와 비슷한 심정을 토로하며 이혼을 요구한다. 인용한 작품의 아내 貴香은 26세로 묘사되고 있으므로 주인공은 22세가 되는 셈이다. 이때는 이미 1남 2녀의 자녀를 두고 있었고 머지않아 차남이 태어날 무렵의 일이다. 이 말을 들은 貴香은 "당신이 무슨 일을 하든 저는 결코 불평하지 않겠다"**7**며 그냥 집에 남아 있게 해달라고 애원한다.

결국 장혁주는 1936년 무렵에 가족의 생계를 외면한 한 채 동경으로 떠나고 말았다. 동경에서는 1937년 여름 무렵부터 일본인 여성 노구치 게이코(野口桂子)와 동거 생활을 시작한다. 그러나 1940년 3월에 부친상을 당하여 대구를 찾은 것을 계기로 같은 해 6월부터 『인간의 굴레』의 집필에 착수하게 된다. 이때는 이미 일본인으로 살기를 작정하고 현지 부인과의 사이에 두 아들까지 둔 상황에 있었으므로, 조선에 남아 있는 가족들을 대면했을 때는 심각한 인간적인 고뇌에 휩싸였을 것으로 생각된다. 이러한 인간적인 고뇌로부터 탈피하기 위한 노력의 일환으로 집필된 것이 바로 『인간의 굴레』 3부작이라 할 수 있다.

지난날의 회한을 고백하기 위해 자전적 작품을 집필한 작가는 드물지 않겠지만, 장혁주와 같이 평생에 걸쳐 유사한 내용을 여러 작품으로 집필한 경우는 그리 많지 않을 것이다. 과거의 고통스런 행적을 고백하고 털어버림으로써 그 고뇌로부터 탈피하고자 하였겠지만, 장혁주에게는 심적 고통의 근원인 가족이 여전히 고국 땅에 실존하고 있었으므로 쉽사리 사라질 수 있는 성격의 고뇌가 아니었으며, 그러한 작가의 심정이 계속 자전적 작품을 쓰게 만든 것으로 생각된다.

그 중에서도 『인간의 굴레』 3부작은 다른 작품에서 볼 수 없는 규모의 구성과 허구를 가미하여 단순한 고백소설이라는 범주를 넘어서는 작품으로 완성하고 있다는 점에서 주목할 만하다.

---

6 주(2)와 같은 책, p.152.
7 주(2)와 같은 책, p.152.

2) 서머싯 몸의『인간의 굴레에서』와 장혁주의『인간의 굴레』

서머싯 몸[8]이 1915년에 출간한『인간의 굴레에서(Of Human Bondage)』는 1898년
에 집필하였으나 출판에는 이르지 못한『스티븐 케어리의 예술적 기질(The Artistic
Temperament Stephen Carey)』이라는 제목의 자전적 소설을 전면적으로 개고하여 완
성시킨 작품이다. 몸은『인간의 굴레에서』의「머리말」에서 개고하여 출간하게 된 동
기를 밝히고 있다.

> 나는 당시에 가장 인기 있는 드라마 작가로 확고하게 자리를 잡자마자 다시 한 번
> 과거의 삶에 대한 무수한 기억들에 강박적으로 사로잡히기 시작했다. 그 기억들은 어
> 디든지 나를 쫓아다녔다. (중략) 마침내 나는 그것들로부터 해방되는 길은 한 가지밖
> 에 없다고 결론지었다. 죄다 종이 위에 적는 것이었다.[9]

극작가로 유명해진 몸은 지난날의 굴절된 삶의 행적을 독자들에게 밝히지 않고는
못 견딜 지경에 이르렀음을 알 수 있는데, 이는 자신의 정신세계에 대한 카타르시스
적 욕망에서 비롯한 것으로 보인다. 어쨌든 그는 "이 책은 내가 바라던 것을 이루어주
었다. 이 책이 세상에 나왔을 때 나는 그 동안 나를 괴롭혀 왔던 고통과 불행한 기억으
로부터 해방되었음을 알 수 있었다."[10]고 밝히고 있듯이『인간의 굴레에서』의 집필
을 계기로 과거의 기억에 대한 회한과 집착으로부터 자유로워졌음을 알 수 있다.
　　그런데 몸은『스티븐 케어리의 예술가적 기질』이라는 자선적 소설을 대대적으로
개고한 뒤『인간의 굴레에서』라는 제명으로 바꾼 경위에 대해 "스피노자의『윤리학』[11]

---

8 William Somerset Maugham ; 1874-1965, 프랑스 파리의 영국대사관 고문변호사 로버트 몸(Robert
　　Maugham)의 막내아들로 태어났으나, 8세 때 모친을 폐결핵으로, 10세 때 부친을 암으로 여의고
　　숙부에 의해 양육된다. 1908년에「잭 스트로(Jack Straw)」「도트 부인(Mrs Dot)」등 모두 네 편의
　　극이 런던의 4대 극장에서 동시에 공연되어 큰 반향을 일으켰다. 1919년 장편『달과 6펜스(The
　　Moon and Sixpence)』를 출간하여 주목을 받았으며,『인간의 굴레에서』도 재평가를 받게 되는 등
　　많은 인기를 누렸다.

9 서머싯 몸著·송무 옮김,「머리말」『인간의 굴레에서 1』, 민음사, 2005, p.8.

10 주(9)와 같은 책, p.9.

11 思想敎養硏究會編,『스피노자倫理學』, 尙久文化社, 1959. ; 이 책에 따르면 스피노자의『倫理
　　學』은 '제1부 神에 관하여, 제2부 精神의 性質 및 起源에 관하여, 제3부 感情의 起源 및 性質에

가운데 한 권의 제목을 골랐다."**12**고 밝히고 있다. 이『인간의 굴레에서』는 1934년에 미국의 존 크롬웰(John Cromwell) 감독에 의해 영화로 제작되었는데, 일본에 소개될 때는 원작과는 달리『치인의 사랑(痴人の愛)』이라는 약간 괴리감이 느껴지는 제목으로 번역되었다. 이는 영화에서 다루고 있는 내용이 주인공 필립과 밀드레드와의 애절한 사랑만을 소재로 삼고 있기 때문에 붙여진 것으로 생각되지만, 미국에서는 원작의 제목 그대로『인간의 굴레(Of Human Bondage)』를 사용하고 있으므로 의문이 남는다.

한편 이 영화가 일본에 소개될 당시의 일본인들에게는 다니자키 준이치로(谷崎潤一郎)의 소설『치인의 사랑(痴人の愛)』(1925)의 내용**13**이 영화의 그것과 유사하다는 점에서 이러한 제목을 붙이게 되었을 가능성을 배제하기는 어렵다. 그렇다고 다니자키가 몸의 영문소설『인간의 굴레에서』를 읽고 이에 소재를 얻어『치인의 사랑』을 썼다고 주장할 수 있는 근거가 되는 것은 아니다.

그런데 장혁주는 1940년에『인간의 굴레(人間の絆)』의 집필을 시작하여 1941년에는 3부작의 출간을 완료하였다. 그가 몸의 소설『인간의 굴레에서』의 영향을 받았다고 스스로 언급한 적은 없지만, 제목은 물론이거니와 작품의 내용면에 있어서도 몸이 밝힌 바와 같이 '고통과 불행한 기억으로부터의 해방'을 목표로 집필된 자전적 소설인 것은 분명한 사실이라 하겠다.

장혁주가 몸의 영문원작 소설의 영향을 받았을 가능성은 매우 크다고 할 수 있는데, 그가 영어에 뛰어났음은 또 다른 자전적 소설인『폭풍의 시(嵐の詩)』에 묘사된 대구고보 재학시절의 모습에 잘 나타나 있다.

관하여, 제4부 人間의 屈從 혹은 感情의 힘에 관하여, 제5부 知性의 힘 혹은 人間의 自由에 관하여'와 같이 5개의 부로 구성되어 있음을 알 수 있다. 몸은 이 중에서 '제4부 人間의 屈從 혹은 感情의 힘에 관하여(Of Human Bondage or the strength of the Emotions)'의 '인간의 굴종(굴레)(Of Human Bondage)'을 책의 제목으로 정했다는 것이다.

12 주(9)과 같은 책, p.8.

13 몸의『인간의 굴레에서』와 다니자키 준이치로의『치인의 사랑』의 남자 주인공들은 상대여성의 타락적인 생활태도를 경계하여 이성적으로는 이를 멀리하려 노력하지만, 알 수 없는 성적매력에 이끌려 노예와 같은 예속적인 관계를 유지할 수밖에 없는 상황을 그려내고 있다.

"외국인에게 배운 사람은 역시 다르군. 다들 龍(작가의 분신으로 작품의 주인공-필자)
을 따라서 발음해 보도록."
그 때 이후로 스에나가(末永-영어 담당교사)의 조수처럼 지냈다. 매 시간 龍이 먼저
읽고 번역한다. 이를 받아 스에나가 선생이 설명을 하면서 수업을 진행하는 식이었다.
이는 5년간 계속 되었다. 그리고 매 학년 말에 개최되는 학예회에서는 학급의 영어대
표로서 龍이 선발되어 영어웅변이나 영어연극에 출연했다.[14]

학생시절부터 영어가 유창했던 작가는 만년인 1991년에 『Rajagriba-A tale of
Gautama-Buddba』『Forlorn Journey(or KiriSitan)』의 두 편의 영문소설을 인도의 뉴델
리에서 출간하기에 이른다.[15]

몸의 『인간의 굴레에서』가 일본어로 처음 번역된 것은 1950년으로, 장혁주의 작
품과 같은 『인간의 굴레(人間の絆)』라는 제목으로 붙여졌다. 따라서 장혁주가 몸의
원작 소설을 읽고 동감하는 바 있어 자신의 자전적 소설을 썼으며 제목도 영화의 제
목인 『치인의 사랑』이 아니라 원작에 가깝게 『인간의 굴레』로 했을 것이라고 추정하
는 것을 무리한 억측이라고 단정하기는 어렵다 하겠다.

장혁주의 작품 중에는 『인간의 굴레』보다 앞서 집필한 『치인정토(痴人淨土)』
(1939)라는 제목의 소설이 있어 다나자키의 『치인의 사랑』이나 몸의 『인간의 굴레에
서』와의 연관성을 추측해볼 수도 있으나, 조선에 식민된 일본인들이 본국의 차별적
인 시선을 이겨내고 현지의 조선인들과 화합해 가는 과정을 그려낸 친일적 작품으로
관련성이 매우 희박하다.

3. 『인간의 굴레』 3부작의 구성과 인물배치의 특징

장혁주 문학에 대한 연구는 任展慧의 「張赫宙論」[16]과 하야시 고지(林浩治)의 「張

---

14 野口赫宙,『嵐の詩』, 講談社, 1975, p.113.
15 布袋敏博編,『장혁주소설전집』, 태학사, 2002, p.303.
16 『文學』, 1965, 11.

赫宙論」**17**에서 시도된 바 있으나, 해방 이전의 작품 전반에 걸친 고찰은 시가카와 유타카(白川 豊)의 「張赫宙研究」**18**에 의해 이루어졌다고 할 수 있다. 『인간의 굴레』3부작에 대한 언급은 시라카와의 「張赫宙研究」에만 보이고 있는데, 이마저도 본격적인 작품론이 아니라 개략적인 줄거리 소개에 머물고 있는 실정이다.

본장에서는 작가의 노력이 엿보이는 작품의 구성과 인물배치의 특징 등에 관해 구체적으로 논하고자 한다.

1) 『인간의 굴레』3부작의 구성과 개요

장혁주의 『인간의 굴레』3부작은 제1부 『인간의 굴레(人間の絆)』(1941, 2, 19), 제2부 『아름다운 억제(美しき抑制)』(1941, 6, 12), 제3부 『푸른 북녘(綠の北國)』(1941, 11, 20)과 같이 1년이 채 안 되는 기간에 『河出書房』를 통해 단행본으로 연이어 출간되었다. 세 권의 단행본에는 작가의 집필 동기나 배경을 알 수 있는 '서언'이나 '후기'가 없어 아쉽지만 제3부 말미의 '부기(附記)'에 세 작품의 관련성에 대해 짧게 언급하고 있다.

> 본 권(券)을 읽으신 분이 전저(前著) 「인간의 굴레」와 「아름다운 억제」(「인간의 굴레」제2권)를 함께 읽어 주시다면, 이 장편의 기획은 한층 분명해질 것으로 생각합니다. 세 권 모두 다른 표제가 붙어 있습니다만, 이는 3부작이라든가 4부작과 같은 것이 아니고 일관된 하나의 장편소설인 까닭에. 昭和16(1941)년 10월-저자**19**

작가의 말대로 『인간의 굴레』3부작은 같은 등장인물들에 의해 연속된 줄거리로 전개되고 있어서 제1, 2, 3권과 같이 언급하는 것이 타당할 지도 모른다. 그러나 각 작품의 제명이 다르고 독립적으로 이해하기에 충분한 내용을 전개하고 있을 뿐만 아니라, 등장인물의 성격과 배경이 각 작품에서 반복적으로 언급되고 있어서, 이를 하나의 연속된 '권'이라 하기에는 무리가 있다.

---

17 『季刊三千里』36号, 1983, 秋.
18 동국대 박사학위논문, 1989.
19 張赫宙, 『綠の北國』, 河出書房, 1941, p.361.

그리고 제2부『아름다운 억제』는「집(家)」과「아름다운 억제」의 두 편으로 구성되어 있는데,「집」은 '제2편',「아름다운 억제」는 '제3편'이라는 표기를 소설의 말미에 붙여놓고 있다. 즉 두 편을 묶어『아름다운 억제』라는 대표제목으로 한 것이다. 그리고 제3부『푸른 북녘』에도 '제4편'이라는 표기를 덧붙여 놓고 있으므로『인간의 굴레』는 제1편에 해당된다 하겠으나 이에는 아무런 표기가 없어 작품의 전체적인 집필계획과 구성을 이해하는 데 혼란을 일으킨다. 이는 당초의 집필계획이 중도에 수정되면서 일어난 현상으로 생각된다.

그러므로 필자는 이상과 같은 혼란과 부자연스러움을 해소하기 위해서 각각의 연속된 단행본『인간의 굴레』『아름다운 억제』『푸른 북녘』을 제1, 2, 3부와 같이 부르고자 한다.

제1부『인간의 굴레』는 총12장으로 구성되어 있는데, 주요 등장인물인 서정영(徐晶影), 박호길(朴浩吉). 우신철(禹信哲) 세 사람을 중심으로 한 가족관계와 생활환경을 번갈아가며 대조적으로 묘사하는데 중점을 두고 있다. 이들 세 사람은 모두 서자출신으로 조선의 봉건적인 가족제도에 대해 비판의식을 지니고 있다. 정영은 중학교(5년제?-필자)를 졸업하고 사범2부를 나와 準本科正敎員[20]으로 일하고 있고, 호길은 사회주의 운동을 그만두고 부모와 주변의 도움으로 木材商을 준비하고 있으며, 신철은 도쿄의 대학을 나왔다는 자긍심으로 재산가의 딸과 결혼한 뒤 큰 회사의 경영을 꿈꾸며 재산을 모으는 일에만 몰두하는 인물로 묘사된다.

이들 세 사람은 공통적으로 자신을 낳아 준 생모와 관련된 고민을 안고 있다. 정영과 호길은 기생출신인 모친에 대한 애증의 감정으로 괴로워하는데, 기개 있는 호길에 비해 심성이 연약한 정영 쪽이 훨씬 많은 부담을 느끼고 현재도 그 굴레를 벗어나지 못해 전전긍긍하는 것으로 묘사된다. 신철은 자신의 생모가 부친의 집에서 일하던 여종이었다는 열등의식으로 혼자 사는 그녀를 만나려 하지 않는다.

생모와 관련된 生來的 열등의식과 함께 또 다른 중요한 소재는 早婚한 아내를 둘러싼 생모와의 갈등이다. 신철의 경우는 다르지만 정영과 호길은 생모의 강요로 17세 무렵에 연상의 여인과 결혼을 하게 된다. 정영과 호길의 생모는 사촌사이로 정영을

---

20 張赫宙『人間の絆』, 河出書房, 1941, p.136.

결혼시켰다는 말을 들은 호길의 생모가 이를 질투하여 자신의 아들도 早婚시킨 것으로 그려내고 있다. 호길은 2년이 못되어 이혼하고 자유연애에 열을 올렸지만, 정영은 이를 실천하지 못한 채 자식을 셋이나 두게 된다.

『인간의 굴레』에서는 이들 세 사람의 등장인물을 비교적 균등하게 묘사하고 있으나, 결말 부분에서는 작가의 분신이라 할 수 있는 정영과 아내의 문제로 갈등을 빚던 생모가 친정으로 가버리자 이를 찾아가 잘못을 빌고 모셔오는 것으로 맺고 있다. 즉 정영의 생모 및 아내와의 갈등이 표면화되면서 위기를 맞았으나 근본적인 문제의 해결은 아니더라도 가정이라는 틀을 지켜가기 위한 화합으로 작품을 맺고 있는 것이다.

제2부『아름다운 억제』는 전술한 바와 같이 「집」과 「아름다운 억제」로 제 각기 독립된 작품을 한데 묶어 놓은 형태를 띠고 있다.

「집(家)」은 총5장으로 구성되어 있는데, 제1-3장까지는 신철에 관한 이야기를 주로 담고 있고, 제4, 5장에서는 정영과 그의 부친이 마음속에 쌓인 불신의 벽을 허물어 가는 과정을 그리고 있다.

제1-3장은 재산축적에 혈안이 되어 소작인들을 혹독하게 다그치고 돌아다니던 신철이 집으로 돌아가는 승합차 안에서 만난 미인에 빠져 삼일을 같이 지낸다는, 작품의 주제와는 다소 거리가 있는 내용을 담고 있다. 그러나 승합차가 사고를 일으키는 장면과 하얀 옷의 미인에 대한 문학적인 묘사는 주목할 만하다.

제4, 5장에서는 정영이 부친을 따라 소작농의 수확을 점검하기 위해 돌아다니며 느끼는 인간적인 따스함이 집중적으로 부각된다. 선산에 같이 올라가 한동안 자신을 보살펴준 嫡母의 묘소에 절을 하는 등 정영이 가족을 위해 노력해야겠다는 다짐을 하는 것으로 작품은 맺는다. 즉 그동안 서자로서 받아온 차별에 의해 흔들렸던 자신의 정체성을 확인하는 주인공의 모습을 그려내는 데 목적을 두고 있다고 할 수 있다.

「아름다운 억제」는 주로 생모에 대한 애증의 감정을 극복하여 평화로운 가정을 유지하고자 노력하는 정영의 모습을 그려내는 데 치중하고 있다. 생모로부터 버림 받은 뒤 갖은 고생 끝에 크게 성공한 실업가가 생모를 다시 모시기 위해 노력하는 모습을 장황하게 묘사한 뒤, 이에 감동을 받은 정영이 어머니라는 존재에 대한 인식을 새로이 한다는 내용을 전개한다. 정영은 또 같은 학교에 근무하는 대용(代用)교원 안은희

(安銀姬)의 집요한 접근을 본심과는 다르게 무심하게 대하는 등 가정을 지키기 위해 힘든 싸움을 지속한다. 이러한 노력은 담석증으로 고생하던 생모를 모시고 육공산(六公山)의 용연사(龍淵寺)에 올라가거나, 뇌일혈로 쓰러진 부친을 간호하는 아내를 측은하게 생각하는 것 등으로 표현된다.「아름다운 억제」라는 제목을 통해 알 수 있듯 이 가족을 위해 자신을 희생하겠다는 다짐을 하고 이를 실천하기 위해 노력하는 정영의 모습을 집중적으로 부각시킨다.

제3부『푸른 북녘』은 총11장으로 구성되어 있는데, 주로 작가의 분신인 정영의 고뇌와 갈등을 토로함과 동시에 그의 행동을 합리화하려는 본래의 집필목적을 뚜렷이 드러내고 있다. 동시에 일제당국의 비위를 맞추려는 듯 국책영합적인 묘사가 엿보이기도 한다.

제1-4장은 만주사변으로 출정하는 병사들을 격려하기 위해 학생들을 이끌고 빈번히 역으로 나가는 정영의 일상과 함께 과거의 사회주의 활동경력이 문제되어 체포된 호길과 그 가족의 모습을 중심으로 그려낸다.

제5장부터는 석방된 호길이 활발히 사업전개에 힘을 쏟는 가운데 정영에게 접근하던 은희가 다른 사람과 결혼하기 위해 학교를 그만두면서부터 발생하는 사건을 중심으로 다룬다. 자신에 대한 은희의 사랑을 재확인한 정영은 함께 간도로 도망가 영국계 학교에서 교사 생활을 하면서 아이도 낳는다. 이로 인해 본국의 생모를 비롯한 가족과의 갈등이 심화되던 중에 부친의 사망으로 일시 귀향하게 된다. 생모 및 아내(전처)와의 다툼으로 괴로워하던 정영은 간도로 돌아가는 길에 자살을 기도하였으나 미수에 그친다. 이 소식을 접한 호길이 나서서 생모를 달래고 정영을 위해 간도에 사업 지점을 설치하기로 한다.

작품의 결말은 심성이 연약한 정영이 해결하지 못한 일을 같은 입장에 처해있으면서 과단성 있게 사태를 해결해온 호길의 도움으로 평온한 자신의 삶을 찾게 된다는 것으로 맺고 있다. 이는 전처와의 이혼과 자유연애에 대한 갈망 같은 문제는 얼마든지 좋게 해결할 수 있고 죄의식을 가질 필요도 없는 문제였음에도 불구하고 정영의 나약한 심성으로 인해 고통 받고 있었다는 것을 말하는 것으로, 결국 정영의 행위 자체는 큰 문제가 되지 않을뿐더러 오히려 모두의 행복을 위해 군건한 의지로 실천하는 것이 중요하다는 것을 암시하고 있는 것이다.

2) 작가적 체험의 효과적인 형상화를 위한 복합적인 인물배치

『인간의 굴레』3부작에 등장하는 중심인물 세 사람 서정영, 박호길, 우신철 중에서 작가의 분신에 가장 가까운 것은 정영이다. 그렇지만 호길 역시 기본적인 가족환경에서는 정영과 매우 가깝게 묘사되고 있어서 작가의 또 다른 분신이라고 할 수 있다. 그런데 신철은 어쩌면 이 두 사람을 부각시키기 위한 역할을 맡고 있다고 생각될 정도로 이질적인 모습으로 그려진다.

작품 집필의 목적이자 주요 소재로 존재하는 세 등장인물의 가족관계를 비교 고찰해보면 정영과 호길이 매우 유사하게 묘사되고 있음을 알 수 있다. 정영과 호길의 생모는 인척관계이며, 둘 다 술집을 경영했었고, 남편을 여러 차례 바꾸었으며 현재의 남편을 매우 업신여기며 헐뜯는다는 점이 동일하다. 즉 정영과 호길의 입장에서 본다면 자신들은 기생인 첩의 자식으로 태어난 것인데, 성격이 거칠고 드센 생모의 밑에서 불우한 유년 시절을 보내고 아직 어린 나이에 결혼을 강요당하여 자유로운 삶을 박탈당했다는 생각으로 생모에 대한 증오심을 불태우는 것도 유사하다.

그런데 자신이 처한 상황을 타개하기 위한 정영과 호길의 대처방식은 서로 큰 차이를 보인다. 사회주의 운동에 몸담기도 한 호길은 과단성 있게 사업을 벌여나가는 능력을 지녔을 뿐만 아니라, 정이 가지 않는 아내와의 이혼을 강력한 의지로 관철시킨 뒤 자신이 선택한 여인과 우여곡절 끝에 결혼하는 적극적인 성격을 지녔다. 이에 비해 학교 교사인 정영은 매우 감상주의적인 인물로 주변을 의식하여 쉽게 결정을 내리지 못하고 우물쭈물하는 바람에 주변 사람 모두를 불행에 빠뜨리는 인물로 묘사된다.

그러나 결국은 호길의 도움을 받은 정영이 가족과의 관계도 정리하고 새로운 삶을 시작할 수 있게 된다는 결말을 맺는다. 제3부인『푸른 북녘』의 말미에 "좀 더 자기 본위로 생각하게나. 자네와 같은 사람은 아무리 자기 본위로 살려 해도 이기주의자는 못 될 테니까."[21]라는 호길의 말에서 정영이 겪어온 모든 일의 근본적인 문제점을 말해준다.

---

[21] 주(19)와 같은 책, p.355.

그러나 작가의 실제 행적에서는 정영과 같이 늘 나약한 면만을 보이는 것은 아니다. 정영에 더 가까웠던 것은 사실이겠으나, 거의 같은 입장에 처해있던 호길의 단호한 결단력과 행동력을 작품에 그려냄으로써 지나친 감상주의에 빠진 작가 자신을 위로하고, 정영의 행적으로 대변되는 자신의 행동에 큰 문제가 없음을 독자들에게 어필하여 합리화시키고자 한 것으로 볼 수 있다.

또 한 사람의 주요 등장인물 신철은 오로지 사회적 지위와 재산의 축적에 삶의 가치를 두고 있는 인물로 그려진다. 재산형성을 위해 소작인들로부터 무리한 지세를 거둬들이고, 친구의 작은 경제적 도움의 요청도 교묘히 거절하는 교활한 인간으로 등장한다. 물론 그 역시 생모에 대한 그리움을 느끼기도 하지만 부친의 여종이었다는 열등의식과 자신의 출세에 방해된다는 생각에 만나려하지 않는다. 이와 같은 신철의 존재는 그의 사회적 지위나 외관과는 달리 인간적인 가치가 낮은 부류의 상징으로서, 정영과 호길의 인간적인 삶의 모습을 부각시키기 위해 등장시킨 것으로 보인다.

이상과 같은 세 사람의 주요 등장인물의 배치와 역할은 결국 작가의 분신인 서정영의 인간적인 면을 부각시킴과 동시에 자신과 가족을 위해 힘든 결단을 내린 그의 행동을 자위하고 합리화하기 위한 것이라 할 수 있다.

4. 작가적 체험의 합리화를 위한 『인간의 굴레』 3부작

장혁주는 『인간의 굴레』 3부작의 집필에 임했던 당시의 현실적 고뇌를 모두 생모의 책임으로 돌리려 했다. 현실적 고뇌라는 것은 물론 백신애와의 연애사건이 계기가 되어 조선의 생모와 처자식을 버리고 일본으로 건너간 뒤, 일본여성과 동거하여 자식까지 생긴 문제를 말한다. 몸이 그랬듯이 장혁주도 과거의 기억이라는 족쇄로부터 자유롭지 못했다. 그래도 몸은 과거의 유년기와 청년기를 거치면서 겪은 통과의례로서의 기억이었지만, 장혁주의 고뇌는 현실적인 여러 문제를 동반하는 것이었고, 장래에도 그 책임에서 쉽게 자유로워지기 어려운 것이었다.

장혁주의 고뇌는 생모를 보살피지 못했다는 자책보다는 자신만을 바라보고 살아온 처에게 이혼을 강요했다는 것과, 철없는 자녀 넷을 생활고와 차별받는 세계로 몰아녔었다는 자괴감에서 발생한 것이라 할 수 있다. 그리고 이러한 고뇌는 무婚을 강요한 생모로 인해 시작되었다는 생각으로 모든 증오를 그녀에게 집중시킨다. 그런 한편으로 생모에 대한 본능적인 애정을 갈구하기도 하여 작품에서는 복잡한 양상으로 전개된다. 아내에 대해서는 증오라기보다는 멸시와 측은함이 뒤섞인 감정을 그려내고 있으며, 어린 자식들을 버리고 떠나는 심정에는 비통함이 깊숙이 배어있다.

이러한 복잡한 감정을 아우르고 자신을 합리화하기 위해『인간의 굴레』3부작은 집필되었다고 할 수 있다.

1) 모성에 대한 愛憎의 형상화

서정영과 박호길의 생모에 대한 증오심은 어린 시절에 받은 학대와 무婚을 강요함으로써 자신들의 인생을 망쳐놓았다는 피해의식에 기인한다. 특히 정영의 경우는 『인간의 굴레』가 3부작의 형태를 띠고 있기 때문이기도 하지만 작품 전체를 통해 너무 빈번히 생모에 대한 증오심을 불태우는 장면이 묘사되고 있어서 그 정도의 심각함을 짐작하게 한다.

> (내 어머니다. 날 이렇게 비참한 궁지에 빠뜨린 것은 어머니다. 어머니는 내 청춘을 빼앗고, 날 노후한 우리에 가둬두려 하고 있다)
> (악마다. 요괴임이 분명하다. 내 어머니가 한 일은 모두 날 불행하게 만들고 있지 않은가.)
> 그는 그의 마음속에 이와 같이 날카로운 발톱을 세우고, 그의 온 정신을 마비시켜버릴 듯한 어머니의 창백한 얼굴과 눈을 증오했다.[22]

정영의 이와 같은 생모에 대한 증오는 같은 학교에 근무하는 대용교원 안은희에 대한 사랑의 감정을 억제할 수 없는 상황에 처했을 때 불쑥 솟구쳐 오른다. 생모가 무婚만 시키지 않았더라도 은희와 같이 젊고 아름다운 여인과 결혼을 할 수 있었을 것이라는 안타까움을 억누르지 못한 때문이다. 즉 무婚하여 아이를 많이 낳아 나이에 비해서 늙어 보이고 생모의 학대를 받아 맥이 없는 연상의 아내를 생각할 때마다 정

---

22 주(20)과 같은 책, p.340.

영은 삶의 의욕을 잃고 방황하곤 하였던 것이다.

> 내가 겨우 여섯인가 일곱 살 때 당신은 나를 그 추운 12월의 한밤중에 정원에 내던
> 지고 미친개처럼 물어뜯는 바람에 나는 7일 밤낮을 고열에 시달리며 생사를 넘나들고
> 환상에 계속 시달렸던 일을 잊지 못합니다. (중략) 당신은 멋대로 나를 결혼시키고 아
> 버지한테 보내어 지옥 같은 정신의 고뇌 속으로 빠뜨렸을 뿐만 아니라, 어린 나의 자
> 식들을 불행하게 만들고 당신이 좋아서 골라온 며느리까지 학대하는 당신은 얼마나
> 잔인한 사람입니까. (하략)[23]

인용문은 은희와 간도로 도피하여 생활하고 있을 때 돌아오지 않으면 며느리와 함
께 찾아가겠다는 내용의 편지를 받고 쓴 답장의 일부인데, 모든 것을 생모의 탓으로
돌리려는 정영의 마음을 엿볼 수 있다. 책임의 전가에 급급한 정영의 행태를 통해 그
의 정서가 상당히 왜곡되어 있음을 확인해 볼 수 있으며, 이러한 정서적 불안은 작품
곳곳에 드러나 있다.

> 어머니도 두 번 세 번 남편을 바꿨지 않습니까. 어느 땐가는 도박꾼인 남자가 싫다
> 며 야반도주를 하지 않았습니까. 그 뒤에 그 남자가 쫓아와서 당신을 거의 죽이다시피
> 했어도 당신은 헤어지겠다고 버티지 않았습니까. 그처럼 싫은 사람과 함께 있고 싶지
> 않은 것은 내 경우도 마찬가지란 말입니다.[24]

정영의 불행은 호길과 같이 스스로의 입장을 탈피하기 위한 단호한 조치를 실행할
능력을 갖지 못하고 주변의 상황, 특히 생모의 그늘에서 벗어나지 못한 채 전전긍긍
하고 있다는 데 있다. 그리고 인용문에서와 같이 생모의 남성편력을 문제 삼아 그 모
든 원인을 생모의 탓으로 돌리고 또 그 자신도 그렇게 해야겠다는 입장을 관철시키고
자 안달하는 그의 모습은 생모의 불운을 끊어내지 못하고 같은 길을 걷고 있는 나약
한 인간의 넋두리에 불과한 것이며, 자식이라도 그러한 운명의 덫에서 벗어나길 바라

---

23 주(19)와 같은 책, pp.222, 223.
24 주(19)와 같은 책, p.332.

던 생모의 불행이기도 한 것이다. 이것이야말로 인간의 힘으로 끊어낼 수 없는 숙명이요, 굴레인 것이다.

그런 한편으로 정영은 생모의 애정을 갈구하기도 한다.

> 그는 눈을 감았다. 잠깐 동안 먼 남쪽의 고향을 그려보았다. 어머니를 생각했다. (어머니, 제가 지금 무슨 생각을 하고 있는지 알고계세요?) 그렇게 속삭여 보았다. 참으로 온화한 향기가 나는 속삭임이었다. 그러자 어머니의 숨결이 그의 볼 가까이에서 느껴졌다. 갓난아이처럼 어머니의 젖 냄새를 맡았다. 그는 오열했다. 어머니와 함께 그 어린 시절과 같은 애정을 지속할 수 없었다는 것이 더없는 한으로 여겨졌다.[25]

안은희와 함께 간도로 도피한 정영이 돌아오지 않으면 며느리와 함께 찾아가겠다는 생모의 편지를 읽고 자살을 결심하자 이와 같은 상념이 떠오른다.

생모의 삶을 부정하고 자신의 현재의 삶의 비참함을 모두 그녀의 탓으로 돌리고 있지만 모성애에 대한 근원적인 부정까지는 이르지 못하고 있는 것이다. 생모를 통해 이어지는 자신의 여성편력이라는 정신적 대물림의 굴레에서 벗어나지 못하고 괴로워하다가 막상 자살을 생각하자 제일 먼저 떠오르는 것은 어린 시절 젖 냄새나는 어머니의 따스한 품이었다. 이는 자신의 괴로운 현재를 만들어 냈다고 생각되는 생모에 대한 증오심 뒤에 깊은 애정이 자리하고 있으며, 그러한 본능적인 모성애에 대한 기억이야말로 자신과 생모의 끊을 수 없는 정신적 연결고리 즉 (인간의)굴레로 작용한다. 따라서 생모에 대한 증오가 크면 클수록 그만큼 그녀에 대한 애정이 깊다는 반증으로 작용하는 것이다.

2) 아내에 대한 불만과 죄의식

『인간의 굴레』의 두 주인공 정영과 호길의 생모에 대한 증오는 작품을 관류하는 중심 테마이다. 그런데 생모를 증오하는 원인은 무엇보다도 早婚한 아내에 대한 불만에서 비롯된 자유연애의 동경에 있다. 따라서 각각의 아내에 대한 두 사람의 시선

---

25 주(19)와 같은 책, pp.287, 288.

은 멸시와 측은한 동정이 공존한다. 두 사람 중에서 특히 정영 쪽이 작가의 실제적 체험과 매우 유사하게 묘사된다.

동료 교사들과 함께 낙동강변으로 야유회를 떠나 은희와 함께 한 시간은 정영으로 하여금 아내에 대한 불만을 한층 고조시킨다.

> (은희가 내 아내라면-) 하고 또 다시 생각했다. (내 나이로는 이 정도의 여성이 잘 어울린다) (그리고 無學인 내 아내—이렇게 팔짱을 끼고 걷겠다는 것은 생각지도 못하는 아내—나이가 들고 多産으로 이미 볼품없게 된 몸매—나와는 아무런 공통의 화제도, 지적인 공통의 세계관 하나 없는 아내—난 이대로 나의 청춘을 낭비하고 마는 것인가) (어머니는 왜 날 조혼시킨 것일까)[26]

정영의 불만은 보다 젊고 세련된 이성에 대한 갈망에서 비롯되고 있음을 알 수 있다. 그러나 구시대의 인습인 早婚으로 인한 최대의 피해자는 정영이 아니고 오히려 그의 아내라 할 수 있다. 많은 사람들이 정영과 마찬가지로 早婚으로 가정을 꾸리어 살아가고 있던 시대인 만큼 당사자들 사이에 불만이 있다 하더라도 가정과 자식들의 미래를 위해 묵묵히 살아가고 있던 시대였기 때문이다. 정영의 아내는 시어머니의 드세고 자기중심적인 압박에 늘 허덕이고 있었으며, 또 남편의 여성편력에 휘둘리며 언제 이혼당할 지 모르는 불안한 삶을 살 수밖에 없었다는 점에서 최대의 피해자라 해도 무리는 없을 것이다. 정영이 인용문과 같이 아내에 대한 불만을 늘어놓은 것 자체가 그녀의 입장에서 볼 때는 어불성설이고 자기중심적인 사고로 멋대로 행동하는 시어머니와 전혀 다를 것이 없는 것이다.

> 어떤 질책과 모함에도 묵묵히 참고 살아온 아내. 오랜 세월의 압박을 참고 참아오면서 쌓인 분노. 그리고 유일하게 의지할 수 있었던 남편에게 배신당한 마음의 고통. 그러한 것들이 오늘 이렇게 그녀로 하여금 최후의 반항을 하게 만들고 있다. 아내의 반항이 크면 클수록 지난날의 아내의 불행한 인내가 크게 부각되는 것이었다.[27]

---

[26] 주(20)과 같은 책, p.338.
[27] 주(19)와 같은 책, pp.311, 312.

부친의 장례식에 참석했다가 가족을 버리고 다시 은희가 있는 간도로 떠나려 하자 10년이 넘는 세월 동안 한 번도 큰소리를 내지 않던 아내가 피곤에 지친 얼굴로 정영에게 따지고 든다. 아내의 인격은 둘째치고라도 자식을 넷이나 거느리고 살아가야 하는 아내의 생활고는 해결해야 할 당면한 문제였던 것이다.

정영이 이끌려가는 자유연애나 사랑의 가치가 소중하다면, 그로 인해 상처 입고 고통 받는 아내의 입장을 생각하지 않을 수 없었으며, 넷이나 되는 어린 자식과 시어머니까지 부양해야 하는 책임을 전가하고 사랑을 찾아 다시 떠나버린다는 것은 마음 약한 정영이 감당하기 어려운 고통이었다.

이러한 정영의 상황은 조선의 처자를 버리고 일본으로 도피한 뒤 일본여성과 동거하여 자식을 낳게 되는 일련의 과정에서 발생된 작가적 고뇌를 형상화했다고 할 수 있다. 빨리 돌아오라고 재촉하던 작가의 생모에 대한 증오와 반발 역시 그녀의 강요로 無婚한 아내에 대한 죄의식의 압박에서 비롯된 것임을 짐작하기 어렵지 않다.

3) 자식들에 대한 연민의 고통

넷이나 되는 철없는 자식들을 경제적 능력이 없는 생모와 아내의 손에 맡겨두고 떠나왔다는 사실은 작가의 일생에 큰 부담으로 작용했을 것이라는 추측은 어쩌면 당연하다 하겠다.

가족 몰래 은희가 기다리고 있는 간도로 도피의 길을 떠나려던 정영은 자식들에 대한 안쓰러움으로 차마 발길을 떼지 못한다.

> 얼굴 아래쪽에 한쪽 손을 대고 있는 딸, 작은 입을 꼭 다물고 가벼운 숨소리를 내고 있는 장남. 그는 가슴이 막혀 숨을 제대로 쉴 수 없었고 울지 않으려 이를 악물고 그 방을 나왔다. (중략) 아내의 방에 살며시 들어가, 거무죽죽한 아내의 자는 얼굴에, (나는 죄인이오. 내 죄 때문에 당신은 앞으로 힘든 고생을 하겠구료)라고 그는 중얼거렸다. 그리고 어미 팔 밑에 얼굴을 묻고 잠들어 있는 아이(차남)를 들여다보다가 참지 못하고 살짝 안아 올려 볼을 비볐다. **28**

---

28 주(19)와 같은 책, p.166.

정영의 젊은 여성과의 자유연애에 대한 욕구의 최대의 피해자는 그의 아내와 함께 어린 자식들이라 할 수 있다. 생모의 남성편력이라는 습성을 이어받은 자신을 저주하면서 그 악연의 고리를 끊지 못하고 또 다시 그의 자식들에게 씻을 수 없는 상처를 주고 떠나는 정영의 심적 고통이 그의 행동에 잘 나타나 있다. 그는 지금의 자식들이 훗날 자신에게 품을 증오와 저주에 불안을 느꼈지만, 간도라는 낯선 곳에서 자신을 애타게 기다리고 있을 은희를 생각하고는 자리를 박차고 일어난다.

장혁주는 일본인으로 귀화한 이후의 자전적 소설『편력의 조서』와『폭풍의 시』등에 생모와 아내에 대한 상세한 묘사를 하면서도 조선에 남겨두고 온 자식들에 대한 언급은 전혀 하지 않는다.『편력의 조서』에 전처와의 사이에 자식이 하나 있었음을 암시하고 있으나, 갓난아이 시절에 병으로 사망한 것으로 묘사되어 있다. 자전적 소설에 다섯이나 되는 자식 이야기를 쓰지 않고 있다는 것은 그 만큼 자신의 감정을 추스르기 어려운 깊은 상처를 작가 자신이 안고 있다는 반증으로 생각된다. 그러나 한반도에 6·25전쟁이 발발하자 "조선인 아내와의 사이에 태어난 자식들이 남북으로 나뉘어 싸우는 사태에 직면한 것을 염려한"[29] 작가는 1951년 7월 매일신문사의 후원으로 한국에 들어온다. 이로써 장혁주는 항상 한국에 있는 자식들의 안위를 걱정하고 있었음을 알 수 있다.

5. 자기 정화의 한계를 내포한『인간의 굴레』3부작

장혁주의『인간의 굴레』3부작은 "「실로 오랫동안 저를 떨어지지 않던 하나의 생명의 기록」[30] 이라 해 장혁주가 오래전부터 주도하게 준비한 작품임을 알 수 있다."[31]는 시라카와의 말에서 알 수 있듯이, 서머싯 몸의『인간의 굴레에서』와 마찬가지로 써내지 않고는 견딜 수 없는 일종의 자기 고백을 통한 정화작용의 역할을 기대하고

---

29 白川　豊「張赫宙作·長編〈嗚呼朝鮮〉をめぐって」『日本學』19,　東國大學校日本學硏究所, 2000, 12, p.131.

30 張赫宙,「人間の絆」, 知性(4-4), 1941, 4, 172쪽. ; 白川豊,「張赫宙硏究」, 동국대 박사학위논문, 1989. p.23. 재인용.

31 白川豊,「張赫宙硏究」, 동국대 박사학위논문, 1989. p.23.

집필된 것이라 할 수 있다.

그렇지만 누구나 겪을 수 있는 청소년기의 방황을 작가적 경험을 토대로 집필하여 교양소설의 고전으로 대우받고 있는 몸의 작품과 장혁주의 그것과는 차원을 달리하는 것으로 생각된다. 몸의 소설은 자신의 과거를 고백형식으로 풀어냄으로써 젊은 시절의 꺼림칙한 기억들로부터 자유로울 수 있었지만, 장혁주의 소설을 통한 자기 고백의 내용은 결코 과거의 행적으로부터 자유로워 질 수 있는 성질의 것이 아니었다. 즉 자신의 행동으로 인한 고통을 고국의 아내와 자식들이 평생 짊어지고 살아야 했으며, 자신 또한 양심의 가책에서 자유로울 수 없었을 것이기 때문이다.

『인간의 굴레』의 책 표지를 두른 홍보용 띠32에는 "한마디로 말하면 인간의 일생을 통해서 절대적인 힘으로 작용하는 '母性愛憎'을 그려냈다."고 선전하고 있으나, 3부작을 관류하는 작가의 집필 의도는 버리고 도망쳐온 고국의 아내와 자식들에 대한 죄의식을 생모의 탓으로 돌리며 자기 합리화에 급급한 작품이라 할 수 있다. 그리고 대단원에서 호길의 입을 통해 "산다는 것 자체가 온갖 무거운 추를 이끌고 가는 고뇌"와 같은 것이라는 말을 하고, "(정영은 새로 태어난다. 새로운 힘이 그의 체내에 움트기 시작하고 있다)는 낙관이 호길을 더없이 행복하게 만들었다."33는 대사로 작품을 맺고 있는 것으로 보아, 정영으로 분한 작가 자신이 안고 있는 고뇌에서 벗어나 새로운 활력을 찾기 위한 목적으로 쓴 작품임을 알 수 있다.

장혁주는 몸과 마찬가지로 자전적 소설을 집필했음에도 불구하고 자신의 행위에 대한 솔직한 고백과 참회라기보다는 모든 책임을 생모에게 전가하여 자신을 합리화하려는 의도가 엿보인다는 점에서 자기 정화에 이를 수 있는 기본조건을 상실하고 있었다 하겠다.

6. 맺음말

본고는 장혁주의 자전적 작품 『인간의 굴레』 3부작이 지닌 의의와 문제점, 그리고

---

32 『人間の絆』(河出書房, 1941)는 두꺼운 종이 커버 안에 들어 있는데, 이 커버를 두른 띠.
33 주(19)와 같은 책, p.359.

집필 배경과 작품의 구성 등의 고찰에 목적을 두었다.

『인간의 굴레』 3부작은 작가 자신이 백신애와의 연애사건으로 일본으로 도피하는 바람에 전처와 자식들을 정신적 물질적인 고난의 구렁텅이로 몰아넣었다는 양심의 가책에서 자유로워지기 위한 방편으로 집필되었다고 할 수 있다.

그런데 장혁주의 최대 비극은 자신이 그토록 혐오하던 생모의 남성편력의 성정을 답습하고 있으며, 뼈에 사무친 한으로 남아 있는 '아비 없는 자식'이라는 말을 자신의 자식들에게 듣게 만들었다는 데 있다. 이처럼 자신이 가장 혐오하던 일들을 자신이 반복하고 있다는 자괴감은 그대로 자신의 생모에 대한 증오감으로 확대 포장되어 발산되고, 전처와 넷이나 되는 자식을 버리고 일본으로 도피한 자신의 행위마저도 생모의 탓으로 돌리는 장혁주의 인간성은 이미 태생적 굴레를 벗어나지 못하고 있는 것이다.

따라서 몸의 『인간의 굴레에서』가 청소년기의 미래의 삶에 대한 불안과 희망, 그리고 이성에 대한 감정의 변화양상을 그려내어 독자들에게 자신을 되돌아 볼 수 있는 하나의 훌륭한 지침서로 인정받고 있는 반면에, 장혁주의 『인간의 굴레』 3부작은 과거의 자신의 행위에 대한 책임을 생모에게 돌리고, 그와 결부된 죄의식에서 벗어나 새로운 삶을 찾아가려는 계기를 만들기 위해 집필 되었다는 한계를 지니고 있다.

Ⅳ. 일제의 국책에
대한 문학적 협력

張赫宙 文學과 壬辰倭亂

1. 머리말

장혁주가 완전히 친일노선으로 돌아선 것은 1939년 2월에 발표한 「조선의 지식인에게 호소함(朝鮮の知識層に訴ふ)」[1]이라는 평론을 발표한 전후로 보는 견해가 지배적이다.

이처럼 일제의 내선일체 정책에 적극적인 협조 의지를 표명한 장혁주는 임진왜란을 소재로 다룬 역사소설의 집필을 시작하여 1939년 4월에 『加藤淸正』를 출간하였고, 1941년 4월에는 이의 속편을 집필한 뒤 『加藤淸正』와 묶어 『悲壯의 戰野(悲壯の戰野)』라는 제목으로 출간하였다. 이것이 바로 '七年의 暴風(七年の嵐)'이라는 제목으로 계획된 4부작의 제1부이다. 제2부로는 『화전 어느 쪽도 불사하다(和戰何れも辭せず)』(1942)와 『浮沈(浮き沈み)』(1943)을 각각 출간하였는데, 이 역시 왜군의 선봉장 고니시 유키나가(小西行長)를 그려낸 작품이다. 그런데 제3부에서는 이순신, 제4부는 중국의 강화사신 심유경을 주인공으로 집필하여 '七年의 暴風' 4부작을 완성하겠다던 당초의 계획은 지켜지지 않았다.

본고에서는 장혁주의 임진왜란을 소재로 한 네 편의 소설에 대한 고찰을 통하여

---

1 제1~7장으로 구성된 평론으로 잡지 『文藝』에 발표되었다. 제6장까지는 조선민족의 단점을 개선하여 민족의 부흥을 도모해야 한다는 내용을 담고 있으며, 제7장에서는 내선일체 정책에 대한 적극적인 찬양으로 일관한다.

국책적 작품으로서의 특징과 작가의 친일적 자세에 관해 살펴보고자 한다. 이와 같은 연구의 동기는 네 편의 장편을 아우르는 본격적인 작품론이 없다는 점에 있으나, 일부 연구자들의 단편적이고 피상적인 견해에 대한 비판적인 고찰을 염두에 둔 것이기도 하다.

2. 임진왜란 관련 작품의 집필 과정과 중단 배경

장혁주는 임진왜란을 소재로 한 작품의 집필과 관련하여 "해인사를 찾았을 때 松雲大師[2]의 문헌을 보고 기요마사(清正)와의 강화교섭을 알게 되면서 나의 창작욕은 갑자기 솟구쳐 올랐다"[3]고 말하고, 이때부터 임진왜란 관련 참고문헌의 수집을 위해 노력했음을 밝힌 바 있다. 이와 같이 임진왜란을 소재로 한 작품의 집필 동기로 작용했던 해인사 유람에 대해서는 작가의 기행문적 작품집 『우리 풍토기(わが風土記)』에 수록된 「海印寺紀行」(1935)을 통해 비교적 자세히 그려내고 있다.

> 저녁을 들고 있는 동안에 나는 또 자신이 앉아 있는 곳이 그 옛날 사명 유정대사의 주거였다는 것과, (중략) 임진왜란을 떠올려 보았다. 왜군이 무인지경과 같은 반도를 북진하고 있을 때, 유정대사는 기요마사 등과 교섭하고, 후에는 국가 사절로서 도일하여 히데요시(秀吉) 및 이에야스(家康)와 강화를 맺음에 따라 한층 고명해졌고, 오늘날 많은 사람들의 입에 오르내리는 전설적인 인물이었다. [4]

『우리 풍토기』에는 유정대사의 업적 소개에 치중할 뿐, 기요마사나 유키나가에 대한 구체적인 언급이 없는 것으로 보아, 「海印寺紀行」을 집필한 1935년 당시의 장혁주는 왜군의 선봉장이 아닌 유정대사의 업적을 통해 임진왜란을 소재로 한 작품을 구상하고 있었던 것으로 보인다.

---

2 惟政大師 - 1544~1610, 본관 豊川, 속명 任應奎, 자 松雲, 僧號 四溟大師, 休静의 제자.

3 張赫宙(1941)「後記」『七年の嵐』, 洛陽書院, p.607.

4 張赫宙(1935)「海印寺紀行」, (1942)『わが風土記』, 赤塚書房, p.70.

그러나 1939년에 임진왜란을 소재로 출간된 첫 작품은 왜장 기요마사를 주인공으로 한 『加藤淸正』였으며, 이에 속편을 덧붙여 『悲壯의 戰野』라는 제목으로 '七年의 暴風' 제1부를 1941년 4월에 출간하였다. 그리고 이 작품의 「후기」에는 제2부로서 왜장 유키나가를 주인공으로 집필하여 1941년 가을에 출간하고, 제3부는 이순신을 주인공으로 한 작품을 1942년에 출간하며, 제4부는 명나라의 특사 沈惟敬을 그려내겠다는 포부를 펼치고 있다. 즉 4부작을 계획하고 있었음을 알 수 있으나, 실제로는 왜장 유키나가를 주인공으로 그려낸 제2부에서 집필이 중단됨으로써, 이순신과 심유경을 그려내겠다던 계획은 실천하지 못하였다.

이상의 고찰을 통해 알 수 있듯이 조선의 유정대사를 흠모하여 작품을 구상하던 1935년 무렵의 계획과 1939년 실제로 출간된 첫 작품 『加藤淸正』와의 사이에는 많은 차이가 있다 하겠는데, 이는 일제의 중국침략 등으로 더욱 격화된 강압체제와 작가의 심정적 변화[5]를 반영한 것으로 볼 수 있다.

3. '七年의 暴風' 제1부 『悲壯의 戰野』와 加藤淸正

장혁주의 임진왜란을 배경으로 한 소설의 제1부 『悲壯의 戰野』의 겉표지는 4부작을 계획할 당시 전체의 제목으로 설정한 '七年의 暴風(七年の嵐)'이 큰 활자체로 상단에 표기되어 있다. 그리고 표지의 하단에 '제1부 悲壯의 戰野'라는 또 다른 제목을 상단의 글자체보다는 작게 표기하고 있다. 따라서 『七年의 暴風 - 悲壯의 戰野』와 같은 제목으로 하는 것이 합당할 것처럼 생각되지만, 제2부에서는 '七年의 暴風'이라는 제목은 어디에도 보이지 않고 『和戰 어느 쪽도 不辭하다』『浮沈』과 같이 각각의 단행본으로서의 서명만을 표기하고 있을 뿐이므로, 이 역시 전체의 통일적인 표기로서 적합하지 않은 면이 있다. 따라서 본고에서는 제2부와의 통일성을 기하는 차

---

5 장혁주의 자전적 소설 『편력의 조서(遍歷の調書)』(新潮社, 1954)에 의하면 작가는 17세의 나이에 기생출신인 모친의 강요에 의해 4살 연상의 여인과 혼인한다. 그러나 아내에게 싫증을 느낀 그는 자유연애를 부르짖는 등 방탕한 생활을 보내다가 1936년 무렵 소설가 백신애와의 연애사건으로 고소당할 위기에 처하자 동경으로 피신한다. 그곳에서 게이코(桂子)와 만나 동거를 시작하면서 일본인으로서의 삶을 결심하게 된다.

원에서 제1부의 서명을 『悲壯의 戰野』로 하고자 한다.

제1부인 『悲壯의 戰野』는 총 26장 605쪽으로 구성된 장편인데, 제1장에서 14장까지는 1939년에 출간한 『加藤淸正』의 내용과 동일하고, 제15장부터 26장까지를 추가 집필하여 '七年의 暴風' 제1부로 재차 출간되었다. 즉 『悲壯의 戰野』는 『加藤淸正』를 흡수 발전시킨 작품이므로 『悲壯의 戰野』에 대한 포괄적인 고찰에는 자연히 『加藤淸正』의 내용이 포함된다.

『悲壯의 戰野』는 왜장 기요마사의 인간적인 면을 부각시키려는 목적으로 집필되었음[6]을 고려하더라도, 그의 언행이 지나치게 미화되고 있다는 점에서 일제에 대한 협력이라는 작가의 숨은 의도를 엿볼 수 있게 한다. 유정대사와 이순신에 대해서도 호감 어린 기술이 엿보이지만, 이는 어디까지나 작가 자신의 편협 되지 않은 집필 자세를 어필하기 위한 제스처에 불과한 것으로, 기요마사에 대한 주체적인 표현과는 다르게 매우 피상적이고 타자적인 입장에서 기술되고 있다. 그리고 작가 자신의 친일적 입장을 반영하듯 왜군 측에 귀화해온 조선인과 조선 측으로 도망친 왜군들에 대해서도 비교적 상세히 그려냄으로써, 이들의 행동을 이해하고 합리화하려는 시도가 작품 전반을 통해 엿보인다는 특징을 지닌다. 또한 작품 중에는 논개와 같이 왜군에 대항하는 조선의 의식 있는 인물도 묘사되고 있으나, 이들을 통해 전쟁의 참상을 부각시키기보다는 왜장 기요마사의 인간미를 강조하려는 시도가 두드러진다는 점에서 작가의 집필 목적을 엿볼 수 있다 하겠다.

1) 加藤淸正의 人間美에 대한 形象化

주군인 히데요시(秀吉)에 대한 충성심만을 강조하는 기요마사는 유키나가와 같이 강화의 중요성을 생각하는 다른 장수들에게는 어리석고 융통성이 없는 인물로 비쳐진다. 그러나 작품의 주인공이 기요마사인 만큼 이러한 주변의 비난과 중상은 작가의 필력에 의해 멋지게 그의 장점으로 승화되어 묘사된다.

간도지역의 전투에서 여진족을 제압한 뒤 포로로 잡은 조선의 두 왕자를 호송하여

---

6 장혁주는 『부침(浮き沈み)』의 후기에서 왜장들을 주인공으로 그려내는 목적이 그들의 "심성(心の 在り方)과 성심(誠の心)을 쓰는데 있다"고 밝히고 있다.

남하하던 기요마사는 鏡城 부근에서 지역민을 모아 왜군에 대항하던 韓克誠도 포로로 잡게 된다. 두 왕자와 대면한 韓克誠은 자신이 두 왕자를 구해내지도 못하고 포로로 잡힌 분함을 토로하며 눈물을 흘리자, 두 왕자와 수행원들도 소리 내어 운다. 그러자 이를 지켜보고 있던 기요마사와 왜병들도 눈시울을 붉힌다.

> 기요마사도 더 이상 참지 못하고 커다란 눈물방울을 흘리기 시작했다. 韓克誠의 위치에 자신이 있다고 생각하자 더 없는 비극으로 여겨졌던 것이다. 기요마사는 韓克誠을 위로 불러올려 자리를 마련해 준 뒤 주연을 베풀어 하룻밤을 유쾌한 흥분 속에서 보냈다.(167)[7]

이와 같은 기요마사에 대한 인간적인 묘사는 작품의 전반을 주도하는 흐름이자 목적으로서 비교적 성공적으로 완성되어 있다 하겠다. 그러므로 독자들은 임진왜란의 진실에 대한 접근을 차단당한 채 작가의 의도대로 기요마사의 눈과 생각을 통해 역사적 사건을 인식하게 된다. 그리고 그 결과, 어쩔 수 없는 시대 상황 속에서 나름대로 노력하는 기요마사의 인간미에 동정을 하게 되고, 참혹한 살육 전쟁의 선봉장이라는 인식은 자리할 수 없게 되는 것이다.

2) 피상적이고 타자적인 조선에 대한 묘사

『悲壯の戰野』는 왜장들의 미화된 고뇌와 행동에만 초점을 맞추고 있을 뿐 조선 민중들의 참상은 철저하게 외면하고 있다. 가끔 눈에 띄는 기술이 있다 하더라도 매우 피상적이고 타자적인 간략한 기술에 머물고 있다.

> 성내의 길이란 길에는 수천의 살육당한 시체가 수습하는 자 없이 썩어가고 있었다. (중략) 병사들은 이를 참을 수 없었던지 길가의 사체를 북쪽으로 조금씩 내던져 주군들의 본진이 있는 촉석루에서 멀리 치워갔다.(388,389)

---

7 본고의 제3장에서는 〈張赫宙(1941)『悲壯の戰野』, 洛陽書院〉을 텍스트로 삼았다. ( ) 안의 숫자는 텍스트의 쪽수를 나타낸다. 이하 같음.

『悲壯의 戰野』에서는 드물게 조선 민중의 참상을 짐작할 수 있는 장면을 묘사한 문장이다. 그러나 이 인용문의 어디에도 조선민중이 당한 참상을 통해 임진왜란을 비판하려는 의식은 찾아보기 어렵다. 왜군의 공격으로 수없이 많은 무고한 양민이 살해되었는데도 이들의 주검을 마치 쓰레기 취급하듯 행동하는 왜병들의 모습을 담담히 그려내고 있을 뿐이다. 바로 뒤에 이어지는 문장에서는 6만이나 되는 진주성민의 죽음을 슬퍼한 기요마사가 "가련한 생각에 눈물을 흘리고 있었다"(389)와 같은 내용을 장황하게 삽입하여 그의 인간성을 미화하는 데 치중한다. 그러나 다른 장수들의 만류에도 불구하고 무리하게 진주성을 함락시키는 과정에서 수많은 진주성민을 살상한 장본인이 그들의 죽음을 슬퍼하며 감상에 젖어 있다는 묘사는 작가의 이중적인 사고형태를 단적으로 드러내고 있다 하겠다.

『悲壯의 戰野』에는 기요마사의 살해를 기도하는 조선의 두 여인을 비교적 자세히 그려내고 있다. 하나는 진주성에서 왜장을 끌어안은 채 남강으로 뛰어든 논개이고, 다른 하나는 신분이 확실치 않으나 조선의 어느 고관의 첩실로 기요마사를 죽이기 위해 포로로 위장한 미모의 여인이다. 이 여인은 작품 속에서도 그저 '美女'라고만 표기되어 있는데, 많은 노력 끝에 기요마사가 잠들어 있는 침실로 잠입하는 데 성공한다. 그러나 잠든 기요마사의 평온한 얼굴에 살해의지를 상실하여 암살에 실패한다. 기요마사는 제장들의 참수요구를 마지못해 받아들이지만 내심으로 몹시 괴로워한다.

> 기요마사는 여인이 개전 이래 공황과 불안 그리고 추위와 굶주림을 견디지 못해 몇백인지 알 수 없이 죽어가는 민중의 고통을 안타까워하다가, 남자도 생각하기 어려운 위험에 몸을 내맡긴 심정을 생각하고는, 그도 또한 여인을 위해 눈물 흘리는 것을 부끄럽게 여기지 않았다.(266)

위의 인용문 역시 『悲壯의 戰野』에서는 보기 드물게 조선민중의 참상을 간접적으로나마 내비치고 있는 문장이라 하겠다. 그렇지만 기요마사의 숭고한 인간미를 강조하기 위해 美女를 이용하고 있음을 부정하기 어렵다. 기요마사의 인간성에 감복한 美女는 "장군의 자비는 저 세상에 가서도 잊지 않겠습니다. 지금은 그저 장군의 손에 죽고 싶다는 생각뿐입니다."(266)라는 말을 하는데, 조국의 원수에 대한 美女의 분노는 기요마사의 숭고한 인간성 앞에서 눈 녹듯 사라지고 만다. 논개의 의로운 죽음을 그려나가는 과정도 거의 이와 흡사하다 할 수 있다.

> (기요마사는) 안변의 美女와 더불어 이 나라 여인들의 강한 복수심에 깊이 감동하였다. (중략) 그 아름다움도 단순히 감미로운 아름다움이 아니고 理性에 의한 격렬한 의욕에 불타는 가시를 감춘 美라고 생각했다. (중략) 추하고 혐오스럽지 않은, 오히려 화려하게 이끌리는 매력을 느꼈다.(400)

인용문을 통해 엿보이는 것은 당시의 민중과 의인들의 처절한 희생이 작가의 개인적인 죽음의 미학을 표출하기 위한 수단으로 전락하고 있다는 점이다. 이는 임진왜란이라는 역사적 사실을 소재로 창작을 함에 있어서 수많은 양민의 살상이라는 본질적인 문제점을 외면한 채 스스로의 감수성에만 의존하여 왜장을 미화하는 데 주력하고 있음을 짐작할 수 있는 단면이라 하겠다.

『悲壯의 戰野』에는 작품의 집필 동기로 작용했던 조선 측의 유정대사와 이순신에 대한 내용도 등장한다. 그러나 이들은 기요마사를 중심으로 한 왜장들의 시각에서 피상적으로 묘사되거나 주관이 없는 타자적인 기술에 그치고 있음을 알 수 있다. 설사 이들을 높게 평가하는 문장이 있다 하더라도, 그 인식의 주체가 기요마사인 만큼 그의 사고 범위 안에서만 유정대사와 이순신의 행적은 평가될 수 있으며, 그 평가가 정당하고 객관적인 것처럼 비쳐질수록 기요마사의 인간미는 더욱 빛을 발하는 효과를 낳는다.

3) 귀화인에 대한 묘사와 작가의 내면세계

『悲壯의 戰野』에는 여러 사유로 조선에 정착하여 살고 있는 여왜(麗倭)[8]들이 많이 등장한다. 이들은 조선에서 양민인 농민으로 살고 있는 경우는 드물고 학대와 멸시의 대상인 천민으로서의 삶을 유지하고 있는 것으로 묘사된다. 麗倭들은 왜군이

---

8 작품에서는 왜인의 혈통을 이어받은 사람이라는 의미로 사용되고 있음.

상륙하자 이들을 반겨 음식을 대접하기도 하고 지리적인 안내 등을 자처하며 조선침략에 도움을 준다.

그들은 보통 사람들과 같은 의관을 갖출 수 없었으며, 혼인도 마음대로 할 수 없었다고 하였다. 그들은 오랜 압제에 고통을 받았으나 왜군의 상륙과 함께 울분이 많이 해소되었다는 말을 했다.(15)

麗倭들의 불만은 조선사회의 신분차별에서 비롯된 것이고, 이러한 신분차별의 토대를 이루는 것은 유교를 통치원리로 하는 지배체제에 있음이 강조된다. 실제로 작품에서는 유교적 지배체제의 모순을 여러 곳에서 비판하고 있으며, 임진왜란이 발생한 것도 이러한 체제에 안주하려는 양반세력들의 당파 싸움에 원인이 있다는 인식이 작품 전반을 지배하고 있다. 따라서 인용한 문장도 임진왜란의 정당성을 뒷받침하기 위한 장치로서 작용하고 있음을 알 수 있다.

그런데 침략의 정당성을 제고하기 위한 귀화인들의 등장과는 달리 스스로의 신념과 고귀한 이상을 좇아 적국에 투항하는 두 인물을 상세히 그려내고 있다는 점에 주목할 필요가 있다. 그 하나는 왜장 기요마사에게 귀의하는 조선인 金貫之이고, 다른 하나는 수백 명의 수하를 이끌고 조선으로 귀화한 왜장 사야카(沙也可)에 관한 내용이다.

金貫之는 함경도의 변경지대로 유배당한 가문의 자손으로서 조선왕조에 대한 불만이 많았던 인물로 묘사된다. 그가 살고 있는 永興지역의 대부분의 주민 역시 지역 차별에 시달리고 있던 탓으로 왕조에 대한 반감이 적지 않았다. 기요마사가 두 왕자를 포로로 잡으려고 永興지역을 향해 북진을 계속하자 金貫之와 다수의 城民들은 "왕자들의 행방을 알려주겠으니 성민을 공격하지 말아 달라"(105)는 제의를 해온다.

金貫之는 그가 기요마사에 내통하여 왕자 일행의 거처를 안내하는 것은 왕조에 대한 원한 때문만은 아니라고 했다. 그는 영흥성민을 구하기 위하여, 이와 같이 역적의 누명을 쓰고자 했다는 것이다. 이에 대해 기요마사는 크게 감동했다.(105)

金貫之에 대한 묘사는 앞에서 언급한 麗倭와 마찬가지로 조선침략의 정당성 확보에 있음을 부정하기 어렵다. 그러나 金貫之와 그를 따르는 영흥 성민들이 죽음을 무릅쓰면서까지 조선왕조에 충성을 바칠 이유가 없다는 점에서 그들의 행동이 정당화될 수 있는 여지가 있다. 이러한 金貫之의 자세를 높게 평가한 기요마사는 항상 가까이에 두고 울산성 축성을 맡기는 등 깊게 신뢰하는 것으로 그려낸다.

장혁주의 귀화인에 대한 관심은 왜군의 장수로서 조선의 유교적 체제에 매료되어 기요마사를 배반하고 조선군에 귀의한 沙也可를 상세히 묘사하고 있는 것으로도 그 정도를 알 수 있다. 왜장 기요마사를 주인공으로 그려낸 『悲壯의 戰野』의 집필 목적과 거리가 있을 뿐만 아니라, 작가 자신이 늘 비판해 왔으며 왜군의 조선침략을 정당한 것으로 뒷받침하고 있는 조선유교의 폐해와 정면으로 배치되기 때문이다. 沙也可는 일본에 있을 때부터 유교의 가르침에 심취해 있던 인물로 묘사된다.

> 그도 다른 유학자도 대부분 조선이나 명으로 건너가 평생을 그곳에서 살고 싶다며 동경하였다. 과거절차가 있는 나라, 춘추석존이 행해지는 나라는 생각만 해도 마치 천상세계처럼 아름답고 평화로운 나라로 여겨졌다. 沙也可가 종군을 지원한 것도 실은 단지 이 나라로 건너갈 기회를 잡기 위한 것이었다.(208)

결국 沙也可는 춘천 부근에서 수하 수백 명을 이끌고 기요마사의 진영을 이탈하게 된다. 그리고 얼마 지나지 않아 조선군의 장수로 변신한 沙也可는 기요마사와 전투를 벌이기도 하는데, 작품에서는 "沙也可와 그의 수하들은 왜군의 전법을 알고 있는데다가 같은 무기를 갖고 있어 매우 힘든 상대였다"(293)는 기요마사 측의 입장을 묘사하고 있다.

『悲壯의 戰野』 전체를 논할 때 金貫之와 沙也可에 대한 묘사가 차지하는 분량은 그다지 많은 편이 아니므로, 집필의 목적이 이들의 존재를 강조하기 위한 것이라고 말하기는 어렵다. 그러나 이 두 귀화인에 관한 내용에서는 기요마사의 인물됨을 강조하기 위한 가식적인 묘사나 장치들을 찾아보기 어려우며, 이순신이나 유정대사를 타자적인 시선에서 냉정하게 그려내던 것과는 다른 진솔하고 담백한 전개를 보인다. 즉 친일적인 태도로 기요마사의 미화된 인간성을 그려내는 한편으로, 金貫之와 沙也可

의 묘사를 통해 작가 자신의 진솔한 내면세계를 투영시키고 있다 하겠는데, 일제말기의 시국영합적인 집필에 대한 이상과 갈등이 점철되어 있음을 알 수 있다.

그러나 沙也可를 제외한 기타의 귀화인들은 대부분 조선의 유교적 지배체제의 폐해로 인한 국가적 쇄락과 민심의 이반을 강조하거나, 왜군 침략의 당위성을 입증하기 위한 수단으로 등장하고 있음을 부정하기 어렵다.

4. '七年의 暴風' 제2부 『和戰 어느 쪽도 不辭하다』와 『浮沈』

임진왜란을 소재로 한 '七年의 暴風' 제2부는 유키나가를 주인공으로 한 『和戰 어느 쪽도 不辭하다』와 『浮沈』이 출간되었다. 그러나 제1부의 표제를 크게 장식했던 '七年의 暴風'이란 말은 제2부로 간행된 두 권의 단행본 어디에서도 찾아볼 수 없다. 따라서 제1부의 저작과 제2부 저작의 연관성을 나타내는 표식이 없어졌다고 할 수 있는데, 이는 "출판사를 제대로 만나지 못한 탓"[9]이라는 작가의 말처럼, 단행본이 나올 때마다 서로 다른 곳에서 출판을 할 수밖에 없었던 사정에 의한 것으로 보인다.

『和戰 어느 쪽도 不辭하다』와 『浮沈』은 각각 전편과 후편의 성격을 띠면서 연속된 내용을 그려내고 있다. 『和戰 어느 쪽도 不辭하다』는 유키나가에 의한 조선과의 강화노력 과정과 부산진을 침략하는 시점까지 그려내었고, 『浮沈』은 평양성을 점령한 이후의 강화노력과 부산으로의 후퇴 및 정유재란의 발발 과정, 그리고 히데요시의 죽음으로 인한 철군까지를 배경으로 하고 있다.

『和戰 어느 쪽도 不辭하다』에서는 기독교인으로서의 유키나가의 입장이 강조된다. 전체 10장으로 구성된 내용 중에 제4장까지를 선교사들의 활동과 유키나가가 세례를 받게 된 과정 및 주변에의 영향 등을 그려내고 있다. 히데요시는 기독교를 통상 확대에 이용하려는 속셈을 가졌으면서도 이들의 세력이 커지는 것을 염려하여 탄압을 가하기도 한다. 조선침략을 성공적으로 마무리 지어 히데요시의 신임을 얻어야 한다는 유키나가의 다짐 속에는 기독교 세력을 보호해야한다는 의식이 작용하고 있기

---

9 張赫宙(1943)「後記」『浮き沈み』, 河出書房, p.352.

도 하다. 이는 기독교인인 작가의 입장에서 유키나가에 대해 상당한 호감과 동정의식을 갖고 있었던 것으로 보이며, 그의 인간성을 보다 넓고 다양한 관점에서 그려내려는 시도와 연관되어 있다 하겠다.

제5장부터는 조선침략의 준비에 열을 올리는 히데요시와, 강화를 통해 사태를 해결하려는 유키나가의 노력을 묘사하는데 힘을 쏟는다. 그러나 유키나가는 "조선이 말귀를 알아듣거든 우리 군의 선봉을 맡겨도 좋다. 그대는 조선군을 지휘해서 바로 명을 칠 수 있도록 준비하라"[10]는 히데요시의 명령에 반가움을 감추지 못하는 등, 모순된 유키나가의 언행이 자주 노출된다.

한편 히데요시가 조선의 조정에 보내온 국서에는 "귀국은 먼저 달려와 우리나라에 入朝하라"[11]는 협박과 함께, 명의 정벌에 동참을 요구하는 내용을 담고 있다. 그러나 이는 당시의 조선으로서는 받아들이기 어려운 요구였음에도 불구하고, 유키나가는 기다렸다는 듯이 "조선이 兵禍를 당해도 이는 그들 자신이 초래한 벌이다"[12]라든가, "이렇게 된 이상 마음껏 싸워볼 뿐이다"[13], "인간은 전쟁과 함께 살아간다. 이 철칙을 깰 자는 없다"[14]와 같이 호전적인 말을 하는 인물로 묘사되고 있어서, 평화주의자로서의 유키나가에 대한 형상화는 모순으로 일관되어 있다. 뿐만 아니라 유키나가의 이러한 언행은 침략의 원인을 제공한 것이 조선 측이라는 작품의 맥락과 일치하는 것으로, 일제에 의한 조선의 식민지배를 정당화하려는 작가의 숨은 의도를 짐작하는 것은 어려운 일이 아니다.

『浮沈』의 집필 목적은 『和戰 어느 쪽도 不辭하다』와 마찬가지로 전쟁보다는 강화를 위해 노력하는 유키나가의 모습을 통해 그의 인간적인 매력을 형상화는 데 있다. 그러나 유키나가는 경쟁자인 기요마사를 제치고 조선 점령의 수훈을 독차지하기 위해 많은 노력을 기울였던 인물로, 작품의 전반적인 흐름에서도 그러한 유키나가의 행적을 감추지는 못하고 있다. 유키나가는 자신이 제일 먼저 한양을 점령한 것에 대

---

10 張赫宙(1942)『和戰何れも辭せず』, 大觀堂, p.293.

11 안방준「豊臣秀吉의 대륙침략 야망」『임진록』, 국립진주박물관 편(1999)『싸워 죽기는 쉬워도 길을 빌려주기는 어렵다』, 혜안, p.25.

12 주(10)과 같은 책 p.311.

13 주(10)과 같은 책 p.324.

14 주(10)과 같은 책 p.356.

해 "단순히 공명을 얻기 위한 선점이라면 기요마사에게 양보해도 서운할 것이 없다"[15]면서, 자신과 강화를 위해 노력해온 조선인들이 기요마사의 눈에 띄지 않게 하기 위해 선점할 수밖에 없었다는 식으로 유키나가의 인간적인 면을 강조한다. 즉 작가의 언어적 유희가 크게 작용하고 있음을 알 수 있다.

그런데 왜군침략에 의한 최대의 피해자인 조선민중에 대한 언급은 다른 작품에서와 마찬가지로 찾아보기 어렵다. 간혹 눈에 띄는 내용이 있다하더라도 "(철수에 앞서) 각 군에 편입된 조선인 중에 의심스러운 자를 처분하기도 하고"[16]와 같이 잔혹한 살인 행위를 아주 냉정하고 피상적인 기록으로 대신하고 있을 뿐이다.

작품의 마무리 단계에서는 유키나가가 그와 직접적인 관계가 없는 이순신을 높게 평가하는 내용을 담고 있는 문장이 눈에 띄는데, 조국을 위한 장렬한 죽음이 고귀한 인격을 가장한 적장에 의해 평가받고 있는 것이다. 이순신의 왜적섬멸이라는 의지를 통해 표출되는 준엄한 심판을 작가는 오히려 왜장을 미화시키는 방편으로 능숙하게 이용하고 있는 것이다.

5. 장혁주의 임진왜란 소설에 대한 제 평가와 문제점[17]

장혁주 문학의 연구가 제대로 이루어지지 않고 있음을 반영하듯, 임진왜란을 소재로 한 장편들에 대한 연구 역시 몇몇 연구자들의 단편적인 언급 이외에는 찾아보기 어려운 실정이다. 그러나 비록 단편적인 견해라 하더라도 정곡을 찌르는 내용을 담고 있는 경우도 있다. 하야시 고지(林 浩治)는 "도요토미 히데요시의 조선침략을 조선인인 장혁주가 무비판적으로 받아들여 군국일본에 충성심을 드러내고자 한 것"[18]이라는 견해를 밝히고 있으며, 任展慧 역시 "자기 민족의 억제자를 영웅으로 그려내는데 거리낌이 없는 작가 - 인간과 문학에 있어 이 이상의 수치스러운 타락이 있을 수 있겠

---

15 張赫宙(1943)『浮き沈み』, 河出書房, p.21.

16 주(15)와 같은 책 pp.190, 191.

17 「장혁주 옹호론에 대한 비판적 고찰」을 토대로 내용을 대폭 보충하였음.

18 林 浩治, 「張赫宙論」『季刊三千里』, 제36호, 1983년 11월, p.220.

는가"**19**라며 장혁주의 작가적 태도를 비판한다.

그런데 이와는 정반대로 장혁주의 작품을 옹호적인 입장에서 평가하는 경우도 있는데, 그 대표적인 연구자로 시라카와 유타카(白川 豊)를 들 수 있다. 그는 『和戰 어느 쪽도 不辭하다』를 평하는 데 있어, "유키나가에게는 유키나가의 '誠'이 있고 기요마사나 舜臣에게도 제각기 '誠'이 있으며, 沈惟敬에게는 또 惟敬 나름의 '誠'이 있다고 생각한다. 그 '誠'을 쓰는 것이 이 장편의 안목이고, 戰役 자체는 둘째 문제이다"**20**라는 작가의 말을 그대로 인용하며 매우 뛰어난 작품이라는 평가를 내린다. 그리고 이 작품은 親日·國策迎合的인 색채는 전혀 없다**21**는 주장을 덧붙인다. 가와무라 미나토(川村 湊)역시 시라카와의 이러한 주장과 매우 유사한 견해를 피력한다. 그는 "일본제국주의에 대한 장혁주의 최초의 충성은 『加藤清正』"**22**라는 임전혜의 발언에 의구심을 제기하며 다음과 같이 언급한다.

그렇지만 그것은 가토 기요마사를 영웅으로 기리려했다기보다는, 당시의 조선이 왜 쉽사리 가토에게 '조선정벌'의 공훈을 세우게 했는가, 라는 의문을 해명하려 했던 것으로 생각된다. (중략) 즉, 장혁주의 「加藤清正」는 일본군이 승리한 戰記가 아니고, 조선군이 패퇴한 戰記이며, 말하자면 왜 조선이 일본에 패했는가를 주제로 한 소설인 것이다. **23**

시라카와와 가와무라 두 연구자의 공통된 견해는 임진왜란 당시 조선에 출병(침략)한 일본의 장수나 이를 막아선 조선의 장수 모두 각각의 합당한 '誠'에 의해 움직였으며, 일본의 침략을 막아내지 못한 조선이야 말로 책임이 있다는 것으로 요약할 수 있다. 그리고 이러한 상황을 일제에 영합하지 않고 충실히 객관적인 입장에서 그려낸 장혁주는 훌륭한 작가라는 것이다. 그러나 이러한 작품이야 말로 당시의 일제에

---

19 任展慧(1994)『日本における朝鮮人の文學の歷史―1945年まで―』, 法政大學出版局, p.210.

20 張赫宙(1943)「後記」『浮き沈み』, p.353.

21 白川 豊(1989)「張赫宙硏究」, 동국대학교 박사학위논문, p.25.

22 주(19)과 같은 책 p.209.

23 川村 湊(1993)「金史良と張赫宙」『岩波講座′ 近代日本と植民地6―抵抗と屈從―』, 岩波書店, pp.227, 228.

의한 조선의 식민지배를 정당화하기 위해 비유적으로 집필된 것이라는 정도는 쉽게 짐작할 수 있는 일이다. 따라서 장혁주의 임진왜란을 소재로 다룬 작품에서는 양반이라는 자들의 독선과 만행으로 조선은 멸망할 수밖에 없는 나라였다는 정황을 소개하는 데 치중하는 반면, 왜군의 침입으로 무고한 조선의 민중이 살해되고 고통 받는 현실에 대해서는 철저하게 외면하고 있다는 특징을 지닌다.

그런데 이상과 같은 단편적인 언급과는 달리『悲壯의 戰野』의 전편에 해당하는『加藤淸正』에 대한 본격적인 연구를 시도한 金貞淑은 보다 적극적인 장혁주 옹호론을 펼친다.

> 이 작품이 단순히 '친일문학'이라고 할 수 없는 근거의 하나는, 장혁주의 출판계획표를 보면 알 수 있기 때문이다. 둘째는, 이 작품의 내용은 결코 일본 측에 편향되어 있지 않음이 확실하기 때문이다. [24]

인용문에서 말하는 '출판계획표'란『悲壯의 戰野』의「후기」를 말하며, '七年의 暴風'이라는 제목의 4부작으로, 제1부는 기요마사, 제2부는 유키나가, 제3부는 李舜臣, 제4부는 沈惟敬을 주인공으로 그려내겠다던 장혁주의 집필 계획을 의미한다. 金貞淑은 작품의 집필 계획에 이순신이 포함되어 있었으므로 '친일문학'으로 볼 수 없다는 말을 하고 있는 것으로 이해된다. 그러나 실제로 이순신을 주인공으로 한 작품은 집필되지도 않았고, 설사 집필되었다 한들 왜적에 대한 이순신의 적개심을 어떻게 표현했을 지 의문이 들지 않을 수 없다. 오히려 침략에 대한 합리화와 왜장들의 찬미를 위해 이순신을 이용했을 가능성이 훨씬 컸을 것으로 생각된다.

그리고 또 金貞淑은 이 작품이 결코 일본 측에 편향되어 있지 않다는 견해도 피력하고 있는데, 기요마사가 실제로 어떤 인물인지 정확히 그 실체를 파악하지 못하고 있는 것으로 생각된다. 당시의 기요마사를 필두로 한 왜장들의 만행에 대한 일본 연구자의 언급을 예로 들어본다.

---

24 金貞淑(2006)「張赫宙連作小說「七年の嵐」論(その一)ー『加藤淸正』ー」,『芸文攷』(通号11), 2006. p.6.

제2차 침략은 특히 잔학행위가 심했다. 첫째로, 조선인의 귀와 코를 베어내 모은
뒤 일본에 보냈다. 이것은 본래, 수급에 대신해서 戰功을 증명하여 은상을 요구하기
위한 것이었지만, 전투원에서 시작하여 남녀노소에까지 대상이 되어, 그 자체가 자기
목적화 되어버렸다. 둘째로, 많은 조선인을 포로로서 일본에 연행했다. (중략) 이외에
도 방화·대량살육 등 헤아릴 수 없지만, (후략)**25**

이러한 만행의 선봉에 서서 자신들의 공적 부풀리기에 혈안이 되어 있었던 것이
기요마사와 유키나가였다. 임진왜란을 공정한 입장에서 집필한다는 것은 이들의 만
행에 대한 언급 없이는 불가능한 일이라 하겠는데, 오히려 이들을 미화하기에 여념이
없는 작가의 태도를 두고 일본 측에 편향되어 있지 않다는 견해를 피력하는 것은 납
득하기 어렵다. 또한 작가는 이들의 무자비한 만행을 합리화하기 위하여 히데요시의
책임으로만 돌리려는 술책을 쓰기도 한다. 그러나 기요마사를 비롯한 왜장들이 히데
요시의 명을 앞 다투어 따랐던 것은 전공을 세워서 자신들의 입지를 더욱 굳히려는
데 있었다는 것을 부정할 수는 없을 것이다.

일본의 일부 연구자들이 장혁주의 임진왜란을 소재로 한 작품들을 호의적으로 받
아들이려는 것은 작가의 일본에 대한 동경과 예찬을 동정어린 시선으로 감싸 안으려
는 태도에서 비롯된 것으로 생각된다. 즉 가해자의 여유로움이 느껴진다 하겠다. 그
러나 한국인 연구자들이 이러한 작품에 긍정적인 평가를 내린다는 것은 역사인식의
부재에 근본적인 원인이 있는 것으로 보이며, 장혁주의 개별적인 작품의 고찰에 앞서
그의 전반적인 인생역정과 집필 배경 및 작품경향 등을 시야에 넣는 폭넓은 연구가
요구된다 하겠다.

6. 맺음말

장혁주의 임진왜란을 소재로 한 작품의 집필 동기는 1935년 무렵에 해인사를 방문
하여 유정대사의 활약상을 접하면서부터라고 작가는 회고한다. 그런데 이런 계획을

---

25 池享(2003)「天下統一と朝鮮侵略」『天下統一と朝鮮侵略』, 吉川弘文館, p.87.

실행에 옮겨 1939년에 출간한 첫 작품은 유정대사가 아닌 왜군의 선봉장 기요마사를 주인공으로 그려낸 『加藤淸正』였다. 이는 중국을 침략하는 등 일제의 강압체제가 한층 격화되는 시기와 맞물려 장혁주의 작가적 태도가 민족적 저항에서 친일협력으로 변절된 것을 의미한다고 볼 수 있다.

장혁주는 본래의 계획대로 객관적인 입장에서 왜장 두 사람과 조선의 이순신, 그리고 명의 사신 심유경을 그려내고자 했을 가능성을 배제하기는 어렵다. 그러나 그의 의지는 일제의 탄압을 극복할 만큼 강인하지 못하였으며, 오히려 일제에 협력하여 자신의 영달을 꾀하려는 자세를 보였다. 그러므로 임진왜란을 소재로 한 작품들은 당초의 계획과는 달리 왜장들의 인간적인 면을 강조하여 침략의 정당성을 제고하는 데 만족할 수밖에 없었으며, 이러한 작가적 태도로 이순신의 진면목을 그려낸다는 것은 애당초 불가능한 일이었을 것이다.

작가는 자신의 양심과 민족을 지키기 위해서는 집필계획을 전면 취소하거나 중단했어야 함에도 불구하고 왜장을 주인공으로 한 작품의 집필을 계속했다. 이는 바로 친일협력을 통해 자신의 영달을 꾀하려는 속셈이 작용한 결과이며, 일련의 작품들이 친일적일 수밖에 없는 근본적인 이유라 하겠다.

그리고 장혁주의 이러한 작품들에 대해 옹호론적인 평가를 내리고 있는 일부 연구자들에게는 친일문학에 대한 보다 냉철한 문제의식이 요구된다 하겠다.

張赫宙 문학에 나타난 조선식민 일본인
―『痴人淨土』와 『美しき結婚(아름다운 결혼)』에 엿보이는 식민통치의 정당화―

1. 머리말

장혁주는 친일작가로서의 입장을 분명히 밝힌 1939년을 전후하여 조선에 식민된 일본인들의 생활과 고뇌를 다룬 『痴人淨土』(1937)와 『美しき結婚(아름다운 결혼)』 (1939)을 발표하였다. 일종의 친일선언과 맞물려 발표된 이들 작품에 대해서는 시라카와 유타카(白川 豊)가 「張赫宙硏究」[1] 및 『식민지기 조선의 작가와 일본(植民地期朝鮮の作家と日本)』[2]에서 언급한 간략한 내용 이외에는 이러다할 연구 성과를 찾아보기 어려운 실정이다.

본고에서는 1930년대의 식민지 조선을 배경으로 집필된 『痴人淨土』와 『아름다운 결혼』에 형상화된 조선식민 일본인과 그 후손들이 겪는 민족적 갈등을 분석하여 일제의 조선통합에 대한 작가의 인식을 확인하고자 한다.

2. 『痴人淨土』와 『아름다운 결혼』의 집필 배경

장혁주는 일제에 의한 식민지교육을 받았을 뿐만 아니라, 어린 시절부터 일본인과 밀접한 관련을 맺고 있었던 만큼[3], 그의 대부분의 작품에는 직·간접적으로 일본인이 등장한다. 그런데 조선인과 식민일본인의 관계를 직접적으로 그려낸 소설로는 초기의 「하쿠타 농장(迫田農場)」(『文學クオタリイ』1932)과 「쫓기는 사람들(追われる人々)」(『改造』1932), 그리고 친일적 글쓰기로 경도될 무렵의 『痴人淨土』(1937)와

---

1 白川 豊「張赫宙硏究」, 동국대학교 박사학위논문(1989), 21, p.30.

2 白川 豊『植民地期朝鮮の作家と日本』, (일본 오카야마 : 大學敎育出版, 1995), pp.127, 128.

3 野口赫宙, 『嵐の詩』, (일본 도쿄: 講談社, 1975) 4, p.5; 이 작품은 작가의 해방 이전의 실제의 생활을 토대로 쓴 자전적 소설로, 모친이 운영하던 요릿집 겸 여관에서 하숙을 하며 일본어학교(학원)를 운영하던 일본인과의 밀접한 관계를 묘사하고 있다.

「분위기(雰圍氣)」(1938), 『아름다운 결혼(美しき結婚)』(1939)이 대표적이라 할 수 있다.

「迫田農場」은 이토 히로부미(伊藤博文)에 의한 통감정치의 실시와 함께 조선에 들어온 일본인 지주들의 모습을 그려낸다. 황무지를 헐값에 사들인 아라이(新井)는 조선의 유랑농민들에게 거의 무상으로 토지를 제공하여 농사를 짓게 하였고, 그 뒤를 이은 누마다(沼田) 역시 조선농민들의 안정된 생활을 위해 노력한다. 그러나 하쿠타(迫田)가 지주로 온 이후에는 소작농민에 대한 가혹한 착취가 시작되었고, 이에 반발한 농민들이 수확을 거부하는 등, 농토는 다시 황무지로 변해간다는 내용을 담고 있다. 이 소설은 작품 전반에 걸쳐 민족적인 색채를 강하게 풍기며 약자인 농민의 투쟁 과정을 그려내고 있다.[4]

「쫓기는 사람들」 역시 매우 불리한 계약조건으로 인해 소작료를 감당하지 못하고 쫓겨나는 조선농민의 빈자리를 내지(일본)에서 들어온 일본농민들이 차지해 간다는 내용을 담고 있다. 이 작품은 일제치하의 사회구조적 모순으로 고향을 등질 수밖에 없는 조선민중의 지난한 운명을 민족주의적인 시각에서 그려내고 있다.[5]

이상과 같이 초기 작품에 등장하는 식민 일본인들은 토착민인 조선민중을 몰아내고 그 땅에 대신 정착하는 일종의 약탈자로서 묘사되었으나 이후 얼마 안 있어 이와 같은 작가적 자세는 급격히 후퇴한다.

이와 같은 변화의 징조는 1933년 5월에 발표한 「형의 다리를 자른 남자(兄の脚を截る男)」에서 엿보이기 시작하더니, 이후의 「권이라는 남자(權とい子男)」(『改造』1933,12), 「갈보(ガルボウ)」(『文藝』1934), 「장례식날 밤에 생긴 일(葬式の夜の出來事)」(『文藝』1934) 등의 작품에서는 인간의 개인적인 생활에 대한 탐구에 초점을 맞추고 있다. 그리고 1935년에 출간한 작품집 『仁王洞時代』에서는 식민지적 현실과는 직접적인 관계가 없는 작가적 체험이나 소시민적 생활을 그려냄으로써 이전의 민족적 저항의식에 바탕을 두던 작품세계와는 거리를 두게 된다.[6]

---

4 김학동, 「張赫宙의 민족적 작품과 친일적 작품의 비교 고찰」, 『일본연구』제34호(2007). 한국외국어 대학교, 일본연구소, p.194.

5 김학동, 「張赫宙의 민족적 작품과 친일적 작품의 비교 고찰」, pp.194, 195.

6 김학동, 「친일작가 張赫宙 옹호론에 대한 비판적 고찰」『日本文化學報』제36집(2008), 한국일본

그리고 1935년에는 「文壇페스트菌」[7]을 통해 능력 있는 자를 배척하려는 것이 조선문단의 현실이라는 식의 노골적인 비난을 쏟아냄으로써 작가적 입장에 변화가 시작되고 있음을 짐작하게 한다.

이후에 집필된 「심연의 사람(深淵の人)」(『文學案內』1936)은 정신착란이라는 깊은 연못에서 헤어나지 못하는 文守用을 변호사 曹勳의 시점을 통해 그려낸 작품으로, 신간회 등의 조직에 참가하여 조국의 독립운동에 관여해 온 曹勳이 점차 자신의 일에 흥미를 잃어가는 것으로 전개된다. 이러한 등장인물의 설정과 관련하여 임전혜는 "민족주의 운동과 절연하고 소시민적 생활로 바꿔가겠다는 선언을 거리낌 없이 하고 있는 변호사의 모습은 장혁주 자신의 그것과 중첩되고 있다"[8]며 장혁주의 작가적 태도와 결부지어 비판한다.

이상과 같은 과도기적 집필단계의 막바지에 발표된 것이 『痴人淨土』(『福岡日々新聞』1937.6.16~11.6)로서, 자칫 조선에 식민된 일본인들의 애환을 그린 작품으로 평가되기 쉬우나, 양 민족의 이해와 협력을 통해 차별을 넘어선 동일국가의 구성원으로서 자리매김해야 한다는 이상을 실현하고자 집필된 국책적 작품이라 할 수 있다.

한편 1938년 6월에 발표된 「분위기(雰囲氣)」(『改造』) 역시 조선인 부호와 일본인 기생 사이에서 태어난 린코(鈴奴)라는 여성이 겪는 갈등을 그려낸 소설이다. 그러나 국책적이라 할 만한 내용은 찾아보기 어려우며, 신분적인 제한으로 모친 밑에서 기생이라는 삶을 살아야하는 린코의 인간적인 고뇌를 묘사하는데 치중한 작품이다.

이듬해인 1939년에는 『痴人淨土』와 맥락을 같이 하면서도 민족과 혼혈의 갈등을 이상적인 결혼으로 극복한다는 내용을 담은 『처녀의 윤리(處女の倫理)』(『國民新報』1939.4.3~8.13)를 연재하였는데, 같은 해 11월에 『아름다운 결혼(美しき結婚)』(『赤塚書房』)이라는 제명으로 출간되었다.

이와 같이 장혁주의 초기 작품에 등장하던 투쟁과 대결의 대상으로서의 조선식민 일본인들은 일제말기에 이르자 조선인들이 본받아야 할 하나의 동경의 대상으로 묘

문화학회, p.226.

7 『三千里』, 1935. 10.

8 任展慧, 『日本における朝鮮人の文學の歷史(1945年まで)』,(일본도쿄: 法政大學出版局, 1994), p.207.

사되고, 궁극적으로는 민족적 차별을 넘어서는 동일국민으로서의 화합을 호소하게
된다.

3.『痴人淨土』와 조선식민 일본인

『痴人淨土』는 장(章)이라는 단위를 붙이고 있지는 않지만, 「處女地」「疑惑」「紛
爭」「荒波」「家出」「悲愁」「淨土」와 같이 7개의 장으로 구성되어 있다.

「處女地」에서는 선천적으로 아둔한 19세의 소년 사타로(佐太郎)가 계모를 비롯
한 이복형제들의 괴롭힘과 내지(일본)사회의 냉대를 견디지 못하여, 조선에 식민된
오다(小田) 숙부의 양자로 들어와 적응해가는 과정을 그려내고 있다. 오다 숙부 내외
는 삼랑진(三浪津)으로 식민된 지 15년 된 지주로서 내지를 동경하는 외동딸 노부코
(信子)를 두고 있었는데, 장차 사타로와 결혼시키려는 생각을 가지고 있다. 사타로는
숙부의 가업을 잇기 위해 農業補習學校에 입학한 뒤 타고난 성실성으로 아둔함을
극복하고 모두의 인기를 얻게 된다.

「紛爭」은 일본인 교사의 조선인에 대한 차별적 발언을 문제 삼은 학생들의 동맹
휴학 결의를 사타로의 노력으로 원만히 해결해가는 과정을 그리고 있는데, 우둔하던
사타로가 갑자기 훌륭한 리더로 변신해간다는 설정이 너무 비약적인 느낌을 준다.

뒤를 잇는 「疑惑」「荒波」「家出」「悲愁」「淨土」에서는 내지를 동경하던 노부코가
도쿄로 유학을 가게 된 쓰무라 겐지(津村健二)를 따라 가출을 했다가 숙부와 사타로
의 노력으로 다시 돌아오게 된다는 계몽적인 내용으로 전개된다.

이 작품에서는 조선인과의 우호와 협력을 위해 노력하는 사타로의 모습을 통해 민
족적 차별의 부당성을 제고하고, 숙부의 외동딸로서 조선에서 자라나 장차 사타로의
아내가 될 노부코가 겪는 내지인에 대한 동경과 열등의식, 그리고 사회의 차별적 시
선을 중심 테마로 그려내고 있다.

1) 민족적 갈등의 해소라는 주제의 본질

농업보습학교 국한(國漢)수업 중에 일본인 교사 야마무라(山村)가 학생을 꾸짖는 과정에서 "조선인은 어쩔 수 없어(朝鮮人って仕様がない)"(84)[9]라는 말을 한 것이 발단이 되어 박수근(朴秀根)을 중심으로 한 조선인 학생들은 동맹휴학을 결정하고 실행에 옮기려 한다. 그들은 "민족적인 차별대우를 지금까지도 자주 받아 왔으므로 이참에 그와 같은 차별적 감정을 일소하지 않으면 안 된다"(84)고 주장하면서 "야마무라 선생이 잘못을 빌든가 학교를 떠나야 할 것"이라며 결연한 자세로 임한다.

이와 같은 상황에서 사타로가 조선 학생들과 함께 행동하겠다고 나서자 다른 일본인 학생이 "박수근의 숙부와 형이 빨갱이(赤)여서 편들면 좋지 않을 것"(87)이라는 말을 들은 그는 매우 당혹스러워하다가 이내 "같은 학생의 입장에서 행동을 함께 하겠다"(88)는 말을 한다. 사타로가 공산주의자들을 경계하고 있음을 암시하면서도 그 이상의 비판은 삼간 채, 서둘러 자신의 심중을 일본인 친구들에게 밝히는 것으로 전개된다.

> 야마무라 선생이 정말로 그런 말을 했다면 난 선생님이 잘못했다고 생각한다. 평소에 그렇게 사이가 좋았던 우리들이 야마무라 선생의 그 한마디에 이렇게 돼버렸지 않는가. 나는 외롭다. 수근과 같은 친구들이 날 따돌리는 것이 외롭다.(90)

조선에 식민된 일본인 사타로는 현지 학생들과의 유대관계를 매우 중시하고 있음을 알 수 있다. 피지배자로서의 조선인이 아니라 서로 공생하기 위해 협력해야 할 대상으로서 인식하고 있으며, 이를 저해하는 언행을 한 일본인 교사의 잘못을 지적하고 있는 것이다.

마침내 사타로는 조선인 학생들의 설득에 성공하여 박수근과 함께 교장선생님을 만나 자초지종을 설명하고 이의 해결을 촉구한다. 결국 조회시간에 연단에 오른 야마무라 선생은 자신의 잘못을 시인하고 사과하였으며, 사태의 원만한 해결을 위해 진력

---

9 본고의 제III장에서는 〈張赫宙, 『痴人淨土』, (일본 도쿄: 赤塚書房, 1939)〉를 텍스트로 삼았으며, 괄호 안의 숫자는 텍스트의 쪽수를 가리킨다. 이하 같음.

한 사타로에게 감사의 말을 한다.

이상과 같은 전개는 자칫 양 민족 간의 화합을 도모하기 위한 건설적인 작품으로 인식되기 십상이다. 그러나 무리한 양 민족의 통합으로 발생된 민족 차별의 실상과 조선민중의 경제기반 약화에 대해서는 전혀 언급하지 않고 있다는 점에서 현실 문제를 외면하고 있다는 비판을 면하기 어렵다.

비록 작품의 주인공인 사타로를 통해 조선인에 대한 차별적인 발언에 반감을 표시하고 이의 시정을 촉구하는 장면의 묘사에 힘을 쏟고 있는 것이 사실이지만, 이는 대일본제국의 국민으로 흡수해야 할 대상인 조선인에게 불필요한 감정의 자극을 할 것이 아니라, 보다 적극적인 포용정책이 필요함을 역설하고 있음에 다름 아닌 것이다. 즉 작가는 이미 조선인에 의한 독립된 국가의 영위는 고려하지 않고 있음을 알 수 있으며, 내선일체에 의한 황민화라는 이상 실현에 집필의 목적을 두고 있었음이 확인되는 것이다.

2) 식민 2세인 노부코(信子)의 고뇌

오다(小田)의 외동딸 노부코는 삼랑진에 있는 여학교에 통학하는 꿈 많은 소녀로 자신의 집에 양자로 들어오게 된 사타로에 기대를 걸고 있었으나 아둔한 그의 모습에 크게 실망한다. 이후 도쿄 유학을 꿈꾸던 이웃마을의 쓰무라 겐지와 가까이 지내는가 싶더니 결국 그를 따라 가출하게 된다. 이와 같은 노부코의 행동은 보다 이상적인 결혼상대의 선택이라는 문제와 무관하지 않다.

> 오빠는 이런 말을 해도 잘 이해 못하겠지만, 여기에서 태어나거나 자란 많은 여성
> 들은 실로 불리한 결혼밖에 못해요. 뭐랄까, 그런 생각을 하면 가슴이 막혀요.(63)

> 간신히 상대를 찾았다 해도 후처이거나 그렇지 않으면 신원이 불명한 건달 내지는
> 독립된 생활을 꾸려갈 수 없는 사람이라서 일생을 망치게 되요.(63, 64)

노부코의 말에는 그녀의 기대에 부응하지 못하는 사타로에 대한 원망과 안타까움

이 배어있으며, 1930년대의 조선에 식민된 일본인들의 사회적 실상을 짐작할 수 있는 내용을 담고 있다. 조선에 대한 멸시의 감정을 지니고 있던 당시의 내지인들에게는 같은 일본인이라 하더라도 조선에서 태어났거나 자란 여성들에 대한 심각한 편견이 작용하고 있었던 것이다.

이와 같은 차별적인 시선은 작품의 묘사를 통해 알 수 있듯이 조선식민 일본인들의 자질이 내지인에 비해 상대적으로 떨어진다는 사회적 인식에 기인된 것으로 생각할 수도 있다. 그러나 멸시의 대상이자 생활수준이 낮은 조선인들과 함께 살고있다는 선입감이 크게 작용한 것으로 보아야 할 것이다.

그러므로 작품에서는 조선출신 일본여성들이 받는 부당한 차별을 형상화하여 일본인 독자들의 각성을 촉구함과 동시에, 조선인에 대한 차별적 시각의 개선을 위한 노력이 병행되어야 함을 강조하고 있다. 이러한 작가적 노력은 앞에서 살펴본 바와 같이 주인공 사타로의 민족적 편견과 대결의 해소를 위한 활약을 같은 작품 안에 그려내고 있다는 점으로도 확인된다.

노부코는 결국 사타로의 묵인 아래 가출을 감행하여 도쿄로 떠나고 마는데, 이는 노부코를 마음에 두고 있으면서도 그녀의 내지에 대한 동경을 해소시킬 만큼의 능력을 갖지 못한 사타로의 자책 섞인 방관에 의한 것이었다.

사타로는 훌륭한 성적으로 학교를 졸업한 뒤 도회생활을 경험하고 돌아오라는 숙부에 말에 따라 부산의 농업시험소에서 일을 시작한다. 그리고 얼마 안 있어 노부코가 부산의 카페에 있다는 소식을 접하고 찾아간 그는 그녀의 부채 등을 정리한 뒤 함께 고향으로 향한다.

즉 노부코의 방황은 사타로가 식민지 조선이라는 낯선 땅에서 착실하게 삶의 터전을 마련해 가는 과정을 통해 자연스럽게 해소된 것이다.

3) 일제의 식민통치를 정당화하는 작가의 집필자세

『痴人淨土』에 대한 연구는 시라카와 유타카(白川 豊)의 「張赫宙研究」에 기술된 예닐곱 줄이 전부라 할 수 있는데, 그마저도 작품 전반에 걸친 객관적인 평가라 하기에는 무리가 있는 내용을 담고 있다.

주인공을 둘러싼 인물들이 대부분 선량한 사람으로 그려져, 너무 단순화한 느낌이고, 신문소설인 만큼 조금 통속적이기는 하나, 민족적 차별대우를 문제 삼아 주인공이 편견이 없는 태도로 대처해나가는 자세에는 이 작품의 건전한 思考 실험적인 의도를 엿볼 수 있다.[10]

이상의 언급 중에서 사건의 전개가 너무 단순하다든지, 통속적인 면이 있다는 평가에는 납득한다 하더라도, 작품 전반의 분석에 있어서는 본고의 고찰을 통해 확인된 내용과 많은 차이가 있음을 알 수 있다. 주인공 사타로가 민족 차별문제를 해결하기 위해 노력하는 장면은 전7장중에 「紛爭」한 개의 장에서만 전개되고 있을 뿐, 나머지 6개의 장은 조선식민 2세인 노부코의 정체성에 관한 문제에 초점을 맞추어 다루고 있으므로, 사타로의 민족 화합을 위한 활약에 대해서만 언급한 시라카와의 평가를 객관적인 것으로 보기는 어렵다.

또한 시라카와는 주인공 사타로의 민족적 화합을 위한 노력에 대해, '건전한 思考 실험적인 의도를 엿볼 수 있다'라든가, "〈내선일체〉 논리와는 다른 차원의 사고를 피력하고 있다"[11]는 식의 호의적인 평가를 내린다. 이와 같은 시라카와의 견해는 만주 침략의 당위성을 제고한 『開墾』, 임진왜란 당시의 왜장을 미화한 『加藤淸正』 등과 같은 작품을 중립적인 시각에서 국책에 가담하지 않은 훌륭한 작품으로 평가하고 있는 것과 맥락을 같이하는 것으로, 작품의 내용전개에 동화되지 않고 냉정한 자세로 작가의 집필의도를 파악한 평가로 보기는 어렵다.[12]

장혁주가 『痴人淨土』를 통해 조선인과 조선식민 일본인들에 대한 차별의 부당성을 부각시켜 내지 독자들의 각성을 촉구했다는 것은 한편으로, 조선이 일본의 속국으로서 장차 하나의 국민으로 거듭나야 한다는 것을 말하고자 했다고 볼 수 있다. 이는 일제의 강압적인 식민지배의 부당성과 이로 인한 조선인들의 고통은 전혀 그려내지 않고 있는 것으로도 쉽게 확인된다.

---

10 白川 豊「張赫宙硏究」, pp.21, 22.

11 白川 豊『植民地期朝鮮の作家と日本』, p.127;「張赫宙硏究」에서 언급한 내용을 약간 보충하여 설명하고 있다.

12 김학동「친일작가 張赫宙 옹호론에 대한 비판적 고찰」, p.238.

이와 같은 작가적 자세는 중일전쟁의 발발과 함께 내선일체 정책을 강화시켜가던 일제당국의 정책에 협력한 기회주의적인 행태로서 비판받아 마땅하다 하겠다.

4. 일본인에 대한 동경과 굴종을 그려낸『아름다운 결혼』

『아름다운 결혼(美しき結婚)』은 1930년대의 대구를 배경으로 한·일 혼혈로 태어났거나 조선에서 성장한 일본인 여성들의 지난한 삶을 형상화하여 식민치하의 사회적 갈등 양상을 부각시킨 작품이라 할 수 있다. 그러나 그 이면에는 조선인과 일본인, 그리고 조선식민 일본인들의 궁극적인 화합을 호소하고 있다는 점에서 내선일체에 의한 황국식민화라는 일제의 정책을 뒷받침하는 작품임을 부정하기 어렵다.

1) 식민지 조선에 거주하는 여인 군상과 결혼의 갈등

『아름다운 결혼』은 한·일 혼혈인 소노코(園子)와 조선 태생 일본인 하루에(春江), 그리고 조선 여성 박예자(朴禮子)라는 세 여성이 각각의 결혼상대를 선택하는 과정에서 발생되는 갈등을 그려낸다. 세 사람 중에서도 종합적인 관찰자로서의 역할은 소노코가 맡고 있으므로 그녀가 실질적인 주인공이라 할 수 있다.

그런데 이들 세 여성이 겪는 갈등과 비극은 각각의 출신성분과 밀접한 관련을 맺고 있다.

소노코는 일본에 유학 온 김 씨 성의 조선인 부친과 일본인 모친 와카야마 가네코(若山かね子) 여사 사이에서 태어났다. 그런데 조선에 들어오자 부친에게는 이미 본처가 있었던 관계로 모친은 후처의 신분으로 지낼 수밖에 없었고, 그녀 역시 김 씨라는 성으로 부친의 호적에 입적된 채 혼기를 맞이한 처녀가 되었다. 가네코 여사는 본처 식구들의 멸시와 학대를 피해 셋집을 전전하였으나 억척같은 노력으로 현재는 實踐女學院을 설립하여 운영하는 등 지역의 유명인사가 되었다. 그러나 여전히 신분적인 열등의식에 사로잡힌 채 소노코를 좀 더 좋은 조건의 신랑감과 혼인시키려 노심초사한다.

하루에의 태생적 조건은 보다 열악한 것으로 묘사된다. 그녀의 모친은 일본의 시골에서 잘나가던 기생으로 자신의 몸값을 치르고 빼내준 남자 몰래 정부를 만들어 지내던 것이 들통 나는 바람에 조선으로 도망쳐왔는데, 그 정부가 하루에의 생부였다. 이후의 삶이 험난했던 탓인지 그녀의 모친은 돈만을 중시하는 포악한 성격으로 변해간다.

박예자에 대해서는 기독교 신자인 어머니와 삯바느질로 겨우 연명하고 있는 까닭에 옷이 항상 남루하고 혈색도 좋지 않아 왠지 음울한 여성으로 묘사될 뿐, 구체적인 가족의 내력이나 생활환경은 소개되지 않는다.

이들 세 사람은 소노코를 중심으로 밀접한 친분관계를 유지하고 있으며, 결혼을 전제로 한 여러 남성들과의 관계 속에서 소노코와 하루에가 겪게 되는 일련의 사건이 작품의 핵심을 이룬다. 그러나 박예자에 관해서는 그녀가 겪는 비극을 소노코의 관찰자적 시각에 의존해 서술해가는 비교적 단조로운 형태를 띠고 있다.

그런데 이들 세 여성의 공통점이라고 한다면 결혼을 사회적 신분상승과 불행한 과거에서 탈피하기 위한 수단으로 생각하고 있다는 점이다. 작품의 주인공인 소노코와 하루에의 불행은 가네코 여사의 말대로 "조선에서 태어난 처녀들의 결혼은 어렵다"(117)[13]는 점에 있다 하겠는데, 그것은 그녀들이 내지인이 멸시하는 조선에 살고 있기 때문이며, 소노코의 경우에는 부친이 조선인이라는 것이 결정적인 영향을 미친다. 즉 조선인이 살고 있는 한반도는 멸시와 차별의 대상으로 존재하고 있는 것이다.

2) 조선 거주 일본인 청년의 부정적인 형상화

작품에서 주요 역할을 맡고 있는 남성들은 소노코와 하루에, 그리고 박예자와의 결혼을 전제로 한 교제의 상대역으로 등장한다. 이들 중 박예자에게 구혼한 최기승(崔基承)만이 조선인이고, 하라 히데오(原秀雄), 세키구치 시게루(關口榮), 이시하라 기요시(石原淸), 다카하시 고마오(高橋駒雄)는 모두 일본인이다. 등장인물의 구성을 통해서도 알 수 있듯이 작품에서 집중적으로 부각시키고 있는 문제 역시 조선에

---

13 본고의 제4장에서는〈張赫宙, 『美しき結婚』, (일본 도쿄: 赤塚書房, 1939)〉를 텍스트로 삼았다. 괄호 안의 숫자는 쪽수를 나타낸다. 이하 같음.

거주하고 있는 일본인 청년들에 관한 내용이라 할 수 있다.

다리가 불편한 28세의 하라 히데오는 20여 년 전에 금강산 주변의 강원도에 정착한 식민의 후손으로 양을 키우는 한편 화가로서도 활약하고 있으며, 한국적인 정취에 남다른 관심을 지닌 인물로 묘사된다. 많은 농토와 소작인을 거느렸던 부친은 그의 나이 10세 때에, 그리고 모친은 그가 중학교를 졸업할 무렵에 사망하였다. 그러자 소작인 중에는 재산을 몰수하여 나눠 가지자는 등의 움직임도 있었으나, 갑출이 아범이라는 노인의 도움으로 위기를 모면하고 안정을 되찾게 된다. 이후 하라는 자신이 생활할 수 있을 만큼의 토지만 남기고 모두 소작인에게 분배하였다. 이처럼 우여곡절을 겪으며 조선에 뿌리를 내린 하라는 이상적인 식민의 한사람으로 묘사된다.

세키구치 시게루는 27세의 공무원으로 극적인 장면을 자주 연출하여 작품전개에 활력을 불어넣고 있으나, 소노코와 하루에를 고통으로 몰아넣는 비열한 청년으로 등장한다. 정서적으로 불안정하고 심한 여성편력을 지닌 그는 나가사키(長崎) 출신이라는 것 말고는 구체적으로 묘사되지 않고 있다. 그의 성격적 결함은 "조선에서도 고등문관 시험에 합격한 法學士가 아니면 출세가 뒤처지는 상황에서 대학을 나오지 못했다는 비관과, 평생 하급관리로 살아야 한다는 불만"(285)에서 비롯된 것으로 그려진다. 그러나 세키구치의 이와 같은 성격적인 결함이 모든 사건의 연결고리로 작용하고 있어서 매우 흥미롭고 극적인 인물로 형상화되고 있다.

시즈오카(靜岡) 출신의 이시하라 기요시는 전통 있는 가업을 물려받을 후계자로서, 인생경험을 쌓는 것이 좋겠다는 주변 인물들의 말에 따라 조선으로 건너온 뒤 대구 근교의 비료공장에 다니고 있는 매우 차분하고 이성적인 인물이다. 따라서 결혼상대를 결정하는데 있어서도 보수적인 집안의 영향력이 절대적으로 작용한다.

다카하시 고마오는 중학교 2학년을 중퇴한 약간은 아둔한 인물로 묘사된다. 그러나 매정한 금융업자이자 많은 셋집을 운영하는 부친의 재산을 모두 물려받게 될 것이라는 배경이 그의 존재가치를 보전해준다.

이상과 같이 작품에서는 식민지 조선에 거주하는 일본인 청년들을 다양한 인물로 구성하고 있으나 이는 소설의 줄거리 전개를 위한 것일 뿐, 조선에 들어와 있는 일본인 청년 전반에 대한 여성등장인물들의 평가는 매우 부정적이다.

　　이 도시에도 내지인 청년은 꽤 많지만 친하게 사귀고 싶다고 생각되는 사람은 그렇
게 많지 않았다. 2세는 2세대로 생각이 얕았고, 새로이 건너오는 젊은이들도 대체로
어딘지 거칠고 천한 데가 있어, 신문기자 같은 경우도 왠지 성질이 좋지 않아 보이는
것이 무서웠다.(153)

　　인용문은 소노코가 세키구치의 야비한 행동에 진저리를 치며 "교양이 낮고 파렴치
한 행동을 아무렇지 않게 할 수 있는 남자가 많은 곳에 태어난 자신은 불행하다"(154)
고 한탄하면서 자신의 주변에 있는 일본인들을 떠올리는 장면이다.

　　식민지 조선에 살고 있는 소노코와 하루에가 겪는 부당한 차별은 이와 같은 파렴
치하고 저능한 일본청년들에 의해 극대화되고 있으며, 작품에서는 세키구치와 다카
하시가 이에 해당하는 인물로 묘사된다. 하라나 이시하라와 같이 격이 높은 인물의
역할도 무시할 수는 없지만, 『행복한 결혼』이라는 제명에 걸맞는 이상적인 결혼으로
이끌기 위해 설정된 인물일 뿐, 식민지의 일본처녀들이 겪는 고통에 대한 형상화라는
작품의 주제와는 거리가 있음을 알 수 있다.

　　한편 조선인 최기승은 자산가 집안의 유한(有閑)청년으로 관립 대학을 나와 연구
논문을 생각하는 교양 있는 인물로 묘사되고 있으나, 작품의 주제와 관련된 역할은
매우 미미하다. 최기승을 등장시킨 것은 식민지 지식인 청년의 왜곡된 모습을 상징적
으로 그려내기 위한 것에 지나지 않는다 하겠다.

3) 소노코와 하루에의 내지(內地) 청년에 대한 동경과 굴종

　　여주인공 소노코와 하루에를 중심으로 복잡하게 펼쳐지는 사랑의 각축전은 결혼
으로 인한 신분상승이라는 두 여성의 욕망이 함께 자리하고 있는 까닭에 내지 청년에
대한 동경과 굴종이 그 바탕을 이루고 있다.

　　특히 소노코의 모친은 자신이 조선인의 첩이었다는 열등의식에서 벗어나려는 듯
딸의 결혼에 모든 것을 걸고 나선다. 그러므로 소노코를 일본의 전통 있는 가문 출신
의 이시하라와 결혼시키기 위해 우여곡절을 겪으면서도 일이 성사될 때까지 인내하
며 기다린다. 그리고 소노코가 조선에서 자란 처녀라는 이유만으로 결혼을 반대하던

이시하라 집안의 분위기는 두 사람의 만남을 주선했던 미나미(三波) 목사의 노력으로 마침내 승낙 쪽으로 가닥을 잡는다.

그러나 정작 소노코 자신은 이시하라에게 이렇다 할 이성적인 매력을 느끼지 못하고 있었다. 강원도 고원에서 양을 키우며 그림을 그리는 하라에게 보다 깊은 관심을 가지고 있었으며, 경박하여 신뢰감이 가지 않는 세키구치에게도 이시하라 이상의 남성을 느끼곤 하였다. 또한 이시하라 역시 소노코에게 서둘러 청혼한 하라나 세키구치와는 달리 신중한 모습을 보였다. 그렇지만 하라에 대한 하루에의 사랑이 절대적인 것임을 안 소노코는 그를 포기하고 점차 인간적인 매력을 느끼기 시작한 이시하라와 결혼을 결심하게 된다. 결국 소노코는 이시하라와의 결혼에 성공함으로써 모친의 간절한 소망이었던 신분상승을 이룰 수 있었고, 친구인 하루에에 대한 신의도 지킬 수 있는 '아름다운 결혼'에 이르게 된 것이다.

한편, 하루에의 하라에 대한 사랑은 절대적인 것으로 묘사된다. 그녀가 그토록 싫어하던 다카하시와의 결혼을 승낙한 것도 돈에 눈이 먼 생모의 강요에 의한 것이라기보다는, 하라가 소노코을 사랑하고 있다는 사실에 충격을 받은 때문이었다. 그런데 다카하시와의 결혼을 앞두고 가출하여 세키구치와 사랑의 도피를 결심한 것은 사회적인 지위나 남성다운 면모에 있어 보다 뛰어난 쪽을 선택하려는 그녀의 본능이 작용한 결과라 할 수 있을 것이다.

그러나 세키구치가 하루에를 버리고 다른 내지 출신 여성과의 결혼을 서두르자 그녀는 자살을 시도하여 중태에 빠진다. 하루에는 병원 침대에 혼수상태로 누워있으면서도 하라의 이름을 되뇐다. 이를 지켜보던 소노코와 이시하라의 노력으로 하루에는 마침내 하라와의 결혼에 성공한다. 어쩌면 하루에야 말로 자신의 사랑을 관철시키기 위해 온몸으로 저항한 가장 순수하고 열정적인 인물로 형상화되었다고 할 수 있을 것이나, 그녀 역시 결혼에 의한 신분상승 욕구에 바탕을 둔 굴종이 있었음을 부정하기는 어렵다.

그런데 소노코에게 청혼하여 거절당한 세키구치는 이에 대한 분풀이로 다카하시와의 결혼을 앞두고 있던 하루에를 감언이설로 설득하여 결혼 약속을 얻어낸다. 이 사실을 알게 된 다카하시는 세키구치에게 중상을 입힌 뒤 자신의 목을 칼로 찔러 자

살하고 만다. 이로써 소노코는 이시하라와, 하루에는 하라와 결혼 할 수 있는 여건이
조성된다. 그리고 몸이 회복된 세키구치는 새로이 이주해온 퇴역군인의 외동딸 스즈
키 나쓰코(鈴木夏子)와 결혼한다.

이상과 같은 세키구치의 굴절된 인간상은 조선에 식민된 일본인들의 정서적 불안
정성을 상징적으로 그려낸 것이라 할 수 있을 것이다. 그는 누구보다도 먼저 소노코
에게 청혼하는 등 매우 적극적인 구애를 시도했는데, 그 이유는 엉뚱한 곳에 있었다.

> "친구들 중에는, 이런 말을 하는 것은 좀 그렇습니다만, 소노코씨를 건방진 사람이
> 라거나, 혼혈아(合の子)라면서 그다지 좋아하지 않는 사람도 있습니다."(150)

이는 소노코가 세키구치의 청혼에 대답을 망설이자 안달이 난 그의 입에서 무심코
튀어나온 말이다. 그러자 소노코는 "세키구치의 입에서 나온 혼혈이라는 말이 가슴
에 박혀 참을 수 없는"(151) 심정이 된다. 세키구치의 말에는 혼혈아인 소노코가 가여
워서 청혼을 했다는 의미가 담겨있었기 때문인데, 이러한 세키구치의 말과 행동을 통
해서 그의 이중적인 속내를 여실히 드러내고 있는 것이다. 또한 조선에 정착할 바에
는 현지의 여성과 결혼을 하려 했으나 "조선 여성과의 결혼은 주변에서 허락하지 않
는다"(150)는 말도 덧붙임으로써 세키구치와 같은 일본인들의 내면 깊숙이 배인 조
선인에 대한 멸시의 감정을 심도 있게 그려내고 있다.

이와 같은 조선과 조선거주 일본인들에 대한 차별적 시선은 이시하라와의 결혼을
결심한 소노코로 하여금 "하지만, 그런 훌륭한 집안의 남자분이 나 같은 조선 태생의
여자를 데려간다는 것은 이해하기 어려워. 그쪽의 부모님들이 틀림없이 반대할 거
야"(158)라는 말을 쏟아내게 할 만큼 자조적이고 굴절된 심정으로 만든다. 즉 소노코
의 결혼에 이르는 과정에서 엿보이는 내지 청년들에 대한 동경과 굴종은 자신이 식민
지 조선에서 살고 있다는 열등의식에서 비롯되고 있음을 알 수 있다.

그런데 작품에서는 이와 같은 조선식민 일본인들의 갈등 양상의 형상화를 통해 일
제의 식민지배를 비판하려는 작가의식은 찾아보기 어렵고, 오히려 식민지인의 내지
인에 대한 굴종을 당연한 것처럼 그려냄으로써, 기왕에 하나 된 국가의 체재유지에

기여하려는 태도가 엿보인다는 인상을 떨치기 어렵다.

5. 일제의 흡수통합을 용인한 작가의 집필 태도

『痴人淨土』와 『아름다운 결혼』 두 작품은 모두 조선에 식민된 일본인과 그 후예들의 삶을 형상화하여 하나 된 조국에 팽배한 민족적 차별의 문제점을 제기함으로써 이에 대한 독자들의 주의를 환기시키고자 한 소설이라 할 수 있다.

그런데 『痴人淨土』에서 엿보이던 하나 된 민족에 대한 이상이 『아름다운 결혼』에서는 오히려 민족의 차별을 당연한 것처럼 그려내고 있다는 점이 흥미롭다. 식민지 조선에 살고 있는 일본인들에 대한 내지인의 차별은 조선에 대한 멸시의 시선에서 비롯되는 것으로, 이의 개선을 위해서는 품격 있는 내지인에 동화되기 위한 노력이 필요하다는 것을 강조하고자 한 결과라 할 수 있을 것이다.

장혁주의 이와 같은 작가적 태도는 『痴人淨土』와 『아름다운 결혼』의 집필을 전후하여 발표한 평론 「조선의 지식인에게 호소함」에 잘 드러나 있다.

> 조선에 이주한 내지인 사이에 문화가 생기고 조선인이(싫어하든 좋아하든 상관없이) 내지화하여 그 간극이 눈에 띄지 않게 되어 감에 따라서 (조선인의—필자) 이와 같이 비뚤어진 성격은 점차 그림자를 감추고 침착성도 생겨나게 된다.**14**

이러한 내용은 『痴人淨土』에서 일본인 교사의 조선인 차별 발언을 문제 삼아 성급하게 동맹휴학을 결정한 조선인 학생들을 설득하여 민족을 넘어선 하나의 국민으로서의 화합으로 이끌어 가려는 주인공 사타로의 모습을 연상시킨다. 즉 소설에 형상화한 내용을 평론으로 요약해 놓았다는 인상을 주기에 충분하다 하겠다.

또한 『아름다운 결혼』에 묘사되고 있는 인텔리 조선 청년의 대표 격인 최기승의 모습을 통해서도 작가의 조선민족에 대한 자조적인 태도를 확인해 볼 수 있다.

---

14 張赫宙, 「朝鮮の知識人に訴ふ」, 『文藝』(1939,2), p.238.

　　이러한 성질은 오늘날의 조선청년의 누구나가 일단은 갖기 쉬운, 특히 내지인을 대할 때 어떤 열등감을 느끼게 되는 탓으로, 이를 만회하려다 오히려 경망스럽고 건방지게 굴거나, 감정적인 태도로 나오기도 한다. 이를 내지인 쪽에서 볼 때는 하나의 <u>민족의 결함</u>으로서 멸시의 원인이 되는 것이다.[15] (밑줄; 인용자)

　　이와 같이 최기승은 걸핏하면 조선인이라서 차별을 받는다는 생각을 갖는 편협된 인간으로 묘사된다. 인용한 문장은 조선인의 '민족적 결함'을 고치기 위해서는 보다 철저한 내선일체 정책을 실시해야 한다는 주장을 담은 장혁주의 평론 「조선의 지식인에게 호소함」과 매우 유사한 내용이라는 점에서도 이 작품의 집필 목적은 보다 분명히 드러나고 있다 하겠다.

　　작가로서의 장혁주가 지닌 문제점은 지배민족인 일본인과 피지배민족인 조선인을 비교하여 조선민족의 결함만을 부각시킨 뒤 이의 시정을 위해서는 황국신민화를 보다 확실히 추진해야 한다는 논리를 전개하고 있다는 점이다. 『痴人淨土』와 『아름다운 결혼』 역시 이와 같은 작가적 입장에서 집필된 소설인 만큼 근본적인 한계를 지니고 있다 하겠다.

　　비록 『아름다운 결혼』에서는 화가인 하라의 말을 통해 조선 한복의 아름다움을 묘사하고는 있으나 사라져가는 조선의 문화에 대한 애수 섞인 감상 정도의 기술에 지나지 않는다. 그리고 한복과 기모노를 필요에 따라 번갈아 입던 주인공 소노코는 이시하라와의 교재가 시작된 이후에는 모친의 말에 따라 결국 한복 입기를 그만두고 기모노만을 입는 것으로 그려낸다.[16] 이는 내지의 시댁 수준에 맞는 삶을 살아야 한다는 것으로 해석할 수 있으며, 조선의 문화는 점차 일본적인 것으로 바꾸어 가야한다는 입장을 천명한 것으로 볼 수 있다.

　　결과적으로 『痴人淨土』와 『아름다운 결혼』은 조선인과 식민일본인들이 내지인에 비해 열등하다는 인식을 더욱 확산시키는 역효과를 내고 있다고 할 수 있다. 장혁주의 작가적 양심이 제대로 작용하고 있었다면 내지인 청년들에 대한 선망과 종속을 그려내기 보다는 이들의 위선적인 모습을 파헤쳐 조선인과 식민일본인들의 정당한

15　張赫宙, 『美しき結婚』, p.169.
16　張赫宙, 『美しき結婚』, p.316.

인간적인 가치를 강조했어야 할 것이다. 그러나 작가는 내지의 일본인을 조선인과 식민일본인들이 본받아야할 모습으로 형상화하고 있는 만큼, 내선일체를 통한 황국신민화에 대한 작가의 열망을 문학으로 실천하고 있었음에 다름이 아닌 것이다.

6. 맺음말

본고에서는 장혁주가 친일적 글쓰기에 본격적으로 착수할 무렵인 1930년대 후반에 집필한 『痴人淨土』와 『아름다운 결혼』에 형상화된 조선식민 일본인과 그 후손들이 겪는 민족적 갈등을 분석하여 일제의 조선통합에 대한 작가의 인식을 확인해보았다.

『痴人淨土』에서는 조선인과의 우호협력적인 관계를 위해 노력하는 주인공 사타로(佐太郞)의 모습을 통해 민족적 차별의 부당성을 제고하고, 조선에 정착한 숙부의 외동딸로서 장차 사타로의 아내가 될 노부코(信子)가 겪는 내지(일본)인에 대한 동경과 열등의식, 그리고 이들에 대한 내지인의 차별적 시선을 중심 테마로 그려내고 있다. 그러나 조선인과 식민 일본인들에 대한 차별의 부당성을 부각시켜 일본인 독자들의 각성을 촉구하려한 작가적 노력은 한편으로, 조선이 일본의 속국으로서 장차 하나의 국민으로 거듭나야 한다는 전제를 두고 있었음을 부정하기 어렵다.

『아름다운 결혼』은 1930년대의 대구를 배경으로 한·일 혼혈로 태어났거나 조선에서 성장한 일본인 여성의 지난한 삶을 통해 일제의 조선통합으로 발생된 사회적 갈등 양상을 그려내는데 초점을 맞추고 있다. 그러나 이 작품 역시 이와 같은 갈등 양상의 형상화를 통해 일제의 식민지배를 비판하려는 의식은 찾아보기 어렵고, 오히려 식민지인들의 내지인들에 대한 굴종을 당연한 것처럼 그려냄으로써, 기왕에 하나 된 국가의 체재유지에 기여하려는 집필태도가 엿보인다는 점에서 그 한계를 지적하지 않을 수 없다.

결과적으로 장혁주의 『痴人淨土』와 『아름다운 결혼』은 조선인뿐만 아니라 식민지 조선에 정착한 일본인들마저도 저급한 인간이라는 인식을 부각시켜 식민지인들의 내지인화의 필요성을 강조한 작품이라 할 수 있다. 설사 이들 작품을 통해 조선식민 일본인들의 입장을 휴머니즘적 시각에서 다루었다는 긍정적인 평가를 받을 수 있

다하더라도, 내선일체에 의한 황국신민화를 기정사실화하고 있었다는 비판을 면하
기는 어려울 것이다.

『전원의 뇌명(田園の雷鳴)』

1. 머리말

장혁주는 친일적 글쓰기로 경도되어 가던 1940년 11월에 낙양서원(洛陽書院)에서 기획한 개척문예선서(開拓文藝選書) 제1집으로『전원의 뇌명(田園の雷鳴)』을 간행하였다. 즉 만주나 동남아와 같은 일제의 새로운 식민지에 농민을 이주시켜 정착시키기 위한 국책문학으로서 발간된 것이다. 그러나 이 소설은 1936년 무렵의『東亞日報』에 연재되었던『黎明期』라는 한글소설을 번역·개작한 것으로[1], 경북의 산악지역에 자리한 분지 마을들을 배경으로 유교적 사회를 살아가는 인간군상의 이기심을 다룬 작품이다.

따라서『전원의 뇌명』은 낙양서원에서 기획한 개척문학의 범주에 들기 어려운 작품이라 할 수 있을 것이다. 그러나 봉건주의적인 폐쇄성에서 벗어나 새로운 시대를 맞이해야 한다는 계몽적인 전개는 국책문학과의 관련성을 전적으로 부정하기도 어렵다 하겠는데, 이것이 개척문예선서의 제1집으로 선정될 수 있었던 요인으로 생각된다.

이와 같이『전원의 뇌명』은 국책문학으로 발간되었다 하더라도 친일적인 작품으로 단정하기는 어려우며, 그 내용에 있어서도 세태풍자를 통한 저항의식이 느껴지는 전개를 보이기도 한다.

본고에서는 이상과 같은『전원의 뇌명』의 고찰을 통하여 작품의 특징 및 집필 배경을 확인하고, 국책문학과의 연관성에 대해서도 검토하고자 한다.

2.『전원의 뇌명』과 기존작품의 관계

작가는『전원의 뇌명』의「후기」라 할 수 있는「창작노트-『전원의 뇌명』에 대해서」

---

1 張赫宙(1940)『田園の雷鳴』洛陽書院, p.325.

를 작품의 말미에 싣고 있는데, 집필동기 뿐만 아니라 원작이라 할 수 있는『黎明期』
및 기존의 제작품과의 관계, 그리고 무엇을 주제로 삼고자 했는지 등에 관해 상세히
언급하고 있다. 이와 같이 작가가 소설의 말미에 상세한 작품해설을 덧붙이고 있는
것은 이례적인 일이라 할 수 있는데, 독자들이 "이 소설에 줄거리를 기대한다면 매우
실망할 것으로 생각된다"(324)[2]는 우려가 너무 큰 나머지 이에 대한 변명을 시도한
것으로 보인다.

이와 같은 상세한 설명은 작가의 말처럼 "독자의 자유로운 공상을 저해할 염려"(330)
가 있겠으나, 보다 다양한 측면에서의 작품 분석을 가능하게 했다고 할 수 있다.

1)『黎明期』와의 관계

『黎明期』와『전원의 뇌명』의 관계에 대해서는 시라카와 유타카(白川 豊)의 논문
「장혁주의 초기 장편에 대해서(張赫宙の初期長編作品について) - 〈무지개〉(虹),
〈三曲線〉, 〈黎明期〉를 중심으로-」[3]에서 비교적 자세히 언급하고 있다.

이 논문에서 시라카와는『여명기(黎明期)』가「농촌편(農村篇)」과「도회편(都會
篇)」으로 구성되어 있으며,「도회편」은『동아일보』의 폐간으로 완결되지 못하였고,
「농촌편」만이 일본어로 개작되어『전원의 뇌명』으로 완성되었음을 밝히고 있다. 또
한『여명기』와『전원의 뇌명』의 구성과 내용을 구체적으로 비교하여 두 작품의 이동
(異同)에 대해서도 언급하였다.

그러나 소설로서의『전원의 뇌명』에 대해서는 매우 부정적인 견해를 피력한다.

삭제와 수정에 의해 필요 이상으로 긴 부분은 고쳐졌지만 정치적인 부분의 어쩔 수
없는 간략화에 의해『전원의 뇌명』에는 막연한 서술이 증가하고, 줄거리를 연결해가
는 정도의 평이한 전개가 생겼다. 그러나 그 결점을 보충할 만한 일본어 표현력과 구
성력을『전원의 뇌명』의 시점에서도 장혁주는 갖고 있지 못했다.[4]

---

2 본고에서는 〈張赫宙(1940)『田園の雷鳴』洛陽書院〉을 텍스트로 삼았다. 괄호 안의 숫자는 텍스
   트의 쪽수를 가리킨다. 이하 같음.
3 白川 豊(1986)「張赫宙の初期長編作品について―〈무지개〉(虹)〈三曲線〉〈黎明期〉を中心に―」
   『史淵』第123輯, 九州大學文學部.

이상과 같이 시라카와는 번역·개작된『전원의 뇌명』에 대해 구성과 표현력 면에서 많이 부족한 작품으로 평가하고 있다. 뿐만 아니라 작가가 「후기」에서 밝힌 "인물의 성격과 의욕, 투쟁 등에 중점을 두었다"(325)는 말에 대해서도 "어느 정도는 수긍할 수 있으나, 발생한 일에 대한 서술 이상의 깊이가 없다"[5]고 혹평한다.

시라카와의『전원의 뇌명』에 대한 평가의 옳고 그름은 차치하더라도, 작가 스스로가 원작인『여명기』를 토대로 번역·개작하였음을 밝히고 있는 바, 두 작품의 상관관계는 충분히 확인되고 있다 하겠다.

2) 기타 작품과의 관계

작가는 후기인 「창작노트」에서 "험준한 산세와 웅장한 계곡, 선명한 계절의 아름다움과 가열한 인간의 의욕을 혼연히 융합시켜 줄거리를 만들어 내고자 하였는데, 그것이 「갈보」였다"(318)고 말한다. 「갈보(ガルボウ)」(『文藝』,1934)는 경북의 어느 산골을 배경으로 시골 면장인 김억만(金億萬)과 신분이 확실치 않으나 공직에 근무하며 재산도 있는 정(鄭) 아무개[6]가 春姬라는 읍내의 젊은 매춘부를 상대로 대립하다 주먹다짐을 하였는데, 보다 교활한 김억만이 죽게 된다는 내용이다.[7]

이 작품에서 작가는 "우리민족은 자칫 안일에 빠지기 쉬우며 조금 성공이라도 할 것 같으면 태만하기 일쑤"[8]라는 자조적인 설명을 덧붙이고 있는데, 김억만이 바로 이러한 인물의 전형으로 묘사되고 있다 하겠다.[9] 즉 작가는 김억만을 통해 '가열한 인간의 의욕'을 그려내고자 했으며,『전원의 뇌명』에서도 이와 같은 인물의 형상화를 다시 시도했다는 말을 하고 있는 것이다.

---

4 위의 논문, p.30.

5 위의 논문, p.31.

6 張赫宙(1934)「ガルボウ」『文藝』3월호, 14쪽. ; 작가는 鄭의 신분을 밝히고 있으나 (この面の ××××所の所屬の鄭××の姿であった)와 같이 복자로 처리되어 발표된 관계로 그 내용을 알 수 없다.

7 김학동(2007, 12)「張赫宙의 민족적 작품과 친일적 작품의 비교 고찰 -해방 이전의 일본어 작품을 중심으로-」『일본연구』제34호, 韓國外國語大學校, 日本硏究所, p.199.

8 앞의 책,「ガルボウ」, p.12.

9 김학동의 앞의 논문, p.199.

또한 작가는 「권이라는 남자(權といふ男)」(『改造』, 1933)의 핵심인물 권대형(權大衡)을 『전원의 뇌명』에서는 강태형(姜太亨)이라는 인물로 다시 등장시켰다고 말한다.(319)

물론, 「권이라는 남자」의 권대형은 『전원의 뇌명』의 강태형보다는 실제모델이 그러하기에 정감이 가는 인물로 그렸으나, 『전원의 뇌명』에서는 강태형 같은 인물로 하는 편이 효과가 있다고 생각하여 그렇게 하였다.(320)

「권이라는 남자」는 김동일(金東一)이라는 촉탁교원의 경솔한 언행이 결국은 자신에게 화를 초래하여 학교에서 쫓겨나고 만다는 내용을 담고 있는데, 김동일의 상대역이자 교활한 인간상의 전형인 권대형을 주인공으로 그려낸 소설이다.[10] 김동일의 전지적인 관찰자의 입장에서 권대형의 언행을 소상히 묘사한 매우 풍자적이고 유머감각이 뛰어난 작품이라 할 수 있다.

인용문에서 작가는 권대형의 실제 모델이 존재했다는 언급을 하고 있는데, 1927년 무렵 경북 예천에서 대용교원으로 근무할 당시에 접했던 인물로 생각된다. 그리고 권대형과 같은 모델인 『전원의 뇌명』의 강태형을 보다 비인간적인 인물로 그려냈다고 말한 내용에 대해서는 장을 바꾸어 고찰하고자 한다.

또한 『전원의 뇌명』에는 뼈대 있는 양반가문의 후손으로 진사에 급제한 김종한(金宗漢)이 유교적 전통을 강조하는 보수주의의 대표 격으로 등장한다. 이 인물은 "작가의 공상의 산물이고 김 씨 일족도 또한 가상의 인물"(319)이라고 후기에서 밝히고 있듯이 실존 인물을 묘사한 것은 아니다. 그런데 "진사 김종한은 졸작 「16일 달밤에(十六夜に)」에 등장하는 양반의 분위기만을 도입하여 가상의 인물을 만들었다"(320)는 말을 덧붙임으로써 「16일 달밤에」(『文藝』, 1934)와의 관련성을 언급한다.

「16일 달밤에」는 주인공이자 전지적 관찰자인 상문(相文)의 시각을 통해서 50대 초반의 평민으로 자산가인 그의 숙부가 가난한 명문가의 어린 여식과 결혼하여 신분상승을 꾀하려는 심리를 예리하게 파헤친 작품이다. 이로써 『전원의 뇌명』의 김종한

---

10 김학동의 앞의 논문, p.199.

과 그의 일족은 양반이라는 유교적 신분에 집착하는 모습으로 형상화되었음을 짐작할 수 있다.

결국 『전원의 뇌명』은 한글 원작 『여명기』를 일본어로 번역·개작하면서 「갈보」「권이라는 남자」「16일 달밤에」와 같은 작품의 배경과 등장인물을 되살리는 입장에서 완성한 소설이라 할 수 있다. 물론 『여명기』를 집필하는 과정에서도 이들 단편과의 연계성을 고려했을 가능성은 배제할 수 없다. 그러나 『여명기』를 『전원의 뇌명』으로 옮기면서 "삼분의 일 이상을 개작했다"(325)고 밝힌 점과, "『전원의 뇌명』은 졸작 「권이라는 남자」와 「16일 달밤에」 등과 매우 밀접한 관계가 있다"(320)고 언급한 점으로 미루어, 『전원의 뇌명』으로 번역·개작하는 시점에서 이들 일본어 단편을 보다 적극적으로 반영했음을 짐작할 수 있다.

3. 유교적 사회구조의 모순과 인간의 이기심에 대한 형상화

작가는 『전원의 뇌명』의 공간적 배경 및 등장인물의 배치 등에 관한 것만이 아니라, 독자에게 전달하려 한 집필의 목적에 대해서도 「창작노트」를 통해 장황하리만큼 상세히 언급하고 있다.

> 이들 작은 분지와 계곡 주민들의 세계관이 좁음을 한탄하는 것은 무의미한 일이다. 우리들은 그들의 의욕이 대단히 분명하고 본능적인 강렬함을 지니고 있다는 데 흥미를 갖는 것으로 만족하면 된다.(317)

또한 이와 같이 외부세계와의 소통이 잘 되지 않는 지역적 특성을 살고 있는 주민들의 본능적인 욕구를 그려낸 작가적 입장을 밝히기도 한다.

> 작가라고 하는 것은 적어도 작품에 대해서, 작품 속의 인물과 사회를 대할 때는, 하나의 신(神)적인 위치에 서서 바라보지 않으면 안 됩니다. 작가의 인간으로서의 슬픔과 증오, 그리고 분노는 작중의 어느 한 인물에 의탁해 그려내면 그만인 것이고, 다음

에는 그저 높은 곳에서 있는 그대로 지켜보면 되지 않겠습니까.(323,324)

한마디로 각자의 욕망을 실현시키기 위해 애쓰는 인간군상의 모습을 있는 그대로 그려내는 데 치중한 작품이 『전원의 뇌명』이라는 것이다.

『전원의 뇌명』은 작가의 이러한 의도가 충분히 반영되어 비교적 완벽하게 그 목표를 달성하고 있다고 볼 수 있는데, 김종한 진사를 비롯한 양반들이 구태의연한 유교적 관습에서 벗어나지 못하여 쇠락해가는 모습과, 교활한 처세술로 자신의 실속을 차리기 위해 동분서주하는 강태형 같은 인물의 형상화를 통해 이를 실천하고 있다 하겠다.

1) 유교적 봉건체제에 대한 비판

『전원의 뇌명』에서는 권세적 집단인 양반의 행태와 그 몰락의 과정이 중요한 테마의 하나로 묘사되고 있다.

경북의 산골 분지 마동(麻洞)을 대표하는 양반 김종한은 20세에 과거에 급제하고 25세에 삼등군(三等郡)의 군수로 발탁되어 5년간 재임하였으나 일본에 합병되는 바람에 퇴관한 인물로 묘사된다.(9) 그리고 합병 이후의 신정치에 영합하는 무리들을 멸시하여 바깥세상과의 소통을 거부한 채 보수주의자로 살아간다.(10)

이미 20년 가까운 칩거 생활로 50을 넘긴 김종한이 몸을 일으켜 활동을 시작한 것은, 수대에 걸쳐 라이벌 관계에 있던 가문의 일원인 조훈(趙薰)이 학교비(學校費)평의원후보로 나온 것을 견제하기 위해서였다. 그가 마부를 대동하고 나선 읍내 행차에 대한 묘사는 그의 보수주의적인 특징을 잘 나타내고 있다.

> 그는 그 옛날 삼등군의 사도(使道)로서 부임할 때 입었던 그대로의 구식 대형 갓과
> 헐렁한 도포를 연푸른 비단 끈으로 묶은 모습으로 위엄을 잃지 않으려 애쓰는 것이었
> 다. 작금에 이와 같은 구태의연한 풍습을 견지하려는 것만으로도 그가 얼마나 완고한
> 사람인지 짐작할 수 있지만, (중략) 왠지 그가 지금도 여전히 백성들의 생사여탈권을
> 쥐고 있다는 착각을 일으킬 정도로 어울리는 것이었다.(5)

구습에서 벗어나지 못한 그의 외모와 언행이 실제로 존재하는 권력으로 비쳐진다

는 표현을 통해서 그가 이곳 주민들에게 이전과 다름없는 영향력을 행사하고 있음을 암시하고 있다 하겠다. 실제로 작품에서는 그를 중심으로 한 김 씨 일가가 많은 토지를 소유한 지역의 유지로서 막강한 영향력을 행사하는 것으로 묘사된다.

그런데 김종한이 학교비평의원 당선운동 차 읍내에 갔다가 돌아오는 길에 마중령(魔中嶺)이라는 험준한 고개에서 계곡으로 굴러 떨어지고 만다. 다행히 목숨은 보전하였으나 자리에 눕는 바람에 가문은 점차 몰락의 길을 걷게 된다. 특히 부친의 뒤를 이어 가문을 이끌어야 할 장남 인도(仁道)의 부실한 행태는 집안의 몰락을 부채질한다.

인도는 부친 덕으로 양반행사를 하며 지내는 소심한 위인으로, 주변의 양반 자제들을 사랑에 모아 잡담하는 것이 주된 소일 거리였다. 어느 날 그는 다른 몇 명과 어울려 시장에 갔다가 같은 동네 처녀들을 희롱하는 건달과 시비를 벌이게 된다. 건달이 인도의 멱살을 움켜쥐자 숨이 막힌 목소리로 저항한다.

"이 자식, 이거 놓지 못하겠느냐!"
그래도 신분이 다르다는 위엄만큼은 그의 목소리에 배어있었다.
그러나 그러한 그의 위엄이 전혀 상대에게 통하지 않는다는 것을 알고,
"난 마동 김 진사님의 자제다"라고 계속 외쳤다. 옛날 같으면 이러한 고함 한마디
가 시장의 무리들을 무릎 꿇게 만들었을 텐데-(109)

그러나 건달은 "네가 어디서 굴러먹다 온 뼈다귀인지 모르겠지만, 내가 알 바 아니다. (중략) 요즘 세상에 진사가 다 뭐야?"(109)라며 더욱 심한 폭력을 가한다. 구시대적 신분질서에 의존하여 살아가려는 양반 후예의 가련한 모습에서는 작가의 냉소적인 풍자가 엿보인다 하겠다.

이와 같이 산골 분지의 폐쇄된 사회에 잔존하는 유교적 관습은 양반들뿐만 아니라 일반 민중들 사이에도 뿌리 깊게 각인되어 그들의 생활을 옥죄고 있는 것으로 묘사된다.

신여원(申汝元) 면장은 조훈과 강태형 일파의 압력에 대항하기 위해 서울에서 여학교를 졸업한 딸 안라(安羅)를 김종한의 장남 인도와 결혼시켜 세력을 확보하고자 한다. 그러나 안라는 유교적 구습에 얽매인 채 줏대 없는 삶을 살고 있는 인도의 생활 태도를 경멸하여 가출하고 만다. 이 사건으로 신여원은 물론 김종한과 그의 장남 인

도는 심각한 타격을 입는다. 안리는 자신의 가출로 부친이 겪게 될 난처한 입장을 생각하고는 마음을 바꿔보려 노력하지만 "창백하고 허약한 인도의 얼굴을 떠올리자 발길을 멈출 수 없었고"(251), 부친의 곤란한 입장과 "자신의 인생을 바꿀 수는 없다"는 각오로 서둘러 고향을 떠난다.

그런데 김종한의 서자인 인영(仁英)은 그에 대한 주변의 차별적 시선에 굴하지 않고 사회개혁을 통해 이를 극복하려는 실천의지를 지닌 진솔한 청년으로 묘사된다. 그는 경진(京津)시장에서 술집을 경영하는 채상국(蔡尙局)의 딸 옥례(玉禮)와 사랑에 빠지게 되는데, 상국은 세력 확보를 위해 옥례를 지역 유지인 조훈의 후처로 보내려 한다. 그러자 결국 두 사람은 도망칠 결심을 하게 되고, 이를 실행에 옮기기까지 인영은 많은 생각을 한다.

> 여기에서는 인간은 그저 부모의 의지 여하에 따라 삶에 허덕이다가 죽고 마는 것이다. (더구나 이곳은 오래된 인습이 너무 강하고 깊게 뿌리를 내리고 있다. 그리고 정면으로 부딪쳐서는 도저히 승산이 없다)(307)

인영은 자신들의 인간으로서의 존엄성이 유교적 인습으로 인해 짓밟히는 현실에 대한 저항을 옥례와 함께 마을을 탈출하는 것으로 표출시키고자 한다. 또한 그는 안라의 가출에 대해서도 "부친과 도덕을 이겨내지 못하고 마을을 탈출했지만 결국은 그녀가 이긴 것이 아닐까"(307)와 같은 생각을 한다. 마침내 그 역시 옥례와 함께 자신들의 억제자인 조훈과 채상국을 이기기 위해 마을을 탈출한다.

이러한 작품의 결말은 작가가 「창작노트」를 통해 인간들의 삶에는 관여하지 않고 관조만 하겠다는 언급을 하였음에도 불구하고, 인간 개개인의 존엄성을 보전 받기 위해서는 유교적 인습에서 벗어나야 한다는 작가적 신념과 무관하다고 할 수 없다.

2) 인간의 저열한 이기심에 대한 형상화

장혁주는 「창작노트」에서 유교적 구습에 의한 폐해와 함께 인간의 "본능적인 야욕과 질투, 간계와 책동 등"(321)과 같은 〈추악〉한 〈이기심〉에 관심을 가지고 관찰자적인 입장에서 그려내고 싶다고 밝힌 바 있다.

　　그러므로 일일이 슬퍼하고 화를 내며 괴로워해서는 살아갈 수 없습니다. 그것을 추
악하다고 생각하기에 추악한 것이고, 흥미롭다고 생각하면 흥미로운 것 아니겠습니
까? (중략) 그렇습니다. 〈추악함〉과 〈선미(善美)〉는 언제나 서로 반목하고 있는 것입
니다. 그리고 〈선미〉가 있음을 믿기에 〈추악함〉이 흥미롭게 보이는 것 아니겠습니
까.(323)

　　작가는 인간의 이기심에 의한 추악한 행태에 대해 선미(善美)와 함께 공존하는 흥
미로운 현상으로 인식하고 있음을 알 수 있다. 그러나 "작가의 인간으로서의 슬픔과
증오는 작중의 어느 인물을 통해서 그려내면 된다"(324)고 언급하고 있으므로, 결국
은 작가의 선악에 대한 주관적인 판단이 작품 속에 개입되게 마련인 것이다. 얼핏 모
순된 주장처럼 생각되지만, 각각의 등장인물의 입장이 공평하게 묘사되도록 주의를
기울인 다음, 작품에 대한 평가는 독자의 판단에 맡기면 그만이므로 작가의 말을 모
순된 것이라 하기도 어렵다.

　　이와 같은 작가적 자세를 반영하듯 『전원의 뇌명』에서는 비교적 객관적인 입장에
서 여러 등장인물의 이기주의적인 행태를 그려내고 있는데, 이러한 인물의 전형으로
강태형과 황일만(黃日萬)을 들 수 있다.

　　강태형은 경진시장에서 술집을 운영하는 인물로 이전에는 면(面)의 수석서기를 지
냈으며, 현재는 학무위원, 농촌부흥회부회장이라는 어엿한 직함을 지니고 있다. 그는
면장 임명을 둘러싸고 신여원과 대립하다 고배를 마신 다음부터 이에 대한 복수와 세
력만회를 위해 노심초사하며 지내는 것으로 묘사된다. 그는 지역의 유지로서 양대 세
력을 형성하고 있는 김종한과 조훈 중에서 현재의 면장인 신여원과 가깝게 지내는 김
종한을 경계한 탓으로 학교비평의원에 조훈이 임명되도록 힘쓴다.

　　그러나 김종한 일가는 물론 적대세력인 신여원에게도 자신의 속내를 감춘 채 언제
나 호방한 척 밝게 대한다. 결국 그는 도의원으로 이 지역의 땅을 헐값으로 사들여 삼
림을 벌채하고 농장을 경영하려는 야심가 최병조(崔丙早)를 등에 업고 때마침 불운
이 겹쳐 몰락해가는 김종한과 신여원을 몰아내는 데 성공한다.

최병조에게 토지를 팔도록 주민들을 설득하는 장면을 통해 강태형의 면모를 일부 확인해 볼 수 있다.

　　최병조씨에게 입은 은혜라는 것은 모두 물질적인 것이라서 말입니다. 우리도 체면을 지키기 위해서는 가만히 있을 수만은 없습니다. 아니 사주(砂洲) 같은 것은 버려도 상관없지 않습니까. 그런 것은 아무리 많아도 우리들에게는 아무 소용도 없으니까요. 그리고 최병조씨의 사업이 성공했을 때를 생각해보세요. (중략) 우리들 면의 개척사업을 위해 거액의 자본을 내던진 것과 다름이 없지 않습니까. 빈농의 구제와도 연결되는 것이고, (하략)(201)

도의원 최병조는 강물이 흐르지 않는 사주(砂洲)를 이 지역의 삼림과 함께 개발하여 농장을 일구려는 계획을 세우고 있었는데, 그의 도움으로 차기 면장이 되려는 속셈을 지닌 강태형이 적극 돕고 나선 것이다. 그러므로 최병조가 면민을 위해 힘쓰고 있다는 그의 말은 공치사에 지나지 않는 것이며, 오히려 농촌 경제를 잠식하는 침략 자본의 성격이 강했던 것이다.

그런데 면장인 신여원은 아들 완수(完洙)가 사회운동에 연루되어 구속되자 어쩔 수 없이 사직을 하게 된다. 이 과정에서 강태형이 큰 역할을 했음에도 정작 면장에 임명된 것은 그가 아니었다. 평민 출신인데다 술집을 운영하고 있다는 이미지를 벗어나지 못하여 양반출신의 다른 인사에게 빼앗기고 만 것이다. 이와 같은 일련의 과정에서 연출되는 강태형의 행태는 작가가 말한 '추악한 이기심'의 형상화에 초점을 맞추어 묘사된다.

또 다른 이기주의적 행태의 전형으로 등장하는 황일만은 마동의 고등 유민(遊民)으로 양반부호의 사랑에 출입하여 얻어먹고 지낸다. 이따금 그를 멸시하는 양반 자제들에 대한 앙심을 품기도 하지만, 강태형과 마찬가지로 그들 앞에서는 아첨으로 일관한다. 그런데 마동의 토지를 사들이겠다며 최병조가 등장하자 강태형과 함께 온갖 수단을 동원하여 그를 돕는다. 황일만의 이러한 행동은 최병조의 농장에서 현장감독이나 지배인으로 일하게 될 것이라는 기대감에서 비롯된 것이었다.

그러나 황일만은 강태형 만큼 주도면밀하지 못하여 자주 실수를 범하고, 토지 매각에 찬성한다는 도장을 무리하게 받아내려다 지역의 사회주의 조직을 이끌고 있는 뇌우(雷雨)에게 몰매를 맞는 등, 교활하지만 왠지 정감이 가는 인물로 묘사된다.

이상과 같이『전원의 뇌명』에서는 작가가「창작노트」를 통해 밝힌 것처럼, 유교적 폐해와 인간의 이기심을 객관적인 시각에서 형상화고 있음을 확인해 볼 수 있다. 물론 강태형과 황일만 같은 인물은 '악'이고, 인영과 옥례 같은 인물은 '선'이라는 도식이 성립되는 것도 사실이지만, 풍자적이고 해학적인 묘사를 통해서 각 등장인물의 개성을 살리고자 한 작가의 노력이 돋보인다 하겠다.

그런데 시라카와는 "작가의 주관적인 의도는 차치하고라도「창작노트」에서 말한 내용은 작품의 주제로 완성되지 못했다"[11]고 혹평한다. 또한 한글소설『여명기』를 번역·개작한 것과 관련하여 "내발적인 이유에 의한 주제의 변경이 아니라, 외부적인 상황의 변화에 따라 내용의 중점을 옮긴 것에 불과하다"[12]고 단정한다.

그러나 장혁주가 단지 외부의 변화에 대응하기 위한 방편으로『전원의 뇌명』을 간행한 것이 아니라는 것은 본고 고찰을 통해 확인되고 있으며, 오히려 일본어로 번역·개작을 하는 과정에서 이전의 일본어 단편들을 치밀하게 분석하여 수용하는 등 평소의 작가적 이상을 담아낸 작품이라 하겠다.

4. 허구적 국책작품으로서의『전원의 뇌명』

일본어로 쓰인『전원의 뇌명』이 낙양서원에서 기획한 '개척문예선서' 제1집으로 출간되었다는 것은 전술한 바와 같다. 제2집은 오이시 치요코(大石千代子)의『산에 사는 사람들(山に生きる人々)』, 제3집은 아라키 다카시(荒木 巍)의『농민의 혼(百姓魂)』이 간행되었다.『산에 사는 사람들』은 필리핀 개척지에서 고투하는 일본인 이민의 현실을 그려내었고,『농민의 혼』은 만주이주 일본 농민의 개척 상황을 다룬 작품이다.[13]

---

11 白川 豊의 앞의 논문, p.31.

12 白川 豊의 앞의 논문, p.31.

13 『전원의 뇌명(田園の雷鳴)』의 권말에 첨부되어 있는 '개척문예선집'의 광고내용을 참고로 요약

그런데『전원의 뇌명』의 권말에는「개척문예선서발간에 즈음하여(開拓文藝選書
發刊に際して)」라는 제명의 글을 싣고 있는데, "해외발전과 개척사업, 이야말로 1억
국민이 모두 함께 감격으로 지켜봐야 할 중요한 국책이라 하지 않을 수 없다"[14]고 전
제한 뒤 선집 발간의 목적을 밝힌다.

<blockquote>
이러한 견지에서 본사는 이 국책사업에 대해 약간이마나 기여공헌을 염원하여, 개
척문학의 전위작가 여러분의 찬동과 적극적인 협력을 바탕으로 본 선서의 간행을 기
획했습니다.[15]
</blockquote>

필자를 '洛陽書院主人'이라고 밝힌 이 글은 '개척문예선서'의 출간이 일제의 해
외개척문학을 선전하기 위한 국책적 목적으로 시행되었음을 확인시켜주고 있다. 즉
장혁주의『전원의 뇌명』역시 조선개척이라는 국책적 문학의 일원으로 출간되었음
을 말해주는 것이라 하겠다.

그런데 장혁주의『전원의 뇌명』을 국책적 개척문학이라고 단정하기에는 무리가
따른다. 이시기의 개척문학이란 일반적으로 일제의 군사적 지배하에 들어간 만주나
동남아시아에 정책적으로 이주한 일본인이나 조선인의 정착과정을 그려낸 작품을
말하기 때문이다.

하지만『전원의 뇌명』은 본고의 고찰을 통해 확인해 본 것처럼 경북의 험준한 산
악에 둘러싸인 몇 개의 마을을 배경으로 삼고 있을 뿐만 아니라, 작가가「창작노트」
에서 밝히고 있듯이 "인물의 성격과 의욕, 그리고 분쟁에 중점"(325)을 두어 그려내
고 있으므로 洛陽書院主人이 말하는 국책문학과는 상당한 거리가 있다 하겠다.

이와 같은 작품의 성격을 의식해서인지 개척문학으로서의 형태를 갖추기 위한 의
도적인 노력의 흔적이 발견되기도 한다.

개척문학의 면모를 갖추기 위한 작가적 노력은 먼저 최병조라는 외부인물을 끌어
들여 마을의 개척을 주도하는 강태형과 황일만의 행위에 정당성을 부여하고 있다는

하였다.

14 張赫宙(1940)「開拓文藝選書發刊に際して」『田園の雷鳴』落陽書院, 권말.

15 위의 책,「開拓文藝選書發刊に際して」.

점에서 확인된다. 즉 우마차가 다닐 수 있는 도로를 건설하여 벌채된 목재를 운반하고, 버려진 사주를 개간하는 일을 '개척'이라 할 수도 있을 것이기 때문이다.

> 최병조 씨의 사업이라기보다는 오히려 우리 면의 <u>개척</u>을 위해서 거액의 자본을 내버린 거나 다름없지 않습니까.(201)(밑줄 ; 인용자)

> 비록 김종한씨 명의로 되어있다 하더라도, 면민 모두가 팔고 싶어 하고 있으며, 또 그 돈을 기금으로 앞으로의 활동에 대비하고, 지역의 <u>개척</u>을 위해 투자하겠다는 것을 김종한 씨가 반대할 권리는 없지 않습니까.(202)(밑줄 ; 인용자)

이는 강태형이 김종한을 중심으로 한 반대파를 억압하고 최병조의 지지 세력을 확보하여 토지의 이전을 원활히 하기 위한 발언으로, '개척'이라는 용어가 비로소 눈에 띈다. 그렇지만 이 정도의 상황설정과 언급만으로 낙양서원에서 기획한 '개척문예선서'의 제1집으로 발행된 것에 대해서는 의문을 갖지 않을 수 없다. 오히려 『전원의 뇌명』은 외세에 대한 우회적인 저항적 자세를 엿볼 수 있는 설정과 표현이 많이 보인다는 점에서 주목되는 작품이라 할 수 있다.

이와 같은 작가적 자세는 사회주의 조직의 지도자로 암약하는 윤뇌우(尹雷雨)의 언행을 통해 여러 곳에서 확인된다. 윤뇌우는 "김 진사를 필두로 하는 양반들의 전횡에 대항하는 이른바 이 지역 급진청년의 지도자"(121)이지만, 최병조와 같은 외세에 의해 지역 경제가 잠식당하는 것에 대해서도 반대하는 인물이다.

> 뇌우의 좌절할 줄 모르는 기상과 한없이 듬직한 의지력, 안라는 뇌우와 같은 사람이 이 지방에 존재한다는 것만으로도 삶의 보람을 느끼는 것이었다.(125)

인용문은 안라가 시장에 갔다가 건달패를 만나 곤욕을 치르고 있을 때 뇌우와 인영이 나타나 이들을 제압하고 당당히 훈계하던 모습을 떠올리는 장면이다. 이 지역에서는 드물게 여학교를 나온 안라의 생각에 대한 이와 같은 묘사를 통해서 작가의 내면에 자리 잡고 있는 저항적 자세를 엿볼 수 있다 하겠다.

그렇지만 뇌우는 최병조를 중심으로 한 강태형 일파의 책동을 저지하려다 오히려 그들의 간계에 걸려 인영 등과 함께 구속되고 만다. 이후 인영은 곧 풀려나 농사일에 전념하게 되지만, 뇌우는 "봉예(奉禮) 지방을 중심으로 한 어느 결사의 책임자라는 것이 밝혀져"(267) 검사국으로 송국된다.

한편으로『전원의 뇌명』에는 최병조에 협력하여 자신의 영향력을 키워가려 한 조훈의 행위에 대해 "조훈의 방식을 찬미하기는 어렵지만, 그의 현실적인 삶의 방식을 인정하지 않을 수 없다"(306)는 인영의 생각을 묘사함으로써 국책문학으로 완성하려는 작가의 의도적인 노력을 엿볼 수 있게 한다. 즉 작가는 최병조와 조훈세력에 대항하는 뇌우의 입장에 동조하면서도 개척문학으로 완성시키기 위해 최병조 일파의 행위를 정당화고 있는 것으로 보인다.

바꾸어 말하면, 작가의 내면의식은 외부세력에 대한 거부감을 느끼면서도 시대의 변화에 능동적으로 대처해야 한다는 표면적인 입장을 작품에 투영시키고 있는 것이다. 이는 일제의 식민지배를 용인한 작가의 자세와 무관하지 않다 하겠다.

『전원의 뇌명』은 인영의 생각이라는 형식으로 김종한과 신여원 일가의 몰락에 대해 나름의 명가를 내리려 한다.

> (그렇지만 언젠가는 몰락할 운명이었을지도 모른다. 과거 속에서만 살고 있는 자는 언젠가는 자신을 과거 속에 묻게 되는 것이다)라고 그는 생각했다. (조훈 일파가 번성하는 것은 계속해서 새로운 세력을 받아들여 이용하고 토대로 삼기 때문이다. 그는 현실주의자로서 미래를 살고 있는 것일까)(306)

작품의 등장인물인 인영의 독백이라는 형식을 취하고는 있지만 작가 스스로의 현실인식이 반영되어 있음을 부정하기 어렵다. 수구적으로 민족의 독립을 지키려하기보다는 외세인 일제를 받아들여 민족의 발전을 도모해야 한다는 작가의 독백으로 생각된다. 그러나 궁극적으로는 한민족의 발전이 아니라 일제에 흡수 동화되어 말살될 것이라는 것을 작가가 예상하지 못했으리라고는 생각하기 어려운 만큼, 일제의 강압적인 식민지배에 영합할 수밖에 없었던 일개 작가의 비애가 느껴지는 문장이라 하겠다.

5. 맺음말

본고에서는 장혁주가 친일적 글쓰기로 경도되어 가던 1940년 11월에 국책문학의 일환으로 간행한 『전원의 뇌명(田園の雷鳴)』의 고찰을 통하여 작품의 특징 및 집필 배경을 확인하고, 국책문학과의 연관성에 대해서도 검토하였다.

그 결과 『전원의 뇌명』은 한글원작 『여명기(黎明期)』를 일본어로 번역·개작하면서 「갈보(ガルボウ)」「권이라는 남자(權といふ男)」「16일 달밤에(十六夜に)」와 같은 작품의 배경과 등장인물을 되살리는 입장에서 완성한 작품이라는 것을 알 수 있었다. 또한 내용면에서는 경북의 어느 분지 마을을 배경으로 구태의연한 유교적 관습에서 벗어나지 못하여 쇠락해가는 양반들의 모습과, 교활한 처세술로 자신의 실속을 차리기 위해 동분서주하는 인물들을 형상화하고 있음이 확인되었다.

그리고 작품의 말미에서는 수구적으로 민족의 독립을 지키려하기보다는 외세인 일제를 받아들여 민족의 발전을 도모함이 바람직하다는 것을 암시하는 내용으로 맺고 있어서, 일제의 강압적인 식민지배에 영합해 간 작가적 태도를 엿볼 수 있게 한다. 그렇지만 이와 같은 개척문학으로서의 체제를 갖추기 위한 작가적 노력의 이면에는 일제에 대한 우회적인 저항적 자세를 엿볼 수 있는 설정과 표현이 많이 보이고 있어서, 『전원의 뇌명』을 국책적 문학이라고 쉽게 단정하기는 어렵다.

그러므로 1940년이라는 일제의 내선일체에 의한 황민화 정책이 본격적으로 추진되던 시점에 『전원의 뇌명』이라는 일면 저항적 자세가 엿보이는 작품을 국책 문학으로 출간했다는 것은 당시의 장혁주의 작가적 행적과 비교해볼 때도 매우 이례적인 것이라 하지 않을 수 없다. 이는 원작이라 할 수 있는 『여명기』가 장혁주의 친일적 작품활동이 본격화되기 이전인 1936년에 집필되었다는 점에서 그 원인을 찾을 수 있을 것이다.

『광야의 처녀(曠野の乙女)』와 『행복한 신민(幸福の民)』
― 만주개척 조선이주민을 형상화한 국책문학 ―

1. 머리말

장혁주의 일제말기 친일소설 중에는 만주 이주 조선인을 형상화하여 일제의 만주 침략을 합리화함과 동시에 내선일체에 의한 황국신민화를 정당화한 여러 편의 작품이 포함되어 있다. 그 대표적 장편으로는 『광야의 처녀(曠野の乙女)』(1941), 『행복한 신민(幸福の民)』(1942), 『開墾』(1943)을 들 수 있는데, 『開墾』에 내재된 친일적 성격에 대해서는 필자의 논문 「장혁주의 『開墾』과 萬寶山사건」(『인문학연구』 2007.8)에서 논한 바 있다.

본고에서는 『광야의 처녀』와 『행복한 신민』의 분석을 통하여, 일제의 만주지배와 내선일체를 통한 황민화 실현의 당위성을 형상화한 작가적 노력을 확인해보고자 한다. 또한 이러한 작품을 옹호론적인 입장에서 평가하려는 연구자의 자세에 대해서도 비판적인 고찰을 시도하고자 한다.

2. 『광야의 처녀(曠野の乙女)』와 민족독립진영에 대한 부정적인 형상화

1) 작품의 집필 배경

1941년 5월에 출간된 『광야의 처녀』는 부모를 따라 간도로 이주해온 금란(今蘭)이라는 16세 소녀가 1년 동안 겪는 혹독한 사건들을 그려낸 소설이다. 시대적 배경은 "張作霖과 張學良 정권[1] 당시에 만주로 이민 온 반도인을 취재한 것"(329)[2]을 작품

---

[1] 만주의 군벌 장작림은 1919년에 奉天 督軍 겸 城長에 올라 실질적인 만주의 지배자가 되었으며, 일제와도 어느 정도 협력적인 관계를 유지하였다. 그러나 장작림의 세력이 너무 커지는 것을 우려한 일제는 1928년 6월 북경에서 봉천으로 돌아오는 열차를 폭파하여 암살하였다. 이후에는 장작림의 아들 장학량이 뒤를 이어 국민정부를 지지하고 일제에 대항하였다. 그러나 1931년 9월 18일 만주사변을 일으킨 일제에 의해 만주지역에서 밀려나게 된다.(ブリタニカ國際大百科事典, ソコー

화 하였다는 작가의 말을 통해 알 수 있듯이, 만주사변(1931) 이전의 어느 한 해라고 할 수 있다.

작품의 집필 목적은 작가의 「후기」에 잘 나타나 있다.

> 만주국이 성립된 뒤에는 치안이 회복되어 그들(이주 조선인-필자)에게는 더 이상 지난날의 고통은 없다. 그렇지만, 張 정권 당시의 농민의 哀話는 가슴을 아프게 한다. (중략) 당시의 실정을 노골적으로 쓰는 것은 시국적인 상황으로 삼갔다. 그렇지만 나는 그러한 분위기를 하나의 삽화 이야기로서 여러분께 선보이고, 후일에 다시 붓을 들어 그 뒤 이야기를 쓰고 싶다.(332, 333)

만주국이 성립되어 행복한 삶을 누리고 있는 만주이주 조선인들의 과거의 고통을 그려내는 데 집필의 목적이 있음을 밝히고 있다. 그러나 한편으로 시국적인 상황을 고려하여 당시의 실정을 노골적으로 그려내지 않았다는 말을 덧붙인다. 이는 이주해 오는 조선인을 적대시하여 탄압한 "원주민인 滿漢人"(330)과의 관계를 말하는 것인데, "나는 그것을 여기에 끄집어내어 조선인과 만주인, 그리고 중국인 제군을 자극하고 싶지는 않다"(331)고 작가가 밝히고 있듯이, 모처럼 "오족협화의 국가(五族協和の國)"(331) 건설에 매진하는 분위기를 깨뜨리고 싶지 않다는 작가의 심중이 반영된 것으로 생각된다.

따라서 작품에는 원주민인 만주인에 대한 자극적인 내용은 극도로 억제 되어 있고, 중국인도 등장하지 않으며, 일본인이나 일제의 통치체제에 대한 내용도 거의 묘사되지 않고 있다.

결과적으로 이 소설은 인용문에서 밝히고 있듯이 후일에 다시 쓰일 본격적인 작품을 위한 상황적 토대를 마련하기 위해 집필되었다고 할 수 있으며, 그 후편의 내용은 만주국 건설로 행복한 삶을 누리게 된 만주이주 조선인들의 모습이 될 것이라는 것도 짐작할 수 있다.

ネン, p.392)

2 본고의 제2장에서는〈張赫宙『曠野の乙女』(南方書院, 1941)〉을 텍스트로 삼았다, 괄호 안의 숫자는 텍스트의 쪽수를 가리킨다. 이하 같음.

그런데『광야의 처녀』에서는 이주 조선인간의 갈등을 그려내는 데 보다 큰 목적이
있었음을「후기」에서 밝힌다.

> 남만주, 특히 간도를 중심으로 한 주민들의 곤궁함은 장작림의 압박만이 아니었다.
> 마적이 날뛰는 것, 그것은 말로 형용하기 어려운 고난이었다. 그러나 그 이상으로 그
> 들 이주자들 사이에 뿌리를 내리고 세력을 다투었던 여러 종류의 사상의 폐해야 말로
> 이민자들을 불행에 빠뜨렸던 것은 아닌가를 난 말하고 싶은 것이다.(331)

사상적 대립을 일으키는 세력과 관련하여 작가는 "반도 내에서, 예를 들어 초기에
는 총독정치에 불만을 품은 자, 후기에는 좌익세력이 뿌리를 내리고 있었다"(332)고
언급하고 있는데, 이들은 바로 간도지역에서 무장투쟁으로 일제에 대항하던 민족독
립진영**3**과 공산주의자들에 다름 아닌 것이다.

그런데 작품에서는 이들 양대 세력의 다툼으로 인해 선량한 이주민들이 심각한 피
해를 입었다는 식으로 그려내고 있다. 즉 이들 세력의 존재 목적이 조국의 독립투쟁
에 있었다는 것은 전혀 묘사하지 않고, 부정적인 입장에서 그려냄으로써 국책영합적
인 작품으로서의 특징을 여실히 보여주고 있는 것이다.

2) 민족독립진영에 대한 부정적인 형상화

소설은 16세의 여주인공 안금란(安今蘭)과 그녀의 부모들이 겪는 고난을 통해 만
주이주 조선인들의 애환을 그려내고 있는데, 창락(昌洛)을 중심으로 한 민족독립진
영 수십 여 마을과, 공산주의자 적구(赤丘)를 중심으로 한 마제촌(馬蹄村)이라는 한
개의 마을이 주된 공간적 배경이다.

그런데 작품은 마적단의 횡행과 간도지방 특유의 자연재해보다도 창락과 적구의
대립에 의한 이주민의 피해가 보다 크고 심각하다는 것을 그려내는데 치중한다.

---

3 (작품의 무대인) 북간도의 용정 주변은 1860년대 이래 영세 窮民들의 이주로 형성된 대규모 한인사
회를 바탕으로 1905년 을사오조약 늑결 이후 다양한 계열의 민족운동자들의 망명이 증가하고 있었
다. (중략) 이 시기의 망명 지사들은 일제와 독립전쟁을 결행하여 조국광복과 민족해방을 달성하는
것을 지상최고의 목표로 삼고 있었다.(윤병석『간도역사의 연구』국학자료원 2003 p.20)

이러한 작가적 자세는 「후기」를 통해 확인된다.

장작림 시대의, 거의 무정부 상태였던 간도에, 반도 내의, 예를 들면 초기에는 총독
통치에 불만을 가진 자, 나중에는 좌익세력이 뿌리를 내렸다는 것은 쉽게 알 수 있는
일이다. 그리고 이 두 세력이 간도 이민에 기반을 다지기 위해 치열하게 다투는 와중
에서 방화와 암살 같은 참극이 반복적으로 발생했던 것이다.(332)

좌익세력에 대한 언급은 차치하더라도, 여기에서 말하는 '초기의 총독 통치에 불
만을 가진 자'라는 것은 일제의 식민지배에 반발하여 독립투쟁을 전개하던 우국지사
를 의미한다는 것은 쉽게 알 수 있다. 작품에서는 민족진영을 대표하는 창락의 부친
이 이러한 인물의 한 사람으로 묘사되고 있는데, 그가 간도로 건너온 배경에 대해서
는 창락의 여동생인 선희(仙姬)의 말을 통해 암시하고 있다.

가난하기는커녕, 그만큼의 재산이면 편하게 살 수 있었는데, (중략) 아버지로서도
자신의 일신을 위해서라면 일부러 이곳까지 와서 고생할 필요도 없었을 테고, 아버지
의 영혼은 아직 이 땅에 살아계시니까.(63)

이와 같은 선희의 말에서는 조국의 독립운동을 이끌던 지사들에 대한 작가의 애착
을 느낄 수 있다. 그러나 "선희의 아버지들은 오랜 고투 끝에 이 간도 지역 일원에 커
다란 정치세력의 기틀을 마련하고 다수의 부락을 공산세력으로부터 지키려 했
다"(63,64)는 정도의 언급에 머물고 있다. 즉 선희의 부친이 간도까지 건너와 정치세
력을 형성한 근본적인 목적이 조국의 독립투쟁을 위한 것이었음을 전혀 언급하지 않
고 있다는 점에서 이 작품의 한계를 짐작할 수 있다.

뿐만 아니라, 부친의 유지를 받들어 이주민을 통솔해가려는 창락의 입장을 사상적
대립에 골몰한 편협한 인물로 그려내고 있다. 창락을 설득시키려 찾아온 공산주의자
적구와의 대화에서도 이와 같은 작가적 입장을 엿볼 수 있다.

(창락) 나는 수천 년에 걸쳐 쌓아온 우리의 정신문화와 민족의 특성을 잃고 싶지 않

다는 말이야. 이 말을 暴論이라니, 무슨 말인가?

(적구) 자넨 정말 격정적이로군. 소문으로는 많이 들었지만 말일세. 그러나 자네의 이론은 초보 이상은 못되고, 게다가 낡았네.

(창락) 자네들은 뭔가. 단지 소련의 주구에 불과하지 않는가. 어리석기는-

(적구) 정말 놀랐네. 대단히 감정적이로군. 자네는 테러리스트가 어울리겠군.(39,40)

이상과 같이 민족진영 지사의 생각과 행동을 공산주의자의 냉소적인 비판의 대상으로 삼고 있을 뿐, 이들의 진정성에 대한 묘사는 보이지 않는다. 결국 창락을 중심으로 한 민족진영은 적구 일파의 책동을 지켜보다 못하여 그들의 본거지인 마제촌을 습격하게 된다. 그런데 이로 인한 참극을 두고 "창락 일파가 하는 짓은 화적떼나 마찬가지 아닌가. 아니, 화적보다도 못한 놈들이야"(177)라며 분을 참지 못하는 금란의 부친의 말을 통해 알 수 있듯이, 작품은 민족진영에 대한 비판으로 일관한다.

뿐만 아니라, 민족진영의 지도자인 창락과 그의 모친은 마적 떼에게 무참히 살해당하고, 여동생 선희와 금순(琴順)은 잡혀가는 것으로 그려낸다. 다만, 양 진영의 분쟁에 가담하지 않고 중립적인 태도를 취하고 있던 창락의 동생 창민(昌民)과 창육(昌六) 만이 살아남아 금란의 집에서 신세를 지게 되는 것으로 전개된다. 즉 독립 운동가 집안의 철저한 몰락을 형상화하고 있는 것이다.

그리고 공산주의자인 적구와 함께 행동하기 위해 가출했던 창락의 여동생 선희가 처참한 몰골로 금란의 집에 찾아와 식사와 잠자리를 구걸하는 장면을 비롯하여, 마제촌에서 공산주의자로 활약하던 상국(相國)이 마적 떼로 돌변하여 금란의 집을 습격하는 등의 전개를 보임으로써, 공산주의자들에 대해서도 부정적으로 묘사하고 있음을 알 수 있다.

그러나 주인공인 금란은 양 진영의 사상적 대립에는 별 관심을 보이지 않고 같은 이주민으로서의 평화로운 공존을 갈망한다.

이주 전의 비참했던 처지는 차치하고라도 처음에 淸·韓 양 민족 모두 한 발작도 들여놓을 수 없었던 이 땅에 越境罪라는 극형에 처해지는 위험을 무릅쓰고 이주해온 마제촌의 선대부터의 고투와, 자신들 남부인들의 이주 후의 일손부족과 식량난, 한발과

홍수, 그리고 淸人지주와 마적 등의 헤아릴 수 없이 많았던 재난을 생각한다면, 어떻
게 감히 이주자끼리 싸울 수 있단 말인가.(138)

이처럼 작품에서는 아직은 어린 16세 처녀의 냉정한 사고를 통해 사상적 대립에
의한 폐해를 비판한다. 또한 금란의 부친은 마제촌 문제를 해결하기 위해서는 무력을
사용할 수밖에 없다는 창락의 주장을 듣고, "나는 죽어도 잘못된 일은 할 수 없어―사
상이니 주의니 하면서 일부러 사람 죽이려는 구실을 만들고 있다는 생각밖에는 안 들
어"(169)라고 역정을 낸다. 그리고 창락 일행의 공격으로 마제촌에서 쫓겨났던 의민
(義民)이 공산주의를 지지하는 의용군이 되어 달라는 요구를 하자, "자네들 의용군에
들어가면 난 창락과 적대관계가 되는데, 난 그런 일은 싫으이"(265)라며 거절한다. 즉
민족진영과 공산세력의 대결에는 가담하지 않겠다는 자세를 묘사하고 있는 것이다.

이와 같은 금란 부녀의 입장에 대한 묘사는 집필의 목적을 훌륭히 반영한 것이라
할 수 있다. 척박한 간도에서 온갖 고통을 감내하며 생활해야하는 동족으로서의 이주
민들은 사상적 대결을 떠나 서로 협력할 길을 모색하는 것이 보다 현명한 자세라는
것을 효과적으로 호소하고 있는 것이다.

그러나 이와 같은 내용 전개의 이면에는 일제의 국책에 영합하려는 작가의 숨은
의도가 짙게 깔려 있음을 부정하기 어렵다. 대동아공영이라는 원대한 계획에 걸림돌
이 되는 민족독립운동 진영과 공산혁명 세력의 존재를 부정적으로 평가하는데 그치
지 않고, 이들의 존재가 간도 이주민에게 해악이 될 뿐이라는 생각을 독자들에게 심
어주고 있기 때문이다.

결론적으로 공산주의자들에 대한 묘사는 차치하고라도, 창락을 중심으로 하는 민
족주의 진영의 존재가치를 왜곡하는데 초점을 맞춘 『광야의 처녀』는 일제의 만주지
배를 합리화하고 조선인의 황민화를 위해 집필되었음이 여실히 드러나는 작품이라
하겠다.

3) 국책작품에 엿보이는 문학성

『광야의 처녀』가 국책문학의 일환으로 집필된 것을 부정하기 어렵지만, 16세의 소

녀 주인공 금란의 일상을 통해 수놓기, 베 짜기, 가난한 부엌의 정경, 유교적 제사 풍경, 조선의 다양한 음식과 풍습 등에 대한 문학적인 형상화는 작가적 감수성을 엿볼 수 있게 한다.

그리고 아직은 소녀티를 벗지 못한 금란이건만 그녀의 마음속에 싹트는 순수하고 애틋한 사랑의 감정에 대한 묘사는 경직되기 쉬운 작품의 흐름에 활력을 불어 넣는다. 금란이 마음에 두고 있는 창민은 형 창락처럼 과격한 민족주의자도 아니고 누나인 선희처럼 공산주의라는 환상에 빠져들지도 않는 사려 깊은 인물로 묘사되고 있다는 점에서 작가의 숨겨진 의도를 생각해볼 필요가 있다. 그러나 창민을 생각할 때마다 행복한 삶의 희망을 키워가는 금란에 대한 묘사는 이와 같은 생각을 불식시키고 남음이 있다.

창민은 자신과 생각이 다른 형과 함께 살 수 없다는 생각으로 동생 창육을 데리고 용정(龍井)으로 떠나게 되는데, 이때 금란에게 찾아와 "나도 금란을 좋아하고 있다"(261)는 말을 한다.

> 금란 씨, 여동생과 잘 지내주세요. 여동생은 이제 혼자 남게 되었고 금란씨도 사정
> 은 마찬가지니까. 그런데, 이런 황야의 한 가운데에 홀로 피어있는 한 송이의 백합처
> 럼 금란 씨가 격랑에 시달리고 있다는 생각을 하면 난 견딜 수가 없어.(262)

그러자 금란은 사랑의 라이벌이라고 생각하고 있던 마제촌의 한남(漢南)과의 소문은 어떻게 된 것이냐는 말을 건넨다. 한때는 그런 소문도 있었으나 지금은 아무런 관계가 아니라는 창민의 대답을 듣고는 울음을 터트리며 무작정 내달린다.

이와 같은 금란의 창민에 대한 사모의 마음은 이따금 이루어질 수 없을 것이라는 좌절에 빠지면서도 지속적으로 이어진다. 그러다 가족이 몰살당하고 창민과 창육만이 살아남은 것을 안타까워한 어머니가 이들 두 사람과 "당분간 집에서 같이 지내도록 해야겠다"(327)는 말을 하자, 금란은 기쁨으로 설레는 가슴을 주체하지 못한다.

인용문에서도 '황야의 한 가운데에 피어난 한 송이 백합'에 비유된 금란은 작품의 제명인 '광야의 처녀'로 상징되는 아직은 앳되고 순수한 소녀이다. 그러나 한편으로는 이러한 순수하고 어린 처녀의 행복한 삶의 터전을 짓밟고 있는 것이 이데올로기

대립을 일삼는 민족주의자들과 공산주자라는 것을 강조하기 위한 작가의 속내가 작용하고 있음을 부정하기 어렵다.

결국 『광야의 처녀』는 민족의 독립운동에 목숨을 내건 지사들의 투쟁을 왜곡하고 있다는 비난을 면하기 어려울 뿐만 아니라, 일제의 만주지배를 합리화하고 황국신민화의 선전에 경도되어간 작가의 집필 자세를 확인해 볼 수 있는 작품이라 하겠다.

3. 『행복한 신민(幸福の民)』과 이상향으로서의 만주국

1) 작품의 집필 배경

『행복한 신민』은 총 22장으로 구성되어 있는데, 잡지 『開拓』에 1942년 5월부터 8월까지 4회에 걸쳐 17장까지 연재한 뒤4, 5장분을 추가 집필하여 1943년 4월에 간행하였다. 소설의 시대·공간적 배경은 작품에 "건국 후 8년이 지난 혜택 받은 시대"(30)5라는 내용이 있으므로, 만주국 건국 후 8년이 지난 1940년 무렵의 간도지역이다. 이 소설에서는 창씨명 이와무라(岩村順道)라는 경상북도의 청년이 가난을 이기지 못해 만주로 이주해 온 뒤 여러 가지 문제를 착실하게 해결해 가면서 황민으로 거듭난다는 내용을 그려내고 있다.

『행복한 신민』이 쓰인 배경은 소설의 서두를 장식하고 있는 「추천의 말(推薦のことば)」에 잘 나타나 있다. 이 글은 국민총력조선연맹선전부장 쓰다(津田 剛)가 쓴 것인데, 황민으로서의 사명감으로 국민총력운동을 이해하고 이의 실천을 독려하는 데 있어 장혁주의 『행복한 신민』이야말로 더 없이 훌륭한 소설이라는 내용을 담고 있다.

> 이번에 존경하는 노구치 미노루(野口稔-筆名張赫宙)씨가 『행복한 신민』을 출판하게 되었다. (중략) 이 작품은 만주의 개척지에서 내선(內鮮) 양 출신자들 간의 협력적인 건설을 그려내고 있다. (중략) 반도에서는 국민총력운동이 힘차게 추진되고 있

---

4 白川 豊 「張赫宙의 作品書誌」 「張赫宙硏究」 (동국대학교 박사학위논문 1989)
5 본고의 제3장에서는 〈張赫宙 『幸福の民』 (南方書院 1943)〉을 텍스트로 삼았다. 괄호 안의 숫자는 텍스트의 쪽수를 가리킨다. 이하 같음.

다. 2천 4백만이 애국반으로 조직되어 조선의 모습도 훌륭한 황국신민의 일부로서 계
속 변해가고 있다. 이러한 현실을 가장 잘 알고 있으며 그 의의를 체득한 사람이 우리
장혁주 氏이다. 氏가 이러한 이념을 배경으로 쓴 작품은 바로 신일본의 문학으로서
높은 의의가 있으며, 또 대동아문학으로서의 의의도 크다고 생각한다.(추천의 말)

쓰다의 '추천의 말'을 통해서 알 수 있듯이, 이 작품은 만주에 이주한 내선(內鮮)
양 민족의 건설적인 협력의 모습을 그려낸 작품이다. 따라서 장혁주가 1939년에 친
일작가로서의 입장을 분명히 밝힌 이후에 지속적으로 집필해온 국책작품의 하나라
는 것을 알 수 있으며, 내선일체의 확실한 추진을 통해 조선민족을 완벽한 황민으로
만들겠다는 집필의도를 지니고 있다 하겠다.

2) 국책작품으로서의 『행복한 신민』

『행복한 신민』은 주인공인 이와무라(岩村順道)를 중심으로 한 가네야마(金山) 가
네다(金田) 우시지마(牛島) 하라다(原田)라는 충실한 황민으로서 만주개척에 적극
동조하는 세력과, 최팔(崔八) 미야가와(宮川)라는 저항 세력 간의 갈등과 이의 극복
을 그려내고 있다. 주인공인 이와무라와 영란(英蘭)의 사랑에 관해서도 묘사되고 있
지만 독자의 흥미를 끌기 위한 단편적인 내용에 머물고 있다.

이상의 등장인물 중에 우시지마와 하라다은 일본 이주민이고 나머지는 조선인인
데, 우시지마는 "내선일체라는 말을 진작부터 듣고 있었지만, (중략) 이런 기회를 통
해 내선일체의 결실을 맺어야 한다"(56)는 말을 하는 등 조선이주민들과의 협력을 위
해 많은 노력을 기울이는 것으로 묘사된다.

뿐만아니라 〈창씨개명〉〈色服장려〉〈내선일체〉〈국민의례〉〈요배식〉〈같은혈통〉
등과 같은 여러 국책적 용어를 사용하며 내선일체를 통한 황민화의 추진을 독려한다.

〈창씨개명〉에 대해서는 만주로 이주해온 이와무라(岩村)가 어색하게 자신의 이름
을 소개하자 이를 듣고 있던 가네다(金田)가 "처음에는 나도 어색한 기분이 들었지
만, 차라리 이편이 더 좋지 않은가, 이렇게 해서 우리나라는 일본이라는 느낌이 확실
해지기도 하고"(16)라는 말을 하는 것으로 묘사하여, 창씨개명은 물론 조선이 일본으

로 통합된 것을 정당한 것으로 그려낸다.

〈색복(色服)장려〉의 정당화는 악역으로 등장하는 최팔(崔八)이 흰색 두루마기에 중절모를 쓰고 지팡이를 돌리면서 걸어오는 모습을 본 이와무라가 "역시 흰색은 아니군"이라는 독백과 함께, 고향에 있을 때 귀찮을 정도로 色服장려에 열을 올리던 "관리들의 말을 지금에야 확실히 이해"(38)하게 되었다는 식으로 전개된다.

〈요배식〉은 천황에 대한 절대복종과 충성을 맹세하는 요식행위로서 작품에서는 새로운 입주자들과의 대면식을 겸한 국민의례의 모습을 통해 묘사된다.

> 모두는 그 자리에서 동쪽으로 방향을 바꾸고 국기에 경례를 한 다음, 궁성을 요배했다. (중략) 중일전쟁 이래 반도의 어떠한 산속이나 외진 어촌이라도 이 국민의례는 널리 행해지고 있다. 이렇게 일치된 장엄한 의식이 거행되자 이번에는 내지개척민들 쪽에서 의아하게 생각하는 한편으로 그만큼 감격도 컸던 것처럼 보였다.(55)

이상으로 살펴 본 바와 같이 『행복한 신민』은 「추천의 말」을 쓴 쓰다의 말처럼 '만주의 개척지에서 내선(內鮮) 양 출신자들 간에 협력적인 건설'과 '조선도 훌륭한 황국신민으로서 계속 변해가고 있음'을 그려내고자 한 소설이라는 것을 알 수 있다.

결국 『행복한 신민』은 만주사변으로 일제의 간접통치가 시작되면서 살기에 아무런 불편이 없어진 간도지역의 행복한 신민으로서의 이주민들의 삶을 그려내고 있다 하겠다. 그러므로 이 작품은 만주국 건국 이전의 고난에 찬 간도 이주민의 생활을 다룬 『광야의 처녀』의 후편으로서의 성격을 지닌다.

3) 최팔(崔八)이라는 인물의 투쟁성이 지닌 의미

『행복한 신민』의 집필 목적이 일제의 국책수행에 대한 계몽적인 형상화에 있었던 만큼, 인간의 삶의 모습을 진지하게 그려내야 할 문학적 사명과는 상당한 거리가 있다 하겠다. 주인공인 이와무라와 영란의 로맨스를 그려내고는 있으나, 『광야의 처녀』의 여주인공 금란의 그것과는 비교할 수 없을 정도로 미미하게 묘사될 뿐이며, 그만큼 독자를 감동시킬만한 극적인 장면도 찾아보기 어렵다.

오히려 이와무라와 같이 만주개척을 솔선하는 그룹과 사사건건 대립하며 여러 사업의 추진에 걸림돌로 작용하는 최팔이라는 인물의 묘사에서 작가의 숨겨진 의도가 엿보인다고 할 수 있다.

최팔이라는 인물의 특징은 다른 등장인물들과는 달리 창씨개명을 하지 않은 채 조선인의 이름을 그대로 가지고 있다는 점에서 뚜렷이 확인된다. 또한 언제나 두루마기와 같은 조선의 복장을 착용함으로써 이와무라의 비판적인 시선을 받기도 한다. 이러한 최팔은 조선에서 소지주 수준의 나름대로 윤택한 생활을 했던 것으로 묘사되고 있는데, 간도로 이주해온 정확한 내역은 밝히지 않고 있다.

최팔이 보이고 있는 행동과 여러 정황으로 미루어 볼 때, 작가는 그를 일종의 민족독립주의자로서 묘사하려 했던 것이 아닌가 생각된다. 간도에 이주해온 일본인들의 인사에 대한 답변으로 조선인 가네야마(金山)가 "내지의 여러분 뜻하지 않게 같은 지역에 살게 되어 저희들이야말로 영광으로 생각합니다. 가능하면 이대로 계속 같은 단(團)이었으면 합니다"(56)라는 인사말을 한다. 그러자 최팔이 이에 대한 불만을 노골적으로 드러낸다.

> 가네야마 이 녀석, 그 정도로 기개 없는 남자인 줄은 몰랐네. (중략) 저래가지고는 우리의 대표자격은 없다고 해야지. 우리들이 저만큼 만들기까지에는 보통 고생을 한 것이 아닌데 말이야.(57, 58)

새로이 이주해 온 사람들 중에는 내지의 일본인만이 아니라 강원도에서 온 조선인도 많이 섞여있었는데, 유독 일본인 이주자에 대한 가네야마의 태도만을 문제 삼고 있는 것이다. 얼핏 이해하기에는 애써 개간한 땅을 같이 경작해야한다는 것에 대한 반발인 것처럼 생각되지만, 경우에 따라서는 같은 민족도 아닌 지배민족에게 개척지를 나눠줘야 한다는 것에 대한 반감으로 받아들여질 여지도 충분하다 하겠다.

그러나 결국 최팔은 이와무라의 노력으로 18세 이상의 남성으로 조직된 농업정신대(農業挺身隊)의 대장으로 임명되어 누구보다 열심히 만주개척에 열을 올리게 된다는 내용으로 막을 내림으로써, 보다 분명한 국책소설로 완성된다. 이와 같은 결말은 민족적 성향을 지닌 최팔마저도 일제의 만주개척에 대한 높은 이상을 이해하고 협력하게 되었다는 선전효과를 기대한 작가의 속내를 엿볼 수 있게 한다.

4. 장혁주와 국책적 만주개척 문학

장혁주는 모두 네 차례에 걸쳐 만주를 시찰하였는데, 그 첫 번째가 1939년 6월 무렵이고, 두 번째는 1942년 5월경, 세 번째는 1943년 9월이었고, 네 번째는 1945년 5월 무렵이었다. 이와 같은 만주시찰에 대한 감상을 기록으로 남긴 것은 『우리 풍토기(わが風土記)』(赤塚書房,1942)에 수록된 「間島·圖們」(1939), 「邂逅」(1940), 「滿洲雜觀」(1939,8) 등으로, 그 중에서도 「滿洲雜觀」에는 비교적 소상히 견문의 감상을 적고 있다.[6] 이 작품은 집필된 시기로 보아 첫 번째 만주시찰에 대한 기록이라 할수 있는데, 현지 관리들의 안내로 만주이주 조선농민의 고난에 찬 개척의 역사를 접하면서 느낀 비애를 담담하게 기술하고 있다.

그러나 때때로 "지금은 반도이민에 있어서는 실로 고마운 시대가 되었다고 하지 않을 수 없다"[7]와 같이 시국영합적인 언급을 끼워 넣기도 한다. 이러한 자세가 이후에 집필된 여러 편의 국책적 만주개척 문학의 동기로 작용한 것으로 보인다. 그런데 일제가 패망하고 30년이 지난 1975년에 출간된 자전적 소설 『폭풍의 시(嵐の詩)』에서는 만주개척민들과 관련된 일들을 사실대로 쓸 수 없었음을 고백하고 있다.[8] 따라서 일련의 만주개척 문학에서 다루고 있는 내용들도 실제로 작가가 생각하고 있던 사실들과는 다르게 친일적 형태로 형상화되었을 가능성은 매우 높다 하겠다.[9]

장혁주의 조선이주민에 의한 만주개척을 다룬 소설은 『광야의 처녀(曠野の乙女)』(南方書院,1941,5), 「어느 독농가의 술회(ある篤農家の述懷)」(『綠旗』,1943,1), 『행복한 신민(幸福の民)』(『開拓』,1942, 5-8), 『開墾』(中央公論社,1943, 4)이 대표적인

---

6 김학동「장혁주의 『開墾』과 萬寶山사건」(『인문학연구』제34권 제2호 충남대학교인문과학연구소 2007. 8) p.98

7 張赫宙「滿洲雜觀」『わが風土記』(赤塚書房 1942) p.166

8 野口赫宙『嵐の詩』(講談社 1975) p.211 ; 노구치 가쿠추(野口赫宙)는 張赫宙가 1952년 10월 일본인으로 귀화한 이후에 사용한 필명이다.

9 김학동 앞의 논문 p.99

작품이라 할 수 있다.

이중에서 『광야의 처녀』는 일제가 일으킨 만주사변을 계기로 평화로운 시대를 맞이하기 이전의 삭막했던 간도를 그려냄과 동시에, 순수하고 여린 처녀가 행복하게 살아갈 수 있는 터전을 짓밟고 있는 것이 이데올로기 대립을 일삼는 민족주의자들과 공산주자라는 것을 강조하여, 민족의 독립운동에 목숨을 내건 지사들의 투쟁을 왜곡하고 있는 작품이라는 것은 전술한 바와 같다.

「어느 독농가의 술회」는 밀수업자이자 아편중독환자로 어두운 삶을 살던 가네다(金田彦三郞)라는 창씨명을 가진 조선인이 만주사변 이후에 새로운 삶을 찾게 된다는 내용을 다루고 있다. 가네다는 "그 사변 덕택에 나에게까지 토지가 배당되어 그렇게 원하던 농민으로 되돌아 갈 수 있으리라고는 꿈에도 생각을 못했다"[10]는 감격으로 아편의 유혹을 뿌리치고 독농가로서의 새로운 삶을 찾게 되었으며, 마침내 그 노력을 인정받아 표창까지 받게 된다는 내용을 담고 있다.

『행복한 신민』은 본고 제3장의 고찰을 통해 확인해 본 것처럼 만주사변으로 일제가 만주 일원을 지배하면서 살기에 아무런 걱정이 없어진 간도지역의 행복한 신민으로서의 이주민들의 삶을 그려내고 있다.

『開墾』은 1931년 7월 2일에 만주의 長春縣 萬寶山 일대에서 발생한 萬寶山사건, 즉 장춘일본총영사관 경찰의 보호를 받고 있던 만주이주 조선농민과 중국 토착주민들의 충돌사건을 다룬 작품이다. 萬寶山사건은 일제의 만주지배를 획책하기 위해 장춘일본영사관과 만주에 주둔하고 있던 관동군에 의해 계획되거나 방조된 사건이라는 것이 연구자들의 일반적인 견해[11]이다. 그러나 『開墾』에서는 이주한 조선인의 지난한 삶과 일제의 만주국 경영의 이상이 교차되는 상황을 배경으로, 황민으로서의 조선인을 보호하기 위해 최선을 다하는 장춘일본총영사관 영사와 경찰의 모습을 그려내는데 치중하고 있다. 이러한 전개는 조선인의 황국신민화에 대한 거부감을 없애고 일제의 대동아 경영에 대한 이해와 협력을 구하려는 목적으로 집필된 국책적 작품임을 말해주는 것이라 하겠다.[12]

---

10 野口稔(張赫宙)「ある篤農家の述懷」『岩本志願兵』(興亞文化出版 1944) p.196
11 朴永錫『萬寶山事件硏究』(亞細亞文化社 1978)
12 김학동 앞의 논문 p.95

그런데 장혁주의 해방 이전의 작품에 대한 연구와 서지적인 정리에 있어 많은 노력을 기울여온 시라카와 유타가(白川 豊)는 이러한 국책적인 만주개척 작품들에 대해 매우 미온적인 비판에 머물거나 오히려 높게 평가하고 있어 그 연구 자세에 의문을 갖게 한다.

시라카와는 『광야의 처녀』에 대하여 "통속적이긴 하지만 동족이 언제 마적으로 변할지 모르는 조선인 이민부락의 준엄한 현실을 과장되게 묘사하고 있는 것이 사실"[13]이라는 정도의 특징 없는 평가에 머물고 있다. 그리고 "그들 이주자들 사이에 뿌리를 내리고 세력을 다투었던 여러 종류의 사상의 폐해"[14]를 다루고 싶었다는 작가의 말을 인용하면서 "이러한 생각은 작가가 〈권이라는 남자(權といふ男)〉이래 계속 지니고 있던 조선인관의 연장선상에 있는 것"이라며, 이 작품은 "시국을 반영하면서도 자신의 지론을 개진하고 있다"[15]고 언급한다.

그러나 이러한 시라카와의 언급은 조선의 독립을 위해 싸우던 지사들을 부정적으로 형상화함으로써 일제의 조선과 만주통치에 대한 정당화에 힘쓰려한 작가의 집필의도를 간과한 것이라 하지 않을 수 없다.

「어느 독농가의 술회」에 대한 시라카와의 평가 역시 작품의 본질적인 특징의 분석은 찾아보기 어렵고, 간략한 줄거리 소개에 머물고 있다.

그런데 『행복한 신민』에 대해서는 비판적이라기보다는 오히려 옹호론적인 입장에서 논한다.

> 약간 권선징악적이긴 하지만 무리한 장면설정이 적고, 국책의 프로파간다적인 경향도 거의 없다. 그렇다고 이 소설이 국책과 무관한 견실한 작품이라는 것은 아니다.[16]

한마디로, 국책적인 작품이라 할 수도 있겠으나 내선일체나 황민화를 위한 선전 등은 거의 찾아보기 어렵다는 평가를 내리고 있다. 그러나 본고의 제3장에서 고찰한

---

13 白川 豊 『植民地期朝鮮の作家と日本』(大學教育出版 1995) p.150

14 張赫宙 「後記」 『曠野の乙女』 p.331

15 白川 豊 前揭書 p.150

16 白川 豊 前揭書 p.151

바와 같이 작품 전반을 지배하고 있는 〈창씨개명〉〈色服장려〉〈요배식〉〈내선일체〉〈같은 민족〉 등과 같은 용어를 동원하며 조선인을 완벽한 황국의 신민으로 만들기 위한 작가의 노력을 시라카와는 완전히 외면하고 있는 것이다.

뿐만 아니라, 『開墾』에 대해서도 "표면상 이 작품은 역시 「국책물」 속에 넣을 수밖에 없지만, 중립적 시점에 토대를 둔 다면적인 묘사와 구성력 등의 면에서 상당한 수작"17이라며 높이 평가하고 있다. 그렇지만 『開墾』은 앞에서 언급한 바와 같이 황민으로서의 조선인을 보호하기 위해 최선을 다하는 장춘일본총영사관 영사와 경찰의 모습을 그려냄으로써, 조선인의 황국신민화에 대한 거부감을 없애고 일제의 대동아 경영에 대한 이해와 협력을 구하려는 목적으로 집필되었음이 뚜렷이 확인되는 작품이라 하겠다.

5. 맺음말

본고에서는 장혁주의 일제 말기의 친일적 작품 중에서 만주이주 조선인의 삶을 국책적 입장에서 다룬 『광야의 처녀』와 『행복한 신민』에 대한 분석을 통하여, 일제의 만주지배와 내선일체에 의한 황민화 실현의 당위성을 형상화한 작가적 노력의 실체를 확인해보았다. 또한 이러한 작품을 옹호론적인 입장에서 평가하려는 연구경향에 대해서도 비판적인 고찰을 시도하였다.

그 결과 『광야의 처녀』는 만주사변 이전의 삭막했던 간도의 묘사와 함께, 순수하고 어린 처녀의 행복한 삶을 짓밟고 있는 것이 이데올로기 대립을 일삼는 민족주의자들과 공산주자라는 것을 강조함으로써, 민족의 독립운동에 목숨을 내건 지사들을 왜곡하고 있는 작품이라는 것이 확인되었다.

그리고 『행복한 신민』은 일제가 만주 일원의 지배를 시작하고부터 안심하고 살 수 있게 된 간도지역 이주민들의 삶을 그려내어 만주사변을 합리화한 작품임을 알 수 있었다.

---

17 白川 豊「張赫宙作『開墾』について」, 張赫宙(1943)『開墾』(復刊,2000)(ゆまに書房 2000) 解說 p.5

이러한 작품들은 장혁주의 대표적인 친일작품집『이와모토 지원병(岩本志願兵)』과 마찬가지로 일제의 조선병합을 기정의 사실로 받아들이고 서둘러 황국신민화를 이루기 위한 계몽적 수단으로 집필되었음을 부정하기 어렵다 하겠다.

그럼에도 불구하고 일부 연구자들은 친일작가의 작품이라고 해서 외면해서는 안 된다는 말을 앞세워 이러한 작품들에 대한 옹호론적인 평가를 서슴지 않고 있다. 그러나 장혁주의 일제말기의 소설이 외면당하는 것은 시국영합적인 내용을 담고 있는 작품의 특성상 독자의 관심을 유도할 만한 수준을 지니지 못했다는 점에 그 이유를 찾아야 할 것이다.

『開墾』과 萬寶山 사건

1. 머리말

장혁주의 1937년 일제에 의한 중국침략 이후의 작품들은 "시류에 교묘히 편승하여 일본문단에서의 입신출세를 지속하려던 장혁주는 마침내 일본제국주의 침략전쟁 수행에 직접 개입할 정도로 타락했던 것이다"[1]라는 비판적인 평가를 받기에 이른다. 이 시기의 대표적인 작품집으로는『이와모토 지원병(岩本志願兵)』(興亞文化出版, 1944,1)이 있는데, 조선의 청년들을 황군에 입대시키기 위한 선전을 목적으로 집필된 작품을 주로 수록하고 있다. 그리고 만주로 이주한 조선농민과 현지 토착민 사이의 충돌로 빚어진 '萬寶山사건'을 다룬『開墾』은 일제의 만주지배를 정당화하여 대동아 공영의 합리화를 도모한 작품이라 하겠다.

그런데 시라카와 유타카(白川 豊) 같은 연구자는『開墾』이야말로 "'흉폭한 만주인'에 맞선다는 일방적인 이야기로 끝맺는"[2] 김동인의「붉은 산」이나 이태준의「農軍」과는 달리 "중립적 시점에 토대를 두고 다면적인 묘사와 구성력을 갖추고 있다는 점에서 수작이라 할 수 있다"[3]며 높이 평가한다. 이와 같은 시라카와의 시각은 임진왜란 당시 선봉에 섰던 고니시 유키나가(小西行長)를 인간적인 장수로 그려내 침략전쟁의 미화를 시도한 장혁주의 작품『和戰 어느 쪽도 不辭하다(和戰何れも 辭せず)』에 대한 평가[4]와 맥락을 같이 한다 하겠다.

본고에서는 萬寶山사건을 다룬『開墾』의 고찰을 통하여 일제의 대륙침략에 부응하고자 노력한 작가적 입장을 조명하고자 한다. 이는『開墾』에 대한 본격적인 작품론이 없었다는 점에 집필의 주된 동기가 있다고 할 수 있으나, 작품의 본질을 희석시

---

1 任展慧(1994),『日本における朝鮮人の文學の歷史—1945年まで—』,法政大學出版局, p.202.

2 白川豊(2000),「張赫宙·作「開墾」について(解說)」『開墾—日本植民地文學精選集(朝鮮編) 3』, ゆまに書房, 解說 p.3.

3 주(2),「張赫宙·作「開墾」について(解說)」, p.5.

4 白川豊(2001),「張赫宙『和戰何れも辭せず』について(解說)」『和戰何れも辭せず—日本植民地文學精選集(朝鮮編)11』, ゆまに書房. ; "(朝日간의)중립적인 시각"에서 그려냈다며 높이 평가한다.

킬 우려가 있는 일부 연구자의 견해에 대한 비판도 병행하고자 한다.

2. 萬寶山사건의 개요

장혁주의 『開墾』은 1943년 4월에 中央公論社를 통해 출간되었는데, 작품의 副題로 「萬寶山部落建設記」를 덧붙이고 있는 것으로 보아 萬寶山사건을 겪으면서 건설된 조선이주민 부락을 그려내고 있음을 알 수 있다. 또한 작품 후기에 萬寶山부락과 개척지 시찰에 편의를 제공해준 조선총독부와 新京의 일본대사관에 감사드린다는 말[5]을 쓰고 있어, 일본제국주의의 대륙침략정책에 부응하기 위한 작품이라는 것에는 이론의 여지가 없다.

작품의 집필목적이 이와 같은 것이었다면 이의 실현을 위해 실재했던 萬寶山사건을 보다 시국영합적인 내용으로 각색했을 것이라는 것도 짐작하기 어렵지 않다. 본 장에서는 『開墾』에 엿보이는 시국영합적인 내용의 확인에 앞서 萬寶山사건 연구자인 박영석의 『萬寶山事件硏究』[6]를 토대로 사건의 개략을 정리해보고자 한다.

萬寶山사건은 중국 동북지방인 吉林省 長春縣鄉의 萬寶山 인근에 이주한 조선농민과 토착 중국농민 사이에 일어난 충돌을 말하는데, 이후의 왜곡된 언론 보도로 인해 조선 거주 중국인들에 대한 조선인의 습격이 각지에서 발생하여 처참한 유혈사태로 발전되었다는 데 문제의 핵심이 있다 하겠다.

사건은 長春에 거주하는 중국인 郝永德이 일본 측과 몰래 결탁하여 개인적으로 長春稻田公司를 설립한 뒤, 1931년 4월 16일 伊通河 동쪽 三姓堡 官荒屯 일대를 蕭翰林 등 12戶와 10년 기간으로 계약을 체결하면서 시작된다. 이들이 작성한 계약서 제13항에는 縣政府의 허가 없이 재차 임대하는 것은 무효라는 규정[7]이 있는 데도 불구하고 郝永德은 이 땅에 다시 조선인 李昇薰 등 9인과 계약을 맺고[8] 이주 조선농

---

5 張赫宙(1943), 『開墾』, 中央公論社, p.347.

6 朴永錫(1978), 『萬寶山事件硏究』, 亞細亞文化社.

7 주(6), 『萬寶山事件硏究』, p.84; 「地主蕭翰林張鴻賓等十二人與郝永德所訂租地契約」十三, 此契於縣政府批准日, 發生效力 ; 如縣政府不准, 仍作無效.

민 188명을 불러들였다. 조선 이주민들은 도착하자마자 伊通河의 물을 끌어들이기 위해 수로를 파기 시작했는데, 수로가 지나는 농토의 중국인 지주 41명과 정식계약을 체결하지 않고 작업에 착수한 것이 문제가 되었다. 곧 토착농민의 항의가 일기 시작했고 이들의 탄원에 의해 중국경찰이 조선 이주민에게 현지를 떠날 것을 여러 차례 통고하였으나 이에 응하지 않았다.

1931년 5월 20일 41戶의 지주와 토착주민 213명이 長春縣政府에 청원하자 縣政府는 魯綺 공안국장으로 하여금 조선 농민을 쫓아내도록 명령을 내렸음에도 이를 실행하지 못하자, 상부 관청인 市政籌備處 處長 周玉柄은 魯綺 국장에게 조선농민을 모두 체포하라는 명령을 내린다. 그러나 일본영사관 경찰관인 나카가와 요시누마(中川義沼)와 囑託 다카하시(高橋) 등이 현장에서 조선농민을 보호하고 있었으므로 체포할 수 없었다. 이후 長春市政籌備處와 長春일본총영사관 사이에 서로의 입장을 옹호하는 공문이 여러 차례 오가더니, 양측은 사건에 대한 공동조사에 합의한다.

공동조사의 결론에 있어서도 양측은 큰 이견을 보였다. 정식 허가를 받지 않은 조선농민의 개간은 불법이며 수로로 인해 중국인의 주변 농지에 큰 수해가 예상될 뿐만 아니라 통행 문제도 발생된다는 長春市政籌備處측의 주장과, 개간에 필요한 수로공사에 계약상의 큰 하자는 없으며 장차 농지의 가격이 상승하는 등 토착 주민들에게도 이익이 될 것이라는 일본영사관측의 주장이 팽팽히 맞섰다. 이러한 외중에서도 이주 조선농민들은 장춘일본영사관 경찰의 보호 아래 수로 공사를 계속하였다. 萬寶山 사건이 발생하기 며칠 전인 1931년 6월 26일에는 조선농민 수명이 중국경찰에 체포된 것과 수로 18尺이 파괴된 것에 대하여 장춘일본영사관이 長春市政籌備處에 항의하였다.

사건 전날인 7월 1일 중국 측 농민 3·4백 명이 제방을 파괴하여 토지를 원상 복귀시키려 하였다. 그러나 조선농민을 보호하기 위해 주둔하고 있던 일본경찰이 사격을 가하자 일단 철수했다. 중국 측에서도 경찰 7명이 현장에 나와 중국농민을 대피시킨 뒤 귀가시켰다.

사건 당일인 7월 2일 새벽 중국농민이 다시 모여들어 수로를 매몰하려 하자 50명

---

8 주(6), 『萬寶山事件硏究』, pp.84, 85. ; 「郝永德與鮮人李昇薰等九人所訂轉租契約」

으로 증강된 일본경찰은 무장시위를 벌이는 한편, 현장을 지휘하던 나카가와 警部는 비둘기를 날려 병력의 증원을 요청하였다. 이렇게 긴박했던 상황이 소강상태로 돌아서자 조선농민들은 일본경찰의 비호아래 수로 공사를 계속 진행하였으며 심각한 물리적 충돌이나 사상자가 발생하지는 않았다.

그런데 이 사건이 크게 취급된 것은 장춘일본영사관이 중국동북지방의 침략을 위한 구실로 이용하려 했기 때문이다. 장춘일본영사관은 조선·동아일보 등을 통해 중국 동북지방에서 중국인에 의해 조선농민들이 막대한 피해를 입고 있으며 사태가 심각하게 진행되고 있다는 허위과장 보도를 유도함으로써, 조선에 거주하던 중국인들이 조선인의 습격을 받아 많은 인명이 살상되는 참극을 불러일으키게 된다.

이와 같은 사건의 전개에 대하여 박영석은 "朝鮮에서의 中國人排斥事件이 다시 中國人을 刺戟하여 在滿韓人에 대한 中國人의 逆報復이 있기를 기대하고 그러한 경우 在滿韓人保護를 빙자하여 中國東北地方 侵略을 적극화할 것을 획책하였다"[9]라는 결론을 내리고 있다. 이러한 결론은 萬寶山사건이 처음부터 장춘일본영사관의 계획과 방조에 의해 이루어졌으며, 조선거주 중국인의 탄압으로 이어질 것이라는 예상을 하고 신문에 왜곡된 정보를 흘렸다는 인식에 바탕을 두고 있다 하겠다. 그러나 김철이 萬寶山사건을 다룬 이태준의 「農軍」을 논한 「몰락하는 신생-'만주'의 꿈과 〈농군〉의 오독」에서 "국내 유일의 연구서인 박영석의 《만보산 사건 연구》가 이 사건을 철저하게 일제의 음모론으로 규정하는 것에는 의문이 많다"[10]는 지적을 하고 있는데, 본고에서 정리한 萬寶山사건의 개요 역시 박영석의 연구를 토대로 하고 있는 만큼 장춘일본영사관의 계획된 각본대로 진행되었다는 인상을 풍기고 있는 것이 사실이다.

그렇다하더라도 장춘일본영사관이 만주 이주 조선농민을 보호하겠다는 자세를 끝까지 버리지 않고 계속적인 개간 작업을 유도한 것은 박영석의 주장대로 일제의 대륙 침략에 대한 야욕이 숨어 있었음을 부정하기 어렵다 하겠다. 또한 그 원인이 어디에 있든 이국땅에서 정착할 곳을 찾지 못한 채 배회하던 조선농민의 입장에서는 당장의

---

9 주(6), 『萬寶山事件硏究』, p.218.
10 김철(2006), 「몰락하는 신생-'만주'의 꿈과〈농군〉의 오독」 『해방 전후사의 재인식 1』, 책세상, p.490, (주) 17.

삶을 위한 농토를 확보할 있다는 사실이야 말로 참으로 고마운 일이 아닐 수 없었을 것이며, 그들로 하여금 일제의 만주지배를 적극 지지하는 태도를 취하게 만들었을 것이다. 따라서 『開墾』은 자연스럽게 일제의 만주경영을 합리화하여 내선일체와 황국신민화의 당위성을 확보할 수 있었던 것으로 보인다.

3. 萬寶山사건의 국책적 형상화로서의 『開墾』

『開墾』은 총11장으로 구성되어 있는데, 제1장~3장은 在滿조선이주민의 고난의 역사를 다룬 도입부분, 제4장~9장은 장춘일본영사관의 보호를 받는 조선농민과 중국의 토착주민을 이끌고 나온 공안국원들 간의 투쟁을 그린 전개부분, 제10~11장은 만주사변으로 萬寶山사건이 훌륭한 결실을 맺는다는 결말부분으로 나눌 수 있다. 그러므로 작품론을 전개하는 데 있어서도 편의상 도입, 전개, 결말의 세 부분으로 나누어 고찰하고자 한다.

1) 在滿조선이주민의 고난의 역사 (제1~3장)

『開墾』의 도입부는 1931년 7월 2일의 萬寶山사건을 계기로 같은 해 9월 18일 발생한 만주사변 이전의 파란만장한 조선인 이주민의 역사를 형상화하고 있다. 이는 만주사변 이후의 조선 이주민의 생활이 얼마나 윤택해졌는가를 그려내기 위한 사전 작업이라 할 수 있다.

그런데 역사적으로 볼 때, 일제와 중국이 1925년 체결한 雙方商定取締韓人辨法綱要 이후에는 중국 관헌의 노골적인 在滿조선인에 대한 압박과 구축이 심해졌다. 그 이유는 중국 측의 대 조선인 정책이 排日운동의 일환으로 수행되었기 때문인데, 조선인을 일제의 주구로 단정하고, 조선이주민이 많은 곳에는 일본의 영사관 혹은 일본 경찰이 조선인을 보호한다는 구실로 상주하며 중국의 주권을 침해한다[11]는 인식에 토대를 두고 있었다. 이러한 만주 이주 조선인에 대한 중국 측의 박해는 1927년을

---

11 주(6), 『萬寶山事件研究』, p.20.

넘어서면서 극에 달했으며, 결국 1931년의 萬寶山사건이라는 상징적인 결과를 낳게 된다. 『開墾』에서는 永俊을 비롯한 여러 등장인물로 하여금 "나는 피난하지 않겠네. 안 가고말고. 이제 다른 땅으로 가는 건 질색이네. 낯선 타향에 정처 없이 경작지를 찾아 헤매는 것은 이제 지긋지긋해"[12]와 같은 말을 되뇌게 하거나, 다음과 같은 회상의 장면을 삽입함으로써 이주 개척민으로서의 고통을 묘사하고 있다.

> 좀 생각해 보게. 노령 기슭에서 신개령, 그리고 이곳까지 흘러들었을 때를 말이야. 나는 그때 겨우 스물을 막 넘겼었는데, 모친을 모시고 갓 시집온 아내를 데리고서 말이야, 가는 곳마다 토착민들이 곤봉을 휘두르며 덤벼들지 않나, 수풀이 무성한 저습지를 개간하고 있노라면 관리라는 자들이 나타나 개간증을 내노라고 하질 않나.[13]

이렇게 질곡으로 가득한 고난 끝에 겨우 생활의 터전을 마련했다 하더라도 이를 노리고 덤벼드는 마적 떼가 있었으며, 또 자신들의 혁명기지로 삼으려는 공비(共匪)들의 집요한 협박에 의한 공작은 커다란 위협이 되었다. 공비들의 습격이 있을 것이라는 정보에 따라 또 다시 삶의 보금자리를 옮겨가는 동포 이주민들과는 달리 자신이 죽을 곳은 이곳이라며 끝까지 남아 있던 永俊의 가족은 공비들에 의해 몰살당하고 만다.

> 마적 쪽은 그래도 손을 쓸 방도는 있었다. 세모가 그들의 두목을 만나 소작미를 내겠다고 하자 그들은 방화나 부녀자 납치를 하지 않게 되었다. 그런데 공비 쪽은 끈질기게 마을을 맴돌았다. 즉 그들은 마을의 소유물과 함께 정신까지도 완전히 그들의 것으로 만들어 놓으려 하였다.[14]

집요하게 파고드는 공비들의 공작에 순응하지 않던 마을의 젊은이 19명이 그들에게 납치되어 "동리에서 그다지 멀지않은 소나무 숲 속에서 한사람씩 나무줄기에 묶

---

12 주(5), 『開墾』, p.7.
13 주(5), 『開墾』, pp.7, 8.
14 주(5), 『開墾』, p.14.

인 채 모제르총의 세례를 받아"**15** 살해당한 일도 있었다. 따라서 또 다시 공비들이 들이닥칠 것이라는 정보에 永俊만을 남기고 모두 피땀으로 이룬 개척지를 떠나 장춘으로 피난을 가게 되었다. 공비에 의한 피해는 비단 이주 조선인만이 아니라 일제에 있어서도 제국주의 체제를 위협하고 만주지배를 가로막는 심각한 장애물이었으므로, 일제의 관동군이 만주를 석권하여 이들의 위협으로부터 조선 이주민을 지켜내게 되었다는 작품의 결말은 일석이조의 자연스러운 형태로 완성되어 간다.

2) 萬寶山사건의 형상화 (제4장~9장)

공비의 습격을 피해 장춘에 모여든 피난민들은 일제의 어용단체인 거류민회에서 지내게 되는데, 이때부터 장춘일본총영사관의 다시로(田代) 영사의 역할이 조선이주민들의 운명에 절대적인 영향을 미친다. 처음에는 개간촌 귀환을 목표로 중국 측과 교섭을 벌이던 다시로 영사는 그것이 또 다시 개척민들을 위험에 빠트릴 수 있다는 생각에 새로운 개간지를 물색하게 되는데, 그 대상으로 선정된 곳이 다름 아닌 萬寶山 지역 일대였다.

이후의 『開墾』에서 전개되는 萬寶山사건의 과정은 앞에서 정리한 '萬寶山사건의 개요'와 크게 다름이 없으며, 다시로 영사와 나카가와(中川) 경부 등은 실명 그대로 등장한다. 그러나 사건의 본질이라는 측면에서 고찰해 보면 박영석의 『萬寶山事件硏究』와는 상반된 입장에서 그려내고 있음을 알 수 있다. 즉 『萬寶山事件硏究』에서는 조선이주민을 끌어들인 중국인 郝永德이 장춘현으로부터 전조(轉租)의 허가를 얻지 못한 채 수로 공사를 진행시킨 것으로 되어 있으나, 『開墾』에서는 縣長의 남동생을 매수하는 등 우여곡절 끝에 허가를 득한 것으로 그려내고 있다.**16** 다만 郝永德이 지주 대표로 교섭해온 孫永淸과 맺었던 소작료에 대한 두 사람만의 비밀 약속**17**이 탄로 나는 바람에, 다른 지주들이 수로 공사를 거부하고 나선 것으로 설정하고 있다. 이와 같은 작품의 전개는 조선인 이주민과 소작에 관한 계약을 맺어 水田을 개

---

15 주(5), 『開墾』, p.15.

16 주(5), 『開墾』, p.221.

17 郝永德은 조선 이주민으로부터 1晌當 3石의 소작료를 받아 다른 지주들에게는 2石만 지불하고 남은 1石은 孫永淸에게 돌려주겠으니 지주들을 설득해달라는 비밀 약속을 했다.

간하겠다는 郝永德의 신청을 현청에서 받아들여 허가를 했으나, 중국인 지주들의 내분으로 수로 공사를 방해받게 되었다는 내용으로 변질되는 결과를 초래하게 된다. 따라서 일본영사관과 그 지휘 아래 공사를 계속하는 조선 이주민들에게 정당성을 부여하게 된다. 그러나 국제연맹이 만주사변에 관해 작성한 리턴(Lytton)보고서에는 "郝永德은 長春縣長의 허가를 얻어야 本租地契約이 有效임에도 허가를 받지 않고 在滿韓農에게 轉租契約을 하였다"[18]는 기록이 있으므로 작가의 의도적인 왜곡일 가능성이 크다 하겠다.

또한 지주대표 孫永淸은 다른 지주들의 반대를 무마하기 위해 수로가 통하는 농지의 사용료를 소작료이외에 별도로 징수하자는 제안을 하였으나 郝永德이 받아들이지 않자, "나도 이제 결심했습니다. 용수로를 원상 복귀시킬 것을 요구합시다. 그쪽에서 縣長의 위세를 믿고 그런다면, 이쪽에도 생각은 있소"[19]라는 말로 대결의 자세를 드러낸다. 그리고는 해설의 형식으로 "그러나 이미 孫永淸은 연줄을 동원해 郝永德과 조선농민의 불법행위를 날조한 문서를 만들어 魯공안국장에게 진정을 한 뒤였다"[20]라는 내용을 삽입하고 있다. 이러한 전개는 『萬寶山事件硏究』에 전혀 언급되어 있지 않으므로 사실이라고 보기 어려운 면이 있으나, 萬寶山사건의 발단이 전적으로 중국의 관청 간의 대립과 지주들의 이기심에 있음을 강조함으로써 조선 이주민과 일본영사관과 측의 앞으로의 대응이 정당한 것으로 묘사하는데 효과적으로 작용하고 있다 하겠다. 이러한 작가의 의도는 다시로 영사의 대사를 통해서도 드러난다.

> 다시로 영사는 3일 정도를 외교절충으로 보냈다. 일단은 도리를 다해서 상대의 불법행위를 깨우치려 노력했다. 현(縣)정부는 공안당국에 책임을 전가하고, 공안당국은 난폭하기 이를 데 없는 언동으로 교섭을 뿌리쳤다. (중략) (이것이 놈들의 상투적인 수단이다)라며 다시로 영사는 굳게 결심했다. (이렇게 되면 스스로를 지킬 수밖에 없다)[21]

---

18 「萬寶山事件及朝鮮ニ於ケル反支暴動」牧野武夫編『リットン報告書』(Lytton), 中央公論 (12号付錄 (日本東京中央公論社) 1932) pp.73-6. (재인용 ; 朴永錫『萬寶山事件硏究』 p.89)

19 주(5), 『開墾』, p.233.

20 주(5), 『開墾』, p.233.

21 주(5), 『開墾』, p.255.

이상과 같은 묘사로 이치적인 면이나 외교적으로도 일본 측에는 하등의 잘못이 없고, 중국 측의 상식에 어긋나는 불법적인 행위로 사태가 악화되고 있음을 강조하고 있다 할 것이다.

『開墾』은 계속해서 중국의 공안국장을 위시한 수많은 토착민들의 집요한 공격에 맞서는 조선농민과 영사관경찰의 헌신적인 노력을 그려낸다. 조선이주민들이 한창 수로공사에 열을 올리고 있는 현장에 魯공안국장은 기병대 250여명을 이끌고 들이닥치더니 3일간의 여유를 주겠으니 떠나라는 경고를 한다. 이때서야 조선농민들은 영사관에 보호를 요청하기 위해 세 사람을 장춘으로 급히 보낸다. 장춘의 다시로 영사의 명을 받고 급히 도착한 것은 나카가와 경부와 6명의 영사관경찰에 불과하다. 조선농민 측도 남녀노소 대부분이 장춘으로 피난을 떠나고 21명만이 현장에 남아 있었다. 그러므로 수적으로는 절대적인 열세에 놓여 있는 셈이다. 다시로 영사가 두 차례의 응원부대를 더 보내어 33명의 무장대원으로 늘어났지만 사건 당일인 7월 2일에는 무장한 폭민(暴民) 1000여명을 상대하는 것으로 묘사된다. 사건 전날 밤에 다시로 영사는 다시 기관총과 많은 탄약을 제3차 응원부대와 함께 보냈다고 되어 있으나 정확은 인원은 나타나 있지 않다.[22] 어찌되었던 일본영사관경찰 측이 절대적인 수적 열세에도 불구하고 조선농민의 보호를 위해 기꺼이 목숨을 버리겠다며 각오를 다지는 장면을 통해서 일제가 얼마나 실질적인 내선일체의 실현을 위해 주력하고 있는지를 묘사하는데 효과적으로 작용한다.

그런데 이 사건의 전체적인 지휘를 맡고 있는 다시로 영사가 행동에 나서게 된 동기는 두 가지로 묘사된다.

> 너무 혹독하게 부당한 압박을 받아온 조선농민을 보호하지 않으면 안 된다는 생각과, 이와 같은 조선농민에 대한 압박을 방치해 두는 것은 장차 일본의 기득권익의 침해를 묵시적으로 인정하는 결과가 된다.[23]

젊은 영사 다시로의 이러한 생각은 민족의 벽을 넘어 동아시아를 경영하려는 일본

---

[22] 박영석의 『萬寶山事件研究』에는 7월 2일에 중국 측과 교전을 벌이는 영사관 경찰이 50여명으로 되어 있다.

[23] 주(5), 『開墾』, p.266.

제국주의의 이상을 표현하고 있는 것으로 독자들은 받아들인다. 일제 천황의 신민이 된 조선인은 이미 일본인이므로 이를 보호해야 하는 것은 당연한 것이고, 미래의 대동아 공영에 있어 저해가 될 수 있는 사안에는 단호하게 대처하겠다는 의지의 표명은 당시의 조선 독자를 안심시키고 남았을 것이다.

이러한 일제의 의지는 영사관경찰을 이끌고 현장에서 고군분투하는 나카가와 경부를 통해서도 선명하게 드러난다. 장춘의 중국공안대원들이 현장에 도착하여 일본 영사관경찰이 왜 이곳에 와 있는가에 대해 묻자 나카가와는 "(사태가)해결 될 때까지 우리들은 자국민을 보호할 권리가 있다"[24]는 대답을 한다. 즉 조선인은 이미 '자국민', 즉 일본인이기에 보호해야 한다는 것이다. 이와 같은 일제의 의지가 조선 이주민들과 생사고락을 같이 하고 있는 나카가와 경부를 통해 묘사될 때 독자들은 천황의 신민이 되겠다는 각오를 새로이 했을 것이다. 작품의 집필 의도를 효과적으로 이뤄낸 장면이라 하겠다.

그런데 나카가와 경부의 출신과 관련된 독특한 설정이 주목을 끈다. 나카가와와 중국인 폭민[25]을 이끌고 온 지주 孫永淸 사이에 다음의 대화가 오간다.

> "잘난 척 하지 마라. 너도 고우리(고려인, 조선인을 비하하는 말-인용자) 주제에 일본인인 체 해도 다 알고 있다."
> "고우리도 훌륭한 일본인이다. 너희들의 야만행위를 묵과할 일본인이 아니다."[26]

萬寶山사건에서 실존 인물이었던 나카가와 요시누마(中川義沼) 경부의 출신이 조선인이었다는 기록은 『萬寶山事件硏究』에서도 확인되지 않고 있어서, 작품에서 암시하고 있는 내용이 사실인지 작가가 가미한 허구인지 알 수 없는데, 작품 속의 나카가와도 이에 대한 직답을 회피한 채 애매한 대답으로 얼버무린다. 나카가와 경부가 실제로 조선출신이든 아니든 간에 이를 넌지시 암시한 채 소기의 목적을 보다 효과적

---

24 주(5), 『開墾』, p.261.
25 '폭민'은 중국인 토착민을 비하하는 말이지만, 작품에서 사용되고 있는 말이므로 분위기 전달을 위해 그대로 사용했음.
26 주(5), 『開墾』, pp.277, 278.

으로 이끌고 있는 작가의 역량은 탁월하다 하겠다. 피지배계층이며 황민으로 거듭나야할 대상으로서의 조선민중이 아니라, 일제의 편에 서서 황민화와 대동아 경영을 이끌며 동족을 위해 자신의 목숨을 초개같이 버리려는 조선인의 모습을 그에게서 찾아볼 수 있기 때문이다. 그의 말과 행동에서는 사리사욕을 위한 친일은 보이지 않고 조선민족의 장래와 일제의 위대한 이상의 실현을 위해 헌신하는 모습만이 있을 뿐이다. 이러한 작품 구성은 당시의 친일협력자들에게 면죄부를 줄 수 있었을 것이며, 일본인에게는 감동을, 그리고 피식민지 조선민중에게는 황민으로서의 자부심과 책임감을 동시에 갖도록 만드는 계기로 작용했을 것으로 보인다.

3) 이상향으로서의 만주국과 萬寶山사건의 의의 (제10, 11장)

『開墾』의 결말에 해당하는 제10, 11장에서는 萬寶山사건이 계기가 되어 발생한 만주사변의 당위성을 그려내는 데 초점을 맞추고 있다.

> 만주에 이주한 조선농민의 30년에 걸친 개간사에 기록되어야 할 피로 얼룩진 참상은 이 만보산사건을 계기로 차례차례 폭로되었다. 그리고 만보산사건보다 수십 배에 달하는 조선농민에 대한 박해의 참상이 밝혀졌음에도, 후일에 국제연맹의 조사원은 일본 측에 불리한 보고서를 작성하기 위하여 조선농민의 참상에는 눈을 돌리지 않았다.(중략) 어찌되었든 만보산사건을 계기로 해서 일·중 양국의 감정은 점차 소원해지고 첨예화되어 갔던 것이다.[27]

인용문은 박영석의 『萬寶山事件硏究』에서 중요한 자료로 취급하여 자주 인용한 국제연맹의 「Lytton보고서」를 고의로 일본 측에 불리하게 작성한 것이라고 매도하고 있다. 그리고 萬寶山사건이 계기가 되어 일제와 중국의 감정의 골이 깊어지고 있을 뿐만 아니라, "부정의가 공공연히 행해지고 있는 것을 알게 된 조선인들이 종래에 우호적인 애정으로 접해오던 중국인에 대한 태도를 바꾸기 시작한 것은 당연한 일"[28]이라는 내용을 삽입함으로써, 조선인과 중국인을 이간질시켜 일제의 대륙침략 정책에

---

27 주(5), 『開墾』, pp.298, 299.
28 주(5), 『開墾』, p.298.

대한 협조를 유도하고 있다.

조선농민들은 7월 2일의 萬寶山사건 이후에도 8월 상순까지는 일본영사관 경찰의 비호 아래 수로 공사에 매달렸다. 경찰이 철수하고 난 뒤에는 농민 스스로가 경계 태세를 유지하면서 개간 작업을 계속하였다. 그러던 중 9월 18일에 발생한 만주사변의 소식을 접하고 모든 고생이 끝났다며 다 같이 흥분을 감추지 못한다. 그리고 "이 사변이 자신들이 싸웠던 만보산사건과 직접적인 관련이 있다는 것을 생각하면서 자부심이 솟구쳐 오르는 것을"[29] 느끼게 된다.

세월이 흘러 1934년 3월에는 일제가 세운 만주국의 황제가 등극하고, 장춘이 신경으로 바뀌어 수도가 되었다. 萬寶山 일대의 조선 이주농민들은 자신들이 용수로에 흘린 피가 "존귀한 오늘날의 빛나는 세상을 초래(尊くも今日の輝かしい世界を招來)"[30]했다는 감격에 젖는다. 그리고 사변을 기점으로 하여 그 전과 후를 뚜렷한 "밤과 낮(夜と晝)"[31]처럼 인식하게 된다. 또한 3년 만에 다시 萬寶山 일대 개간지를 찾은 나카가와 경부는 "이것이 그 누렇게 망령 같은 모습을 하고 있던 농민들 이란 말인가"[32]라며 감탄해 마지않는다.

결말을 이렇게 맺고 있는 것은 본래 작품의 집필 목적이 이점을 부각시키려는 데 있었기 때문이다. 『開墾』은 萬寶山사건과 만주사변이 발생한지 10년이 넘는 시점인 1943년에 집필되었다. 일제는 1937년에 중일전쟁을 일으켜 중국 본토에 대한 공략을 시작하여 중요한 거점을 점령한 상태에 있었으므로, 새삼스럽게 만주사변을 정당화하기 위해 萬寶山사건을 들고 나왔다고 볼 수만은 없다. 집필 당시의 시점에서 일제가 절실히 필요로 했던 것은 이곳저곳에 전쟁을 벌여 놓은 탓으로 부족한 전투인력과 물자 생산인력을 원활히 확보하여 총력전을 펼치는 것이었다. 이를 위해서는 대륙침략의 거점이며 인적·물적 보급지로서도 중요한 위치에 있는 조선의 민중을 좀더 확실하게 황국신민화 할 필요가 있었기 때문이다. 이러한 시대적 요청에 따라 집필된 『開墾』은 만주를 떠도는 조선농민들이 존재하게 된 근원적인 배경을 도외시 한

---

29 주(5), 『開墾』, p.306.
30 주(5), 『開墾』, p.317.
31 주(5), 『開墾』, p.318.
32 주(5), 『開墾』, p.318.

채, 이들을 보호하기 위해 심혈을 기울이는 일제의 모습을 그려내는 데 초점을 맞추고 있다. 이 작품은 결국 일제가 횡폭한 중국인을 제압하여 만주국을 건설함으로써 조선의 이주농민들에게 풍요와 평안을 안겨다 주었다는 줄거리로 완성되었는데, 조선의 독자들로 하여금 일본인에 대한 친근감과 함께 황민으로서의 자부심을 느끼게 만드는데 일조했을 것으로 생각된다.

4.『開墾』에 대한 평가와 문제점

『開墾』은 앞장에서 고찰해본 것처럼 만주에 이주한 조선인의 지난한 삶과 일제의 만주국 경영의 이상이 교차되는 상황을 배경으로, 황민으로서의 조선인을 보호하기 위해 최선을 다하는 장춘일본총영사관 영사와 경찰의 모습을 그려내고 있다. 따라서 조선인의 황국신민화에 대한 거부감을 없애고 일제의 대동아 경영에 대한 이해와 협력을 구하고자 한 국책(國策)적 작품이라 하겠다. 그러나 조선의 이주민들이 만주를 배회하는 것은 그들의 삶의 터전을 일본인 식민들에게 내줄 수밖에 없었던 결과로 발생된 것이며, 만주의 관동군과 영사관원들은 현지의 교두보 확보를 위해 식민으로서의 조선인들이 절대적으로 필요했기 때문에 지원했다는 것을 생각하지 않을 수 없다.

그런데도 시라카와와 같은 연구자들이 "표면상 이 작품은 역시〈국책물〉속에 넣을 수밖에 없지만, 중립적 시점에 토대를 둔 다면적인 묘사와 구성력 등의 면에서 상당한 수작"이라며 높이 평가하는 것에 대해 의구심을 떨치기 어렵다. '중립적 시점'이라면, 일제와 중국의 관헌 및 토착민, 그리고 조선 농민을 객관적인 시각에서 묘사를 했다는 것인데, 실제로는 박영석의『萬寶山事件硏究』와는 상반된 입장에서 일제와 이들의 지원을 받는 조선농민의 편에서 그려내고 있음을 알 수 있다. 설사 박영석의 연구가 일제의 만주침략을 비판하는 입장에서 이루어졌다 하더라도 여러 증거자료를 상당수 제시하고 있는바, 사건에 대한 객관적인 접근은 가능하다 하겠다. 그런데 『開墾』에 보이는 사건의 전개는 중국 관헌의 불법적인 행태와 행정의 난맥상, 그리고 사리사욕에 눈이 먼 지주들에 萬寶山사건의 원인이 있음을 명백히 하고 있다. 따라서 시라카와의 주장은 사건의 전말을 전혀 고려하지 않은 채 내용의 흐름을 쫓아

막연한 평가를 내렸다는 비판을 면하기 어렵다. 그리고 작가의 다면적인 묘사와 구성력은 인정된다 하더라도, 그 뛰어남이 사건의 본질을 왜곡하기 위해 구사되었다는 점에서 이를 평가하기 어렵다 하겠다.

시라카와는 또 김동인의 「붉은 산」과 이태준의 「農軍」을 예로 들면서 다음과 같이 언급한다.

> 그러나 이러한 조선의 단편에서 작가가 아무런 의문도 없이 조선 측 입장에 서서 〈횡폭한 만주인〉 지주와 중국인 농민에 맞선다고 하는 일방적인 이야기로 일관하고 있는 것과 비교하면 『開墾』은 그 중립적인 시점이 주목 받는 작품이라고 먼저 말할 수 있다.[33]

주지하는 바와 같이 김동인의 「붉은 산」은 만주로 이주한 조선 농민들이 중국인 지주 밑에서 소작인으로 살며 착취당하는 이야기를 다룬 단편이다. '삵'이라는 별명을 가진 주인공은 독하고 교활한 성품으로 조선이주민 동네에 많은 피해를 끼치고 있었으므로 암적인 존재였다. 그러나 소출이 적다고 중국인 지주에게 숨이 끊어질 정도로 얻어맞은 동네사람의 앙갚음을 하러갔던 삵의 몸이 기역자처럼 뒤로 꺾인 채 밭고랑 위에서 죽어간다. 그리고 "마지막으로 죽어가며 붉은 산과 흰 옷을 입에 올리는 데서 뜨거운 민족주의 의식을 일깨우는 감동"[34]으로 막을 내린다. 이 작품이 발표된 것은 1932년인 까닭에 萬寶山사건을 소재로 했을 가능성도 있지만, 다루고 있는 내용은 일제의 만주지배 정책 등에서 한 발짝 물러나, 중국인 지주와 조선인 소작농의 갈등을 바탕으로 조선농민들의 불우한 처지에 국한되고 있다. 이러한 작가의 자세는 현실적인 문제로 중국인 지주의 횡포를 민족적인 입장에서 고발함과 동시에, 그와 같이 현실의 원인이 되는 일제의 조선에 대한 식민지배를 비판하고 있다고도 볼 수 있다. 따라서 萬寶山사건을 다루고 있다는 확증이 없는 한, 아니 설사 그렇다하더라도 현실로서의 부당한 처사를 당하고 있는 동족을 그려냄에 있어 중국인 지주가 악인이 되는 것은 필연적인 일일 것이다. 이는 장혁주의 『開墾』이 조선민족의 황민화와 일제

---

33 주(2),『開墾—日本植民地文學精選集(朝鮮編) 3 』, 解說 p.3.
34 申東漢(1993), 「金東仁의 작품세계」, 김동인『감자』, 一信書籍, p.277.

의 대륙침략을 정당화하려는 의도로 집필 된 것과 나란히 논할 수 있는 성질의 작품이 아니라 하겠다.

이태준의 「農軍」은 萬寶山사건의 전개과정과 유사하게 그려지고 있어서 이 사건을 소재로 삼아 집필된 것이 확실해 보인다. 중국의 공안국원이나 토착민들과의 투쟁과정은 『開墾』과 너무 흡사하여 장혁주가 「農軍」의 영향을 받아 집필한 것이 아닌가 여겨질 정도이다. 「農軍」(1939,7)이 『開墾』(1943, 4)보다 4년 가까이 앞서 발표되었다는 것을 생각하면 그 가능성을 배제하기는 어렵다.

그런데 김철은 「農軍」에 대해 "'만주 경영'이라는 제국주의의 '새로운 시대적 흐름'에 편승한, 다시 말해 당대의 '국책(國策)'에 적극적으로 부응한 소설이며, 그러한 사정을 떠나 소설 자체로 보아도 지극히 무성의하고 불성실한 작품이다"[35]라며 혹평을 한다. 그 이유로는 일제의 만주침략정책의 일환으로 발생한 萬寶山사건을 소재로 삼으면서 마치 민족주의적인 내용을 다룬 것처럼 왜곡 묘사하여 일제의 만주국 건설을 합리하고 있다는 점을 강조한다. 이와 같은 결론에 도달하게 되는 직접적인 동기는 조선농민 중에 다친 사람이 없는 데도 불구하고 횡포한 중국인들에 의해 총상을 입는 것으로 묘사[36]하는 등 사건의 본질을 왜곡하고 있다는 점과, 「農軍」이라는 제목과 작가의 이름 사이에 "이 小說의 背景 滿洲는 그전 張作霖의 政權時代임을 말해 둔다"라는 내용이 있는데, 이것을 삽입한 의도가 당시와 같은 불행은 만주국 건설이후에는 사라졌다는 내용을 암시하고 위한 것이라는 판단에 의한 것이다. 김철의 이와 같은 평가를 부정할 수 없지만 그렇다고 「農軍」을 완전히 국책적 작품으로 매도하기도 어렵다. 만일 이태준이 萬寶山사건을 소재로 삼아 민족의식을 고취하고자 하였으나, 자칫 당국이 일제의 꼭두각시 정권인 만주국을 비방하는 내용이라고 판단한다면 검열의 칼날을 벗어날 수 없을 것으로 보고, 미리 張作霖 정권시대의 일이라고 제목 밑에 붙여 놓으면 오해 살 일을 미연에 방지할 수 있다고 생각했을 가능성도 있기 때문이다.

그러나 어찌되었든 「農軍」에는 『開墾』에 보이는 영사관경찰의 헌신적인 노력이

---

35 주(10), 『해방 전후사의 재인식 1』, p.481.
36 주(10), 『해방 전후사의 재인식 1』, p.504.

나, 만주국에 대한 적극적인 찬양, 그리고 황국신민화를 위한 노력은 찾아 볼 수 없는데도 불구하고 일제의 대륙침략을 합리화한 작품이라는 평가를 받는다면, 과연『開墾』은 어떠한 평가를 받아야 마땅한지 궁금하지 않을 수 없다. 그리고 이러한 작품을 「붉은 산」이나 「農軍」에 비해 중립적이고 빼어난 작품이라고 평가할 수 있는가하는 의구심을 떨치기 어렵다. 유숙자도『開墾』을 논하면서 "불행했던 조선 농민의 만주이주는 만보산사건과 만주국의 건설로 인해 이제 행복해졌다는 것이다"[37]와 같이 작품의 본질에 접근한 듯한 자세를 보이다가도, "소설『개간』의 서술방법이 일본 측에만 기울어져 있는 것이 아니라, 중국인 지주나 당국자, 혹은 현지 농민들의 입장도 이해되도록 객관적으로 그렸고, 이해(利害)집단 상호의 충돌을 당시의 국제정세나 정치역학에까지 시야를 넓히고 있다는 점은 주목할 만하다"[38]와 같이 무비판적인 견해를 피력하고 있다.

시라카와는 또 장혁주를 김사량과 비교하여, 김사량은 변절행위를 거의 보이지 않았던 만큼 인기도 높다며, 장혁주에 대한 재고의 필요성을 강조한다.

「친일」행위의 정도만으로 문학작품과 작가의 존재전체를 부정하거나 긍정하는 것
은 너무 극단적인 것이 아닐까. 그 재고를 위한 가장 중요한 일본어 작가가 다름 아닌
장혁주라 할 수 있다. 굳이 본정선집에서 이 작가를 선택한 이유이다.[39]

인용문은『開墾』의 복간을 기념하는 취지에서 붙인 해설의 일부이다. 장혁주의 작품이 평가를 받지 못하고 있는 것이 '친일'작가로 낙인찍혔기 때문이라면서 이에 대한 재고가 필요함을 입증하는 작품이『開墾』이기에 복간을 결정하게 되었다고 말하고 있다. 그러나『開墾』은 지금까지 검토해온 바와 같이 적극적인 '친일' 작품임을 확인해 보았다.

장혁주는 모두 네 차례에 걸쳐 만주를 시찰하였는데, 그 첫 번째가 1939년 6월 무렵이고, 두 번째는 1942년 5월경, 세 번째는 1943년 9월이었고, 네 번째는 1945년 5

---

37 유숙자(2004),「滿洲 조선인 이민의 한 풍경」『재일본 및 재만주 친일문학의 논리』, 역락, p.196.

38 주(37),『재일본 및 재만주 친일문학의 논리』, pp.196, 197.

39 주(2),『開墾－日本植民地文學精選集(朝鮮編) 3 』, 解說 p.2.

월 무렵이었다. 『開墾』이 1943년 4월에 출간된 것을 고려한다면 첫 번째와 두 번째의 만주시찰을 바탕으로 집필되었다고 볼 수 있다. 만주시찰에 대한 감상을 기록으로 남긴 것은 『나의 풍토기(わが風土記)』(赤塚書房, 1942,5)에 수록된 「間島·圖們」(1939), 「邂逅」(1940), 「滿洲雜觀」(1939, 8) 등으로, 그 중에서도 「滿洲雜觀」에는 비교적 소상히 견문의 감상을 적고 있다. 「滿洲雜觀」이 집필된 시기로 보아 첫 번째 만주시찰에 대한 기록이라 할 수 있는데, 현지 관리들의 안내로 만주이주 조선농민의 고난에 찬 개척의 역사를 접하면서 느끼는 슬픔을 담담하게 그려내고 있다. 그러나 때때로 "지금은 반도이민에 있어서는 실로 고마운 시대가 되었다고 하지 않을 수 없다"[40]와 같이 시국영합적인 언급을 끼워 넣기도 한다. 이러한 자세가 두 번째의 만주시찰 이후에는 『開墾』과 같이 적극적인 친일협력적 작품으로 발전된 것으로 보인다. 그런데 일제가 패망하고 30년이 지난 1975년에 출간된 자전적 소설 『폭풍의 시(嵐の詩)』에서는 개척민들과 관련된 일들을 사실대로 쓸 수 없었음을 고백하고 있다.[41] 따라서 『開墾』에서 다루고 있는 내용들도 실제로 작가가 생각하고 있던 사실들과는 상당히 다르게 친일적 형태로 형상화되었을 가능성은 매우 높다 하겠다.

그리고 장혁주의 문학이 외면 받아온 이유가 '친일'작가로 낙인찍힌 때문이라는 시라카와의 주장에 대해서도 검토할 필요가 있다. 우선 시라카와 자신이 장혁주를 김사량과 비교 연구한 논문을 예로 들어보겠다.

장혁주는 넓은 의미로 체험이나 見聞을 바탕으로 하거나 자신의 傳記的 요소가 짙은 작품이 많고 순수 픽션이 그만큼 적다. 이것은 창작 의도와도 연관되지만 혁주의 주된 관심은 自己주변에 있었고 감정과다적인 기질 때문에 그 작품은 그의 愛憎의식이라는 색채가 짙다. 이에 대해 김사량은 다채로운 題材를 통해 사회를 냉정하게 분석하여 객관적으로 묘사할 力量을 보였다. 김사량의 창작 의도는 그 당시의 현실사회 비판에 있었던 것이다. 일어 작품의 일본어 실력은 김사량이 오히려 장혁주보다 수준이 높았다.[42]

---

40 張赫宙(1942), 「滿洲雜觀」『わが風土記』, 赤塚書房, p.166.

41 野口赫宙(張赫宙)(1975), 『嵐の詩』, 講談社, p.211.

42 시라카와 유타카(白川 豊)(1989), 「張赫宙硏究」, 동국대 박사학위 논문, p.60.

김사량에 비해 장혁주는 여러 면에서 자질이 떨어지는 작가로 평가하고 있어서, 그의 문학이 친일로 낙인 찍인 때문이라는 스스로의 주장과 모순되고 있음을 알 수 있다. 시라카와는 또 장혁주 문학이 다시 주목 받아야할 작가라는 것을 입증하겠다면서『開墾』『화전 어느 쪽도 불사하다(和戰何れも 辭せず)』『이와모토지원병(岩本志願兵)』의 세 작품을 복간 출판한다. 즉『이와모토 지원병』은 누가 보아도 시국영합적인 작품이지만,『開墾』이나『화전 어느 쪽도 불사하다』는 시국에 그다지 영합하지 않은 수작이므로 함께 읽어 장혁주라는 작가를 다시 평가해야한다[43]는 것이다.

『화전 어느 쪽도 불사하다』는 임진왜란 당시에 조선 침략의 선봉장을 맡았던 고니시 유키나가(小西行長)가 자신도 세례를 받은 신자의 입장에서 당시의 기독교 탄압에 대한 갈등과 조선침략을 준비해 가는 과정을 그려낸 작품이다. 이 작품에 대해 시라카와는 "구성도 뛰어나 인간의 내면에 대한 통찰력과 복잡한 인간관계를 잘 그려낸 필력 등이 돋보인다"[44]며 극찬하고, 장혁주의 "공평한 배려와 작가로서의 완숙미(公平な目配りと作家としての円熟)"[45]를 느낄 수 있는 실례라며,『화전 어느 쪽도 불사하다』의 속편으로 집필된『부침(浮き沈み)』의 작가「후기」를 그 예로 들고 있다.

> 고니시 유키나가에게는 유키나가의 '誠'이 있고, 기요마사나 순신에게는 각각의 '誠'이 있으며, 심유경에게는 또 유경의 '誠'이 있다고 생각한다. / 그 '誠'을 쓰는 것이 이 장편의 안목이고, 전쟁에서의 역할은 그 다음 문제이다.[46]

본고에서『화전 어느 쪽도 불사하다』를 자세히 논하기는 어렵지만, 고니시 유키나가가 세례를 받은 기독교인의 입장에서 이를 보호하려 노력하는 것은 장혁주 자신 역시 세례를 받은 신자로서의 입장을 바탕으로 한 동정적 심리가 작용했다고 생각할 수도 있다. 그러나 한편으로는 조선을 침략한 장수라는 강성 이미지를 완화하기 위한

---

43 주(2),『開墾ー日本植民地文學精選集(朝鮮編) 3』, 解說 p.6.

44 주(2),『開墾ー日本植民地文學精選集(朝鮮編) 3』, 解說 p.6.

45 주(4),『和戰何れも 辭せずー日本植民地文學精選集(朝鮮編)11』, 解說. p.6.

46 張赫宙(1943),「後記」『浮き沈み』河出書房, p.353. 白川 豊(2001),「張赫宙『和戰何れも 辭せず』について(解說)」『和戰何れも 辭せずー日本植民地文學精選集(朝鮮編)11』ゆまに書房, p.6 재인용.

효과적인 수단으로 활용하고 있다고 보는 것도 가능하다. 그런데 인용한 문장에서와 같이 침략국의 장수나 피해국의 장수 모두가 각각의 '誠'을 가지고 최선을 다했을 뿐이라는 식의 표현은, 고니시의 염려와 촉구에도 불구하고 조선 측이 전쟁을 막아낼 힘을 갖추지 않은 것이 무엇보다 문제였다는 『화전 어느 쪽도 불사하다』의 주제와 일치하는 것이라 하겠다. 이는 『開墾』에 등장하는 장춘총영사관의 영사나 萬寶山사건을 배후에서 조종했다고 알려진 관동군의 참모들 역시 각각의 '誠'을 가지고 움직이는 임진왜란 당시의 장수 고니시 등과 다름없는 인물이라는 결과를 도출해냄으로써 이들의 사고와 행동을 미화하고 있다 하겠다.

구로카와 소(黑川 創)는 '〈外地〉의 일본어문학선(選)'인 『朝鮮』(新宿書房, 1996)의 편집 책임자로서, 장혁주, 김용제 등의 작품을 이곳에 수록하지 않은 이유를 책 말미의 '해설'에서 밝히고 있다.

> 그것은 나중에 그들이 일본국가에 익찬적인 문학으로 전향한 것과 직접적으로는 관련이 없다. 그것보다 오히려 그들의 일련의 작품에 문학으로서 산만하다는 약점을 느끼지 않을 수 없었던 것이 여기에 수록하지 않은 이유이다. 무엇보다 그러한 문학으로서의 약점이 그들의 정치적인 변전과 결부되어 있다고 나 자신은 생각한다.[47]

짧지만 명쾌하고 적확한 구로카와의 견해에 대해 시라카와는 이의를 제기[48] 하고 있지만, 이미 재일조선인 문학 연구자 임전혜는 이와 유사한 평가[49]를 내린 바 있다. 시라카와의 주장과는 달리 많은 연구자나 독자들이 장혁주를 크게 거론하지 않는 것은 몇 개의 단편을 제외한다면 그의 작품성이 전반적으로 떨어지는 까닭에 거론할만한 작품이 별로 없다는 것과, 이러한 자신감의 결여를 극복하여 자신의 영달을 꾀하기 위한 방편으로 시국적 작품에 매달렸다는 사실을 알고 있기 때문이라 할 수 있다.

그런데 본고의 고찰을 통해 확인해본 바와 같이 일부의 연구자가 『開墾』과 『화전 어느 쪽도 불사하다』와 같은 적극적인 친일적 작품을 예로 들며 장혁주 문학에 대한

---

47 黑川 創編(1996), 『朝鮮』新宿書房, p.330.
48 주(2), 『開墾―日本植民地文學精選集(朝鮮編) 3』, 解說 p.6.
49 주(1), 「張赫宙と日本文壇への登場」, 『日本における朝鮮人の文學の歷史-1945年まで―』

재평가를 주장하는 것은 이해하기 어려운 면이 있다. 친일적 문학이라 하더라도 그 존재 가치가 부정되는 것은 아니므로, 필요 이상의 옹호적 언급으로 작품 본래의 성격을 변질시킬 필요는 없다 하겠다.

5. 맺음말

장혁주의 『開墾』은 1931년 7월 2일에 만주의 長春縣 萬寶山 일대에서 발생한 萬寶山사건, 즉 장춘일본총영사관 경찰의 보호를 받고 있던 만주이주 조선농민과 중국 토착주민들의 충돌사건을 다룬 작품으로 1943년 4월에 간행되었다. 萬寶山사건은 일제의 만주지배를 획책하기 위해 장춘일본영사관과 만주에 주둔하고 있는 관동군에 의해 계획되거나 방조된 사건이라는 것이 연구자들의 일반적인 견해이다.

그렇지만 본고의 고찰을 통해 확인해 본 바와 같이 『開墾』은 만주에 이주한 조선인의 지난한 삶과 일제의 만주국 경영의 이상이 교차되는 상황을 배경으로, 황민으로서의 조선인을 보호하기 위해 최선을 다하는 장춘일본총영사관 영사와 경찰의 모습을 그려내고 있다. 이는 『開墾』이 조선인의 황국신민화에 대한 거부감을 없애고 일제의 대동아 경영에 대한 이해와 협력을 구하려는 목적으로 집필된 국책(國策)적 작품인 까닭이다. 그럼에도 시라카와와 같은 연구자들은 『開墾』이야말로 친일작가로 외면당해온 장혁주를 재평가하게 만드는 우수한 작품이라는 견해를 피력하고, 그의 작품이 소외되어 온 것은 친일작가라는 낙인이 찍힌 때문이라며 이에 대한 재고의 필요성을 강조한다.

그러나 장혁주의 작품이 제대로 거론되지 않고 있는 것은 시국영합적인 작가의 특성상 수준 높은 작품이 적기 때문이지, 친일작가의 작품이라서 외면당하고 있는 것이 아님을 간과해서는 안 된다. 또한 『開墾』과 『화전 어느 쪽도 불사하다』와 같은 작품을 통해 장혁주를 옹호하려는 노력은 일제의 대륙침략정책의 일환으로 자행되었던 조선의 식민지배를 정당화하려 애쓰는 현재의 일본 우익의 논리와 맥락을 같이 하는 것으로 오해받을 소지가 매우 크다 하겠다.

V. 일제 패전 직후의 문학세계

張赫宙 문학과 패전국민의 삶
― 패전 직후의 일본민중을 형상화한 작가의 휴머니즘 ―

1. 머리말

식민지 말기에 활발한 친일적 작품 활동을 해온 장혁주는 일제의 패전으로 이를 더 이상 지속할 수 없게 되었을 뿐만 아니라, 재일조선인 사회의 멸시에 찬 시선과 살해 협박을 감내해야만 했다. 또한 조국에서도 그를 환영할 리 없었으므로 고립무원의 고독한 생존을 이어가고 있었다.

그런데 장래에 대한 불안감 속에서 패전 직후를 살아가던 장혁주의 눈에 비친 일본민중의 고되고 궁핍한 삶은 동병상련의 아픔으로 작가적 감수성을 자극하였으며 이들을 소재로 한 일련의 작품을 집필하게 만든다. 이 시기의 일본민중을 형상화한 작품으로는 장편 『고아들(孤兒たち)』(1946)과 『젊은 여자(若い女)』(1948), 단편집 『사람의 선함과 악함(ひとの善さと惡さと)』(1947)을 들 수 있는데, 전쟁으로 부모를 잃고 고아가 된 어린이와 생활고에 허덕이는 여성들의 고통을 그려내고 있다.

이러한 작품들이 비록 과거의 친일 경력을 지닌 작가에 의해 한민족이 아닌 일본인들의 패전 직후의 참상을 그려내고 있다하더라도, 순수한 작가적 감수성을 되찾은 결과물이라는 점은 인정받을 수 있으며, 일본의 하층 민중들 역시 군국주의자들이 일으킨 전쟁의 피해자라는 점을 생각할 때 작가의 인본주의적 자세는 평가할만하다 하겠다.

본고에서는 패전 직후의 일본민중의 생활상을 그려낸 작품에 대한 분석을 통하여 무고한 피해자로서의 어린이와 여성들에 대한 작가적 시선과 전쟁에 대한 인식을 고찰하고, 집필에 임한 작가의 휴머니즘[1]적 자세를 확인해보고자 한다.

2.『고아들(孤兒たち)』에 형상화된 작가의 휴머니즘

1)『고아들』의 집필 배경

『고아들』은 일본에 머물던 장혁주가 일제의 패전 이후 처음 집필한 소설로 1946년 12월에 출간되었다. 「후기」에 집필 완료 시점을 1946년 3월 20일로 적고 있어서 일제의 패전 직후 쓰기 시작했다는 것을 알 수 있다.

이 소설은 일제말기의 국책 영합적 작품이나 작가적 체험을 다룬 자전적 소설과는 크게 성격을 달리하는 것으로, 작가의 내면세계 깊숙이 감춰져 있던 인간에 대한 애정을 문학으로 형상화했다고 할 수 있다. 이러한 순수한 작가적 감수성을 담아낸 작품을 집필하게 된 동기는 작가의 「후기」에 잘 나타나 있다.

> 나는『고아들』이 소설로서 뛰어난 작품인지 어떤지는 그다지 관심을 가지고 있지 않다. 그보다 내 가슴을 도려내고도 남는 비참한 사실이 얼마나 정확하게 전달되었는 가, 그리고 이 비참한 사실을 우리들로부터 하루라도 빨리 제거하고 싶다는 나의 희망 이 이루어질 수 있도록 얼마나 이 소설이 도움이 되는가가 문제이다.(276)[2]

---

1 (장혁주 문학의) 휴머니즘 ; 孫才喜는 「장혁주 문학의 연속과 비연속(張赫宙文學の連續と非連續)」(『日本文化の連續性と非連續性, 1920年－1970年』勉誠出版, 2005)이라는 논문을 통해 귀화 이전의 장혁주 문학의 전반에 대하여 개략적으로 고찰하고 있다. 그는『孤兒たち』『人の善さと惡さと』에 대하여 '휴머니즘적 시점에서 리얼하게 묘사'하고 있다고 짧게 언급한 뒤,『孤兒たち』의 줄거리를 간략히 소개하고 있다.(pp.169, 170) 그러나 '휴머니즘적 시점'이 무엇을 의미하는지 구체적인 언급은 보이지 않는다.

2 본고의 제2장에서는 〈張赫宙(1946)『孤兒たち』, 萬里閣〉을 텍스트로 삼았다. 괄호 안의 숫자는 텍스트의 쪽수를 나타낸다. 이하 같음.

약간은 의도적인 표현이 엿보이고 있지만, 패전 직후에 부모와 형제를 잃고 길거리를 배회하는 수많은 고아들을 응시하는 작가의 인간애를 엿볼 수 있다. 이와 같은 자세는 일제의 패전 이후에 한일 양국으로부터 미아처럼 내버려진 작가적 상황과 무관하다고 볼 수 없다.

일제의 패전은 국책적 작품을 집필해온 장혁주의 그간의 노력을 허사로 만들었으며, 패전국 일본은 그를 처벌해야 한다는 재일조선인 사회의 위협으로부터 보호받을 수 있는 은신처가 되지 못하였다. 그래도 그는 자신이 조선인이라는 생각에서 태극기가 걸려있는 조련(朝連) 사무실[3]을 찾는다. 그러나 그곳에서 일에 열중하고 있던 젊은 학생들은 찾아온 작가를 놓고 "없애버리자는 쪽, 좀 더 기다리자는 쪽, 처치하려면 방법을 생각하자"[4]는 등의 열띤 토론을 벌인다.

장혁주는 자신이 겪고 있던 곤란이 친일적인 글쓰기에서 비롯되었음에도 불구하고 "패망한 나라의 풀 죽은 국민들의 모습에 의지할 바 없는 고독을 느끼고 또다시 절망의 나락"[5]으로 빠져들게 된다. 이러한 작가의 고뇌를 통해 엿보이는 것은 여전히 기회주의적인 행태에서 벗어나지 못하고 있는 친일작가의 모습이라 할 수 있지만, 일본인이 좋아서 의지하려 했다기보다는 살고자 하는 본능이 작용한 결과라 할 수 있을 것이며, 오히려 솔직한 표현이 돋보인다 하겠다.

한편 일본의 출판사들도 장혁주라는 작가에 대해 관심을 보이지 않았다. 패전국 일제에 협력한 작가의 저작을 출간한다는 것은 여러 가지로 어려움을 자초하는 일이었기 때문이다. 이러한 고립무원의 고독 속에서 작가는 패전국 민중들의 참상을 자신의 일처럼 순수한 아픔으로 응시하게 된다.

> 나는 굶주림에 쓰러져가는 사람들의 애처롭다고 하기에는 너무나 비참한 사실에
> 직면하고 심신을 도려내는 듯한 고통을 금할 길이 없었다. (중략) 이렇게 완성된 것이
> 「餓鬼道」라는 제목의 작품으로 이것이 나의 출세작이 되었는데, 나는 이것을 쓸 때

---

3 해방직후의 재일조선인 연맹(朝連)에는 태극기를 걸고 있었던 것으로 보인다.

4 장혁주(1953)著·이주현 옮김「脅迫」, 호테이 도시히로 엮음(2002)『장혁주소설전집』, 太學社, p.260 ; 이 작품은 자전적 단편소설로 작가의 친일행위로 인해 재일조선인들로부터 살해협박을 당하는 등 해방 직후에 처했던 곤경을 그려내고 있다.

5 주(4)와 같은 책, p.260

세련된 소설로 완성하겠다는 의지보다는 사실을 있는 그대로 쓰고 싶다는 충동에 사
로잡혀 있었다.(275)

작가의 말을 통해서도 알 수 있듯이, 「餓鬼道」는 사리사욕이나 공명심에 의한 것
이 아니라 순수한 작가적 입장에서 집필된 작품으로, 『改造』 입선 당시인 1932년에
는 일본문단에 등단한 최초의 조선인으로서 일제에 대한 저항적 자세를 견지하고 있
다는 점에서 높이 평가 받았다. 그런데 패전을 살아가는 일본민중의 참상에 직면하고
는 다시금 그와 같은 심정으로 되돌아가 집필한 것이 『고아들』이라고 작가는 밝히고
있는 것이다. 이 소설이 작가의 공명심이나 출세욕을 떠난 순수한 사명감에 의해 집
필되었다는 것은 작가의 말을 빌리지 않더라도 작품 분석을 통해 쉽게 확인된다.

그리고 작품 「후기」에는 일본인 처와의 사이에 태어난 자식들과 패전 직후에 도심
을 배회하는 전쟁고아들의 모습이 겹쳐진 채 연상되는 것을 견딜 수 없어 『고아들』을
쓰게 되었다는 내용도 담고 있다. 장남은 1938년, 차남은 1940년에 태어났으므로 해
방되던 해에는 각각 8살과 6살이 되어 있었다.

우에노(上野)나 그 밖의 지역에서 유랑자나 특히 전쟁고아를 만날 때면 나는 내 자
식들이 떠도는 것 같은 애처로움에 사로잡혔고, 그 어린 것들의 심정을 헤아릴 때 견
디기 어려운 고통을 느꼈다.(275, 276)

어쩌면 이것이 『고아들』을 집필하게 만든 가장 직접적인 동기가 아니었나 생각된
다. 작가는 그만큼 신변의 일을 소재로 삼은 작품을 많이 남기고 있기 때문이다.

그러나 설령 자신의 자식들과 전쟁고아들의 비참한 모습이 중첩되어 나타나는 고
통을 견디지 못해 『고아들』을 집필했다 하더라도 작품 그 자체가 지닌 휴머니즘이 빛
을 잃는 것은 아닐 것이다. 경위야 어찌 되었든 인간의 삶을 순수한 시각으로 응시하
며 느끼는 아픔이야 말로 인본주의적인 글쓰기의 원동력이라 할 수 있을 것이며, 『고
아들』 역시 이와 같은 작가적 태도를 바탕에 둔 작품이라는 것은 부정하기 어렵다.

2) 『고아들』의 작품세계

『고아들』은 패전 직후의 혼란한 도쿄 도심에서 끼니를 구걸하며 거리를 배회하는 전쟁고아들의 참상을 그려낸 작품이다. 더불어 이러한 참상의 원인을 제공하였고 패전 이후의 궁핍 속에서 구호물자 등의 횡령에 혈안이 된 위정자들을 비판하는 내용도 담아내고 있다.

한편 적극적이고 선량한 삶을 살아가고 있는 재일조선인을 등장시켜 작품의 흐름에 많은 영향을 미치고 있는데, 이는 민족에 대한 애정의 표현이자 과거의 친일적 집필에 대한 반성임과 동시에, 동족의 일원으로 회귀하고 싶다는 작가의 심정을 반영한 것으로 보인다.

① 전쟁고아들에 대한 연민과 고통의 작가적 시선

『고아들』은 도쿄 도심의 우에노(上野)역 등을 주요 무대로 15세의 요코(陽子)라는 고아소녀가 겪는 고통과 이의 극복 과정을 다룬 소설이다. 요코의 부친은 미타카(三鷹)의 비행기 공장에서 폭격으로 사망했으며, 그녀가 군수물자 생산을 위한 야간 작업에 동원되었을 때 나카노(中野)역 근처의 자택에 있던 모친과 두 남동생 역시 폭격으로 불타 죽는다.

졸지에 전쟁고아로 전락한 요코는 4명의 어린 자녀가 있는 고모의 집으로 들어가 겨우 굶주림을 면하고 있었으나, 도저히 생계를 꾸려나갈 수 없게 된 고모는 "설사 술집으로 팔려간다 해도 이곳에서 함께 죽는 것보다는 낫다"(25)는 생각으로 그녀를 도쿄로 내보낸다. 가진 것이라고는 고모가 싸준 주먹밥 몇 개가 전부였던 요코는 부랑자와 전쟁고아로 흘러넘치는 우에노역에서 나이 어린 고아들의 구걸을 지켜보며 신문팔이로 연명해 간다.

이 와중에서 요코는 소학교 4학년인 쇼이치(庄一)와 이보다 4살 아래인 겐지(謙次)라는 두 남자 형제를 만난다. 요코는 두 어린 소년의 모습에서 모친과 함께 불타죽은 자신의 남동생들을 떠올리고는 더 없는 연민을 느낀다. 소년들의 부친은 전쟁에 나가 돌아오지 않았으며, 모친은 폭격으로 타죽었고, 이들을 돌보던 할머니마저 숨을 거두는 바람에 집단수용소에 수용되었다. 그러나 배고픔을 이기지 못하여 수용소를 도망 나와 구걸을 하며 지내고 있었다.

두 소년과 마찬가지로 굶주린 배를 움켜쥐고 거리를 배회하는 많은 어린 영혼들은 자신들이 겪는 고통이 어디에서 비롯된 것인지 그 이유를 생각할 겨를도 없이 죽음의 구렁텅이에 방치되어 있는 것이다. 이처럼 작가의 섬세한 시선은 전쟁의 진정한 피해자가 누구인지 날카롭게 포착하여 묘사하고 있으며, 무언의 분노는 참혹한 현실의 사실적인 묘사를 통해 적나라하게 표출된다.

요코는 두 소년을 데리고 떠돌다가 아사쿠사(淺草)의 불에 탄 대가람(大伽藍) 지하에 마련된 열악한 시설에 수용된다. 이후에도 그녀는 신문팔이로 두 형제와 함께 근근이 연명하고 있었으나 몸이 허약한 쇼이치가 소아결핵으로 피를 토하며 들어 눕는다. 삶은 수건으로 찜질을 해주려면 냄비를 사야겠다는 생각을 한 요코는 하루만 곁에 있어달라는 쇼이치의 가녀린 애원을 애써 뿌리치고 신문을 팔러 나선다. 이 사이에 쇼이치는 쓸쓸한 죽음을 맞게 된다.

> 가슴이 답답했다. 심장이 당장이라도 멈출 것만 같았다. 담이 목에 걸려 숨쉬기가 힘들었다. (중략) 자신이 죽고 나면 겐지가 얼마나 슬퍼하며 두려워할까. "겐아, 겐아―" (중략) '잘 있어'라는 말을 하고 싶었다. 그런데 겐지의 잠을 깨울 방법이 없었다. 손을 움직이려 했지만 힘이 없었다. 겐지가 혼자 살아갈 일을 생각하자 괴로웠다. 그런데 숨은 멈춰가고 있었다. 두 줄기 눈물이 볼을 타고 흘러내렸다. 훅하고 숨을 들이쉬는가 싶더니 더 이상 움직이지 않았다.(191)

쇼이치의 죽음에 이르는 과정의 묘사를 통해 작가의 내면 깊숙이 자리한 생명에 대한 깊은 애정과 섬세한 감수성을 엿볼 수 있다 하겠는데, 이와 같이 사실적이고 감상적이며 생동감 있는 휴머니즘적 표현들은 작품 전반을 관류한다.

잠에서 깨어난 겐지는 커다란 공포에 휩싸인 채 방황하다가 요코의 주변만을 맴돌며 한시도 곁을 떠나려 하지 않는다. 요코의 충격도 형용할 수 없는 것이었으나 설상가상으로 수용소 바닥에서 잠을 자다가 세이로쿠(淸六)라는 건달패 복원 군인에게 겁탈당하고 만다. 요코는 절망의 늪에서 헤어나지 못한 채 거리를 헤매다 여러 차례 자살을 기도한다. 그 때마다 겐지가 옆에 있음을 깨닫고 마음을 고쳐먹지만 자신의 방황 때문에 굶주리는 가련한 모습을 보다 못하여 수용소로 데려가 잠을 재운다. 그리고는 새벽녘에 홀로 빠져나와 전차 선로가 내려다보이는 언덕 위로 올라간다. 물론 자살하기 위해서였다.

> 동쪽의 구름이 투명한 색으로 물들었다. (중략) 인간의 모습이 보였다. 알 수 없는 생기를 느꼈다. 전차가 기적을 울리며 달린다.
>
> (다들 생기가 있네)
>
> 힘이 있었다. 살아가려는 힘. (중략) 생을 방해하는 모든 곤란을 제거하려는 노력이 눈에 보였다.
>
> "다들 열심히 싸우고 있구나."
>
> 인간도 전차도 하늘도 나무도 구름도 모두 투쟁하고 있었다. 요코는 자신의 모습이 너무나 부끄러웠다. 그러한 자신에 반감을 느꼈다. 요코는 일어섰다.(239)

겁탈당한 충격으로 자살만을 생각하던 요코는 세상의 모든 만물이 투쟁을 통해 자신의 존재와 삶을 확보해나가고 있음을 깨닫고 재기의 힘을 얻게 된다. 주인공 요코의 이러한 변신은 패전 직후의 혼란과 굶주림 속에 버려진 채 고통 받는 어린 영혼들이 용기와 희망을 버리지 않도록 해달라는 작가의 염원에서 비롯된 것임은 두말할 필요가 없을 것이다.

삶의 희망을 되찾은 요코는 바로 겐지를 찾아 나선다. 눈물로 날을 지새우던 겐지에게 모처럼의 식사다운 음식을 사 먹이던 요코는 "왠지 모르게 샘솟는 의욕과 삶에 대한 강한 의지"(274)를 자각하게 된다.

이상과 같은 작품의 전개는 재일조선인 작가가 고국의 고통 받는 동포들이 아닌 일본민중의 참상이나 그려내고 있다는 비판을 받을 수도 있겠으나, 일제의 패전으로 발생한 부랑자와 전쟁고아들은 고국의 동포들과 마찬가지로 허황된 꿈으로 전쟁을 일으킨 전범자들의 또 다른 희생자들인 것이다. 휴머니즘적인 입장에서 본다면 피해국민이든 가해국민이든 무모한 전쟁에 의한 희생은 지양되어야할 문제이고, 이러한 참상의 원인을 제공한 위정자들의 책임을 분명히 따져 물어야 한다는 점에서 장혁주의 작품이 갖는 의의는 적지 않다고 할 수 있다.

그리고 이러한 휴머니즘적인 작가의 자세는 일제말기의 친일적 집필행위와는 별개의 문제라 할 수 있다. 일제말기에 국책 영합적 작품들을 양산한 당시의 작가적 태도는 비판받아 마땅하지만, 그것을 이유로 순수한 휴머니즘적인 입장에서 집필된 작품마저 외면하는 것은 바람직하지 않기 때문이다.

② 군국주의와 위정자들에 대한 비판

장혁주의 전쟁고아들을 향한 연민의 시선은 이들을 아랑곳하지 않고 자신의 잇속 챙기기에 급급한 인간군상을 고발한다. 쇼이치와 겐지 두 형제는 어머니와 할머니를 잃고 나서 전쟁고아 수용소에 수용된다. 그런데 급식사정이 너무 열악하여 평소에 몸이 허약했던 쇼이치는 병에 걸리고 만다. 수용소에서는 사회단체에서 기부한 음식물을 고아들에게 나눠주는 것이 아니라 지도교사들끼리 몰래 간식으로 먹다가 아이들한테 들키기도 한다. 이때 교사들은 "너희들에게는 배급량만큼 먹이고 있다. 배고파 죽겠거든 총리대신에게 말하라"(47)며 아이들을 폭행하는 것으로 묘사된다.

이렇게 시작된 작가의 분노는 전쟁을 일으킨 일제와 패전 이후의 위정자들에게 향한다. 요코를 겁탈한 퇴역군인 세이로쿠의 파괴된 인간성에 대해서는 "군벌의 죄악은 전쟁을 일으켜 인류를 불행에 빠뜨린 점에 있지만, 세이로쿠와 같은 소년의 품성을 타락시킨 것 또한 용서할 수 없는 죄악이다"(108)는 표현을 통하여, 강압으로 자살특공대에 편입시킨 뒤 술과 여자로 그들의 심성을 마비시키려한 일제의 군부에 그 책임이 있음을 폭로한다.

> 이처럼 군국주의자들은 인류에게 비참한 고통을 안겨주고 국민을 고뇌의 나락으로 밀어 넣고는 종전이 되자마자 자신들의 안위에만 급급하여 거액의 임군비(臨軍費)를 착복하거나 집적물자(集積物資)를 횡령하여 사라지는 것이었다.(9)

세이로쿠의 타락은 전쟁 당시에 철석 같이 믿고 있던 상부와 조국에 대한 신뢰가 무너지면서 초래된 것으로 "이놈 저놈 다 도둑놈이다"(109)라는 생각이 굳어져 자신도 그와 똑같은 행동을 함으로써 사회에 대한 복수를 실현하고자 했던 것으로 묘사된다. 즉 군벌들이 자신들의 행위에 대한 반성으로 도탄에 빠진 민중을 구하려는 것이 아니라, 자신들의 안전과 부정한 재산의 형성에만 혈안이 되어 있다 보니 힘없는 노약자, 그 중에서도 전쟁고아들은 굶주리다 못해 죽어갈 수밖에 없는 현실을 고발하고 있는 것이다.

그러나 작품에서는 이러한 구시대의 군부세력과 현당국의 무능한 지도력에 대한 비판을 전면적으로 드러내기 보다는 전쟁고아들의 비참한 생활모습 사이에 우회적인 형태로 엮어 넣음으로써 자연스런 소설문학으로 완성시키고 있다는 특징을 지닌다. 작가 자신은 "소설로서 뛰어난 작품인지 어떤지는 관심이 없다"(276)고 말하고 있으나, 이를 의식하고 썼던 일제말기의 많은 작품에 비해 월등히 뛰어난 문학성을 지녔다고 말 할 수 있다.

다만 작가 스스로가 국책영합적 집필이라는 떳떳치 못한 경력을 지니고 있으면서도 일제군부에 대한 비판을 가하는 것은 또 다른 기회주의적 행태로 인식될 가능성이 매우 크다 하겠다.

③ 재일조선인에 대한 우호적인 형상화

『고아들』의 주인공 요코가 겁탈당한 충격으로 자살까지 시도했던 좌절에서 벗어나 삶에 대한 의욕을 되찾기 시작했을 무렵, 그녀에게 결정적인 도움을 주는 인물로 재일조선인이 등장한다. 이름은 나오지 않고 요코가 '오지상(아저씨)'라고만 부르는 그는 사람들의 왕래가 많은 도심에서 구두닦이를 하고 있었다. 오지상은 쇼오지가 죽자 필요 없게 된 냄비를 팔기 위해 웅크려 앉아있던 요코에게 말을 걸어 그녀가 전쟁고아임을 알게 된다. 요코가 냄비를 팔아 자신도 구두 닦는 도구를 사고 싶다고 말하자, 오지상은 냄비도 대신 팔아주고 구두 닦는 도구도 무상으로 요코에게 넘겨준다. 의아하게 생각하는 요코에게 그는 말한다.

> "조선은 독립했거든" 검붉게 탄 얼굴이 밝아지며 "조선에 처자가 먼저 돌아가 있단다. (중략) 난 일본에 와서 고생 좀 했지. 남은 돈도 없고. 그러나 이제 곧 돌아 갈거야. 돌아가면 다 잘 되겠지. 표도 사놓았으니 언제라도 돌아갈 수 있거든. (중략) 자, 이걸 주마, 구두 닦는 법은 알지?"(244, 245)

오지상은 요코에게 구두 닦는 법을 알려주고 검정과 빨강 구두약을 새로 사서 건네주며 "열심히 해야 해, 정직하게만 하면 신께서 틀림없이 도와주실 테니까"(245)라는 말을 남기고 홀연히 떠나간다. 요코는 이후에도 힘든 일이 있을 때마다 재일조선인 아저씨를 생각하며 용기를 얻는다.

작품에 묘사된 재일조선인의 모습에서는 작가의 고국에 대한 동경을 엿볼 수 있다. 그 동안의 고생도 고국에 돌아가기만 하면 말끔히 해소될 것 같은 꿈과 희망에 부풀어 있는 재일조선인, 과거의 친일적 글쓰기로 인해 이를 실천하기 어려운 작가 자신의 현실적인 고독감이 느껴지기도 하지만, 작품에 그려진 재일조선인의 모습에는 작가의 동포에 대한 깊은 애착을 담고 있다 하겠다.

그런데 『고아들』과 마찬가지로 일제의 패전 직후를 그리면서 재일조선인을 등장시킨 작품으로 엔도 슈사쿠(遠藤周作)의 『내가·버린·여자(わたしが·棄てた·女)』가 있다. 이 소설은 패전 후 3년이 지난 시점을 배경으로 삼고 있으나, 발표된 시기는 1963년이므로 장혁주의 작품보다 17년이나 늦다. 그리고 작품에 등장하는 재일조선인 김상(金さん)은 남자 주인공 요시오카(吉岡)에게 잡일을 주는 꽤 비중 있는 인물로 등장하는데, 당시의 혼란한 세태 속에서 능란한 처세술과 상술을 동원해 살아남으려는 약간은 교활한 그러나 생명력을 가진 존재로 묘사된다.

『고아들』과 『내가·버린·여자』 두 작품은 패전 직후의 고통스런 민중의 삶을 그려내고 있다는 것 이외에도 주인공들의 구성과 역할 면에서 많은 공통점을 지니고 있다. 순박하고 착한 여주인공이 자신의 힘든 처지에도 불구하고 보다 열악한 환경에서 허덕이고 있는 불우한 사람들을 위해 헌신하다는 인간성의 형상화라는 점도 그러하거니와, 여주인공의 상대역으로 등장하는 남성들의 무책임한 이기주의적인 행태의 묘사에 있어서도 맥락을 같이 한다.

그리고 재일조선인의 어중간한 일본어 발음을 가타카나로 강조하여 표기하고 있다는 점도 유사하다.

(『고아들』의 경우)(243)
さうタね(さうだね) ― 소오따네(소오다네) ― 글쎄
それテ(それで) ― 소레떼(소레데) ― 그런데

トウク(どうぐ) − 또오꾸(도오구) − 도구

(『내가·버린·여자』의 경우)[6]
むたつかい(むだづかい) − 무따쯔까이(무다즈까이) − 낭비
とうも(どうも) − 또오모(도오모) − 아무래도
けんき(げんき) − 껭끼(겡끼) − 기운, 원기
(원문의 재일조선인 발음을 먼저 표기하고, 괄호 안에는 일본인들의 표준적인 발음을
표기하였다. 한글에 의한 발음 표기는 한글 맞춤법에 따르지 않고 실제 소리 나는 대
로 표기하고자 했다. 밑줄은 필자의 임의)

이와 같은 공통점으로 미루어 엔도가 장혁주의 작품을 참고로 했을 가능성도 배제
하기 어렵지만 본고에서는 이들 작품이 재일조선인의 모습을 어떻게 묘사하고 있는
가에 대한 검토에 한정하고자 한다.

『내가·버린·여자』에서는 재일조선인에 대하여 앞에서 언급한 바 있는 냉소적인
표현 이외에도 '제3국인'[7]이라는 말을 여러 차례 쓰기도 한다. 이 말은 일제의 패전
이후에 일본에 거주하고 있는 한국(조선)인과 중국인을 비하하는 뜻으로 사용되던 것
인데, 보다 사실적인 표현을 위한 작가적 노력으로 생각할 수도 있겠지만 숨겨진 의
도는 없는지 의구심을 떨치기 어렵다. 즉 작가 엔도의 내면에 감춰져 있던 무의식이
작품을 통해 표출되었을 가능성을 배제하기 어렵기 때문이다.

이와 같이 유사한 시대배경과 등장인물을 다루고 있는 두 작품에 묘사된 재일조선
인의 모습은 사뭇 대조적이라 할 수 있는데, 고국과 일본의 동포들에 대한 애착을 담
아내려는 장혁주의 노력이 돋보인다 하겠다.

3. 『사람의 선함과 악함』과 패전 직후의 다양한 인간군상

『사람의 선함과 악함(人の善さと惡さと)』(丹頂書房)은 「內弟子의 고백(內弟子

---

6 遠藤周作(1972)『わたしが·棄てた·女』, 講談社, pp.20, 21.
7 주(6)과 같은 책, p.14

の告白」(1947, 1) 「갈림길(わかれみち)」(1947, 1) 「영원히(とこしえに)」(1947, 5) 「탈출(脱出)」(1946, 12) 「처제에게(妹へ)」(1947, 1) 「사람의 선함과 악함(人の善さ と惡さと)」(1947, 2)의 단편 6편을 수록한 작품집으로 1947년 12월에 출간되었다. 단편집의 제목은 6편의 작품 중에서 선택되었음을 알 수 있다.

「內弟子의 고백」은 전쟁으로 가족을 잃고 고아가 된 아내의 질녀 스미에(すみえ)가 작중의 작가에게 보내온 편지를 토대로 스토리를 전개해 나간다. 여학교를 졸업하였으나 마땅한 취직자리를 찾지 못하고 있던 질녀는 작가의 주선으로 양재업소의 內弟子로 들어가게 된다. 이후 그녀는 양재 스승 부부의 일상에 관하여 보고서 성격의 편지를 계속 보내온다. 편지에는 생활력이 강한 아내 마쓰에(まつえ)가 남편 호시노(星野)의 무능을 비판하면서 여러 갈등이 증폭되고 있다는 내용이 많다. 그러다가 결국 두 사람은 이혼을 결심하게 되었고 호시노가 질녀인 스미에에게 청혼을 해오자 그녀가 이를 수락한다는 내용으로 끝을 맺는다.

이 작품은 패전 직후의 궁핍한 사회상을 배경으로 발생되는 부부의 갈등 양상을 다루고 있다. 평소에는 아내의 멸시에 찬 잔소리를 묵묵히 듣기만 하던 무능한 남편이 가슴속에 점차 아내에 대한 증오를 키워가다가 마침내 이혼을 결심하기에 이르고, 이러한 상황을 지켜보던 젊은 여자가 이 남자를 사랑하게 된다는 결말을 통해 남녀의 이성관계가 내포하고 있는 복잡한 양상을 잘 표현하고 있다 하겠다.

「갈림길」은 태평양 전쟁이 한창일 때 필리핀 전선으로 끌려갔다가 말라리아에 걸려 죽을 고비를 넘기고 간신히 돌아왔으나 얼마 안 있어 아내가 죽는 바람에 어린 아들과 힘든 생활을 꾸려나가는 주키치(重吉)[8]의 궁핍한 삶을 그려내고 있다. 주키치는 아내를 여읜 뒤 마음이 내키지 않았지만 장모와 처제가 있는 시골로 내려가 의탁하게 된다. 그러나 패전 직후의 궁핍한 생활 때문이라고는 하지만 장모와 처제의 교활한 이기주의적 행태에 깊은 마음의 상처를 입고 돌아오게 된다. 이후의 그는 사람을 증오해서는 안 된다는 마음을 가지기 위해 많은 노력을 한다.

이 작품 역시 패전 직후의 궁핍한 생활 속에서 극명하게 드러나는 인간의 이기주의적 행태에 초점을 맞추어 그려내고 있다. 주인공 주키치는 필리핀 전선에서 자신이

---

8 작품에는 重吉이라는 한자 이름만 나와 있으므로 '시게요시'라고 읽을 수도 있다.

살기 위해 부상당한 동료의 식량을 빼앗던 선임하사가 결국은 말라리아에 걸려 죽는 장면을 떠올리며 "이제 절대로 사람을 미워하지 않겠다"[9]는 다짐을 하는데, 인간의 이기심을 넘어 화합을 도모하기 위해서는 용서라는 더 큰 노력이 필요하다는 것을 강조하기 위한 작품임을 알 수 있다.

「영원히」는 호시(星)라는 주인공이 아내의 좋지 않은 가문을 탓하며 멸시하고 있었으나 자신에 대한 사랑만은 깊다는 것을 깨닫고 화목한 관계를 만들어가겠다는 각오를 다진 직후에 징집되어 만주로 떠난다는 내용을 담고 있다. 호시는 만주에서 파라티푸스에 걸려 하얼빈의 수용소에 수감되었으나 고향의 가족에 대한 그리움을 이기지 못해 무단으로 수용소를 이탈한 뒤 일본으로 가는 배를 타기 위해 나진항으로 향한다. 우여곡절을 겪으며 일본의 쓰루가(敦賀)항에 거의 다다랐을 무렵 기뢰의 폭발로 호시는 사망하고 만다.

이 작품은 작가 자신이 만주에 갔다가 일제의 패전으로 우여곡절 끝에 나진항을 통해 일본으로 돌아온 체험을 바탕으로 쓴 자전적 성격의 소설이다. 주인공이 가족을 만나지 못하고 죽게 된다는 설정은 작가의 경험과 거리가 있지만 나진항에서 화물선의 출항을 기다리던 지루하고 초조한 심정과 가족에 대한 그리움의 묘사는 작가적 체험[10]에 의한 것이라 할 수 있다.

「탈출」은 남성편력이 심한 金順嬉라는 조선 여인을 사랑한 일본인 하마다(濱田)의 이야기를 다룬 소설이다. 그는 김순희의 왜곡된 성격을 일제에 의한 식민지배에 원인이 있다며 그녀에 대한 사랑에 변함이 없음을 강조한다.

> "(전략) 순희씨의 그 성격도 일종의 식민지적인 성격이라고 생각합니다. 조선의 장점을 살리려하지 않고 무턱대고 일본적 성격만을 주입시킨 탓에 일본인도 아니고 조선인도 아닌 이상한 성격이 만들어진 것이지요, (중략) 일본은 조선의 경제조직을 일본식으로 파괴했지요, 그러나 그 이상으로 조선의 정신을 파괴했다고 생각합니다."[11]

---

9 張赫宙(1947)「わかれみち」『ひとの善さと惡さと』, 丹頂書房, p.84
10 이때의 체험은 자전적 소설 『폭풍의 시(嵐の詩)』(講談社, 1975) 제8장 13에 수록되어 있다.
11 張赫宙(1947)「脫出」『ひとの善さと惡さと』, 丹頂書房, pp.142,143

작가가 일제말기에 집필한 많은 국책 영합적 작품과는 대조적인 내용을 담고 있다 하겠는데, 이 소설의 집필목적이 일제의 조선지배에 대한 비판에 있음을 쉽게 알 수 있다. 그렇지만 자신의 친일적 글쓰기에 대한 근본적이고 철저한 반성 없이 이와 같은 내용의 작품을 집필한다는 것은 기회주의적인 행태로서 비판을 면하기 어렵다 하겠다. 한편으로 하마다라는 폭넓은 이해력을 지닌 일본인을 등장시켜 일제의 행위에 대한 비판을 가하게 함으로써 일본과 한국 양측의 화해를 도모하고 있다는 점도 이 작품의 특징이라 할 수 있다.

「처제에게」는 남성편력이 심한 주인공의 처제가 패전 직후의 혼란한 상황 속에서 사랑이 아니라 자신의 이익을 쫓아 남성을 바꾸고, 암거래 등의 비합법적인 방법으로 살아가는 모습을 통해 이기주의적인 인간의 본성을 파헤치고자 한 작품이다.

「사람의 선함과 악함」은 작품집의 제목으로 삼은 것에서 알 수 있듯이 6편의 단편을 대표할 만한 소설이다. 인간의 내면세계를 날카롭게 파헤치고 있는 이 작품은 패전 직후의 어려움 속에서 각각의 삶을 꾸려나가기 위해 몸부림치는 여러 인간군상을 섬세한 필치로 묘사하고 있다.

주인공 시무라(志村)는 출판업을 시작했다는 친구 가지이(梶井)의 감언이설에 넘어가 서점을 해보려고 준비해둔 전 재산 3만엔을 빌려주게 된다. 약속한 기일이 지나도 변제해주지 않자 여러 차례 사무실을 찾아가 결국은 전부 받아내는데 성공한다. 가지이는 같은 수법으로 여러 사람에게 돈을 끌어 모았다가 생각처럼 사업이 진행되지 않자 결국 파산하고 만다. 그러자 시무라는 "내가 당하지 않겠다는 생각으로 그를 망하게 했다"[12]는 자책에 빠졌고, "나를 속이려던 그보다도 내 쪽이 훨씬 사욕에 사로잡혀 있었다"며 씁쓸해 한다. 그리고는 "자신이 살기 위해 남을 살리는 것이 인간의 존귀함"[13]이라는 것을 깨닫기에 이른다.

이 소설은 패전 직후의 궁핍한 생활 속에서 서로가 의심하고 다투기보다는 협력해 잘 살 수 있는 길을 모색하는 것이 인간 본연의 자세임을 강조하고 있다 하겠는데, 작가의 인간에 대한 애정이 느껴지는 작품이라 할 수 있다.

---

12 張赫宙(1947)「ひとの善さと惡さと」『ひとの善さと惡さと』, 丹頂書房, p.231
13 張赫宙『ひとの善さと惡さと』, p.232

이상으로 살펴본 바와 같이『사람의 선함과 악함』에 수록된 6편의 단편은 패전 직후의 혼란과 궁핍한 상황 속에서 각자의 삶을 지속하려는 여러 인간군상을 섬세한 필치로 조명하고 있다. 굶주림과 내일의 불안에 휩싸인 인간의 이기심에 대한 날카로운 작가적 시선을 담아내는 데 초점을 맞추고 있지만, 일제의 식민지배를 비판하는 내용이 섞여 있다는 점도 주목할 만하다.

4. 여성의 생명력을 형상화한『젊은 여자(若い女)』

『젊은 여자』(河出書房)는 1948년에 출간되었다.[14] 제목을 통해 알 수 있듯이 이 장편은 태평양 전쟁이 한창 진행되던 무렵과 패전 직후의 혼란 속에서 살아남기 위해 몸부림치는 나오에(直江)라는 젊은 여주인공을 그려낸 소설이다. 이 작품에서 특히 주목되는 것은 당시 여성의 열악한 사회적 지위에 대한 고발과 이에 대한 투쟁을 독려하고 있다는 점이다.

나오에는 오빠의 폐결핵 수술비용을 마련하기 위해 대저택의 식모로 들어가게 된다.

> 어머니에게 있어 오빠가 얼마나 소중한 자식이었는지 나는 알지 못한다. 그러나 오빠를 위해서라면 어머니는 나의 운명까지도 아귀차게 내걸었던 것이다. 이런 생각을 하면 안 된다고 나는 반성한다. 그러면서도 어머니를 원망스럽게 생각하는 나를 부정할 수는 없다.(10)[15]

나오에는 결국 다니던 여학교를 중퇴하고 비뚤어진 심성의 주인여자 밑에서 5년

---

[14]   시라카와 유타카(白川豊)는「張赫宙作長編〈嗚呼朝鮮〉をめぐって」(『日本學』19, 2000.12. p.132)와「장혁주의 생애와 문학」(『人文論叢』47, 2002.8. p.70)에서『젊은 여자(若い女)』가 1948년에 출간되었음을 언급하고 있으며, 호테이 도시히로(布袋敏博)도「해방 후 재일한국인 문학의 형성과 전개」(『人文論叢』47, 2002.8. p.99)에서 1948년에 출간되었음을 밝히고 있으나 '未見'이라는 말을 덧붙여 놓고 있다. 본고에서는 1956년에 東方社(東京)에서 간행한 新書版『젊은 여자(若い女)』를 텍스트로 하였다.

[15] 본고의 제4장에서는〈野口赫宙(1956)『젊은 여자(若い女)』, 東方社〉를 텍스트로 삼았다. 괄호 안의 숫자는 텍스트의 쪽수를 나타낸다. 이하 같음.

이라는 세월동안 혹독한 식모살이를 견뎌내야만 했다. 모친이 오빠의 수술을 위해 5년분에 해당하는 임금을 선금으로 받아 두었기 때문이었다. 그런데 식모살이를 마치고 집으로 돌아온 나오에는 오빠의 폐결핵이 생각만큼 심하지 않아 수술을 받지 않았다는 사실을 알고 "증오가 격렬하게 마음을 헤집고 그 증오를 삭히기 위해 투쟁하는 의식"(62) 속에서 또다시 절망한다. 단지 집안의 경제적인 안정을 위해 자신을 노예 상태로 방치해 둔 가족에 대한 원망에서 비롯된 것이었다.

그런데 나오에의 노예와 같던 식모살이를 보다 못해 반기를 들고 나선 것은 집주인의 친구 아들인 아사노(淺野)였다. 부친의 죽음으로 고아가 된 그는 나오에가 일하는 집에 들어와 살게 되었는데, 그녀의 밤낮 없이 일하는 모습에 충격을 받고 "식모라는 노동계급에 관한 것은 아직 문제화되지는 않고 있지만, (중략) 女工哀史 이상이로군, 현대의 노예야"라며 분개한다. 주인여자의 나오에에 대한 심한 학대를 보다 못한 그는 결국 하고 싶었던 말을 모두 쏟아 놓는다.

> "(전략) 아주머니의 식모 학대는 人道에 어긋나 있습니다. 참혹합니다. (중략) 아주머니는 남편에게 학대당하고 있습니다. (중략) 그것을 아주머니는 식모에게 돌리고 있습니다. 비겁합니다. (중략) 아주머니, 남편께서 이 가정의 경제력을 쥐고 있기 때문입니다. 母權時代, 그러한 것이 원시시대에 있었습니다. 그것을 안다면 아주머니는 오히려 식모를 동정하고 여성해방의……"(58, 59)

이 일로 결국 아사노는 집을 나갈 수밖에 없었지만 나오에 자신과 비슷한 나이의 청년이 이러한 생각으로 자신을 감싸고 있다는 것에 그녀는 큰 감명을 받게 되었고 "그날 이후로 아사노는 그녀의 등불이자 생명의 힘"(60)으로 자리 잡는다.

이와 같이 『젊은 여자』에서는 여성의 열악한 노동환경과 사회적 지위에 대한 관심을 비교적 깊이 있게 다루고 있음을 알 수 있다. 이는 남성중심사회가 일으킨 무모한 전쟁 속에서 고통 받는 어린이와 여성에 대한 휴머니즘적 형상화를 통하여 일제 사회가 지닌 구조적인 모순을 고발하고자 하는 작가정신에 토대를 두고 있다 하겠다.

이와 같은 작가적 자세는 전쟁을 일으킨 군국주의자들에 대한 반발로 표출된다. 폐병을 앓던 그녀의 오빠는 나오에가 군수공장에서 일을 시작할 무렵에 징용으로 끌려가 필리핀 전선에서 사망하였는데, 충격을 받은 어머니는 정신 이상자가 되었다. 곧이어 일제가 패전하자 직장을 잃은 그녀는 시골을 전전하며 식량을 구해서는 도심에 내다 팔아 연명해 간다. 그러나 이마저도 경찰의 삼엄한 단속 때문에 압수당하기 일쑤였다. 이러한 와중에 그녀가 식모살이로 고통 받고 있을 때 정신적인 도움을 주었던 아사노를 다시 만나게 된다. 그 역시 징용으로 동남아전선을 끌려 다니다 일제의 패전과 함께 말라리아에 걸린 몸을 이끌고 돌아와 있었다.

> "죄악입니다. 전쟁을 일으켜서 싸움터로 내몬 자들의 죄는 형용할 수가 없어요. 이가 갈린다구요. 난 많은 고통을 당했어요. 내 마음은 상처투성입니다. 쉽게 낫지 않을 겁니다. 내 인생은 그것으로 이미 끝났어요. 망쳤습니다. 패배자지요."(141)

아사노의 말을 통해 작가는 전쟁을 일으킨 군국주의자들을 맹렬히 비난한다. 수많은 젊은이들을 전쟁터로 내몰아 죽게 만들었으며 살아있다 하더라도 아사노와 같이 육체와 정신이 망가져버린 폐인으로 돌아온 경우가 많기 때문이다. 그러나 이러한 군국주의자들이 저지른 만행의 결과를 감내하며 감싸 안아야 하는 것은 나오에와 같이 남성중심사회의 부수적인 존재에 지나지 않던 여성들이었다.

아사노가 비록 정신적 육체적으로 피폐해있다고는 하지만 이전의 맑고 고결한 정신을 아직 간직하고 있음을 확인한 나오에는 다시 그를 사랑하게 되었고, 두 사람은 함께 시골을 돌며 식량 조달에 힘쓴다. 궁핍하지만 나름의 생활을 꾸려나가던 어느 날 아사노는 동남아 전선에서 말라리아에 걸려 사경을 헤매던 자신에게 총을 쏘고 식량과 옷가지를 탈취해간 스기야마(杉山) 하사와 우연히 마주치게 된다. 다리에 관통상을 입었으나 요행히 살아남게 된 아사노는 스기야마에 대한 복수를 한시도 잊은 적이 없었으므로, 만류하는 나오에를 뿌리치고 야산의 벼랑위로 올라가 격투를 벌인다. 이 싸움에서 스기야마는 벼랑 아래로 떨어져 죽고 아사노는 간신히 살아남는다.

복수를 갚은 뒤 자살을 생각하던 아사노는 나오에의 간곡한 권유로 자수하여 5년형을 선고받는다. 나오에는 어렵사리 배워둔 타자실력을 바탕으로 M계열회사(187)[16]

---

[16] 일본의 재벌 미쓰비시의 머리문자 'M'으로 생각된다. 즉 안정된 직장을 잡았다는 것으로 해석할 수 있다.

에 취업을 하고는 틈날 때마다 아사노를 면회한다. 그 때마다 감옥에 수감된 많은 청
년들에 대해 아사노가 말한다.

<blockquote>
전쟁이 없었다면 아마 저 청년들도 강도는 되지 않았을 거요. 창고털이, 노상강도
같은 것은 범죄 축에도 못 끼는 뒤숭숭한 세상이 된 것도 세상이 젊어져야할 죄 값이
지.(189)
</blockquote>

아사노의 이 말을 받아 나오에는 "결국 전쟁 탓이 군요"라고 말한다. 그리고 그녀
는 아사노의 눈빛에서 자신을 향한 사랑의 열정을 발견하고 "신선한 힘이 솟구쳐 오
르는 것"(191)을 느낀다.

작가는 『젊은 여자』를 통해 표면적인 권력 위에 군림하는 남성위주 사회의 허구를
파헤치고, 그 권력의 그늘에 존재하는 여성들의 역할이야말로 사회유지의 원동력임
을 강조하려 했던 것으로 생각된다. 그러므로 전쟁을 일으킨 군국주의자들을 비판하
여 사회혼란의 책임소재를 분명히 하는 한편, 아사노와 같이 명쾌한 논리의 소유자마
저도 좌절의 체념에서 헤어나지 못하는 것을 나오에의 부드럽고 생명력 넘치는 여성
의 힘으로 정화시켜 간다는 설정을 하고 있는 것이다.

『젊은 여자』는 한마디로 전쟁 하의 비참한 생활 속에서도 이에 굴하지 않고 모든
역경을 헤쳐 나가는 젊은 여성의 생명력을 그려낸 소설이라 할 수 있다. 끝없는 타락
의 유혹과 맞서 이를 극복해가는 모습을 인상적으로 그려내고 있으며, 일제말기의 작
가적 행적과는 다르게 일제에 대한 비판을 담고 있다는 점도 주목할 만하다.

5. 맺음말

본고에서는 패전직후의 일본민중의 생활상을 그려낸 장편 『고아들』『젊은 여자』
와 단편집 『사람의 선함과 악함』에 대한 고찰을 통하여 사회적 약자인 어린이와 여
성, 그리고 전쟁에 대한 작가의 휴머니즘적 입장을 확인해보았다.

『고아들』의 고찰에서는 먼저 작가의 어린자녀들과 같은 또래의 전쟁고아들에 대

한 연민의 감정이 중요한 집필배경으로 작용하고 있음을 확인해 보았다. 그리고 전쟁을 일으킨 군국주의자들에 대한 비판과 재일조선인에 대한 우호적인 묘사를 통해 작가의 조국에 대한 동경을 엿볼 수 있었다.

단편집 『사람의 선함과 악함』에 대해서는 6편의 단편을 분석하여 각 작품이 지니고 있는 특성과 주제의식에 대해 검토하였다. 이 작품집에 수록된 단편들 역시 패전 직후의 고통스런 궁핍 속에서 자칫 이기주의적인 행태로 치닫기 쉬운 인간의 본성을 날카롭게 분석하고 있음을 확인해 보았다.

『젊은 여자』는 전쟁으로 개인적인 삶을 희생당한 젊은 여성을 주인공으로 당시의 사회가 안고 있던 여성에 대한 차별문제를 본격적으로 다루고 있으며, 실질적인 인간 사회의 유지에 있어 여성의 절대적인 존재가치를 부각시키고자 한 작가적 노력을 확인할 수 있었다.

이상과 같이 패전직후의 일본민중이 겪는 비참한 생활상을 그려낸 작품의 공통적인 특징은 사회적 약자인 여성과 어린이들에 대한 작가의 휴머니즘적 시각이 토대를 이루고 있다는 점이라 할 수 있다. 또한 이러한 작가적 시각은 당연히 무모한 전쟁을 일으킨 일제 군국주의자들에 대한 비판의식을 내포한다.

장혁주는 일제말기에 국책영합적인 글쓰기를 한 전력을 지니고 있는 관계로 이러한 휴머니즘적 작품의 집필까지도 자칫 그의 기회주의적인 행태의 일면으로 인식될 가능성은 매우 크다. 그렇다하더라도 본고의 고찰을 통해 확인된 바와 같은 순수한 인본주의적 감수성의 존재가능성마저 완전히 부정해버린다면 태생적인 악인으로서의 장혁주만이 존재할 뿐이다.

張赫宙의『비원의 꽃(秘苑の花)』론
— 英親王의 半生에 투영된 작가의 정서적 자화상 —

1. 머리말

일제의 패전으로 조국이 해방 되자 식민지말기의 친일적 집필활동과 관련하여 재일조선인 단체로부터의 협박에 시달리고 있던 작가는 1950년 3월에 英親王[1]의 일대기를 그린『비원의 꽃(秘苑の花)』을 출간하여 주목을 끌었다.『비원의 꽃』은 조선의 황태자 英親王이 당시의 조선 통감이던 이토 히로부미(伊藤博文)에 이끌려 일본으로 건너간 뒤 天皇家의 일족인 方子(마사코)女王과 결혼하고 일제의 최고위급 군인으로서 패전을 맞이하기까지의 삶을 그려낸 작품이다.

장혁주가 英親王의 半生을 작품으로 형상화한 것은 작가 자신 역시 제국주의 침략의 희생양이었음을 강변하여 스스로의 친일에 대한 사회적 비판을 희석시키려는 목적이 있었던 것으로 판단된다.

본고에서는 먼저 英親王의 삶을 다룬 전기적 작품 중에『비원의 꽃』이 차지하는 비중을 살펴보고, 작품에 형상화된 英親王의 半生을 고찰하여 그 특징을 검토하고자 한다. 아울러 집필동기로 작용했다고 생각되는 장혁주와 英親王의 일제시기의 행적을 비교 고찰하여, 이를 작품화한 작가의 속내와 그 문제점을 규명하고자 한다.

2. 英親王의 전기적 작품과 소설『비원의 꽃』

英親王은 1987년에 출생하여 1970년에 서거하였는데, 그에 관한 전기『英親王李垠伝』이 일본에서 정식으로 출간된 것은 1977년이며, 1980년에 白南喆이 우리말

---

1 高宗황제의 왕자 李垠은 1900년 8월에 '英親王'이라는 호칭을 받았다. 이후 1907년에 皇太子가 되었으나 한일합방으로 王世子로 격하된다. 그리고 1926년 純宗이 승하하자 李王이 되었다. 그러나 '英親王'을 제외한 다른 호칭은 일본 황실과의 종속 관계를 나타낸다고 하여 해방 이후에는 그다지 사용되지 않고 있다.

로 번역출간(宇晟文化社)하였다. 그리고 이 전기에는 '李王朝最後의皇太子'라는 부제목이 붙어있다.

일본에서 『英親王李垠伝』을 간행한 주체, 즉 편저자는 '李王垠傳記刊行會'라는 65명의 회원으로 구성된 단체이다. 편집 책임자는 오카자키 기요시(岡崎淸)인데, 白南喆은 "그의 부친인 오카자키 세이이치로(岡崎淸一郎)가 英親王의 충실한 부관이었다"[2]고 「역주자 감언(譯註者敢言)」에서 밝히고 있다. 이 전기는 책머리에 75장에 달하는 英親王의 성장과정과 행적을 담은 사진을 싣고 있으며, 시간의 흐름에 따라 제1장에서 제7장으로 나누어 기술한 뒤, 마지막으로 英親王과 관계를 가졌던 사람들의 회상으로 맺고 있다.

『英親王李垠伝』의 특징은 英親王의 서거를 추모하는 입장에서 기획된 전기적 작품인 만큼 그의 일생에 대한 비판적인 내용은 찾아보기 어렵다는 점이다. 그저 식민지 민족의 상징적인 존재로서 외부의 압력에 의해 어쩔 수 없는 삶을 살아야 하는 英親王의 모습을 그려내고 있을 뿐이다. 또한 英親王을 추모하는 회상을 실은 사람들이 황실의 관계자이거나 일제의 육군 출신이 많은 까닭에 이 전기를 읽은 한국인은 오히려 英親王에 대한 이질감을 느낄 수 있는 소지가 있다 하겠다.

그리고 『英親王李垠伝』이 장혁주의 『비원의 꽃』에 묘사된 내용을 많이 인용하고 있다는 점도 주목할 만한 특징이라 할 수 있다. 『英親王李垠伝』은 英親王이 서거한지 7년이 지난 시점인 1977년에 편집된 전기인 관계로 1950년 무렵에 생생한 회고를 토대로 집필된 『비원의 꽃』이 중요한 자료로 활용되고 있음을 알 수 있는데, 「이왕님의 눈물」이라는 소제목으로 『비원의 꽃』의 내용을 그대로 인용[3]하고 있기도 하다.

이 외에 신문기자로서 도쿄에 파견되었던 金乙漢에 의해 집필된 『人間 英親王』(探求堂, 1981)이 있는데, 필자가 英親王과의 지속적인 만남[4]을 통해 알게 된 내용을

2　白南喆(1980), 「역주자 감언(譯註者 敢言)」 『英親王李垠伝』, 宇晟文化社, p.445.

3　李王垠傳記刊行會編·白南喆譯註(1980), 『英親王李垠伝』, 宇晟文化社, p.349.

4　『人間 英親王』(探求堂, 1981)에 의하면 金乙漢이 英親王을 처음 만난 것은 한국전쟁이 한창이던 1951년에 『서울신문사』 도쿄특파원으로 파견되었을 때라고 한다. 이후의 그는 일이 있을 때마다 英親王을 찾아뵙고 해결해야 할 문제나 불편함을 여쭈었으며, 高宗황제의 막내딸로 일본의 정신병원에서 고생하고 있던 德惠翁主를 모셔오거나 英親王을 귀국시키기 위해 노력했음을 밝히고

바탕으로 기술하고 있다. 따라서 이 전기는 생생한 실화를 많이 담아내고 있으며, 언론인으로서의 해박한 지식을 살려 英親王을 둘러싸고 발생했던 여러 상황을 폭넓게 다루고 있다는 특징을 지닌다. 그러나 이 전기 역시 英親王에 대한 추모에 발간의 목적이 있었던 만큼, 英親王의 행적은 거의 모두 미화되고 있으며, 英親王에 큰 관심을 기울이지 않았던 李承晩 대통령이나 친일파라고 주장하는 사람들에 대해서는 비판적인 태도를 취하는 한편, 英親王을 국내로 모셔온 朴正熙 대통령은 높게 평가한다.

英親王의 일대기를 다룬 전기적 단행본은 이상에서 언급한 『英親王李垠伝』과 『人間 英親王』이 대표적인 것이라 하겠으나, 李方子 여사가 『경향신문』에 연재[5]했던 회고록을 정리하여 출간한 『歲月이여 王朝여』(정음사, 1985)에도 英親王과 관련된 내용이 상세하게 수록되어 있다. 이 저작은 話者가 李方子 여사인 만큼 어려운 삶을 살아온 존경하는 남편과 아들 李玖에 대한 염려와 같은 가정적인 분위기의 내용을 많이 담고 있다.

그런데 이상과는 다른 입장에서 집필된 저작으로 『百年恨』(文宣閣, 1962)이 있다. 회고록의 일종인 이 저작은 世子(英親王)妃로 간택되었다가 일제의 강압으로 파혼당한 채 평생을 홀로 지낸 閔甲完 여사의 한 많은 일생을 기록하고 있다. 이 회고록은 英親王과의 관계를 비롯하여, 世子妃의 간택에서 파혼에 이르기까지 과정이 자세히 묘사되어 있다. 閔甲完 여사에 관한 내용은 『비원의 꽃』『英親王李垠伝』『人間 英親王』『歲月이여 王朝여』에서도 모두 비교적 구체적으로 언급되고 있는데, 당시에 한일 양국의 주목을 끈 민감한 사안이었던 것으로 보인다.

이상으로 고찰해본 바와 같이 장혁주의 『비원의 꽃』은 1950년이라는 아직 英親王이 생존해 있을 때 다른 모든 전기나 회고록에 앞서 집필된 것임을 알 수 있다. 그리고 전기적 기술에 머문 다른 저작과는 달리 이를 문학작품으로 승화시키고 있다는 점에서도 뚜렷이 구별된다. 그리고 『英親王李垠伝』이 『비원의 꽃』의 내용을 인용하고 있는 것만 보아도 이 작품이 지닌 기록적 가치를 알 수 있으며, 각 등장인물의 문학적 형상화에 엿보이는 작가의 역량 또한 높이 평가 받기에 충분하다 하겠다.

있다. 李方子 여사도 같은 책에 수록된 「나는 後悔하지 않는다」라는 글을 통해 金乙漢의 노고에 감사를 표시하고 있다.

5 1984년 5월 14일부터 10월 24일까지 연재

그러나 『百年恨』을 제외한다면 문학작품인 『비원의 꽃』을 포함한 네 편의 저작
은 모두 英親王의 고난 가득한 半生이나 一生을 기리거나 추모하는 마음에서 집필
되었다는 점에서 英親王의 일생을 객관적으로 이해하는 데는 무리가 있다 하겠다.
또한 『百年恨』에서도 일본으로 건너간 이후의 英親王의 행적은 구체적으로 언급되
지 않고 있어서, 현재까지 英親王의 행적을 객관적으로 기록한 저작이나 연구서를
찾아보기 힘든 실정이다.

3. 『비원의 꽃』에 형상화된 英親王의 半生

일본어로 쓴 『비원의 꽃』은 高宗이 헤이그밀사 사건으로 퇴위한 직후의 1907년부
터 일제의 패망으로 조선이 독립을 맞이하는 1945년까지를 시대적 배경으로 英親王
의 半生을 그려낸 작품이다. 장혁주는 "李王垠님의 구술을 속기하여 이를 토대로 구
성하였다"[6]고 작품의 「후기」에서 밝히고 있으며, 英親王 자신도 책의 서문에 해당하
는 「感想」에서 그 내막을 설명하고 작가에 대한 감사를 표시하고 있다.

『비원의 꽃』이 출간된 것은 1950년 3월이므로 작가가 英親王을 찾아가 일제가 패
전할 때까지의 半生을 속기한 것은 1949년 무렵으로 추정된다. 그런데 당시의 국내
상황은 앞날을 예측하기 힘들 만큼 혼란을 거듭하고 있었으며, "남과 북이 통일될 때
까지는 절대로 귀국하지 않을 것이고, '좌'나 '우'의 정치적 운동에는 일체 관계하지
않겠다"[7]고 스스로 다짐한 英親王의 입장이 작용한 탓인지 작품은 독립을 맞이한
1945년 8월의 상황에서 끝맺고 있다.

『비원의 꽃』은 제1부 '英親王 편(英親王の卷)', 제2부 '方子女王 편(方子女王
の卷)', 제3부 '王城落月 편(王城落月の卷)'으로 구성되어 있으며, 그 내용은 英親
王이 직접 쓴 '서문'에 해당하는 글 「感想」으로 대강 짐작할 수 있다.

소설가 장혁주씨가 찾아와서 우리 夫妻의 半生을 소설로 써보겠다는 희망을 밝히

---

6 張赫宙(1950), 『秘苑の花』, 世界社, p.287.
7 金乙漢(1981), 『人間 英親王』, 探求堂, pp.306, 307.

기에 내가 가지고 있는 극비의 자료를 모두 제공하였습니다. 지금 『비원의 꽃』을 다 읽고 나니, 자신의 일이면서도 내내 감동을 감추지 못하였습니다. 비록 소설 풍으로 쓰였다고는 해도 내용은 모두 틀림없는 사실입니다. 나는 파란 많은 40여 년 간의 과거를 회고하고 감개무량하였습니다. (후략)(2)[8]

『비원의 꽃』이 英親王이 건네준 사실적인 자료와 회상을 바탕으로 집필되었다고는 하나 주요 등장인물들의 내면세계와 작품을 주도하는 감상적인 흐름은 작가의 필력에 의해 지배받는 소설의 형태로 재구성되었다고 할 수 있다. 그러므로 英親王은 자신의 이야기임에도 불구하고 하나의 독자로서 작품 속에 형상화된 또 다른 세계의 주인공들의 삶에 감동을 받고 있는 것인데, 이는 장혁주가 자신의 개인적인 회한을 중첩시켜 표출함으로써 가능했다는 것을 英親王은 알 리가 없었던 것이다.

본장에서는 제1, 2, 3부에 형상화된 英親王 및 李方子여사의 모습과 작품세계에 대한 간략한 고찰을 통해 집필에 임했던 작가적 자세를 확인해 보고자 한다.

1) 제1부 '英親王 편'

제1부는 '헤이그 밀사사건'으로 純宗에게 황제의 자리를 물려준 高宗의 비탄에 잠긴 모습에서 시작된다. 高宗은 아직 11살로 황제의 퇴위에 관련된 구체적인 내용을 알 리 없는 英親王에게 "이토(伊藤)에 힐난당한 끝에 양위할 수밖에 없었구나! 통감부가 설치되고부터 우리나라는 자주권을 잃고 일본의 보호국이 되었다"(17)고 말함으로써 이토 히로부미(伊藤博文)를 조선침략의 원흉으로 인식하고 있음을 암시하고 있다.

이후 얼마 안 있어 이토는 英親王의 일본유학을 제의해 온다. 생모인 엄비(嚴妃)의 강력한 반대에도 불구하고 "권세를 이길 수는 없어요. 이토에 거역할 수 있는 사람은 없소"(14)라는 高宗의 말에서 알 수 있듯이, 英親王의 일본유학은 이미 결정된 것이나 다름이 없다. 英親王의 일본유학은 볼모로서의 의미도 있었지만, 조선의 황태자를 일본인으로 만들겠다는 장기적인 안목에서 추진된 것으로 묘사된다.

---

8 본 논문에서는 〈張赫宙(1950), 『秘苑の花』, 世界社〉를 텍스트로 사용하였다. ( ) 안의 숫자는 텍스트의 쪽수를 나타냄. 이하 같음.

그리고 이완용(李完用) 및 송병준(宋秉畯) 같은 매국노들의 행위에 대한 비판 섞인 언급도 많이 보인다. 이토의 생각이라며 英親王의 일본유학을 강요하는 이완용에게 高宗은 "입만 열었다하면 이토라고 하는군. 완용! 그대는 왕조가 시작된 이래 볼 수 없던 불충한 자야"(19)라고 말하는 것으로 묘사하는 등, 일제의 조선침략에 대항하려는 고종의 노력을 형상화하는 데 상당한 노력을 기울이고 있음을 알 수 있다.

그런데 작품은 점차 이토 히로부미를 호의적으로 묘사하는 전개를 보이기 시작한다. 송병준이 일본의 강경파가 한국을 속국으로 만들기 전에 대등한 입장에서의 합방을 서둘러야 한다(28)며 적극적인 실행을 요청을 해 오자 이토가 이에 반대하는 것으로 묘사된다.(30) 그러나 이토는 대한제국의 합병에 근본적으로 반대 한 것이 아니라 통감정치에 대한 조선민중의 저항에 부담을 느껴 이를 주저하고 있었을 뿐이며, 결국은 조선통감을 사임하기 전에 이미 한일합방에 찬성했다는 기록[9]이 있다. 따라서 안중근 의사의 이토 암살이 한일합방을 초래했다는 식의 작품전개는 비판의 여지를 남기고 있다.

이와 같은 이토에 대한 옹호적 형상화는 계속된다. 이토의 사망소식을 들은 英親王이 눈물을 흘리며 "이토가 돌아가셨다. 한국은 어떻게 되는 것일까"(61)라며 크게 불안해하고, 純宗황제와 퇴위한 高宗도 이와 비슷한 심경으로 안타까워하는 모습을 그려낸다. 이는 英親王의 회상에 토대를 둔 묘사라 할지라도 대한제국의 황족이 지닌 정체성을 왜곡하고 있으며, 작품의 도입부에서 강경하게 왕실의 수호의지를 표방하던 高宗의 모습과도 괴리감을 느끼게 한다. 작가는 英親王의 어린 시절의 기억에 살아 있는 이토의 모습을 감상적으로 그려내는 데 치중하기보다는 정치적인 이익을 쫓아 움직였던 이토의 행적을 좀 더 역사적인 사실에 입각하여 객관적이고 냉정하게 묘사함으로써 英親王과 민족이 처했던 입장을 형상화할 필요가 있었다 하겠다.

또한 英親王은 일본에 도착하여 황실을 비롯한 각계로부터 대대적인 환영을 받고 메이지(明治) 천황 내외의 따뜻한 보살핌 속에서 생활하는 것으로 묘사된다. 그러는 사이에 대한제국은 일본에 병합되었으며, 英親王은 5년이라는 세월 동안 고국을 찾지 못하다가 모친인 嚴妃가 사망하자 귀국을 허락받게 된다.

---

9 미요시 도오루(三好徹)著·이혁재譯(2002), 『사전(史傳) 이토 히로부미』, 다락원, p.683.

이와 같이 제1부에서는 英親王을 완전한 일본인으로 만들기 위한 일제의 술책이 지속적으로 추진되고 있었으며, 그 결과 英親王 자신의 의지와는 상관없이 일본인으로 동화되어 가는 정황을 그려내고 있다. 그러나 어린 英親王이 이토 및 일본 황실과 갖는 개인적이고 인간적인 유대관계만을 지나치게 강조함으로써 정작 일제의 식민지배에 대한 야욕을 그려내는 데는 실패하고 있음을 알 수 있다. 오히려 볼모로 끌려가 의지할 데 없는 英親王의 눈에 비친 이토와 황족의 자상한 모습을 부각시키는 데 치중함으로써 일제의 식민지배를 정당한 것처럼 느끼게 만들고 있다는 한계를 지니고 있다 하겠다.

2) 제2부 '마사코(方子)女王 편'

제2부에서는 나시모토 궁가(梨本宮家)의 장녀 方子女王이 英親王과의 정략결혼에 이끌려가는 과정을 그리고 있다. 英親王과 方子女王의 결혼 이야기가 나온 것은 英親王이 육군사관학교를 졸업하고 견습사관으로 복무 중이던 21살 때의 일인데, 당시의 方子女王은 만 17세였다. 方子女王은 히로히토(裕仁) 皇太子妃의 최종후보에 올랐으나 결국은 간택되지 못하고 당시의 실권자였던 야마가타 아리토모(山縣有朋)와 데라우치 마사타케(寺內正毅)에 의해 英親王과의 결혼을 강요받게 된다. 작품에서는 커다란 충격에 휩싸인 채 전전긍긍하는 양친 모리마사(守正)王과 이쓰코(伊都子)妃와는 달리, 英親王을 만난 본 이후에 그의 인간적인 매력에 심취되어 가는 方子女王의 모습을 중심으로 그려낸다. 英親王 역시 方子女王의 따뜻한 분위기에 이끌려 점차 인간적인 사랑의 감정을 느끼게 되는 것으로 전개된다.

두 사람의 결혼은 1919년 1월 25일로 예정되어 있었으나 혼례를 며칠 앞두고 高宗이 승하했다는 급보가 날아들었으며, 얼마 안 있어 3·1독립만세운동이 일어남으로써 연기되었다가 1920년 4월 28일에 거행되었다. 작품에서는 점차 민족이라는 굴레에서 벗어나 자신만의 독특한 환경에 적응해가는 方子妃를 형상화함과 동시에, 일본 황족과의 결혼에 대한 英親王의 번뇌와 갈등을 그려내어 이들의 결혼이 내포하고 있는 불안정성을 부각시키고 있다.

英親王 부처는 첫 아들 진(晋)전하가 태어난 지 얼마 지나지 않아 조선으로 건너

와 조선왕실의 전통혼례를 다시 올리는 등 분주한 시간을 보낸다. 그런데 渡日을 하루 앞두고 밤새 토하던 쯥전하가 숨을 거두게 된다. 작품에서는 궁녀들이 젖병에 독을 넣은 것으로 전개된다. 비탄에 잠긴 方子妃는 "피(血)가 그렇게 어려운 문제를 감싸 안고 있단 말인가"(198)라고 절규한다. 조선왕실의 英親王을 부군으로 하여 아들 쯥을 낳은 方子妃에게 민족이라는 굴레는 더 이상 특별한 의미를 갖지 못했으며, 오히려 민족이라는 틀에서 벗어나는 길만이 자신과 가족의 안녕을 위하는 길이었던 것이다.

이상과 같이 제2부에서는 주로 方子妃의 입장에서 英親王과의 결혼에 이르는 과정과 갈등을 그려냄과 동시에. 자신의 정체성과 민족의식으로 갈등을 겪는 英親王의 모습 또한 자주 묘사된다. 이와 같은 전개는 작가 자신이 안고 있던 갈등과 고뇌를 중첩시켜 표출하고 있다는 인상을 짙게 하는 것으로, 작품 집필의도가 엿보인다 하겠다.

그러나 제2편에서도 方子妃의 남편과 자식을 지키려는 인간적 본능의 아름다움을 담담히 그려내고 있을 뿐, 정책적 결혼이 갖는 근본적인 문제점과 위정자들의 위선적인 행태에 대한 기술은 찾아보기 어렵다. 결혼을 강요한 정치가들의 압력에 대한 언급이 있다 하더라도 그것은 오히려 두 사람의 인연을 맺게 해준 동기 정도로 인식될 뿐, 민족의 흡수 통합이라는 그들의 야욕을 느낄 수 있는 내용을 담아내지는 못하고 있다.

3) 제3부 '王城落月 편'

제3부는 純宗의 승하와 함께 조선왕실의 운명이 다했음을 암시하는 내용이 작품 전반을 지배한다. 英親王 스스로는 때때로 민족의식 속에서 갈등을 느끼기도 하지만 가족이라는 틀 안에 안주하려는 모습으로 묘사된다.

그리고 英親王과 이방자여사의 半生을 다룬 작품의 제목을 『비원의 꽃』으로 명명한 이유를 암시하는 내용이 제3부의 시작에서 비로소 언급된다. 方子妃가 정원에 핀 홍매(紅梅)를 칭찬하자 英親王은 "秘苑의 홍매는 저것보다도 더 붉지. 참으로 아름다운데 보고 싶군"(206)이라는 말을 한다. 그러자 方子妃는 평소에는 의식하지 못하던 고국을 그리는 강한 본능이 英親王의 마음속에 자리하고 있음을 깨닫게 된다.

이러한 설정은 『비원의 꽃』이라는 서명을 통해 몸은 비록 일본에 있어도 마음은 서울의 왕궁, 즉 고국에 있음을 말하려는 작가의 의도를 반영한 것으로 생각된다.

한편 가정의 안정과 화목을 간절히 바라는 方子妃의 내면세계에 형상화된 민족에 대한 상념은 그녀의 독백으로 표출된다.

> "민족이란 무서운 것이다"
> 민족의 차이와 구별은 영원히 사라지지 않는 것일까.
> 그것은 아마도 가망이 없는 것처럼 생각된다. 일본의 황도정신으로 조선인을 백퍼센트 일본인화한다고 해도 여전히 문제는 남을 것이다.(266)

方子妃의 민족에 대한 불안한 인식은 작품 전반을 지배하는 주제의식이라 할 수 있다. 英親王과 方子妃의 결혼은 두 민족의 화합이라는 정책적 목적아래 이루어졌으므로, 자신들의 개인적인 사랑의 감정을 넘어서는 힘이 작용하고 있는 것이 사실이다. 그런데 두 민족의 화합이라는 것은 명목상의 허울이었고, 일본민족에 조선민족을 강압적으로 흡수통합하려는 속내를 위장하기 위한 결혼이었으므로 두 사람의 불행은 예고된 것이나 다름없었다. 그러므로 方子妃의 독백과 생각은 이들이 안고 있는 본질적인 문제를 단적으로 표출한 것이라 하겠다.

결국 일제의 패전으로 전쟁이 끝나자 조선왕실의 상징으로서 존재하던 英親王의 존재가치는 사라지고, "난 왕이 아니다. 인간이다. 인간으로 족하다"(276)와 같이 한 인간으로서의 삶을 추구하려는 평민 李垠의 절규가 시작된다. 그런 한편으로 자신을 맞아들이며 환호하는 조선 민중의 모습을 상상하기도 한다. 그러나 "인민을 볼 면목이 없어서"(284)라는 말과 함께 깊은 회한에 잠긴다.

> 누가 이렇게 만들었는가? 어찌하여 이렇게 되었는가?
> "역사의 탓이다! 시대의 흐름이었다."
> 그렇다! 그 역사의 페이지 마지막에 그저 한 줄 써놓고 사라져버려야 할 자신.
> 그렇지만 조선으로 돌아가서 조선을 위해 할 일이 어딘가에 있을 것 같은 기분이 든다. 그것은 물론 왕으로서가 아니라 한 사람의 국민으로서.(284)

패전을 맞이한 英親王의 복잡하고도 미묘한 심경이 잘 나타나 있다. 英親王 자신이 작품을 읽은 뒤 '사실을 잘 살려서 쓴 뛰어난 작품'이라고 격찬했던 만큼 자신의 심정을 그대로 반영하고 있다고 해도 좋을 것이다. 민족에 대한 죄의식으로 괴로워하면서도 그 품안으로 돌아가고 싶다는 진솔한 감정의 표현이 돋보인다. 그러나 조선민족의 상징으로서의 책임의식은 찾아보기 어렵다는 점에서 英親王이라는 존재를 객관적으로 묘사했다고 보기는 어렵다.

결국 英親王은 아들 구(玖)를 위해 살겠다는 의지를 보임으로써 새로운 삶에 의미를 부여하고자 한다. 方子妃가 앞으로의 민족문제를 걱정하자. "그것은 민족에 맡겨두자고. 시간이 해결해 주겠지. 평민이 된 垠에게까지 귀찮게 따라다니지는 않겠지"(286)라는 말로 작품은 끝을 맺는다.

이상과 같이 『비원의 꽃』 제1, 2, 3부의 고찰을 통해 확인해 본 것처럼, 마지막까지도 조선민족의 상징적인 존재로서의 입장과 그간의 행적에 대한 객관적이고 냉정한 형상화보다는 영친왕의 개인적인 가정환경에 얽매인 감성적 묘사에 치중하고 있음을 알 수 있다. 결과적으로 영친왕의 반생을 통해 조선을 흡수 통합하려던 일제의 야욕을 형상화한 것이 아니라, 일본의 황실 및 군부와의 밀접한 개인적 관계를 부각시킴으로써 조선민족의 상징으로서의 위상에 오히려 손상을 입히고 있는 것이다.

4. 『비원의 꽃』에 투영된 작가의 정서적 자화상

『비원의 꽃』이 출간된 것은 1950년 3월이므로 짧은 시간에 다작을 쏟아내는 장혁주의 작가적 능력을 감안하더라도 1949년 여름 이전에는 英親王을 찾아뵌 것으로 보아야 할 것이다. 이 무렵의 작가는 친일적 글쓰기를 문제 삼은 재일조선인 조직의 암살 협박에 시달리면서도 생계를 위해 다시 글쓰기를 시도하여 어느 정도 자리를 잡아 가던 때였다. 패전 직후의 혼란한 상황 속에서 작가가 처해있던 어려움은 자전적 단편 「협박(脅迫)」(1953)에 잘 나타나 있다.

나는 문학작품을 쓰려고 촌구석에서 뛰쳐나왔으며, 앞으로도 지금까지 걸어온 길

을 고수하리라 다짐했었다. 그러나 과연 문학으로 가족의 생계까지 책임질 수 있을까
하는 의문이 들자 갑자기 불안과 공포가 나를 덮쳤다. (중략) 시골에서는 아내와 자식
들이 땔감을 구하러 산으로 갔을 것이다.[10]

이런 외중에서도 작가는 『고아들(孤兒立ち)』(万里閣, 1946), 『젊은 여자(若い女)』
(河出書房, 1948) 등과 같은 장편과, 단편집 『사람의 선함과 악함(人の善さと惡さ
と)』(丹頂書房, 1947)을 간행하는 등 활발한 창작활동에 전념하였다. 그러면서도 자
신의 내부에서 일어나고 있는 민족적 정체성의 혼란에 갈등을 느끼기도 하였다.

> (전후 조선인의 행동을 비난하는) 글을 쓸 때마다 온순하기만 한 동포에게 누를 끼
> 치면 안 된다는 민족애가 내게도 있었지만, 그러나 나중에 생각해보니 전후 7년 간 나
> 를 절박하게 한 조선인 단체에 대한 불만과 반발이 잠재해 있었던 것이다. 그리고 자
> 신은 어디까지나 일본 편에 설 것이란 마음도 있었다. 이러한 두 가지의 심리가 언제
> 나 나의 민족애를 받아들이지 못하게 했다.[11]

장혁주는 재일조선인 조직 등의 협박과 스스로의 민족적 정체성에 갈등을 느끼다
못해 결국 1952년에 일본인으로 귀화하고 만다. 인용문에서 7년이라 한 것은 일제의
패전 이후 귀화할 때까지의 기간을 말한다.

작가가 英親王을 찾아간 것으로 추측되는 1949년은 아직도 자신이 조선인이라는
민족적 정체성을 버리지 못하던 시점으로 생각되며, 英親王의 삶을 통해 자신이 안
고 있는 민족적 번뇌를 희석시켜보려는 의도가 깔려있었다고 볼 수 있다. 물론 특수
한 소재를 다룬 소설을 집필하여 문단에 이름을 새로이 알리고 생활의 안정도 꾀하고
싶다는 욕구가 없었다고 하기는 어려울 것이다. 그러나 『비원의 꽃』을 통해 표출되는
英親王과 方子妃의 민족적 갈등은 일제말기에 일본인 여성과 동거하여 여러 자식들
을 가진 장혁주 자신의 고뇌와 중첩되는 바가 매우 많으며, 작품으로 이를 해소하고
싶다는 욕망이 보다 컸으리라는 것은 작가와 영친왕의 행적에 대한 비교고찰을 통해

---

10 張赫宙著, 이주현譯(2002), 「협박(脅迫)」, 호테이 도시히로(布袋敏博)編, 『장혁주소설선집』, 태
학사, pp.250, 251.

11 위의 책, p.282.

쉽게 확인된다.

1) 日帝時期의 英親王과 張赫宙의 행적에 관한 비교 고찰

장혁주가 자신의 민족적 갈등을 英親王의 삶을 통해 형상화하여 위안을 삼으려 했다 할지라도 이 두 사람의 사회적 신분과 행적에는 많은 차이가 있는 것이 사실이다.

먼저 英親王과 장혁주는 출생의 조건에서부터 확연한 차이가 있다. 英親王은 일제가 대한제국의 병합을 노리는 시기에 황태자로 책봉되었다가 볼모로 끌려간 인물로서 당시의 조선을 상징하는 존재라 할 수 있다. 이에 비하면 장혁주는 친부가 양반 출신이긴 하나 생모가 기생출신의 첩인 관계로 성장과정에서부터 많은 차별과 멸시를 받으며 자라났다. 따라서 두 사람의 신분과 입장은 서로 비교할 수 있는 성질의 것이 아님에도 불구하고 일제치하의 외면상의 행적과 그로 인한 심적 갈등이라는 측면에서 일방적인 유대감을 느낀 장혁주에 의해 영친왕의 반생이 문학작품으로 형상화되었다고 볼 수 있다.

① 일본에 정착하게 된 동기

英親王이 일본으로 건너가게 된 것은 1907년 당시의 조선통감이던 이토 히로부미가 내세운 조선 황태자의 폭넓은 교육을 시킨다는 표면적인 목적에 의한 것이었다. 高宗과 嚴妃는 英親王이 아직 11살의 어린 나이이고 왕궁의 수학원(修學院)에서도 교육이 가능하다는 것을 강조하였으나 이토의 지시를 받은 이완용의 끈질긴 억압적 설득으로 마지못해 응하고 만다. 즉 타의에 의한 강압적이고 볼모의 성격을 지닌 유학을 위해 일본으로 건너왔던 것이다.[12]

장혁주의 경우는 生來的 열등의식으로 유교적 조선사회에 환멸을 느끼고 있었고, 자유연애에 대한 동경으로 早婚한 아내와의 이혼을 모색하던 중 여류 소설가 白信愛와의 연애사건[13]이 문제가 되어 처와 4남매의 자식들을 남겨둔 채 일본으로 도피

---

12 張赫宙, 『秘苑の花』, pp.8-37(「九重の王宮」「小賢しき智略」).

13 1936년 무렵, 두 사람의 부적절한 관계를 알게 된 백신애의 남편에 의해 간통죄로 고소의 위기에 몰렸으나, 지인들의 주선으로 중국의 상해나 홍콩으로 떠나면 용서해주겠다는 제안을 받는다. 장혁주는 일단 나가사키로 갔다가 도쿄로 와 정착했다고 자전적 소설 『편력의 조서』(pp.194, 195)에

하였다.[14] 生來的 열등의식과 무혼(無婚)으로 인한 번뇌는 그로서도 어쩔 수 없는 일이었다 하더라도 이후의 행적은 거의 전적으로 자발적인 선택과 결정에 의해 이루어졌다고 할 수 있다.

또한 英親王의 경우는 어린나이 임에도 불구하고 5년이 넘도록 고국 땅을 밟아보지도 못하는 등 자신의 의지와는 상관없이 철저한 일본인화 교육을 받게 되지만, 장혁주는 일본인이 되기 위해 피나는 노력을 기울였다는 점에서 본질적인 차이가 있다. 두 사람이 일본인 여성과 결혼을 한 것은 보다 완벽한 일본인으로 거듭나기 위한 방편으로 이루어진 것이었는데, 英親王의 경우는 물론 정책적인 강압에 의한 것이었음에 비해, 장혁주는 완벽한 일본어 작가가 되겠다는 욕망에 의한 것이었다.[15]

② 식민치하의 행적

英親王은 육군사관학교를 졸업하고 소위로 임관된 뒤 다시 육군대학에 진학하는 등 보통의 일본인들보다 훨씬 빠른 진급을 계속하면서 오랜 기간 일제 육군에 몸을 담았다. 우쓰노미야 연대장으로 재직 중이던 1936년에 2·26사건[16]이 발생하자 황실을 지키기 위해 출동하여 이를 진압하는데 일조하였으며, 1938년에는 육군소장으로 진급하여 중국의 북지방면군사령부로 전입되었다. 1940년 12월에는 육군중장으로 진급하여 제51사단장으로 있다가 태평양 전쟁이 한창이던 1943년 7월에 제1항공군사령관이 되었다. 그리고 1945년 4월에 군사참모관이 되었으나 8월에 패전을 맞았다.[17] 이와 같은 英親王의 개략적인 행적만 본다면 일제 육군의 핵심적인 위치에 있었다는 인상을 주지만, 얼마나 실질적인 권한을 행사할 수 있었는지는 의문이며, 일본의 황족에 편입된 영친왕을 통해 당시의 조선인들의 환심을 사기 위한 눈에 띄는 인사였다는 인상을 떨치기 어렵다.

서 밝히고 있다.

14 野口赫宙(1954), 『遍歴の調書』, 新潮社, pp.194, 195.

15 張赫宙著, 이주현譯의 앞의 책, p.264.

16 1936년 2월 26일 육군의 皇道派 청년 장교들이 국가의 개조·統制派 타도를 목적으로 약 천 오백 명의 부대를 이끌고 수상관저 등을 습격한 쿠데타 사건.

17 李王垠傳記刊行會編·白南喆譯, 『英親王李垠伝』.

이에 비해 장혁주는 1939년 무렵부터 임진왜란 당시의 왜장 가토 기요마사(加藤淸正)와 고니시 유키나가(小西行長)를 미화하는 작품의 집필을 시작하면서 친일적 색채를 띠기 시작하였다. 이후에 바로 일제의 만주침략을 합리화하기 위한 글쓰기에 힘을 쏟았고, 일제말기에는 내선일체와 철저한 황국신민화의 당위성을 부르짖는 작품을 다수 집필하였다. 해방이 되자 장혁주의 이러한 행적은 친일작가라는 비판적인 평가에서 자유롭지 못하였고, 마침내 그는 일본인으로 귀화하기에 이른다.

따라서 장혁주와는 달리 英親王의 행적에 대한 평가는 신중한 접근이 요구된다. 한국에서는 최근까지도 英親王의 행적에 대해 친일인가 그렇지 않은가라는 논란이 있었는데, 이와 관련하여 민족문제연구소[18]가 주도적인 역할을 하고 있는 친일인명사전편찬위원회의 윤경로 위원장의 발언을 다룬 기사를 소개한다.

> 박정희 전 대통령이 친일인사에 포함된 데 대해 "박 전 대통령이 대단한 친일을 해서 명단에 포함된 것이 아니라 일본군 위관급 이상 장교를 넣는다는 자체 기준에 따랐기 때문"이라고 설명했다. 그는 "英親王의 경우 당시 국권이 상실돼 '자의'가 있을 수 없었다"며 "그런 상황에서 반민족 행위자로 규정하는 것은 지나친 재단이라고 생각했다"고 밝혔다.[19]

윤 위원장의 말에 의하면 박정희 전 대통령은 '자의'에 의해 일본군의 장교가 되었으므로 친일인사명단에 포함시켰으나, 英親王의 경우는 '자의'가 아닌 '강압'에 의해 일본군의 장교가 되었으므로 이에 포함시키지 않았다는 것으로 해석된다. 즉 친일이 '자의'에 의한 것인가 '타의'에 의한 것인가에 의해 판단되고 있음을 알 수 있다. 장혁주의 친일은 '자의'에 의한 것이었으므로 이 기준에 따라 당연히 친일인사의 명단에 포함되었다. 임종국도 『親日文學論』(1966)에서 일본문단에서 활약한 문인 중에서 "가장 친일행적이 두드러진 사람"[20]이라고 평가한 바 있다.

그러나 英親王의 행적을 가지고 친일인가 아닌가를 논하는 것은 그가 지닌 상징

---

18 사단법인. 친일문제의 연구를 위하여 1991년에 설립된 비영리 연구소.

19 「윤경로 위원장 "반민특위 정신 계승에 큰 의의"」, 『세계일보』, 2005년 8월 29일(월).

20 林鐘國,(2002),『親日文學論』,초판-평화출판사, 1966. 기념본-민족문제연구소 p.327.

성을 고려해 볼 때 납득하기 어려운 면이 있다. 英親王의 행적이 조선왕실의 상징적인 존재로서 피할 수 없는 운명적인 것이었다면, 민족과 함께 하는 운명, 즉 일제로 흡수 동화되어가는 민족의 표상에 지나지 않았기 때문이다. 조선왕실의 잘못으로 멸망해 가고 있는 것이라면 英親王 역시 망국의 책임에서 자유로울 수 없는 것이고, 조선 민중의 안이함으로 자신들의 왕조를 지켜내지 못했다면 이들 또한 망국의 책임에서 자유로울 수 없는 것이다.

그러므로 '친일'이라는 용어는 英親王과 같은 왕실의 인물에 적용하기에는 적합하지 않으며, 자신의 영달을 쫓기 위해 민족을 배반하고 일제에 협력한 장혁주와 같은 인물들로 한정되어야 할 것이다. 이로써 장혁주가 英親王의 半生을 그려내고자 했던 목적은 비교적 선명하게 부각된다. 즉 망국의 한으로 자신의 친일행적을 희석시키려는 의도가 숨겨져 있었던 것이다.

2) 작가의 정서적 자화상으로서의 『비원의 꽃』

英親王과 장혁주의 일제시기의 행적과 그 배경에는 커다란 차이가 있으나 패전 이후에는 동병상련의 아주 흡사한 모습으로 존재한다. 일제의 패전으로 方子妃의 부친인 모리마사(守正)왕은 전쟁범죄용의자로서 스가모(巢鴨)형무소에 수감되었으며, 英親王은 1947년에 시행된 새로운 일본국헌법에 따라 왕족의 신분과 일본국적을 상실하여 무국적이 되었다. 이후에는 초조한 마음으로 조선의 정세를 관망하고 있었으나 과거의 행적을 생각할 때 쉽게 귀국할 수 있는 입장이 못 되었다. 方子妃는 "전하는 모든 것으로부터 내동댕이쳐진 것과 같은 고독과 단절 속에서 하루하루를 보냈다"[21]며 당시를 회상한다.

> 한국에서는 전하를 귀국하게 해야 한다는 유생(儒生)들의 움직임이 있다는 소식이
> 들려왔다. 그러나 한편에서는 「전하는 일본 왕실의 보호를 받으며 편안히 살아왔으니
> 친일파요, 역적」이라는 주장도 있다고 했다. (중략) 전하는 자신이 볼모거나 아니거나
> 거의 일생을 일본에서 보내고 육군 중장까지 했으니 반역자 소리를 들을 수도 있다는

---

21 이방자(1985), 『세월이여 왕조여』, 정음사, p.214.

죄의식에서 좀처럼 벗어나지 못하고 괴로워했다.[22]

英親王의 이러한 어려운 입장은 장혁주에게도 어김없이 밀어닥쳤다. 일본의 패전으로 망연자실해 있던 장혁주는 그래도 글을 써서 가족을 부양해야겠다는 생각으로 도쿄 시내를 배회한다. 우연히 태극기가 걸려있는 건물을 발견하고 들어가 보니 재일조선인 사무실이었다.

> 그러니까 당신은 일본인 작가들이 시국에 협력하니까 따른 것뿐이라고 말할 작정
> 아니오? 이보시오. 이제는 시대가 바뀌었소. 탄광을 둘러보며 우리 동포의 징용자들
> 을 격려하고, 학도병을 위문하고 황국주의를 제창하여 우리 민족의 일본화에 찬성하
> 고...아니, 대체 지금 무슨 소리를 지껄이는 거요. 이제와 배짱 좋게 변명해도 소용없
> 소 자 이제 결정됐소...(하략)[23]

건물 안에서 활기차게 일하고 있던 젊은이와의 대화의 일부인데, 인용문 끝의 '자 이제 결정됐소'라는 말은 당신은 이제 처벌 받는 일만 남았다는 뜻으로, 다른 방에서는 장혁주를 놓고 "없애버리자는 쪽, 좀 더 기다리자는 쪽, 처치하려면 방법을 생각하자는 의견"[24]이 분분하였다고 작가는 자전적 작품 「협박」을 통해 회고한다.

이와 같은 입장에 처해있던 장혁주에게 있어 英親王은 여러 면에서 자신의 입장을 대변할 수 있는 적절한 모델이었다고 할 수 있다. 일제말기의 화려한 英親王의 행적을 두고도 왕손이라는 이유로 이를 공개적으로 비난하는 것이 어렵다고 한다면, 친일작품을 쓴 일개의 작가 정도를 크게 문제 삼는다는 것이 모순된다는 사실을 작가는 잘 알고 있었을 것이기 때문이다.

장혁주가 英親王을 찾아가서 그의 半生을 소설로 쓰고 싶다는 포부를 밝힌 것은 이상과 같은 공감대 형성의 가능성에 기대를 가졌던 때문으로 판단된다. 그러므로 『비원의 꽃』이 英親王의 회고를 바탕으로 집필되었다 해도 일제치하의 객관적이고 냉

---

22 위의 책, pp.214, 215.
23 張赫宙著, 이주현譯의 앞의 책, p.259.
24 張赫宙著, 이주현譯의 앞의 책, p.260.

정한 입장에서의 묘사가 아니라, 어쩔 수 없이 시대의 흐름에 순응해가는 모습을 그려내는 데 치중하고 있는 것이다. 또한 일본인 아내와 자식을 가진 작가가 느끼는 복잡 미묘한 민족적 입장 역시 영친왕 부처를 통해 형상화를 시도하였다. 따라서 『비원의 꽃』은 작가 자신의 내면세계에 자리 잡고 있는 정서적 자화상에 다름 아닌 것이다.

5. 맺음말

본고에서는 英親王의 半生을 다룬 장혁주의 『비원의 꽃』에 내재되어 있는 작가의 정서적 자화상에 대한 고찰을 시도하였다.

장혁주는 1930년대 후반에 들어서면서부터 초기의 민족주의적 자세를 견지하지 못하고 친일적 글쓰기를 시작 한 뒤 해방이 될 때까지 많은 양의 친일적 작품을 발표하였다. 가정적으로도 조선에 생모와 부인, 그리고 자녀들을 남겨 둔 채 도쿄로 건너와 일본인 여성과 동거하여 여러 자녀를 두었다. 그러나 일본이 패전하자 그의 일본어 글쓰기는 더 이상 일본인들의 관심의 대상이 되지 못했고 생활은 극도로 궁핍해졌다. 그리고 재일조선인 조직 등으로부터 끊임없는 살해 협박에 시달렸다.

이러한 와중인 1950년 3월에 英親王의 회고를 토대로 한 『비원의 꽃』을 출간하였다. 이 책은 英親王이 어린 시절에 이토 히로부미에 이끌려 일본으로 건너오게 된 배경을 시작으로 일본의 황족인 方子女王과의 결혼, 그리고 일제의 육군 중장으로 제1 항공군 사령관을 역임한 직후 패전을 맞이하기까지를 그려내고 있다.

『비원의 꽃』의 집필 동기는 英親王과 작가 자신 사이에 커다란 신분과 입장의 차이가 있음에도 불구하고 과거의 행적에서 둘 다 자유롭지 못했다는 점에서 찾을 수 있다. 그리고 일본인과 결혼하여 자녀를 둔 관계로 겪고 있던 민족적 정체성의 혼란 역시 공통적으로 안고 있던 문제점이었다. 그런데 英親王은 그의 과거행적에 관한 논란 속에서도 이의 책임 소재를 쉽게 논하기 어려운 특수한 신분을 지닌 존재였으므로 작가는 이를 방패삼아 자신의 논리를 전개하려 했던 것으로 판단된다.

그렇지만, 조선왕실의 상징적인 존재로서 피할 수 없는 운명을 살았던 英親王과 자신의 영달을 좇아 일제에 협력했던 장혁주의 행적은 동일선상에서 논할 수 있는 사

안이 아니며, 해방 이후에 맞이한 상황에 있어서도 英親王의 경우는 운명적인 것이
지만, 작가의 경우는 자업자득에 의한 것으로 책임의 소재가 분명하다는 점에서도 뚜
렷이 구별된다.

따라서 英親王의 행적에 대해서는 왕손으로서 망국과 관련된 깊이 있는 논의를
필요로 하는데, 망국에 이르게 한 것은 비단 왕실만이 아니라 한민족 전체의 책임으
로 귀속되는 것인 바, 『비원의 꽃』은 이러한 英親王의 입장을 통해 자신의 친일을 망
국의 한으로 희석시키려는 작가의 의도가 숨겨져 있다 하겠다.

『아 조선(嗚呼朝鮮)』과 『無窮花』
— 6·25전쟁의 형상화에 엿보이는 작가의 민족의식 —

1. 머리말

일제의 패전을 접한 장혁주의 작가적 행보는 『고아들(孤兒たち)』(1946), 『젊은 여자(若い女)』(1948), 단편집 『사람의 선함과 악함(人の善さと惡さと)』(1947) 등과 같이 패전의 처참한 폐허 속에서 살아남기 위해 애쓰는 일본의 소시민을 휴머니즘적인 입장에서 그려내었으며, 『은혜를 갚은 제비(恩を返したツバメ)』(1949)와 같은 한국의 전래 동화를 일본어로 번역소개하기도 하고, 英親王의 半生을 그린 『비원의 꽃(秘苑の花)』(1950,3)을 출간하기도 하였다.

그러던 중 6·25가 발발하자 1951년 7월에 每日新聞社의 후원으로 한국으로 건너와 취재활동을 하였는데, 이를 바탕으로 집필한 것이 『아 조선(嗚呼朝鮮)』(1952)이다. 1952년 10월에도 재차 한국을 방문하였으며, 한국전쟁이 종식된 1954년에 동족상잔의 비극을 민족주의적인 시각에서 사실적으로 형상화한 『無窮花』를 출간하였다.

『無窮花』는 남북의 이데올로기에 편승하지 않고 작가의 초기 작품에서 엿보이던 민족의식이 더욱 정교하게 승화된 형태로 형상화되어 있으며, 전체적인 구성과 인물 배치 등에서 완벽한 전개를 보이고 있다. 그러므로 친일적인 집필태도에서 벗어나 동족의 고난을 응시하는 작가의 진지한 내면세계를 엿볼 수 있으며, 외면적인 친일과 내면적인 민족의식 사이에서 방황했던 작가 의식의 이중적 구조를 확인할 수 있는 작품이라 하겠다.

본고에서는 『無窮花』에 앞서 6·25를 소재로 다룬 『아 조선』에 대해 살펴보고, 작품의 존재 사실만 확인하고 있었을 뿐 구체적인 연구가 이루어지지 않았던 『無窮花』가 집필되기까지의 과정에 대한 고찰 및 문학적 분석을 통하여 작품이 지닌 의의와 작가의 민족의식을 규명하고자 한다.

2. 『無窮花』의 前篇인 『아, 조선(嗚呼朝鮮)』

　6·25전쟁을 완벽한 소설로 형상화한 『無窮花』의 전단계적인 작품으로 1952년 5월에 『아, 조선』(新潮社)이 출간 되었다. 이 작품은 "조선인 처와의 사이에 태어난 아들들이 남북으로 갈라져 싸우는 사태를 맞은 것에 대한 염려"[1]를 안은 채 1951년 7월 每日新聞社의 후원으로 한국으로 건너와 취재한 내용을 바탕으로 한 소설이다. 당시의 상황은 전투가 교착상태에 빠진 채 전쟁이 종식되지 않은 시점이었으므로 작품도 미완의 상태로 맺고 있다.

　『아, 조선』은 제1부 「골고다로 가는 길(ゴルゴタへの道)」, 제2부 「避難民」, 제3부 「절망의 저편(絶望の彼方)」으로 구성되어 있는데, 제1부와 제2부는 1952년 2월과 5월에 문예잡지 『新潮』에 게재된 바 있으며, 이에 제3부를 추가 집필하여 출간되었다. 이 작품에 대해서는 시라카와 유타카(白川 豊)가 비교적 소상히 논하고 있으나[2], 작가의 친일행위에 대한 변명을 담은 작품이라는 단조로운 관점에서의 고찰을 시도하고 있을 뿐이다.[3] 또한 『無窮花』에 대해서는 전혀 언급이 없는 까닭에 6·25와 관련된 작가의 시각을 통합적으로 논하고 있다고 보기 어렵다.

　그런데 孫才喜는 논문 「장혁주 문학의 연속과 비연속(張赫宙文學における連續と非連續)」[4]에서 이데올로기를 초월한 인본주의적 문학이라는 입장에서 논한 바 있다. 비교적 짧은 지면 탓으로 구체적인 작품의 분석에는 이르지 못했고, '리얼리티의 결여'를 지적하는 등 필자의 견해와는 다른 주장을 하고 있으나, 집필에 임한 작가의 민족적 시각을 평가하려 했다는 점에서 의의가 있다 하겠다.

---

1 白川 豊「張赫宙作·長編〈嗚呼朝鮮〉をめぐって」『日本學』19, 東國大學校日本學研究所, 2000, 12. p.131

2 같은 논문

3 시라카와는 한편으로 장혁주를 친일작가로 낙인찍어 그의 작품을 홀대하는 것은 바람직하지 않다는 입장에서 옹호론을 펼치기도 한다. 그의 논설에는 장혁주 문학의 전체적인 모습과 친일적 집필과의 관계 등을 논하는 데 있어 일관성을 유지하고 있다고 보기 어려운 면이 있다.

4 E·エドゥアルド·クロッペンシュタイン·鈴木貞美『日本文化の連續性と非連續性1920年-1970年』, 勉誠出版, 2005. 收錄.

1) 사실주의에 입각한 6·25의 문학적 형상화

장혁주의『아 조선』은 주인공인 '朴聖一'이 남북한의 전쟁으로 겪는 고난과 역경을 통해 한민족이 당면한 참상을 그려냄과 동시에, 남북한 정권의 대립, 미국과 소련 그리고 중공(中共)과 같은 외국세력과의 관계, 남한의 국민방위군(國民防衛軍), 거제도 포로수용소, 서북청년단 등과 같이 6·25와 관련된 역사적 사실을 비교적 자세히 묘사하고 있다.

『아, 조선』은 인민군과 한국군에 의한 양민의 학살에 대해서도 상세히 그려내고 있다. 그러나 곳곳에 삽입된 시국상황과 한국민들이 처한 입장에 대한 설명조의 문장들은 다소 문학으로서의 완성도를 떨어뜨리는 감이 없지 않다. 그렇다고『아 조선』이 문학적 표현을 등한시하고 있는 것은 아니다. 가메이 가쓰이치로(龜井勝一郎)는 이 작품에 대하여 "그 평균성이 극단적으로 기계화되어 개개인의 감정 의지가 미련없이 裁斷된 채 그것이 끝없이 이어져 가는 참혹한 줄거리에 張씨는 문학자로서의 恨을 담아내고 있다"[5]고 하였다. 이 말은 상황을 묘사하는 데 있어 지극히 억제된 표현을 사용함으로써 동족의 참상을 끝까지 그려낼 수 있었고, 이야말로 장혁주의 내면세계에 잠재된 한이 그만큼 컸기에 가능했던 것이라는 뜻으로 이해된다. 이는『아 조선』이 그만큼 절제된 문학적 표현을 많이 담고 있다는 것으로 그러한 용례는 작품 전반에 걸쳐 확인된다.

> 그때 슈르르 슈르르하고 공기가 타는 듯한 소리가 나는 바람에 번뜩 정신을 차리자마자 계곡 아래쪽에서 눈보라가 휘몰아쳐 올라왔다. 땅이 흔들리더니 차인 듯 튕겨 나갔다. 그러자 하늘에서 네발을 벌린 괴물이 무수히 떨어져 내린다. (중략) 이윽고 그가 정신을 차리고 주위를 둘러보자 그 일대의 산자락과 계곡에 사체가 여기저기 흩어져 있다. 그리고 아직 목숨이 붙어 있는 사람들의 신음소리가 들렸으나 땅거미에 흡수되어 이내 조용해졌다.(108)[6]

---

5 『嗚呼朝鮮』의 광고 전단지에 수록된 내용 ; 이 전단지에는 "「아 조선」에 대한 절찬(嗚呼朝鮮への絶贊)!"이라는 제호 아래, 아베 도모지(阿部知二), 가메이 가쓰이치로(龜井勝一郎), 가와모리 요시조(河盛好藏), 진자이 기요시(神西淸), 나카노 요시오(中野好夫), 야마모토 겐키치(山本健吉)의 간략한 평가를 담고 있다.

6 본 논문의 제2장에서는 〈張赫宙『嗚呼朝鮮』, 新潮社, 1952〉를 텍스트로 사용하였다. ( ) 안의 숫

엄동설한의 피난길을 재촉하던 양민들의 머리위로 폭격이 가해져 많은 무고한 인명이 무참히 살상되는 장면을 그려내고 있으나, 작가는 어쩌면 냉혹하리만치 타자적인 입장에서 정경묘사에 치중하고 있을 뿐인데, 이것이 오히려 작품의 흐름에 군더더기 없는 긴박감을 안겨주고 있다. 이와 같은 절제된 표현 속에는 조국의 참상을 직시하고 있는 작가의 깊은 슬픔이 전해져 온다.

그곳에서 농촌 아낙의 시체를 보았다. 등에는 갓난아기가 있다. 검은 띠가 아기의 다리를 깊숙이 파고들어 있다. 총탄 자국은 둘의 등에 보였고 피가 흘러 응고 되어 있다. 뙁一은 띠를 풀어 아기를 모친의 등에서 안아내어 길가에 뉘였다. 생기가 돌기 시작한 잔디는 보기 좋았고, 반드시 누운 모자는 편안해보였다. 뙁一은 주변에 떨어져 있던 꽃다발을 주워 母子의 머리맡에 놓고 떠났다.(66, 67)

이러한 표현은 야마모토 겐키치(山本健吉)가 "우리들은 이 작품을 이웃 나라의 비참함에 대한 호기심만으로 읽어서는 안 된다. 작가의 호소는 좀 더 따뜻하고 인간적인 공감을 우리에게 요구하고 있다"[7]고 말한 것을 뒷받침 하고 있다 하겠다. 이러한 문학적 형상화는 작품의 곳곳에 산재해 있는 역사적 사실에 대한 설명적 기술과 어우러지면서 르포형식의 소설이라는 인식을 불식시키기는 역할을 하고 있다.

이상으로 살펴본 바와 같이 『아 조선』은 일제 말기의 시국영합적 작품을 통해 당국의 비위를 맞추거나, 자전적 작품으로 작가 개인의 입장에 대한 이해를 구하려던 치졸한 문장과는 차원을 달리하는 것으로, 장혁주 문학의 새로운 면모를 보여주고 있다 하겠다.

2) 시라카와(白川)의 『아 조선』 분석의 문제점

장혁주 문학의 특징 중의 하나는 작가적 체험을 문학으로 형상화한 작품이 많다는 점이다. 해방 이전의 『仁王洞時代』(1935), 『고독한 영혼(孤獨なる魂)』(1942), 『인간의 굴레(人間の絆)』(1941, 2), 『아름다운 억제(美しき抑制)』(1941, 6), 『푸른 북녘

자는 텍스트의 쪽수를 나타냄. 이하 같음.

7 주(5)와 같은 내용

(綠の北國)』(1941, 11) 등의 작품과, 해방 이후의 「脅迫」(1953),『편력의 조서(遍歷
の調書)』(1954), 「다른 풍속의 남편(異俗の夫)」(1958), 『폭풍의 시(嵐の詩)』(1975)
등과 같은 작품이 대표적인 자전적 소설이다. 이러한 자전적 작품들은 대체로 작가적
체험에 대한 합리화를 시도하고 있다는 특징을 지닌다.

　그런데 시라카와는『아 조선』에 대해서도 이와 같은 작가적 체험의 변명을 위한
작품으로 평가하여 다소 부정적인 견해를 피력한다.

> 즉, 〈아 조선〉의 표면적인 집필　동기는 a.작가의 고국인 조선의 동란을 면밀히
> 취재하여 가능한 한 냉정하게 전쟁의 전선과 후방에 걸친 실상을 남북 어느 쪽의 입장
> 에도 편을 들지 않고 객관적으로 묘사하겠다는 것이었겠지만, 그 한편으로 내면적인
> 집필　동기는 b.작가 생활 이래로 늘 계속되어 온 시국상황과의 힘든 대결의 결과로
> 얻은 패배와 그에 동반된 무력감, 굴욕감의 토로와 자기변명을 조선전쟁이라는 무대
> 를 빌어서 주인공의 눈을 통해 표출하고 싶다는 극히 개인적인 의도가 있었던 것이 아
> 닌가 하는 점이다.[8]

　시라카와는 장혁주가 6·25를 빌어 작가 자신의 과거의 행적을 변명하고자『아 조
선』을 집필했다는 말을 하고 있는데,『개간(開墾)』『화전 어느 쪽도 불사하다(和戰何
れも辭せず)』와 같은 친일적 작품을 객관적인 입장에서 잘 그려낸 훌륭한 작품[9]이라
고 옹호적인 평가를 내리던 것과는 사뭇 다른 입장을 보인다. 그가 이러한 주장의 근
거로 제시하고 있는『아 조선』의 내용은 다음과 같다.

> a.그는 싸우겠다는 결심이 생겼다. 그가 범한 죄는 결코 그의 책임이 아니라는 신념
> 에서 나온 것이다.(86) b.정치적 反日과 문화적 親日은 다른 것이라는 숙부의 설명은
> 뽈一도 지지했다.(187) c.(영철의 얼굴에) 권력이 노골적으로 드러나 있어서 뽈一은
> 린치를 겁냈다. 그리고 그가 권력의 앞에서 얼마나 무기력한가를 확실히 깨닫고 자신
> 을 비굴하게 생각하면서 역시 영철을 따라갔다.(283) d.그는 어떤 일에도 휩쓸리지 않

---

8 주(1)과 같은 논문, p.140
9 김학동「張赫宙의『開墾』과 萬寶山사건」『인문학연구』제34권 제2호, 충남대학교인문과학연구소,
　2007.8

겠다고 굳게 결심했다. 지금은 그의 신념이 된 엄정중립이 하나의 주의가 되어 그의
포로생활을 유지했다.(267, 268)

시라카와는 대략 이상과 같은 작품의 내용을 근거로 『아-조선』이 작가의 무력하
고 굴욕적인 과거의 개인적인 행적에 대한 자기변명의 방편으로 집필되었다는 견해
를 밝히고 있다. 그러나 이러한 견해는 작품의 분석에 있어서 본말이 전도된 접근방
식으로 인해 얻어진 결과라는 생각을 갖게 한다. a는 주인공인 뽈―이 인민군에 강제
편입된 뒤 대전교도소에 수감된 사람들을 처형시킨 죄로 재판에 회부되자, 자신의 죄
는 전쟁 탓이라는 주장을 관철시키겠다고 결심하는 장면이다. c, d는 거제포로수용소
에 수용된 뽈―이 남측과 북측을 대변하는 포로들로부터 각각 자신의 편에 가담할
것을 강요당하는 상황 하에서 전개되는 내용이다.

이와 같은 작품의 전개는 작가의 과거의 경력과는 상관없이 뽈―과 같은 입장에
처한 인간이라면 보편적으로 취하거나 사고할 수 있는 객관적인 범위 안에서의 문학
적 형상화라 할 수 있다. 즉 장혁주와 같은 과거의 행적을 가진 작가가 아니더라도 전
쟁 하에서 이리저리 휩쓸리는 젊은이의 모습을 그려내려면 『아-조선』의 뽈―과 같
은 인물을 그려내는 것이 합당할 것이기 때문이다. 다만 b의 경우는 일제시대에 친일
적인 행적을 보였던 숙부의 입에서 나온 말을 주인공인 뽈―이 찬동하고 나선 것이
므로, 역시 친일행적이 있는 작가로서는 오해를 받을 소지가 있다고 하겠다. 그러나
이 역시 뽈―이 찬동하고 있는 것은 문화와 정치를 분류해야 한다는 내용이지 숙부
의 친일행적이 아님을 생각해 볼 필요가 있다.

따라서 『아-조선』이 작가 자신의 과거의 행적에 대한 개인적인 변명을 위해 집
필되었다는 시라카와의 주장은 사실과 거리가 있음을 알 수 있다. 작품에 반영된 작
가의 개인적인 감상을 굳이 찾는다면 헤어진 모친을 만나고자 최선을 다하는 뽈―의
모습을 통해서 조금 엿보일 뿐이다. 뽈―의 모친에 대한 애타는 그리움의 묘사는 어
쩌면 장혁주 자신이 애증의 감정으로 생모를 버리고 일본에 정착해버린 과거의 행위
에 대한 회한은 아닌지 생각해볼 필요가 있다. 일제말기에 일본으로 도피하여 정착한
작가는 생모의 간곡한 애원에도 불구하고 조선으로 돌아가지 않았으며, 그녀가 위독

하다는 연락과 사망소식이 전해졌음에도 불구하고 장례식에 참석하지 않았기 때문이다.[10]

　『아 조선』은 취재를 통해 얻은 정보를 활용하여 집필에 임한 때문이기도 하겠지만 스스로의 행위에 대한 변명과 합리화를 목적으로 하고 있던 다른 자전적 작품들과는 그 성격을 크게 달리한다. 작가의 내면세계에 자리 잡고 있던 과거의 행위에 대한 회한이 전혀 반영되지 않았다고는 할 수 없겠으나 아주 미약한 형태로 그것도 소설 속에 자연스럽게 융화된 모습으로 형상화되어 있다 하겠다.

3)『아 조선』에 투영된 작가의 민족애

　장혁주가 『아 조선』을 통해 6·25의 참상을 그려낸 주된 목적은 한민족의 고난에 대한 형상화에 있다고 할 수 있다. 그러므로 작가가 무엇보다 힘을 쏟고 있는 것은 일제 치하에서 독립된 조선의 민중이 그 기쁨을 채 누리기도 전에 좌우 이데올로기의 정치적 대결의 희생양이 되어 무참히 도륙당하는 상황의 사실적인 묘사라 할 수 있다. 작가는 이와 같은 조선민족의 비참한 운명을 형상화하기 위하여 대학생으로 미국 유학을 꿈꾸는 聖一이라는 한 젊은이를 주인공으로 설정하고, 동족상잔의 절망의 늪에서 몸부림치는 과정을 그려내고 있다.

> 　(전략) 聖一의 차례가 되었을 때의 상대는 세라복의 여학생이었다. 소녀는 우물가로 나와 무릎을 꿇고 하늘을 우러러 우리의 신이시여……라며 기도를 시작했다. 성일은 손이 떨려서 방아쇠를 당길 수가 없었다. 矯導가 왜 안 쏘는거야? 라고 고함을 질렀다. 성일은 방아쇠를 당기고 총알이 튕겨나갈 때 절망을 느꼈다. 순간 소녀는 앞으로 꼬꾸라진 채 몸을 움찔거렸다. 矯導가 와서 소녀의 멱살을 잡아 우물 안으로 던져 넣었다.(74)

　인용문은 인민군으로 징집된 聖一이 유엔군의 인천상륙작전으로 후퇴하던 중에 대전교도소에 수용된 사람들을 처형하는 장면이다. 이곳에 수감된 사람들은 聖一 자

10　野口赫宙『遍歴の調書』, 新潮社, 1954, pp.34, 238

신과는 아무런 적대 감정이 없는 동족일 뿐이며, 자신이 지금 총을 쏜 여학생은 여동생 聖妃와 같은 나이 또래였으므로, 오히려 학살로부터 보호해야 한다는 본능이 작용했을 것임에 틀림없다. 그러나 聖一은 자신이 살아남기 위해 부모 형제와 같은 무고한 인명을 무참히 학살하고 있는 것이다. 이로써 학살당하는 쪽은 물론이거니와 학살하고 있는 聖一 역시 인간의 존재가치를 송두리째 파괴당함으로써 회복하기 어려운 정신적 상처를 입게 된다. 한민족의 후예로서 씻을 수 없는 치욕과 고통으로 몸부림치게 되는 것이다.

성일은 대전교도소에서의 만행에 자책하다가 인민군부대를 탈주한다. 그러나 이내 한국군에 잡혀 당시의 살육현장에 있던 목격자에 의해 살인죄로 고발당한다. 그러나 성일은 "내가 범한 죄는 결코 나의 책임이 아니다"(86)며 투쟁을 다짐하는데, 이는 자신의 죄에 대한 변명이라기보다는 이러한 고통에 빠뜨린 권력집단에 대한 분노의 표현이고, 동족상잔의 비극으로 몰아넣은 원흉들에 대한 투쟁의 각오라 할 수 있다. 그러나 그 투쟁의 대상이 특정될 수 없다는 점에서 聖一은 물론 한민족 전체의 비극이 내포되어 있는 것이다.

『아 조선』은 아직 전쟁이 종식되지 않은 단계에서 작품을 맺고 있으나, 자신들의 의지와는 상관없이 농락당하는 젊은이들의 모습을 통해 조국의 미래가 불투명함을 암시적으로 그려내고 있다. 주인공 聖一은 자신을 비롯한 많은 양민들이 무력을 갖지 못해서 무참히 희생되고 있음을 깨닫는다.(284) 이는 "양심을 속이고 북한이든 남한이든 어딘가에 붙어버리면 되는 거야. 그것을 불가능하게 하는 것은 양심이지"(139)라고 말한 전직 학교장 安의 말뜻을 이해한 것이라 할 수 있다. 즉 북한군이든 한국군이든 어느 한쪽에 붙어서 끝까지 싸우는 것이 살아남는 길이라는 것인데, 그렇게 하지 못하는 것은 인간의 양심을 저버리지 못하기 때문이라는 것이다. 결과적으로 민족적 양심에 입각한 정상적인 인간이라면 무고한 동족을 살상하는 행위에 가담해서는 안 되다는 것이다.

그러나 어느 한 쪽 편에 가담하여 목숨을 보전하려는 인간들에 의해 민족의 분단과 대립은 더욱 심각해지고 있다는 점에서 미래의 더 큰 불행은 예고된다. 복수심에 찬 고아들을 돌보던 聖一은 "원한이 인간의 마음을 좀먹고 있는 모습에 전율"(252)

을 느낀다. 이는 전쟁으로 마음을 다친 사람들이 앞으로 어떠한 새로운 반목과 대결을 지속해 갈 것인가에 대한 우려를 담은 것이라 할 수 있다.

이와 같이 6·25로 인한 상흔을 사실주의에 입각하면서도 피상적이지 않은 문학적 형상화를 통해 민족의 아픔을 그려내고 있다는 점에서 작가의 민족애는 뚜렷이 확인된다 하겠다.

3. 『無窮花』와 작가의 민족의식

장혁주는 『아- 조선』의 출간 이후인 1952년 10월에 두 번째의 취재를 위해 한국을 방문한다. 그리고 조국이 38선으로 갈라진 채 휴전협정을 체결한 이듬해인 1954 6월에 『無窮花』를 출간하였다. 그런데 작가는 일본인으로 귀화한 직후인 두 번째의 취재여행에서 느낀 바를 1953년 10월에 「눈(眼)」(『文藝』)이라는 르포형식의 작품으로 발표하였다. 여기에서 작가는 "허리 위가 없는 붉은 벽돌의 건물도, 허물어진 빌딩도, 불타 주저앉은 민가도, 보고 있자니 '아프다'고 비명을 지르는 듯 했다"[11]고 하여 조국에 엄습한 비극을 지켜보는 처참한 심정을 토로하고 있다. 『無窮花』는 바로 이와 같은 작가의 비통한 심정을 표출하기 위해 집필되었다고 할 수 있다.

1) 6·25의 참상을 부각시키기 위한 효과적인 구성

『無窮花』는 6·25의 참상을 입체적으로 묘사하기 위해 시대·공간적 배경과 등장인물의 설정에 있어 치밀한 노력을 경주하고 있다.

① 효과적인 시대·공간적 배경의 설정

시간적 배경은 1950년 6.25직전에서 출발하여 전쟁이 완전히 끝나지 않은 미완의 상태에서 작품을 맺고 있다. 집필을 완성했을 당시에는 이미 휴전이 성립되었을 시점이었지만, 언제 다시 전쟁에 돌입할지 알 수 없는 상태로 앞으로도 대결이 지속될 것

---

11 張赫宙 「眼」 『文藝』, 1953. 10. p.63

을 암시하는 장면으로 맺고 있다.

작품의 주요 전환점은 6·25전쟁의 발발로 인민군이 서울을 거쳐 여주(麗州)를 점령하는 장면과, 미군을 주축으로 한 연한군의 반격으로 여주가 탈환되는 장면, 그리고 1951년 1월의 소위 1·4후퇴로 다시 인민군의 치하가 되었다가, 연합군의 반격으로 여주가 탈환되는 장면이라 할 수 있다.

공간적 배경은 경기도 여주에서 조금 떨어진 지역의 지주인 名門一家와 이들을 중심으로 구성된 소작농 마을, 그리고 여주 읍내 및 주변의 산이다. 특히 여주라는 지역은 서울에 인접해있다는 지리적 특징과 함께, 인민군의 남하와 연합군의 북진, 그리고 1·4후퇴와 이의 재탈환이라는 6·25전쟁의 격렬한 전투 속에서 희생되는 양민들을 그려내기에 안성맞춤이라 하겠는데, 이는 집필에 임한 작가의 치밀한 계획과 역량을 가늠할 수 있는 증좌라 할 수 있다.

주인공인 玉姬가 살고 있는 대 저택은 인민군과 중공군에 의해 부상병을 치료하는 임시 거처로 사용되다가, 인민군이 후퇴한 뒤에는 한국의 치안대 사무실로 사용된다. 그런데 이 저택은 1·4후퇴로 밀려났던 한국군과 연합군이 다시 진격해오면서 쏟아부은 포탄세례로 뒤뜰의 사당만 남긴 채 흔적도 없이 사라진다.

② 다양하고 극적인 등장인물의 구성

작가는 등장인물로 명문일족인 玉姬의 집안과 그들의 동료 및 친구, 하인과 하녀, 소작농 및 여주 읍내의 병원장과 간호사, 인민군과 중공군, 그리고 한국군과 연합군 등의 모습을 그려낸다. 그런데 무엇보다 특징적인 인물의 배치는 아직 여고 3학년인 玉姬를 주인공으로 설정하고 있다는 점이다. 즉 가녀린 17세 소녀의 시선을 통해서 가족과 하인 그리고 소작농들의 수난, 나아가서는 6·25로 인한 동족상잔의 비극을 그려내고 있는 것이다.

玉姬의 집안은 경상도 감찰사를 지냈으나 한일합방에 의분을 참지 못하고 자신의 목에 칼을 꽂아 자결한 조부와, 집안 뒤편에 마련된 사당에서 조상과 남편의 영혼을 달래는 조모가 민족의 상징이자 수호신처럼 묘사된다. 그리고 玉姬의 부친인 명인(明仁)과 숙부 명상(明相)이 등장하는데, 부친은 식민지 시대에 민족자본을 중시한 기업가로 성장하였다가 해방 이후에는 김구를 추종하는 협상파에 힘을 보탬으로써 이승만 정권과 대립하는 인물로, 숙부는 민족의 독립을 위한 투쟁과 비밀활동을 전개하는 것으로 묘사된다. 숙부는 늘 집안에 안주하지 못하고 만주를 떠돌았으므로 그의 가족은 玉姬의 양친이 돌보아 온 것으로 설정되어 있다.

玉姬가 살고 있는 저택에서는 조모와 양친, 큰오빠 영준(英俊), 작은오빠 인준(仁俊), 여동생 순희(順姬), 집안의 일을 돌보는 노인과 하녀 둘이 살고 있으며, 저택 뒤편의 크지 않은 건물에는 예산댁(禮山宅)으로 불리는 숙모와 아들 치준(致俊), 딸 영희(英姬)가 살고 있다.

조모는 연세가 많은 탓으로 사당에 참배하는 것 외에는 거의 방에서 누워 지냈고, 부친은 해방 이후의 사업경영이 부진을 면치 못하는 상태에서 이승만과 대립하던 김구의 협상파를 지지하는 바람에 저격을 당하였으나 목숨만은 부지하여 집안에서 요양을 하고 있다.

그런데 玉姬의 모친인 이(李)마리아는 독실한 기독교 신자로서 이승만 정권을 지지하여 대한부인회 여주지부장에 선출되었는데, 인민군이 진격해왔음에도 남편을 간호한다는 명목으로 남아 있다가 체포되어 대전형무소로 끌려간다. 큰오빠 英俊은 玉姬에게 치근거리던 친구 안재호(安在浩)의 회유와 모친의 안전을 위해 인민군에 마지못해 지원한다. 둘째오빠 仁俊은 전쟁이 발발하자 일본에서 공부하고 싶다는 평소의 꿈을 실현하고자 밀항을 결심하고 떠났으나, 부산에서 체포된 뒤 학도병 간부후보생을 지원하여 한국군의 소위가 된다.

숙부 明相은 북한에서 요직을 차지하고 있다는 소문이 돌았으며, 소학교 교원으로 근무하던 사촌오빠 致俊은 좌익계열의 지하운동조직의 실체가 드러나자 삼팔선을 넘기 위해 자취를 감춘다. 그러나 이내 체포되어 구속되었다가 인민군의 남침으로 구출된 뒤 인민군 소위가 된다. 致俊의 여동생 英姬는 인민군 치하에서 여성동맹원으로 열성적인 활동을 시작한다.

이처럼 인민군의 남침으로 玉姬의 가족들은 대부분 남북 어느 쪽엔가 설 수밖에 없는 처지에 놓이게 된다. 즉 한반도 전체가 이와 같은 상황에 직면하게 되어 동족상잔의 비극을 맞게 되는 것이다. 玉姬의 부친 明仁은 대전교도소로 끌려갔다가 북으로 이송되었으며, 모친 李마리아는 그곳에서 처형된 시신으로 발견되었고, 여동생 順姬는 군의관인 인민군 중위와 사랑을 나눴다는 이유로 처형당했다. 나이가 삼십 중반이 된 하녀는 연합군의 흑인병사에게 겁탈당한 충격으로 혀를 깨물어 자살하였고, 나이 어린 하녀 역시 겁탈을 당했으나 玉姬의 설득으로 자살을 그만두었다가, 연합군의 폭격 중에 된장단지를 가지러 갔다가 폭사했다. 폭격이 시작되었을 때 조모 곁에서 떨고 있던 玉姬는 "玉姬야! 조부가 계신 곳으로 가라"(255)[12]는 말에 따라 조모를 안고 사당으로 피하여 목숨을 부지하였으나, 조모는 이내 사망하고 만다.

이처럼 6·25전쟁은 명문가였던 玉姬의 가족을 모조리 처참한 죽음과 이산의 구렁텅이로 밀어 넣고 말았다. 그러나 사촌오빠 致俊은 인민군에서, 오빠 仁俊은 한국군에서 서로에게 총부리를 겨눈 채 기약 없는 전쟁은 계속되고 있는 것이다. 또한 玉姬 집안의 토지를 경작하던 소작농민들도 이데올로기 투쟁의 희생양이 되어 비인간적인 살육전을 펼친다.

작가는 이상과 같이 6·25를 형상화하기 위해 시대·공간적 배경 및 등장인물의 배치에 있어 치밀한 계획을 실천으로 옮기고 있음을 알 수 있다. 이는 6·25 전쟁이 안고 있는 근본적인 문제점과 동족이 겪었을 고통에 대한 깊은 이해에서 비롯된 결과라 할 수 있을 것이다.

2) 이데올로기를 초월한 민족주의적 글쓰기

6·25전쟁은 물론 일제로부터 독립된 국가를 어떤 형태로 만들어 갈 것인가를 둘러싼 좌우이데올로기 대립의 전쟁이었다는 것은 자명한 일이며 『無窮花』에서도 이에 초점을 맞춰 그려내고 있다. 그러나 작품에서는 이와 같은 이데올로기 대립의 무의미함을 강조하는 데 힘을 쏟고 있으며, 동일민족이라는 큰 틀 안에서 살육전쟁을 벌인다는 것에 대한 경각심을 일깨우려는 노력을 기울이고 있다.

玉姬 집안의 뿌리는 철저한 민족주의자로 한일합방이 발표되기 전인 1910년 6월에 스스로의 목에 칼을 꽂아 자결한 조부 의암(義庵)에서 출발한다. 조부의 자결에 대

---

[12] 본 논문의 제3장에서는 〈野口赫宙 『無窮花』, 講談社, 1954〉를 텍스트로 사용하였다. ( ) 안의 숫자는 텍스트의 쪽수를 나타냄. 이하 같음.

해 조모는 말한다.

> 너의 조부가 그 때 자결한 것을 忠信二君을 섬기지 않는다는 식으로 해석하여 고
> 마워할 수도 있겠으나, 실은 다른 곳에 원인이 있었다. 당시의 우리민족은 露國派라
> 든가 淸國派라든가 美國派라든가 日本派라는 것만 있고 自國派는 없는 것이나 마
> 찬가지였다. 그러한 사대적 민족성을 비통해하여 조부는 자결을 감행한 것이다.(257)

이러한 조부의 민족정신을 이어받은 것은 부친인 明仁과 숙부인 明相이었다. 明
仁은 민족자본을 지키기 위해 제사(製絲)사업을 일으키고 면직물 공장을 설립하여
의료(衣料)품의 자급자족에 분투했다.(22) 해방 이후에는 "남북의 분리가 민족의 비
극임에는 말할 것도 없고, 남북이 각각의 배후에 있는 2대 세력을 배제하여 민족 자체
의 힘으로 독립해야한다"(22)는 신념으로 김구의 협상파에 접근하여 중도정치를 표
방하였다. 이에 비해 明相은 일제와의 직접적인 투쟁을 통하여 조국의 독립을 달성
시키려 했다. 인민군이 서울을 점령했을 때는 서울시의 고위급 관료가 되었다는 소문
도 있었으나, 연합군의 인천상륙작전으로 평양으로 돌아갔다. 義庵선생의 두 아들은
민족의 독립과 자존이라는 동일한 목표를 가지고 투쟁을 하였지만 그 방식은 서로 달
리했던 것이다.

그런데 작품에서는 또 하나의 정치세력을 심도 있게 묘사하여 당시의 혼란했던 상
황을 효과적으로 그려낸다. 이들은 북한에서 비교적 윤택한 생활을 하다가 김일성의
탄압을 견뎌내지 못하고 대거 남하해 온 사람들로 "공산주의라고 하는 것은 이상과
현실의 차이가 너무 크고, (중략) 인민정부의 반동에 대한 처벌방식, 재판의 비민주적
인 방법"(22) 등에 대해서 설명하고 이를 규탄하였는데, 이는 남한 사람들로 하여금
좌파를 경계하도록 만든다. 이와 더불어 우익세력의 첨병이었던 경찰의 모습에 대해
서도 묘사된다.

> 우익사상을 가진 경찰관들도 두 가지 형태가 있다. 그 하나가 북한에서 쫓겨 온 서
> 북 청년단이고, 또 하나는 종전 직후 좌익으로부터 박해 받아온 구 총독부의 경관들로
> 서, 이 사람들은 정권 담당자가 반일정책에서 반공으로 바꾼 것을 잘 이용하여 경찰관

으로 복귀한 뒤 빨갱이 사냥에 수완을 발휘해, (후략)(82, 83)

이처럼 작품에서는 玉姬의 부친으로 대표되는 중도 협상파, 숙부로 대변되는 좌파, 지주와 중산층 및 서북청년단과 친일경찰 출신들로 대변되는 우파로 나뉘어 투쟁하는 과정을 그려내고 있다. 이러한 와중에서 민족자존을 외치던 협상파는 지리멸렬 흩어지게 되는데, 玉姬의 두 오빠는 협상파인 부친의 영향 탓으로 좌우 어느 편에도 적극적으로 가담하지 못하다가 인민군과 한국군으로 갈라져 전투에 참가하는 비극을 연출하게 된다. 그리고 玉姬 집안의 소작농으로 일하던 사람들도 좌우로 나뉘어 각각의 군대가 진격해 올 때마다 상대편을 살육하는 만행을 저지른다.

玉姬는 부친 같은 협상파도 척결해야 한다는 대한애국청년단 주최의 멸공대회를 떠올리며 생각한다.

그 사람들도 나라를 위하는 마음에는 변함이 없을 것이라고 생각하자 정신이 혼란스러워졌다. 협상파든 공산정권이든 또 우익이든 모두 자신들이야말로 진정한 애국자라고 믿고 있다. '국가'라는 것은 도대체 무엇일까? 그 국가를 위해서 사람을 증오하고 살해하고 싸우지 않으면 안 되는 것일까? (중략) 인민은 어느 쪽이든 상관없는 것이다. 행복하게 살 수만 있다면 무엇이든 상관없는 일일 것이다.(54)

이러한 玉姬의 말에는 작가가 하고 싶은 말이 함축적으로 나타나 있다고 할 수 있다. 권력을 쫓는 인간들의 아집과 이데올로기에 대한 집착은 한민족의 생존을 위협하는 중대한 요소로 작용하고 있다는 것이다. 인민이 특정 이데올로기에 토대를 둔 권력을 쫓아가야하는 것이 아니라, 어떤 형태가 되었든 모든 인민을 행복하게 해 줄 수 있으면 된다는 것이다. 이러한 묘사에는 당시의 6·25전쟁으로 희생되는 민족의 처참한 정경을 목격하고, 이데올로기 대립의 무의미함을 직시하여, 민족의 행복한 삶의 영위에 최고의 가치를 두고자한 작가의 사상이 바탕을 이루고 있는 것으로 생각된다.

한편으로 작가는 6·25라는 민족의 불행을 초래한 사태에 대하여 "불행히도 우리 민족은 감정적이고 증오본능이 강하다. 선조들이 역사에 증거를 남기고 있으므로 나는 말할 수 있다. 중용이 세계의 어느 민족보다도 우리민족에게 필요하다는 것을 깨달았다"(25,26)는 明仁의 말을 통해 한민족이 가진 결점을 지적한다. 이는 자칫 작가의 친일행적에 대한 민족의 비판을 반박하기 위한 언급처럼 들리기도 하는데, 작품 속의 明仁의 입장에서 본다면 아주 적합한 발언이므로 작가의 행적과 결부지어 생각하는 것은 적절치 않은 것으로 생각된다.

『無窮花』에는 좌우 또는 중도파의 어느 한 쪽에 치우친 옹호론적인 언급이나 묘사는 찾아보기 어렵다. 이는 작가의 내면에 이데올로기를 초월한 민족의 존재가치에 대한 확신이 있었기에 가능했던 것으로 생각된다. 즉 민족을 동족상잔의 비극으로 몰아넣는 이데올로기는 아무런 의미를 갖지 못하기 때문이다. 이와 같이 민족의 공존을 최대의 가치로 삼아 6·25의 참상을 인도주의적인 입장에서 통절하게 그려낼 수 있었던 것은 작가의 내면세계에 자리 잡고 있던 민족의식이 강렬하게 작용한 덕택이라 할 수 있을 것이다.

3) '玉姫'라는 인물을 통해 고찰되는 작가의 민족의식

『無窮花』의 주인공 玉姫에 대한 형상화는 6·25전쟁의 참상을 입체적으로 구성하고 민족의식의 실체를 객관화하기 위한 고뇌의 결실로 생각된다. 조부의 민족의식을 이어 받은 부친과 숙부의 많은 자녀들 가운데 그다지 정치에 관심을 두지 않던 玉姫를 주인공으로 설정한 이유를 살펴보면 작가의 집필의도와 민족의식을 확인할 수 있게 된다.

玉姫를 주인공으로 삼은 것은 경기도 여주라는 지역을 공간적 배경으로 삼은 것과도 맥락을 같이 한다. 남북의 밀고 밀리는 접점의 한 복판에 위치한 여주와 마찬가지로, 많은 인간군상과 접촉하며 이들을 관찰할 수 있는 위치에 玉姫는 위치하고 있는 것이다. 그러나 玉姫가 어떻게 민족정신을 이어갈 수 있는 인물로 형상화되어 있는가에 대한 고찰이 무엇보다 중요하다.

이는 조부의 민족정신을 받들어 온 조모의 행동을 통해 암시된다. 조모는 "네 아버지가 한 일을 나쁘게 생각하지는 않는다, 그러나 너무 약해서 우리 민족의 가장 취약한 곳을 고치는 일에 적임자가 아니야"(257)라며 玉姫의 부친인 明仁을 신뢰하지 않는다. 또 전쟁이 일어났다는 소식을 듣고는 "모든 것이 엉망이 될 것이야. 이 집은

네가 지켜야 한다. 할아버지의 유훈을 지키는 것도 玉姬로구나”(76)와 같은 대사를
통해 암시되고 있다. 이와 같은 조모의 玉姬에 대한 기대는 부친인 明仁에 의해 다시
한 번 확인된다.

> 졸라대기 시작하면 피라도 빨아댈 듯이 덤벼드는 順姬나, 내 얼굴을 보면 반대당
> 의 당원처럼 따지려만 드는 네 어머니나, 자식이라고 해도 하나는 건달이고, 하나는
> 불평가이니 이 집안도 그저 형식으로 얽혀 있는 듯해서 한심스럽다. 그렇지만 玉姬만
> 은 애정으로 맺어져 있단 말이야. 그것이 너무 기쁘다.(25)

明仁이 평한 玉姬의 인성은 이념적인 정치적 움직임에 대한 관심에 앞서 인간적
인 사랑을 우선시 하는 것으로 묘사되고 있다. 玉姬는 상대가 누구이든 간에 인간의
도리를 벗어났다고 생각 되는 행동에 대해서는 나름의 소신을 밝히며 이의를 제기하
고, 인명을 구하기 위해서는 어느 편이든 돕기를 주저하지 않는다. 이와 같은 玉姬의
자세는 철저하게 인본주의를 실천에 옮기고 있는 것이며, 공존을 도모해야 할 하나의
민족이 서로를 살상하는 행위의 어리석음을 되돌아보게 하는 힘으로 작용하고 있는
것이다.

조상을 모신 사당 안에서 죽음이 임박했음을 안 조모는 마지막 힘을 모아 玉姬에
게 말한다.

> 애야, 너무 슬퍼말아라, 네가 울면 내 영혼은 잠들지 못할 것이다. 아니 난 언제까
> 지나 네 곁에 있으마. 가엾은 玉姬야! 이 나라의 운명을 꼭 닮은 너구나!(257)

조모의 이 말을 통해 작가가 전하려는 메시지는 선명하게 부각된다. 상처투성이의
여리고 순한 玉姬는 바로 한민족의 모습이며, 작가는 이의 영원한 존속을 작품 속에
그려내고 있는 것이다.

작품은 한국군 소위가 되어 잠시 집에 돌아온 玉姬의 둘째 오빠 仁俊이 玉姬와 아
쉬운 작별을 하고 떠나기 전에 여동생이 지키고 있는 사당을 향해 경례하는 장면으로
막을 내린다. 이는 민족의 정기를 안고 잠든 義庵선생과 이를 소중히 모시며 무언의

힘으로 집안을 지켜온 조모, 그리고 앞으로 이를 지켜나가게 될 玉姬에 대한 경의의 표시라 할 수 있다. 인민군이건 한국군이건 소작농이건 모두로부터 존경을 받는 인물을 모신 사당을 지켜나가게 될 玉姬야 말로 면면히 이어온 한민족의 뿌리를 상징하고 있는 것이다.

대단원에서는 또 "전 세계가 야수와 같은 야욕을 버리게 되는 날 우리 민족의 천성은 큰 역할을 할 것이다"(257)는 조모의 말을 회상하는 玉姬의 모습을 부각시킨다. 우리민족의 천성은 연약해 보이나 강인하고 따뜻한 인본주의적인 생명력을 가지고 있으며, 장차 평화로운 미래세계를 이끌어 갈 숭고한 사명을 지니고 있다는 작가의 확신을 담아내려 한 것으로 보인다.

4. 장혁주 문학과 『아- 조선』『無窮花』의 위상

장혁주 문학은 「餓鬼道」(1932)와 「쫓기는 사람들(追われる人々)」(1932), 「분기하는 자(奮い起つ者)」(133) 등과 같이 초기의 작품에서 엿보이던 민족적 저항은 쉽게 좌절되고, 1939년의 『가토 기요마사(加藤淸正)』를 시작으로 단편집 『이와모토 지원병(岩元志願兵)』(1944)으로 대표되는 친일적 작품과, 작가적 체험[13]을 다룬 『인왕동시대(仁王洞時代)』(1935), 『인간의 굴레(人間の絆)』(1941) 3부작 등의 작품을 연이어 출간하던 중에 일제의 패전으로 전환점을 맞게 된다.

이후의 작가적 행보는 『고아들(孤兒たち)』(1946), 『젊은 여자(若い女)』(1948), 단편집 『사람의 선함과 악함(人の善さと惡さと)』(1947) 등과 같이 패전의 처참한 폐허 속에서 살아남기 위해 몸부림치는 일본의 소시민을 휴머니즘적인 입장에서 그려내었으며, 『은혜를 갚은 제비(恩を返したツバメ)』(1949)와 같은 한국의 전래 동화를 일본어로 번역하여 소개하기도 하고, 영친왕의 반생을 그린 『비원의 꽃(秘苑の花)』

---

13 작가의 생모가 기생출신의 첩이었던 관계로 늘 사회적 멸시와 천대를 의식하고 있었으며, 생모의 강요로 4살 연상의 부인과 17세에 애정 없는 결혼을 하여 여러 자녀를 둔 것에 대해서도 혐오감을 느끼고 있었다. 따라서 작가의 자전적 작품의 대부분은 이러한 생모와 부인으로부터 탈피하려는 욕망과 이를 관철시키려는 노력의 과정을 다룬 것이 대부분이다.

(1950)을 출간하기도 하였다.

그러던 중 6·25가 발발하자 이를 소재로 삼은 『아- 조선(嗚呼朝鮮)』(1952)과 『無窮花』(1954)를 출간하였다는 것은 본고에서 살펴본 바와 같다.

이후에는 일본의 산업화로 발생한 각종의 사회문제를 추리소설 형식으로 집필하여 『검은 지대(黑い地帶)』(1958), 『암 병동(ガン病棟)』(1959) 『호숫가의 불사조(湖上の不死鳥)』(1962) 등 여러 편을 출간하였다. 한편으로 친일 행적에 대한 회한을 씻어내지 못한 듯 『편력의 조서(遍歷の調書)』(1954), 『폭풍의 시(嵐の詩)』(1975)와 같은 자전적 작품을 출간하거나, 『한과 왜(韓と倭)』(1977), 『도자기와 검(陶と劍)』(1980)과 같이 한·일 민족의 역사적인 교류를 강조하여 하나의 민족이나 다름없음을 입증하고자 노력한다. 이는 만년에 접어들었음에도 여전히 자신의 生來的 열등의식과 친일적 행위에 대한 죄책감에서 벗어나지 못하고 있음을 말해주는 것이라 하겠다.

그런데 이와 같은 정서적 배경을 가진 작가가 어떻게 『아- 조선』이나 『無窮花』와 같은 작품을 쓸 수 있었던 것인지 생각해볼 필요가 있다. 장혁주의 1930년대 초기의 작품들에서 엿보이는 민족적 투쟁 의지는 일제의 중국침략과 함께 강화된 언론통제에 부딪치자 이에 굴복하여 황국신민화의 선전도구로 변전되어 갔으며, 일제의 패망과 함께 외부의 강압이 사라지자 다시 휴머니즘적 자세에서 패전직후의 비참한 일본 민중의 생활상을 그려내게 된다.14 그리고 이와 같은 집필 자세는 친일작가라는 비판에도 불구하고 조국에서 발생한 동작상잔의 참극에 대한 형상화로 이어진다.

즉 작가의 내면에는 언제나 민족을 향한 깊은 애정이 자리 잡고 있었으나, 자신의 生來的 열등의식을 극복하기보다는 탈피하고자 몸부림쳤듯이, 민족의 절망과 마주하여 투쟁하려는 의지보다는 동족의 현실적인 아픔을 덜어주기 위해 일제와 타협하려는 자세를 보였던 것이다. 이와 같은 작가적 자세는 황국신민화를 주창하는 한편으로 한국의 고전인 『春香傳』과 『沈淸傳』을 일본어로 각색 집필하여 조선민족의 우수성과 전통을 알리려 했던 노력을 통해서도 엿볼 수 있다. 이와 같은 이중적 사고는 모순과 왜곡으로 가득하지만, 자신이 속한 민족에 대한 애착, 즉 작가의 내면 깊숙이

---

14 김학동(2008.2)「張赫宙 문학의 정서적 배경 -親日로 표출된 生來的 열등의식과 무혼의 갈등-」『日語日文學研究』제64집 2권, 韓國日語日文學會.

자리한 '민족의식'의 발현임에는 틀림없는 것이다.

그런데 일제의 패전으로 민족적 강압이 사라지자 작가의 내면에 감춰져 있던 민족의식이 『아 조선』과 『無窮花』라는 문학을 통해 자연스럽게 표출된 것으로 생각된다. 물론 재일조선인들의 협박은 있었다고 하나, 작품에서 보다 중립적이고 민족적인 입장을 견지하는 한 얼마든지 항변의 여지와 자신감을 가지고 있었을 것이기 때문이다.

5. 맺음말

본고에서는 장혁주가 6·25를 소재로 삼아 형상화한 『아 조선』과 『無窮花』의 집필 과정에 대한 고찰 및 문학적 분석을 통하여 작품이 지닌 의의와 작가의 민족의식을 확인해보았다.

장혁주가 『아 조선』과 『無窮花』를 통해 6·25의 참상을 그려낸 주된 목적은 한민족의 고난에 대한 형상화에 있다고 할 수 있다. 그러므로 작가가 무엇보다 힘을 쏟고 있는 것은 일제 치하에서 독립된 조선의 민중이 그 기쁨을 채 누리기도 전에 좌우 이데올로기의 정치적 대결의 희생양이 되어 무참히 짓밟히고 도륙당하는 상황의 사실적인 묘사라 할 수 있다.

『아 조선』과 『無窮花』에는 좌우 또는 중도파의 어느 한 쪽에 치우친 옹호론적인 언급이나 묘사는 찾아보기 어렵다. 이는 이데올로기를 초월한 민족의 존재가치에 대한 작가의 확신에 의해 비로소 가능했던 것으로, 6·25의 참상을 인도주의적인 입장에서 통절하게 그려낼 수 있었던 원동력으로 작용했다 하겠다.

그리고 두 작품 중에 특히 『無窮花』는 6·25의 참상을 입체적으로 묘사하기 위해 시대·공간적 배경과 등장인물의 설정에 있어 치밀한 노력이 경주되었음을 엿볼 수 있는 작품으로 장혁주의 작가적 역량을 가늠해 볼 수 있다.

그런데 작가는 만년에 이르기까지 자신의 生來的 열등의식과 친일적 행적에서 비롯된 갈등을 담은 작품을 많이 남기고 있었음에도 『아 조선』이나 『無窮花』와 같은 민족적인 작품을 썼다는 점에서 장혁주 문학의 특수성을 엿볼 수 있다. 일제시기의 친일적 작품은 민족의 절망에 맞서 투쟁하려는 의지보다는 동족의 현실적인 아픔을 덜어주기 위해 일제와 타협하려는 자세를 우선시하여 집필한 결과라 할 수 있다. 그러나 일제의 패전으로 민족적 강압이 사라지자 작가의 내면에 감춰져 있던 민족의식이『아 조선』과『無窮花』라는 문학작품을 통해 자연스럽게 표출된 것으로 판단된다.

張赫宙(野口赫宙)
작가 및 작품연보

〈작가연보〉

1905년(0세) 10월 7일, 경상북도 대구부(府)에서 부친 장두화(張斗化)의 서자로 태어
났다. 본명은 장은중(張恩重). 생모는 기생을 둔 술집, 여관 등을 운영하
였다고 한다. 어린 시절의 작가는 생모를 따라 남해안의 여러 지역을 전
전하였다. 부친은 인동(仁同) 장씨(張氏)로 舊 한국군 장교를 지냈으며
연수 200석의 소지주였다.

1910년(5세) 생모가 경주에 요릿집을 내어 정착함에 따라 작가의 유소년 시절의 추억
은 대부분 이 지역을 중심으로 형성된다.

1911년(6세) 생모는 작가를 漢學書堂에 보냈으나 본인은 신식학교인 소학교를 줄곧
동경하였다.

1913년(8세) 마침내 경주 鷄林보통학교에 입학하였다. 이후의 작가는 일어 작문으로
교사들의 칭찬을 받기도 하고, 5학년 때부터는 오사카 긴타로(大阪金
太郞) 교장을 따라 경주에 산재해 있는 유적을 답사하는 등 많은 관심과
사랑을 받는다. 일본에서 온 손님에게 교장을 대신해서 경주 안내를 하
기도 하였다.

1919년(14세) 3월, 鷄林보통학교 졸업. 생모는 상급학교에 진학을 희망하는 작가를
대구에 있는 친부의 집으로 들여보냈다. 친부와 적모(嫡母)의 사이에
는 2남 1녀가 있었으나, 2남이 모두 사망하였으므로 친부 쪽에서도 대
를 이을 아들이 필요했던 것으로 보인다.

1920년(15세) 기독교 신자인 친부와 적모의 영향으로 대구 啓聖學校(미국북장로파, 계명대학의 전신)에 입학하였으나, 일본인 교사와 가깝게 지낸다는 이유로 학우들에게 따돌림을 당했다.

1921년(16세) 啓聖학교를 그만두고 5년제 대구고등보통학교(이하 대구고보)에 응시하여 합격하였다. 이후 영어 실력을 인정받아 재학 기간 내내 영어교사의 총애를 받으며 지냈다. 장로교회에서 세례를 받았다.

1922년(17세) 대구고보 2학년 겨울방학 때 경주의 생모를 찾았다가 그녀의 강요로 4살 연상의 金貴行과 결혼하여 이후 2남 3녀를 두었다. (시라카와가 작성한 연보에는 14세 때 결혼한 것으로 되어있으나 여러 정황으로 보아 무리가 있다. 작가의 자전적 소설을 액면 그대로 믿는 것은 무리가 있으나, 대구보통학교 2학년이던 17세에 결혼을 했다는 비교적 사실적인 정황이 『遍歷의 調書』에 묘사되어 있으므로 이에 따르는 것이 합당할 것으로 생각된다.)

1923년(18세) 대구고보 3학년에 재학 중이던 여름 무렵, 일본인 교사의 조선인에 대한 모멸적인 언사를 문제 삼아 돌입한 동맹휴학에 참가하여 무기정학을 당했다가 10월경에 복학한다.

1924년(19세) 이 무렵부터 무정부주의와 공산주의에 관심을 보이기 시작한다.

1925년(20세) 대구고보 5학년이 되었으나 학업에 대한 의욕을 잃고 무정부단체인 진우연맹에 참가하여 활동하였다.

1926년(21세) 3월, 대구고보 졸업. 진우연맹 조직원의 총검거로 연맹이 해산되었으나 작가는 체포를 면하였다. 일본에서의 생활을 결심하고 오사카(大阪)로 갔으나 이내 강제 송환 당했다. 가을에 경상북도 청송군 安德面立학교 교원으로 근무를 시작하였다.

1927년(22세) 봄에 安德面立학교를 그만두고 소설가를 목표로 여러 잡지에 투고하였으나 뜻을 이루지 못하자, 다시 경상북도 예천군 知保面立 보통학교에서 代用교원으로 근무를 시작하였다. 10월에는 교원시험에 합격하여 훈도(訓導) 자격을 취득했다.

1929년(24세) 봄, 知保面立 보통학교를 그만두고 기독교 계통의 대구喜道소학교에
서 훈도로 근무를 시작하였다. 무정부주의자인 朴東極, 李圭鈺, 金銅
振 등과 習作會를 조직하여 매월 한 번의 합평회를 개최하였다. 한국
어 작품을 여러 신문과 잡지 등에 투고하였으나 몰수당하는 일이 많아
지자 일본어 창작으로 눈을 돌리게 된다.

1930년(25세) 일본문단에의 진출을 목표로 農本主義 작가 가토 가즈오(加藤一夫)
와 서신왕래를 하였다. 10월에 가토의 의뢰로 그가 주재하는 잡지『대
지에 서다(大地に立つ)』지에 일본어 단편「白楊木」을 게재하였는데,
이것이 일본문단에의 첫 데뷔작이라 할 수 있다.

1932년(27세) 4월, 『改造』지의 현상소설에 「餓鬼道」가 2등으로 입선(당시에 1등은
없었음)하였다. 현상당선작가 초대연에 출석하여 야스다카 도쿠조(保
高德藏)와 첫 대면을 한 뒤, 이후 7월까지 그의 집에 머물며 유아사 가
쓰에(湯淺克衛), 다무라 다이지로(田村泰次郞) 등과도 만나게 된다.
그리고 金龍濟의 권유로 오야 소이치(大宅壯一)와 함께 作家同盟
(NALP)의 에구치 간(江口渙) 위원장을 방문하였으나 작가동맹에는 가
입하지 않았다. 7월에 조선으로 귀국하였고, 11월에 에스페란티스트
오시마 요시오(大島義夫)로부터 「쫓기는 사람들(追われる人々)」의
에스페란토 번역을 허가해달라는 편지를 받는다.

1933년(28세) 1월, 야스다카가 주재하는『文芸首都』지의 동인이 되었다. 여름에는
동경에서 작가인 하야시 후사오(林房雄) 등과 만났다. 9월부터는 동아
일보에 한글장편『무지개』의 연재를 시작하여 이듬해인 1934년 5월에
완결하였다. 5월에 「형의 다리를 자른 남자(兄の脚を截る男)」, 12월
에「권이라는 남자(權といふ男)」등의 작품을 본격적으로 발표하기 시
작하였다.

1934년(29세) 봄에 直指寺를 탐방하였고, 6월에는 「산신령(山靈)」등 7편의 단편을
수록한 『권이라는 남자(權という男)』를 출간하였다. 7월에 '한글맞춤
법통일안'을 지지하는 문인(78명) 서명에 참가하였으며, 9월부터는 한

글 장편『三曲線』을 이듬해 3월까지 동아일보에 연재하였다.

1935년(30세) 2월 중순에 동경으로 건너가 1개월간 체재하면서 작가인 도요지마 요시오(豊島與志雄)와 만났다. 5월 24부터 26일까지 해인사를 방문하여 崔英煥 주지의 안내로 팔만대장경 등을 관람하였다. 6월에는『仁王洞時代』를 출간하였으며, 改造社의 야마모토 사네히코(山本實彦) 사장을 안내하여 경주, 서울, 개성을 돌아보았다. 10월에「文壇페스트菌」이라는 조선문단에 대한 비판의 글을 발표하여 물의를 일으켰다.

1936년(31세) 1월, 동아일보에 한글 장편『黎明期』의 연재(같은 해 8월에 중단)를 시작하였다. 5월 무렵에 소설가 白信愛와 사귀다가 그녀의 남편에게 발각되자 6월 하순에 도쿄로 건너가 혼고 야요이초(本鄕·弥生町)에서 하숙생활을 시작하였다. 9월, 잡지『文學案內』지의 편집위원(江口渙, 村山知義 등 11명과 함께)이 되어 '朝鮮現代作家特輯'을 간행하기 위해 분주한 시간을 보낸다.

1937년(32세) 2월, 동경제국대학 독문과에 재학 중이던 金史良(본명 金時昌)이 찾아왔는데, 金史良이라는 필명은 이 때 張赫宙가 지어준 것이라 한다. 4월, 동경 주변의 조선인 거주지를 취재차 돌아보았다. 초여름 무렵 병으로 누워있을 때 하숙집의 친척인 노구치 하나코(野口はな子, 通名은 게이코(桂子))의 극진한 간호를 받고 교재를 시작한다. 두 사람은 얼마 지나지 않아 나가노현 가미스와(長野縣上諏方)에서 동거생활에 들어간다(이후 5남의 자녀를 둠).

1938년(33세) 1월, 게이코와의 사이에 장남이 태어났다. 3월부터 5월 사이에 張赫宙 作·무라야마 도모요시(村山知義) 연출로 희곡『春香傳』이 도쿄의 쓰키지(築地) 소극장과 오사카(大阪), 교토(京都)에서 순회공연을 가졌다. 가을 무렵, 시노다(篠田) 李王職長官을 만났고, 10월에는 경성 YMCA 주최 문예강연회에서 사회를 보았으며, 府民館에서 열린 '조선 문화의 장래'라는 좌담회에 출석하기도 하였다. 이후 11월 초까지 경성, 평양, 대전, 전주, 군산, 부산, 대구에서『春香傳』을 공연하였고, 대구의 집과 경주박물관을 들른 뒤 11월 중순에 도쿄로 돌아왔다.

1939년(34세) 2월, 자신의 친일적 입장을 분명히 한 「조선의 지식인에게 호소함(朝鮮の知識人に訴ふ)」을 발표하였다. 같은 달 大陸開拓文藝懇話會가 발족하자 이에 참가한 뒤, 시마키 겐사쿠(島木健作), 다카미 준(高見順) 등과 함께 滿蒙開拓靑少年義勇軍訓練所를 방문하였다. 4월에 임진왜란을 배경으로 한 『加藤淸正』를 출간하자, 5월에 加藤淸正의 11代孫인 가타오카 효타로(片岡表太郎)가 내용에 불만을 품고 찾아왔다. 6월, 拓務省 산하 大陸開拓文藝懇話會에서 파견한 제2차 펜부대에 다카미 준, 오다 다케오(小田岳夫), 아라키 다카시(荒木巍), 이노우에 유이치로(井上友一朗) 등과 함께 참가하여 3개월간 만주 등을 시찰하였다. 이해의 봄 무렵에는 김사량에게 소개장을 써주어 야스다카 도쿠조(安高德藏)를 만나게 하였는데, 이를 계기로 김사량은 야스다카가 주재하던 잡지 『文藝首都』에 그의 출세작 「빛 속으로(光の中に)」를 발표하게 된다.

1940년(35세) 1월, 東京在住半島名士座談會(매일신보 동경지국주최)에 출석하였고, JOAK를 통해 방송극 『深淸傳』이 방송되었다. 3월에는 부친의 장례식에 참석차 대구로 돌아왔다. 5월부터 8월까지 한글장편 『女人肖像』을 매일신보에 연재하였다. 그리고 이 해에 『朝鮮文學選集』(전3권, 赤塚書房)을 兪鎭午, 무라야마 도모요시, 아키타 우작(秋田雨雀)과 共編으로 간행하였다.

1941년(36세) 장편 『인간의 굴레(人間の絆)』 3부작 (『인간의 굴레(人間の絆)』 『아름다운 억제(美しい抑制)』 『푸른 북녘(綠の北國)』), 임진왜란을 소재로 한 『칠년의 폭풍(七年の嵐)』, 만주개척을 다룬 『광야의 처녀(曠野の乙女)』를 각각 출간하였다.

1942년(37세) 1월, 도쿄에서 兪鎭午와 「朝鮮文學의 將來」라는 주제로 좌담회를 가졌다. 2월에 자전적 작품 『고독한 영혼(孤獨なる魂)』, 3월에는 임진왜란을 소재로 한 『화전 어느 쪽도 불사하다(和戰何れも辭せず)』, 5월에

는 수필집 『우리 풍토기(わが風土記)』를 출간하였다. 5, 6월에는 朝鮮
總督府 拓務課의 위촉으로 柳致眞, 鄭人澤, 유아사 가쓰에(湯淺勝
衛) 등과 함께 만주의 개척촌을 시찰하였다.

1943년(38세) 2월에 皇道朝鮮硏究委員會 위원이 되었으며, 4월에는 朝鮮陸軍特
別志願兵훈련소에 3일간 체험 입대하였다. 8월에는 도쿄에서 열린 大
東亞文學者決戰大會에 참가하였고, 9월에는 세 번째 만주 시찰여행
을 떠났다. 10월에는 日本文學報國會가 주최한 사이타마(埼玉)현 고
마진자(高麗神社)참배단에 참가하였다. 이 해 4월에는 조선인의 만주
개척을 다룬 『행복한 신민(幸福の民)』과 『開墾』을, 11월에는 임진왜
란을 소재로 한 『부침(浮き沈み)』을 각각 출간하였다.

1944년(39세) 1월에 작가의 대표적 친일 단편소설집인 『이와모토 지원병(岩本志願
兵)』을 출간하였다. 1-3월 사이에 皇道朝鮮硏究委員會 위원으로서
일본 각지의 탄광을 위문 방문하고, 4월에는 광산시찰 귀환보고좌담회
에 출석하였다.

1945년(40세) 5월, 滿鮮文化社의 초청으로 만주에 건너가 間島의 조선인특설부대
를 취재하고, 熱河, 北支(華北) 등을 여행하였다. 6월 초 일본으로 돌
아가기 위해 나진항에 도착하였으나, 선편이 없어 8월 초까지 기다리
다 화물선으로 간신히 돌아왔다. 도쿄의 자택이 공습으로 전소되었으
나 가족은 무사히 나가노(長野)현의 疎開地로 피난하였음을 알고 찾
아간다.

1946년(41세) 12월에 도쿄를 배회하는 전쟁고아를 다룬 『고아들(孤兒たち)』을 출간
하였다.

1947년(42세) 高麗神社가 가까이에 있는 사이타마현(埼玉縣) 히다카쵸(日高町)로
이사하였는데, 사망할 때까지 이 지역에 거주하게 된다. 패전 이후의
다양한 인간군상을 담아낸 작품집 『사람의 선함과 악함(人の善さと惡
さと)』을 출간하였다.

1948년(43세) 패전 이후를 살아가는 젊은 여성의 생명력을 그려낸 『젊은 여자(若い

女)』를 출간(필자 미확인, 같은 작품을 1956년 東方親書에서 재차 출
　　　　　　간)하였다.

1949년(44세) 한국의 심청전과 흥부전 및 전래동화 수편을 일본어로 재구성한『은혜
　　　　　　를 갚은 제비(恩を返したツバメ)』출간.

1950년(45세) 영친왕의 半生을 다룬『비원의 꽃(秘苑の花)』출간.

1951년(46세) 7월, 매일신문사의 후원으로 한반도로 건너가 한국전쟁을 취재하였다.

1952년(47세) 5월, 한국전쟁의 참상을 그려낸『아 조선(嗚呼朝鮮)』을 출간한 뒤, 10
　　　　　　월에 취재를 위해 재차 한국을 찾았다. 같은 달, 일본에 귀화를 신청하
　　　　　　고 창씨명이던 노구치 미노루(野口稔)를 일본인 이름으로 등록했다.
　　　　　　그리고 이때부터 노구치 가쿠추(野口赫宙)라는 필명을 사용하게 된다.

1953년(48세) 재일조선인 사회에 대한 비판을 담은 단편「협박」발표.

1954년(49세) 한국전쟁을 그려낸『無窮花』와, 자전적 소설『편력의 조서(遍歷の調
　　　　　　書)』출간.

1955년(50세) 단편「選擧」출간.

1956년(51세)『음지의 아이(ひかげの子)』,『젊은 여자(若い女)』출간.

1957년(52세)『아름다운 저항(美しい抵抗)』출간.

1958년(53세)『검은 지대(黑い地帶)』출간.

1959년(54세)『암병동(ガン病棟)』,『검은 대낮(黑い晝間)』출간.

1960년(55세)「검은 소용돌이(黑い渦)」발표.

1961년(56세)『무사시 병영(武藏陣屋)』출간.

1962년(57세)『호상의 불사조(湖上の不死鳥)』출간.

1975년(70세) 자전적 소설『폭풍의 시(嵐の詩)』출간.

1976년(71세) 취재를 목적으로 3개월간의 미국여행을 다녀옴.

1977년(72세) 한반도와 일본 고대인들의 교류를 밝히고자 한 논픽션『한과 왜-천손
　　　　　　민족은 어디에서 왔는가(韓と倭－天孫民族はどこから來たか－)』
　　　　　　출간.

1980년(75세) 임진왜란과 도자기의 교류에 관한 내용을 다룬 논픽션『도자기와 검-

히데요시의 조선출병과 도공의 도래-(陶と劍ー秀吉の朝鮮出兵と陶
工大渡來ー)』출간.

1989년(84세) 기행문『마야·잉카에 조몬징을 찾는다(マヤ·インカに繩文人を追う)』
출간.

1991년(86세) 걸프전 취재를 위해 중동을 다녀옴. 영문소설『Forlorn Journey』를 인도
의 뉴델리에서 출간.

1997년(92세) 2월 1일, 사이타마현 자택 근처의 병원에서 腦血栓으로 사망.

〈일본어著作연보〉

1. 長·短篇 小說의 發表年譜

(1930년)
10월, 「白楊木」(『大地に立つ』)

(1932년)
4월, 「餓鬼道」(『改造』)
6월, 「하쿠타농장(迫田農場)」(『文學クオタリイ』)
10월, 「쫓기는 사람들(追われる人々)」(『改造』) ; 에스페란토, 중국어로도 번역되
　　　었으나 발매금지 처분을 받았다.

(1933년)
5월, 「형의 다리를 자른 남자(兄の脚を截る男)」(『文藝首都』) ; 후에 「형의 다리
　　　를 자르다(兄の脚をきる)」로 改題.
9월, 「분기하는 자(奮い起つ者)」(『文藝首都』)
12월, 「권이라는 남자(權といふ男)」(『改造』) ; 중국어로 번역되었다.

(1934년)
1월, 「아내(女房)」(『文藝首都』)
3월, 「갈보(ガルボウ)」(『文藝』)
5월, 「늑대(山犬)」(『文藝首都』)
6월, 「劣情漢」(『行動』) ; 후에 「劣情者」로 改題.
8월, 「장례식날 밤에 생긴 일(葬式の夜の出來事)」(『文藝』), 「어떤 형제(或る兄
　　　弟)」(『兒童』)
11월, 「16일 달밤에(十六夜に)」(『文藝』)
11월~1935년 3월, 『영혼과 육체(靈と肉)』(『兒童』) ; 후에 『仁王洞時代』로 改題.

(1935년)

1월, 「하루(一日)」(『改造』)

3월, 「愚劣漢」(『文藝』)

5월, 「분쟁(あらそい)」(『文藝首都』)

8월, 「묘지에 가는 남자(墓場に行く男)」(『改造』)

9월, 「미사코(美佐子)」(『若草』)

10월, 「분개함(口惜しがる)」(『若草』)

(1936년)

1월, 「산사람(山男)」(『新潮』)

1~2월, 「安惠羅(アン・ヘエラ)」(『文學案內』)

3월, 「狂女点描」(『文藝首都』)

9월, 「심연의 사람(深淵の人)」(『文學案內』)

11월, 「어느 時期의 여성(ある時期の女性)」(『文藝首都』), 「월희와 나(月姫と僕)」
　　　(『改造』)

(1937년)

1월, 「술에 못 취한 이야기(醉えなかった話)」(『文學界』)

2월, 「빠져나올 수 없는 구렁(出られぬ淵)」(『若草』)

5월, 「愛怨의 정원(愛怨の園)」(『文藝』)

6월 16일~11월 6일, 『痴人淨土』(『福岡日々新聞』)

10월, 「憂愁人生」(『日本評論』)

(1938년)

3월, 「春香傳」(戲曲)(『新潮』)

6월, 「雰囲氣」(『文藝』)

10월, 「골목길(路地)」(『改造』)

(1939년)

1월, 「加藤淸正」(『文藝』)

11월, 「加藤淸正」(戱曲)(『テアトロ』)

(1940년)

5월, 「密輸業者」(『改造』)

7월, 「慾心疑心」(『文藝』), 「두개의 애정(二つの愛情)」(『月刊文章』)

8~11월, 「春香傳」(戱曲)(『協和事業』)

(1941년)

1월, 「沈淸傳」(放送劇)(『協和事業』)

6월, 「다리 위에서(橋の上にて)」(『芸能科研究』)

11월, 「불화(仲違ひ)」(『現代文學』)

(1942년)

1월, 「남쪽의 使節(南の使節)」(『現代文學』), 「이 상(李さん)」(『協和事業』)

10월~1943년 2월, 「花郎」(全4回)(『月刊文章』)

(1943년)

1월, 「어느 독농가의 술회(ある篤農家の述懷)」(『綠旗』)

2월 23일, 「夢」(『北海道帝大新聞』)

6월~1944년 8월, 『희망의 집(希望の家)』(『新女性』)

7월, 「새로운 윤리(新しい倫理)」(『辻小説集』)

8월, 「새로운 출발(新しい出發)」(『國民總力』), 「出發」(放送劇)(『JOAK放送』)

8월 24일~9월 9일, 「이와모토지원병(岩本志願兵)」(『東京朝日新聞』)

(1944년)

2월, 「恩義」(『新太陽』)

8월, 「拓土送出」(『開拓』)

(1945년)

3월, 「봉사가 눈을 뜬 이야기(めくらの眼があいた話)」(『大東亞民話集』)

(1946년)

4~6월, 「民族」(『創建』) ; 3회 연재로 중단.

(1947년)

2월, 「사람의 선함과 악함(人の善さと惡さと)」(『芸林間步』)

3월, 「영원히(とこしえに)」(『小說と讀物』)

(1948년)

봄, 「미야의 범죄(ミヤの犯罪)」(『地上』)

2월, 「죄의 前途(罪の行方)」(『時代』)

(1949년)

2월, 「지옥의 여자(地獄の女)」(『文藝讀物』)

6, 12월, 「僞善者」(『小說界』)

11월, 「슬픈 영혼(悲しい魂)」(『小說界』)

(1950년)

1~2월, 『비원의 꽃(秘苑の花)』(『富士』)

(1952년)

2월, 「아 조선(嗚呼朝鮮)」(『新潮』)

4월, 「부락의 南北戰(部落の南北戰)」(『別冊文藝春愁』)

5월, 「避難民」(『新潮』)

6월, 「어떤 범죄(ある犯罪)」(『文藝』)

7월, 「이국의 아내(異國の妻)」(『警察文化』)

12월, 「부산의 여간첩(釜山の女間諜)」(『別冊文藝春愁』)

(1953년)

3월, 「脅迫」(『新潮』)

8월, 「창자의 경우(昌子の場合)」(『新潮』)

10월, 「눈(眼)」(『文藝』)

(1954년)

10월, 「戶籍騰本」(『小說公園』)

11월, 「權力者」(『新潮』)

(1955년)

6월, 「자식을 향한 애정(子への愛情)」(『小說公園』)

8월, 「選擧」(『文藝』)

11월, 「환상과 현실(幻と現實)」(『小說公園』)

(1956년)

8월, 「선녀의 목소리(天女の聲)」(『小說公園』)

(1957년)

6월, 「지치부 밤 축제(秩父夜祭)」(『キング』)

(1958년)

5월, 「다른 풍속의 남편(異俗の夫)」(『新潮』)

6월, 「산비둘기 우는 날(山鳩鳴く日)」(戲曲)(『悲劇喜劇』)

(1959년)

5월, 「천주교如來騒動(キリシタン如來騒動)」(『宝石』)

12월, 「零点五」(『宝石』)

(1960년)

7월, 「검은 소용돌이(黑い渦)」(『宝石』)

(1961년)

11월, 「新羅王館最後의 날(新羅王館最後の日)」(『宝石』)

(1962년)

7월, 「붉은 월병(赤い月餅)」(『宝石』)

2. 評論 및 기타

(1931년)

1월, 「〈同志通信〉××的親愛なる同志諸君」(『プロレタリア』)

(1933년)

1월, 「나의 문학(僕の文學)」(『文藝首都』)

2월, 「특수한 입장(特殊な立場)」(『文藝首都』)

9월, 「優秀에서 巨大로(優秀より巨大へ)」(『文藝首都』)

10월, 「번역의 문제·기타(翻譯の問題·その他)」(『文藝首都』)

11월, 「문예상의 나의 입장·주장(現在における文藝上の我が立場·主張)」(『文藝』)

12월, 「秋日秒」(『文藝首都』)

(1934년)

4월, 「西洋文學過讚排擊」(『文藝通信』), 「나의 포부(我が抱負)」(『文藝』)

5월, 「潔白性」(『文藝通信』)

6월, 「줄다리기(綱引)」(『帝國大學新聞』)

7월, 「隨筆雜感」(『麵麭』)

8월, 「〈죽게하다〉에 대하여(〈死なす〉について)」(『浪漫古典』)

10월, 「素朴非素朴」(『文藝首都』)

(1935년)

2월, 「나에게 待望하는 사람들에게(私に待望する人々へ)」(『行動』), 「質問」(『文藝通信』)

3월 9~11일, 「出京隨想」(『都新聞』)

4월 16일, 「조선의 봄(朝鮮の春)」(『京都帝國大學新聞』)

5월, 「離京의 슬픔(離京の悲しみ)」(『文藝通信』)

7월, 「처음 만난 文士와 당시의 추억(初めて逢った文士と当時の思い出)」(『文藝通信』)

8월, 「오쿠리가나에 관한 것(送り仮名のこと)」(『文藝通信』), 「문학을 지향하는 사람들에게(文學を志す人々へ)」(『文學案内』), 「어떤 감각(ある感覺)」(『文藝首都』), 「정·만소의 이야기(チョング·マンソーの話)」(『文藝』)

10월, 「조선문단의 현상보고(朝鮮文壇の現狀報告)」(『文學案內』), 「내가 가장 영향을 받은 책(私の最も影響された本)」(『文學案內』), 「문학의 느슨함(文學の甘さ)」(『麵麭』)

11월, 「조선문단의 장래(朝鮮文壇の將來)」(『文學案內』)

(1936년)

1월, 「작가로서의 마음가짐·각오(作家としての心構へ·覺悟)」(『新潮』)

4월, 「私小說私見」(『文藝通信』)

6월, 「조선문단의 작가와 작품(朝鮮文壇の作家と作品)」(『文學案內』)

6월 29일, 「조선문단을 짊어질 사람(朝鮮文壇を背負ふ人)」(『帝國大學新聞』)

8월, 「고르키의 명랑함(ゴルキイの明るさ)」(『文學評論』), 「문학적 생활에 관한 것
   (文學的生活のこと)」(『文藝』), 「여름의 조선풍경(夏の朝鮮風景)」(『新潮』),
   「도쿄에 와서 허무를 느끼다(東京に來て虛無を感じる)」(『文學案內』)

9월, 「굶주리는 인민(飢ゆる人民)」(『勞働雜誌』)

10월, 「蛇毒」(『サンデー毎日』)

11월, 「메이지·다이쇼의 문학운동 좌담회(明治·大正の文學運動座談會)」(『文藝
   首都』)

12월, 「독특한 작풍·이론의 빈곤(獨特の作風·理論の貧困)」(『文學案內』), 「호조
   다미오(北條民雄のこと)」(『文藝首都』)

12월 2일, 「조선의 겨울(朝鮮の冬)」(『帝國大學新聞』)

(1937년)

1월, 「다이쇼 시대의 문학운동 좌담회(大正時代の文學運動座談會)」(『文藝首
   都』), 「나의 산책(我が散策)」(『文藝首都』)

1월 11일, 「불꽃의 거리(花火の街)」(『帝國大學新聞』)

2월, 「설날(お正月)」(『文藝首都』), 「현대조선작가의 소묘(現代朝鮮作家の素描)」
   (『文學案內』)

3월, 「내가 꼭 말하고 싶은 것(私の一番言い度いこと)」(『文藝通信』), 「日記」(『文
   藝首都』)

3월 15일, 「테마 불명(テーマ不明)」(『帝國大學新聞』)

4월, 「일본의 여성(日本の女性)」(『文學案內』)

5월 1일, 「어떤 旅心(或る旅心)」(『朝日新聞』)

5월 10일, 「『旅路』를 보고 느낀 점(『旅路』を觀て感じたこと)」(『帝國大學新聞』)

6월, 「〈愛怨의 정원〉의 비평(〈愛怨の園〉の批評)」(『文藝』), 「조선인 취락을 가다(朝鮮人聚落を行く)」(『改造』)

11월, 「만주 이민에 대하여(滿州移民について)」(『文藝首都』)

11월 5, 6, 7일, 「헌금과 문화(獻金と文化)」(『都新聞』)

(1938년)

2월, 「나의 풍토기(私の風土記)」(『文藝』)

2월 7일, 「李致三」(『帝國大學新聞』)

3월, 「춘향전에 대하여(春香傳について)」(『文藝首都』), (『テアトロ』)

3월 14일, 「애수와 애착(哀愁と愛着)」(『帝國大學新聞』)

3월 25일, 「敎育·雜誌時評」(『朝日新聞』)

4월 11일, 「춘향전과 그 연출(春香傳とその演出)」(『帝國大學新聞』)

5월 26, 27일, 「반감과 쓴웃음(反感と苦笑い)」(『都新聞』)

7월 11일, 「쓰르게네프적 통속(ツルゲネフー的通俗)」(『帝國大學新聞』)

10월 4일, 「조선과 〈春香傳〉(朝鮮と〈春香傳〉)」(『京城日報』)

11월, 「將棋」(『文藝』)

11월 29일~12월 8일, 「조선문화의 장래와 현재(朝鮮文化の將來と現在)(1)~(6)」(『京城日報』)

12월, 「春香傳批判座談會」(『テアトロ』)

(1939년)

1월, 「조선문학의 장래(朝鮮文學の將來)(座談會)」(『文學界』)

2월, 「조선의 지식인에게 호소함(朝鮮の知識人に訴ふ)」(『文藝』), 「좋은 옛 습관(好い古癖)」(『新潮』)

3월 13일, 「〈조선의 지식인에게 호소함〉의 반향에 답한다(〈朝鮮の知識人に訴ふ〉の反響に答ふ)」(『帝國大學新聞』)

4월, 「나의 문학 수업(わが文學修業)」(『文藝』)

7월 16, 17, 18일, 「旅情」(『都新聞』)

10월 9일, 「시사적인 흥미(時事的な興味)—村山知義＜丹靑＞(中央公論十月)—」
　　　(『帝國大學新聞』)

11월, 「金剛山雜感」(『朝鮮版モダン日本』), 「나의 소설공부(私の小說勉强)」(『文
　　　藝』), 「間島·圖們」(『改造』)

11월 25일, 「原野」(『三田新聞』)

12월, 「문예창조의 모태(文藝創造の母胎)」(『東京朝日新聞』)

(1940년)

2월 17, 18일, 「조선 문학계의 現狀(朝鮮文學界の現狀)」(『東京朝日新聞』)

5월, 「조선문단의 대표작가(朝鮮文壇の代表作家)」(『新潮』), 「현재의 조선문학
　　　(今日の朝鮮文學)」(『あばんせ5号』)

5월 5일, 「給食」(『日本讀書新聞』)

5월 7일, 「조선문학의 유행(朝鮮文學の流行)」(『東京朝日新聞』)

6월 26일, 「문학의 전통(文學の伝統)」(『東京朝日新聞』)

7월, 「寸感 두 가지(寸感二つ)」(『文藝』), 「금강산 외(金剛山ほか)」(『早稻田文學』)

8월, 「불국사에서(佛國寺にて)」(『モダン日本朝鮮版』)

10월, 「정확한 이해-나의 최근작에 대하여-(正確なる理解)」(『知性』)

(1941년)

1월, 「마루야마상의 시(丸山さんの詩)」(『月刊隨筆·博浪沙』)

4월, 「＜自作解題＞인간의 굴레(人間の絆)」(『知性』)

7월, 「慶州」(『月刊文學』)

8월, 「(跋)＜李泰俊:福德房＞」(『モダン日本社』)

9월, 「(앙케트) 아직 읽지 못한 고전작품(讀み落した古典作品)」(『現代文學』)

10월, 「(앙케트) 전시하의 조선에 무엇을 기대할 것인가(戰時下の朝鮮に何を期

待するか)(『綠旗』)

12월, 「(앙케트) 금년도의 문학작품 중에서 좋건 나쁘건 귀하의 관심을 끈 것은 무
　　엇인가(今年度の文學作品で好かれ, 惡かれ, 貴下の關心を惹いたものは
　　何か)」(『現代文學』)

(1942년)

1월, 「대동아전쟁에 임하여(大東亞戰爭に際して)」(『文藝』)

2월, 「(兪鎭午와의 대담) 조선문학의 장래(朝鮮文學の將來)」(『文藝』)

3월, 「그 무렵의 추억(その頃の思い出)」(『文藝首都』)

3월 15일, 「朝鮮」(『日本學藝新聞』)

4월 1일, 「남방과 민족협화(南方と民族協和)」(『日本學藝新聞』)

5월, 「말레이시아 작전보고를 읽고(マレー作戰報告を讀んで)」(『文藝』), 「반도노
　　무자의 鍊成(半島勞務者の鍊成)」(『中央公論』)

5월 14일, 「독서 소식(讀書たより)」(『朝日新聞』)

9월, 「榮興農村」(『開拓』)

9월 15일, 「湯淺克衛著〈半島の朝〉」(『日本學藝新聞』)

10월, 「황도조선의 완성(皇道朝鮮の完成)」(『中央公論』)

11월, 「어떤 힘(ある力)」(『現代文學』)

(1943년)

3월, 「조선총독문학상에의 축사와 희망(朝鮮總督文學賞への祝辭と希望)」(『綠
　　旗』)

4월, 「志願兵訓練所入所日記」(『文化朝鮮』)

5월, 「(座談會) 현재의 반도문학(今日の半島文學)」(『綠旗』)

7월, 「(座談會) 남방의 현상과 일본적 구상(南方の現狀と日本的構想一淺野晃
　　氏にきく一)」(『綠旗』)

8월 5일, 「천황의 성려에 귀일(大御心への歸一)一朝鮮の徵兵制實施 (一) 一」

（『朝日新聞』）
8월 6일, 「황민화의 鍊成(皇民化の鍊成へ)ー朝鮮の徵兵制實施（二）ー」(『朝
　　日新聞』)

(1944년)
8월, 「학도병의 소원(學徒兵の願)」(『興亞文化』)

(1945년)
3월 1일, 「燒跡」(『文學報告』)
10월 22, 23일, 「아 조선의 운명(噫朝鮮の運命)」(『東京新聞』)

(1946년)
3월, 「일본국민에 보낸다(日本國民に寄せる)」(『創建』)
3월 1일, 「어디로(何處へ - 戰災孤兒調査記)」(『自由公論』)
11월 8일, 「교원의 입장(敎員の立場)」(『東京新聞』)

(1947년)
2월 17일, 「문학의 행방(文學の行方)」(『東京新聞』)

(1949년)
4월 28일, 「나의 염원(わが念願)」(『東京新聞』)
12월, 「在日朝鮮人批判」(『世界春秋』)

(1951년)
7월, 「한국에의 르포(韓國へのルポー)」(『毎日新聞』)

(1952년)

3월, 「재일조선인의 내막(在日朝鮮人の内幕)」(『新潮』)

7월 28, 29, 30일, 「조선인의 반성(朝鮮人の反省)」(『夕刊東京新聞』)

7월 2일, 「조선인의 소요에 대하여(朝鮮人の騷擾について)」(『夕刊新大阪』)

9월, 「부산항의 파란 꽃(釜山港の靑い花)」(『面白俱樂部』)

(1954년)

7월, 「당신의 마음속에 싹트는 어두운 그림자는 무언가(あなたの心にきざす暗い 影はなにか)」(『文藝』)

9월, 「滿洲行」(『新潮』)

(1956년)

5월 7일, 「나의 걱정·나의 희망(私の心配·私の希望)」(『日本讀書新聞』)

(1957년)

11월 2일, 「감각의 차이(感覺のずれ)」(『夕刊東京新聞』)

(1977년)

5~8월, 「아메리카인디언에 고대 일본인의 원류를 찾는다(アメリカインデアンに 古代日本人の源流を探る)」(『歷史と旅』)

3. 單行本

(1934년)

6월, 작품집 『권이라는 남자(權といふ男)』(『改造社』) ; 「餓鬼道」 「형의 다리를 자르다(兄の脚をきる)」 「少年」 「산신령(山靈)」 「權といふ男」 「갈보(ガルボウ)」의 6편 수록.

(1935년)

6월, 작품집 『仁王洞時代』(『河出書房』) ; 「하루(一日)」「劣情者」「16일 달밤에
(十六夜に)」「늑대(山犬)」「장례식날 밤에 생긴 일(葬式の夜の出來事)」「愚
劣漢」「仁王洞時代」의 7편 수록.

(1937년)

4월, 작품집 『심연의 사람(深淵の人)』(『赤塚書房』) ; 「深淵の人」「분쟁(あらそ
ひ)」의 2편 수록.

(1938년)

4월, 작품집 『春香傳』(『新潮社』) ; 「春香傳」「憂愁人生」「愛怨의 정원(愛怨の
園)」의 3편 수록.

(1939년)

2월, 작품집 『골목(路地)』(『赤塚書房』) ; 「路地」「줄다리기(綱引l)」「李致三」「雰
囲氣」의 4편 수록.

3월, 『痴人淨土』(『赤塚書房』)

4월, 『加藤淸正』(『改造社』) ; 1941년에 간행된 '칠년의 폭풍(七年の嵐)'의 제1부
인 『비장의 전야(悲壯の戰野)』에 흡수 통합.

10월, 『開拓地帶』(『春陽堂書房』) ; 大陸開拓小說集 1 , 共著.

11월, 『아름다운 결혼(美しき結婚)』(『赤塚書房』)

(1940년)

8월, 작품집 『애증의 기록(愛憎の記錄)』(『河出書房』) ; 「密輸業者」「慾心疑心」
「술에 못 취한 이야기(醉えなかった話)」「安惠羅(アン・ヘエラ)」「심연의 사
람(深淵の人)」의 5편 수록.

11월, 『전원의 뇌명(田園の雷鳴)』(『落陽書房』)

(1941년)

2월, 『沈淸傳·春香傳』(『赤塚書房』) ; 「沈淸傳」「春香傳」의 2편 수록.

2월, 『인간의 굴레(人間の絆)』(『河出書房』) ; 『人間の絆』 3부작 중의 제1부.

4월, 『悲壯의 戰野(悲壯の戰野)』(『落陽書院』) ; 임진왜란을 소재로 계획된 '칠
　　년의 폭풍(七年の嵐)'의 제1부.

5월, 『광야의 처녀(曠野の乙女)』(『南方書院』)

6월, 『아름다운 억제(美しい抑制)』(『河出書房』) ; 『人間の絆』 3부작 중의 제2부.

10월, 『白日의 길(白日の路)』(『南方書院』) ; 『痴人淨土』에 단편을 1편 추가하
　　여 재발행.

10월, 『푸른 북녘(綠の北國)』(『河出書房』) ; 『人間の絆』 3부작 중의 제3부.

(1942년)

2월, 『고독한 영혼(孤獨なる魂)』(『三崎書房』)

3월, 『화전 어느 쪽도 불사하다(和戰何れも辭せず)』(『大觀堂』) ; '七年の嵐'의
　　제2부.

5월, 수필·기행문집 『나의 풍토기(わが風土記)』(『赤塚書房』) ; 33편의 수필과 기
　　행문 등을 싣고 있다.

9월, 『흥부와 놀부(フンブとノルブ)』(『赤塚書房』)

(1943년)

4월, 『開墾』(『中央公論社』)

4월, 『행복한 신민(幸福の民)』(『南方書院』)

11월, 『부침(浮き沈み)』(『河出書房』) ; '七年の嵐'의 제2부.

(1944년)

1월, 작품집 『이와모토 지원병(岩本志願兵)』(『興亞文化出版』) ; 「岩本志願兵」
　　「새로운 출발(新しい出發)」「夢」「어느 독농가의 술회(ある篤農家の述懷)」

「出發」의 5편 수록.

(1946년)

12월, 『고아들(孤兒たち)』(『万里閣』)

(1947년)

12월, 작품집 『사람의 선함과 악함(人の善さと惡さと)』(『丹頂書房』) ; 「内弟子
　　　의　告白(内弟子の告白)」「갈림길(わかれみち)」「영원히(とこしえに)」「脱
　　　出」「처제에게(妹へ)」「人の善さと惡さと」의 6편 수록.

(1948년)

12월, 작품집 『愚劣漢』(『富國出版』) ; 「권이라는 남자(權といふ男)」「갈보(ガル
　　　ボウ)」「장례식날 밤에 생긴 일(葬式の夜の出來事)」「16일 달밤에(十六夜
　　　に)」「愚劣漢」의 5편 수록.

＿ 월, 『젊은 여자(若い女)』(『河出書房』) ; 필자(김학동) 미확인.

(1949년)

3월, 한국의 동화집 『은혜 갚은 제비(恩を返したツバメ)』(『羽田書房』) ; 「恩を返
　　　したツバメ」「호랑이를　사로잡은　토끼(トラをいけどったウサギ)」「도깨비
　　　방망이(オニのかなぼう)」「용궁의 어머니(龍宮の母)」의 4편 수록.

(1950년)

3월, 『李王家悲史·秘苑의 꽃(秘苑の花)』(『世界社』)

(1952년)

5월, 『아 조선(嗚呼朝鮮)』(『新潮社』)

(1954년)

6월, 『無窮花』(『講談社』)

11월, 『遍歷의 調書(遍歷の調書)』(『新潮社』)

(1956년)

1월, 『젊은 여자(若い女)』(『東方社』)

11월, 『음지의 아이(ひかげの子)』(『新潮社』)

(1957년)

6월, 『아름다운 저항(美しい抵抗)』(『角川小說親書』)

(1958년)

10월, 『검은 지대(黑い地帶)』(『新潮社』)

(1959년)

5월, 『암병동(ガン病棟)』(『講談社』)

11월, 『검은 대낮(黑い晝間)』(『東都書房』)

(1961년)

10월, 『무사시 병영(武藏陣屋)』(『雪華社』)

(1962년)

2월, 『호상의 불사조(湖上の不死鳥)』(『東都書房』)

(1975년)

4월, 『폭풍의 시(嵐の詩)』(『講談社』)

(1977년)

10월, 『韓과 倭(韓と倭)』(『講談社』)

(1980년)

11월, 『도자기와 검(陶と劍)』(『講談社』)

(1989년)

6월, 『마야·잉카에 조몬징을 찾는다(マヤ·インカに繩文人を追う)』(『新芸術社』)

(1991년)

영문장편, 『Rajagriba - A tale of Gautama-Buddba』『Forlorn Journey(or Kirisitan)』
  (Chansun International)(인도·뉴델리) 출간.

※ 본 작가 및 작품연보는 任展慧의 「張赫宙論」(『文學』, 1965)에 수록되어 있
  는 '1945년 이전의 재일조선인문학 관계연표', 시라카와 유타카(白川 豊)의
  박사학위 논문(1989)의 「附表」에 수록되어 있는 '張赫宙 작품서지'와 '張赫
  宙 關聯年譜', 시라카와의 「張赫宙略年譜」(남부진·白川豊編『張赫宙日本
  語作品選』,2003), 시라카와의 「장혁주의 생애와 문학」(『서울대학교人文論
  叢』 제47집, 2002), 호테이 도시히로(布袋敏博)의 「해방 후 재일한국인 문학
  의 형성과 전개 : 1945~60년대 초를 중심으로」(『서울대학교人文論叢』 제47
  집, 2002), 任時正의 「장혁주와 저작연보(張赫宙と著作年譜」(『論究日本
  文學』, 2003), 「張赫宙年譜」(『〈在日〉文學全集 11』, 勉誠出版, 2006)을 참
  고로 하고, 필자가 조사한 내용을 첨가하여 작성하였다. (참고문헌 중에 서로
  내용이 다른 것은 최근에 작성된 것을 기준으로 삼았다)